10
18

12, AVENUE D'ITALIE. PARIS XIIIe

Sur l'auteur

Diplomate, historien, Jean-François Parot vit aujourd'hui en Bretagne. Pour écrire les aventures de Nicolas Le Floch, commissaire au Châtelet dans la France de Louis XV et de Louis XVI, il s'est appuyé sur sa solide connaissance du Paris du XVIIIe siècle. Il a reçu le prix de l'Académie de Bretagne pour *Le Sang des farines*. *L'Enquête russe* est le dixième volume de cette série au succès sans cesse grandissant. Son œuvre est traduite dans de nombreux pays et sa série est à l'origine du grand feuilleton de France 2. *L'Année du volcan*, son nouveau roman, paraît aux Éditions Jean-Claude Lattès en janvier 2013.

Site web de l'auteur : www.nicolaslefloch.fr

JEAN-FRANÇOIS PAROT

LE NOYÉ
DU GRAND CANAL

10
18

Grands détectives

créé par Jean-Claude Zylberstein

JC LATTÈS

© Éditions Jean-Claude Lattès, 2009.
ISBN 978-2-264-05080-9

À Jacqueline Corvest

Nicolas Le Floch : commissaire de police au Châtelet
Louis de Ranreuil : son fils, page de la grande écurie
Aimé de Noblecourt : ancien procureur
Marion : sa gouvernante
Poitevin : son valet
Catherine Gauss : cuisinière
Pierre Bourdeau : inspecteur de police
Père Marie : huissier au Châtelet
Tirepot : mouche
Rabouine : mouche
Guillaume Semacgus : chirurgien de marine
Awa : sa gouvernante
Charles Henri Sanson : bourreau de Paris
La Paulet : tenancière de maison galante
Comte de Provence : frère du roi
Duc de Chartres : cousin du roi
Lamaure : son valet
Sartine : secrétaire d'État, ministre de la Marine
Le Noir : lieutenant général de police
Amiral d'Arranet : lieutenant général des armées navales
Aimée d'Arranet : sa fille
Tribord : leur majordome

LA BORDE : fermier général, ancien premier valet de chambre du roi

THIERRY DE VILLE D'AVRAY : son successeur

BALBASTRE : musicien et compositeur

JEANNE CAMPAN : femme de chambre de la reine

EMMANUEL DE RIVOUX : lieutenant de vaisseau

PIERRE RENARD : inspecteur de police

JEANNE RENARD : lingère de la reine

DOCTEUR ANTON MESMER : empiriste

RATINEAU : imprimeur

VICENTE BALBO : chantre de la chapelle du roi

FRANCISCO BARBECANO : chantre retiré de la chapelle du roi

JACQUES GOSSET : garçon serdeau

ÉTIENNETTE DANCOURT : fille de cuisine

JACQUES SANSNOM, dit D'ASSY : prostitué

RESTIF DE LA BRETONNE dit LE HIBOU : écrivain

BAPTISTE GRÉMILLON : sergent à la compagnie du guet

VEUVE MEUNIER : tenancière d'hôtel à Versailles.

PROLOGUE

Heu fortuna ! Quis es crudelior in nos te Deus ? Ut semper gaudes illudere rebus humanis !

Ô fortune ! Quel Dieu nous traiterait avec plus de cruauté que toi ? Voilà donc comme tu aimes te jouer des malheureux humains !

Horace

Jeudi gras 26 février 1778. Paris, bal de l'Opéra

Vrai, songea Nicolas, je préfère l'odeur des écuries ! Un remugle montait du parterre martelé et, dans la poussière soulevée, la fumée des chandelles ne parvenait pas à masquer le mélange des parfums, des fards et de la sueur des corps mal lavés. Les effluves rances qui flottaient dans l'air saturé l'écœuraient. Tout cela l'empêchait de goûter l'harmonie des airs joués. Bourdonnante, la grande salle or et pourpre formait une belle galerie, décorée de banquettes, de lustres, de girandoles et de buffets. Sa perspective évoquait une ruche où chaque loge figurait une alvéole.

Une sorte de *course* venait de se former, longue chenille de masques hurlants qui traversait en diagonale le plancher disposé à hauteur de la scène. Un instant son humeur morose fut distraite par la variété et l'éclat des déguisements. Un ours se dandinait, donnant la main à un polichinelle ricanant, suivi d'une sultane tout enveloppée de soieries éclatantes. Un spectre en suaire laissait entrevoir un visage de céruse où brillaient des yeux d'escarboucles. Il fixa Nicolas et lui tira une langue verte. L'aspect figé des masques vénitiens contrastait avec l'allégresse générale. Les déguisements confondaient les sexes dans une ambiguïté que rien ne permettait de préciser. Il se rencogna dans l'angle de sa loge, le menton appuyé sur le pommeau d'argent de sa canne. L'inspecteur Bourdeau la lui avait offerte aux dernières étrennes. Une virole et un ressort faisaient jaillir une lame effilée de l'étui de bois. Son fidèle adjoint avait tenu à préciser qu'elle lui permettrait d'attendre en sécurité la confection d'un nouveau pistolet de poche, remplaçant celui dont une balle, sans doute anglaise[1], avait brisé la crosse et faussé la détente.

Ce soir il devait garantir la sûreté de la reine qui, une fois de plus, s'était discrètement échappée de Versailles en compagnie de quelques intimes. Dans cette occurrence il suffisait d'attendre que le roi, rompu par les fatigues de la chasse, se retire dans sa chambre. Le Noir, lieutenant général de police, que ces escapades nocturnes angoissaient, avait chargé Nicolas d'y prêter les yeux. La reine n'admettait plus qu'on gênât ses plaisirs par de lassantes précautions. Seule était tolérée à sa suite l'ombre fidèle du *cavalier de Compiègne* auquel désormais l'attachaient tant d'événements de son passé et de services signalés.

Au reste Nicolas savait que le bal de l'Opéra ne recelait pas de dangers imprévisibles. À ces réunions, animées par les orchestres les plus relevés, n'étaient admis en principe que des gens du meilleur ton, tout au moins à leurs commencements sous le feu roi. Il attaquait le jour de la Saint-Martin jusqu'à l'avent, et reprenait le jour des rois pour s'interrompre au *carême prenant*. Il ouvrait à onze heures du soir et finissait à sept heures du matin. Peu à peu l'originalité ou la richesse d'un déguisement en élargissait l'accès en période de carnaval. Pour six livres par personne, on entrait masqué ou non, mais sans épée. Rue Saint-Honoré fleurissaient les échoppes qui louaient des dominos, simples, défraîchis ou ornés d'ajustements d'or et d'argent. Davantage qu'un bal, le lieu tenait aussi du salon, terrain de rencontres où l'*incognito* de rigueur favorisait l'entregent et l'intrigue. Les conversations les plus sérieuses voisinaient avec le libertinage le plus éhonté. Le tout-venant y éprouvait les délicieux frissons de l'encanaillement le plus piquant. Mille affaires, de cœur ou autres, s'y concluaient, des ruptures s'y consommaient, des traitants y passaient des marchés et les propos répandus alimentaient sans trêve la chronique scandaleuse de la cour et de la ville et fournissaient les nouvelles à la main. Comme de juste en cette période de guerre imminente, les espions de tout poil y foisonnaient.

Le rire en cascade de la reine éclata dans la loge voisine. Il se pencha et aperçut Artois appuyé sur le velours de la balustre qui parlait à l'oreille de sa belle-sœur. Elle lui frappa la main d'un coup d'éventail.

— Cessez ! Je n'en veux point entendre plus.

— Mais si, ma sœur, vous n'espérez que cela ! Celle dont nous parlions n'en usait pas avec votre furieuse férocité ! Par son éventail fermé appuyé sur sa joue droite, la belle signifiait qu'on ait à la suivre. Et l'eût-elle passé à la joue gauche, j'étais assuré qu'elle recherchait un entretien... Il faut donc tout vous enseigner, que vous apprenait-on à Vienne ?

Soudain l'attention de Nicolas se figea ; un masque s'approchait de la loge de la reine. Vêtu comme une poissarde de la halle, il portait une coiffure déchirée et le reste de son habillement apparaissait à proportion. Hochant la tête et les mains sur les hanches, il se mit à entreprendre la souveraine sur un ton de familiarité singulier et d'une voix de fausset. Était-ce une femme comme son accoutrement le laissait supposer ? Son assurance même paraissait suggérer qu'il fût légitimement en pied de s'adresser à la reine.

— Alors, belle Antoinette, te v'là pas honteuse d'être céans à te réjouir avec des godelureaux ? Devrais-tu pas être aux côtés de ton mari qui pour l'heure ronfle dans ses draps, solitaire ?

Marie-Antoinette, tout d'abord stupéfaite, ne put s'empêcher de pouffer aux propos de l'inconnu masqué. Elle y fut encouragée par les rires d'Artois et des gens de sa suite. Cet accueil parut aiguillonner l'inconnu qui poursuivit sa causerie pleine d'impertinence. Sur un ton fort *peuple*, son discours ne manquait ni d'esprit, ni de gaîté, ni même d'à-propos. Il y mettait tant d'intérêt et d'ardeur que la reine, pour mieux causer avec lui, se baissa, lui faisant presque toucher sa gorge. Intrigués, les spectateurs observaient la scène qui faisait événement. Après une demi-heure de conversation, la reine se retira pour prendre une collation, convenant qu'elle ne s'était jamais si bien divertie. Le masque lui reprocha de s'en aller tant et si bien qu'elle lui promit de revenir. Elle tint parole quelque temps après et le second entretien fut aussi animé que le premier. La farce s'acheva par l'honneur qu'il reçut de baiser la main de la reine, familiarité qu'il prit sans qu'elle s'en offensât.

En toute hâte Nicolas sortit de sa loge. La règle voulait qu'il suivît le cortège de la reine afin de veiller à ce qu'elle rejoigne son carrosse sans encombre, mais l'idée irraisonnée s'imposa de retrouver le masque mystérieux. Il gagna le parquet, se fraya un passage au milieu des danseurs et tenta de rattraper l'interlocuteur de la reine qui se dirigeait vers la sortie. Il se précipita, mais à peine atteint le haut de l'escalier il remarqua sur le dallage du foyer la défroque en tas de l'inconnu. Sur le dessus un masque ironique le dévisageait. Une farandole de Gilles et de dominos l'entraîna malgré lui et lui fit perdre un temps précieux. Il finit par se dégager et sortit de l'Opéra. Rue Saint-Honoré, le carrosse de la reine escorté de gardes à cheval s'éloignait. Il se consola : son mouvement spontané n'avait aucun sens, les mouches nombreuses dans l'édifice n'avaient sans doute pas manqué d'observer la conversation royale. Les rapports de la nuit apporteraient les éclaircissements nécessaires et, sans doute aussi, l'identité de l'inconnu. Au milieu du désordre des laquais portant des flambeaux et l'embarras des équipages, il recherchait déjà un fiacre du regard quand une voix qui lui parut familière l'interpella :

— Pour moi, je sais bien où il est parti.

De l'ombre du porche surgit un personnage, au manteau couleur de muraille, coiffé d'un chapeau informe, que Nicolas reconnut aussitôt : Restif de la Bretonne. Se présentant quelquefois comme « *berger, vigneron, jardinier, laboureur, écolier, apprenti moine, artisan, marié, cocu, libertin, sage, sot, spirituel, ignorant, philosophe et auteur* », l'homme, qui hantait chaque nuit les rues de Paris, apportait à l'occasion son aide à la police. Nicolas, à plusieurs reprises, avait fait appel à ses services.

— De qui parlez-vous ?

— De celui après qui vous courez.

— Et qui vous inspire que je poursuis quelqu'un ?

— Allons, le jeu n'est pas plaisant ! Voilà le commissaire Le Floch, haletant, qui arrive en grande presse et scrute les quatre coins, l'œil fureteur. Que voulez-vous que j'en conclue ? Ce n'est pas la reine et ses amis ; vous les auriez suivis depuis sa loge. Donc quelqu'un d'autre. Et qui d'autre est sorti hormis Sa Majesté et sa suite ?

— Eh bien ?

— Un inconnu qui en a croisé un autre. Qu'ont-ils échangé ? Je n'ai point réussi à le discerner ou à l'entendre. Le premier a pris un fiacre…

— Pour quelle destination ?

— Ça, je l'ai perçu : Versailles.

— Et l'autre ?

— Ah ! L'autre… Il a disparu du côté du Palais-Royal. Pour être exact au plus près, du côté de la rue des Bons-Enfants.

— Ainsi, vous avez été témoin de tout cela ?

— Hé ! Ce n'est pas pour rien qu'on me nomme « Le Hibou » ! Qu'aviez-vous à faire avec cet homme-là ?

— Hé ! Disons que je suis curieux de nature et de profession. Je voulais avoir l'original d'une conversation.

— Ô sphinx ! M'est avis que je n'en saurai pas plus.

— Mais vous-même, que faisiez-vous devant l'Opéra ?

Restif ricana et sautilla dans une sorte de gigue.

— Je contemplais les belles qui sortent et montent dans leur voiture. Souliers, bas, mollets, petons… Vous connaissez ma folie.

— Je vois, dit Nicolas, que les pratiques du personnage jetaient toujours dans le malaise, l'endroit est propice.

— Outre ces charmants détails, on peut même dire qu'il est essentiel de le fréquenter pour connaître les mœurs, les amusements, les intrigues et le caractère des Parisiens. Si le roi voulait connaître *de voce* l'opinion de ses sujets, il en saisirait ici l'occasion en usant d'un déguisement parfait. Ce qu'il découvrirait *incognito* serait infiniment utile au bonheur d'une multitude de personnes qui n'osent faire entendre leurs doléances. Mais je jase d'abondance et il suffit, là-dessus, d'en indiquer l'idée. Adieu.

Et il disparut tout aussi rapidement qu'il avait surgi. Pensif, Nicolas héla une voiture en maraude et rejoignit la rue Montmartre.

Vendredi 27 février 1778, à Versailles

Il fallait se rendre à l'évidence : le goût de la reine pour ses bijoux allait de pair avec le soin attentif qu'elle leur réservait. Sauf cette nuit… Elle était revenue de Paris fort tard, ou fort tôt… Au vrai, trois heures du matin c'était assez raisonnable par comparaison avec d'autres sorties qui s'achevaient à l'aube. Tous alors se précipitaient pour ne pas entraver le cérémonial quotidien pour lequel l'étiquette ne tolérait aucun écart. Pour le coup, tout laissait à penser que le roi avait rejoint son épouse aux premières heures du jour pour accomplir un devoir auquel, depuis quelques mois, il avait appris à prendre goût. Il en avait résulté du désordre dans le service et dans le recueil des atours de la nuit. Au grand lever, la reine, soucieuse, avait bredouillé à l'oreille de sa dame de chambre son souci de ne point retrouver un bijou porté la veille au soir au bal de l'Opéra. Il était sans prix et, de surcroît, présent du roi.

Sans autre indication, Mme Campan était demeurée dans l'expectative, essayant de se remémorer les diverses phases du *vêtir* de la reine. Une petite scène lui revint à l'esprit. Un éclat d'impatience lorsque Mme Renard, une des lingères pourtant fort aimée, s'était piqué le doigt en fixant... Oui, c'était cela, l'humeur de la princesse lui gazait le souvenir. Il s'agissait du passe-partout[2], orné de beaucoup de diamants[3], offert par le roi à l'occasion de l'Assomption 1774, fête de son épouse, et qui symbolisait l'entrée en possession du domaine de Trianon. Éblouie par sa splendeur, la reine l'avait fait monter en sautoir par le joaillier de la couronne. Mme Campan soupira. La perte était d'autant plus grave qu'elle menaçait aussi la sûreté des appartements et que l'objet était d'un prix considérable. Et qu'attendre de la réaction du roi toujours inquiet de ces escapades nocturnes ? Mercy-Argenteau, ambassadeur d'Autriche, s'en mêlerait et l'événement serait rapidement connu et aigrement commenté par Marie-Thérèse et l'empereur Joseph. C'était bien de cet objet qu'il était question et, s'approchant de la reine, elle lui glissa le mot qui obtint aussitôt un assentiment effrayé. Mme Campan se retira.

Frotteurs, femmes de service, pages passèrent au peigne fin les appartements, les arrière-cabinets, enfin la chambre d'apparat. Rien n'y fit, il fut impossible de retrouver le passe-partout. La femme de chambre pressa sa maîtresse de rentrer en elle-même et de rechercher dans sa mémoire le dernier moment où elle avait eu conscience de la présence du bijou. Il lui semblait qu'entrant dans sa loge à l'Opéra elle l'avait frôlé de la main alors qu'on lui retirait sa cape. Il fallut donc bien convenir que la perte était survenue durant la soirée à Paris. Soudain la reine pâlit et sembla défaillir. Elle raconta, la respiration oppressée, sa conversation avec un inconnu masqué et comment, pour le mieux entendre dans le bruit qui couvrait ses paroles, elle avait dû se pencher vers lui à le toucher presque. Plus elle y songeait, plus elle était persuadée que c'était à ce moment-là que le vol s'était perpétré. Les larmes de la reine jaillirent à la pensée d'avoir à révéler la chose au roi. Mme Campan médita un instant et lui suggéra d'avoir recours au marquis de Ranreuil dont les fonctions policières, la loyauté et l'intelligence se porteraient garantes d'un traitement efficace de l'affaire. La reine en convint, mais se refusa à user de cette solution. Le *cavalier de Compiègne* avait toute sa confiance et son estime, mais c'était justement ces qualités qui rédimaient tout appel à ses services. On ne le pouvait mettre en situation d'avoir à dissimuler quelque chose au roi. « *Je le connais, il s'y refuserait* », ajouta-t-elle désespérée. Mme Campan entra derechef en réflexion pour finalement lui proposer d'avoir recours à l'inspecteur Renard, le mari d'une de ses femmes de service, dont les scrupules seraient moindres à proportion de la place qu'occupait son épouse. On battit des mains à cette suggestion. Il fut donc décidé de faire appel à lui et, dans les circonstances présentes, de ne point troubler le roi avec ce nouveau tracas.

Mardi 21 avril 1778, à Versailles

La veuve Meunier recroisa frileusement son fichu sur sa maigre poitrine. Déjà la fin avril… Les saisons se succédaient plus excentriques les unes que les autres dans leurs rigueurs et leurs excès : grand froid glacé, hiver qui se prolongeait, canicule et sécheresse l'été. Du temps de sa jeunesse il en allait autrement ; au vrai ce n'était pas si différent… L'épouvante de l'année 1740 lui revint en mémoire, sa sécheresse, les milliers de morts des fièvres. Elle soupira et ajusta ses bésicles pour relire pour l'énième fois l'information portée sur son registre. Ce geste lui rappela les lunettes colorées de sa pratique arrivée la veille au soir. Avait-on idée alors que la nuit était déjà tombée ? Le chapeau enfoncé, le col du manteau relevé, elle n'avait rien distingué de ses traits. On lui aurait demandé de le décrire qu'elle en eût été empêchée par cette espèce de brouillard qui environnait le personnage. Seule l'avait frappée l'étrangeté de sa silhouette pour des raisons qu'elle était bien en peine d'expliquer.

Il lui parut doublement étranger, encore que parlant un français parfait, mais avec un léger accent chantant. Il lui avait fait compliment du lierre qui couvrait la façade de l'hôtel, jasant longuement sur cette plante, la tympanisant de menus détails. Et *hedera helix* par-là, et *hedera helix* par-ci, qu'avait-elle à faire de tout ce fatras ? Il en vanta avec volubilité les utiles propriétés. On pouvait s'en remettre à sa décoction pour soigner les douleurs des jambes et les rhumatismes. En cataplasme, la plante était souveraine pour le mal de dents. Oui, vraiment, une véritable panacée.

La veuve Meunier, elle, ne voyait dans cet enchevêtrement végétal que ses tiges serpentines qui s'insinuaient dans les fissures de la muraille en les agrandissant ou qui surgissaient soudain par les fenêtres. Oui, une véritable engeance ! On hésitait toujours à en couper les racines, tout compte fait, mieux valait n'y point toucher. Des pans de murs pouvaient s'écrouler alors que, bon an mal an, la plante finirait par constituer une carapace qui les consoliderait. Et c'était sans compter les oiseaux, chauves-souris, guêpes et insectes qui y trouvaient le gîte et le couvert.

Ah oui, en vérité, la belle affaire que ce lierre ! Devant ce déluge de paroles, elle avait failli oublier de lui réclamer ses nom et qualité. Et de fait, elle n'avait rien vérifié de ce qu'il inscrivait. Maintenant elle constatait le désastre : un pâté d'encre informe dissimulait le nom ; seule surnageait de ce désastre la mention de *négociant*.

Et voilà que ce matin elle apprenait que le voyageur avait quitté l'hôtel dès potron-minet, que seul un valet d'écurie l'avait croisé, son porte-manteau à la main. Dieu merci, elle lui avait fait régler sa nuit d'avance, lui remettant même une note acquittée ! Elle médita un moment. Son hôtel calme, propre et réputé recevait une clientèle distinguée. À aucun prix elle ne voulait de problèmes avec le bureau de police qui relevait les déclarations journalières destinées au registre des entrées chez les logeurs. Que faire ? Elle ne souhaitait pas mentir. Elle trempa sa plume dans l'encrier et, s'appliquant, indiqua sur le papier qu'elle remettrait à l'inspecteur : *Hôtel Meunier, rue des Récollets, nuit du mardi 21 avril 1778, nom illisible, négociant (sans doute étranger).* Avec cela, elle se sentait en accord avec sa conscience et avec les autorités.

I

RAPIÈCEMENT

C'en est assez : je consens sacrifier mon trop
juste ressentiment en faveur du Dieu Mars.

Horace

27 juillet 1778, au large d'Ouessant

Frappé de stupeur, Nicolas considérait ses mains
devenues rouges. Du sang lui recouvrait la moitié du
corps et pourtant il ne ressentait aucune douleur.
Plongé dans le tonnerre de la canonnade, il demeurait
incapable du moindre mouvement. Ce n'était pas la
peur qui l'immobilisait ainsi, mais un autre sentiment
proche de la sidération. La peur, il en avait éprouvé
maintes fois les ravages, sans que jamais elle le para-
lysât à ce point. Là, il en était à ne pouvoir mesurer
son état, boule de nerfs durcis sous la tourmente. La
vision du corps d'un fusilier coupé en deux le frappa
soudain et il comprit qu'il était sauf. Les sens lui
revinrent. D'abord il perçut le fracas du combat qui
auparavant ne lui parvenait qu'ouaté et lointain. Le

sifflement aigu des balles, le ronflement menaçant des boulets, le craquement des mâts percutés et les miaulements des espars, qui fendaient l'air en tourbillonnant, constituaient une effrayante symphonie. La fumée l'empêchait de distinguer le duc de Chartres sur la dunette. Entre deux nuées, il finit par l'apercevoir, le visage blême, près de M. de La Motte-Picquet, commandant de pavillon du *Saint-Esprit*. À nouveau il le perdit de vue. Déséquilibré par un mouvement du vaisseau qui roulait par cette mer mauvaise, le pied lui glissa dans une mare de sang. Il ne parvenait pas à se relever et seule la main secourable de l'officier qui lui avait été attaché lui permit de se redresser. Il ressentit jusqu'au tréfonds de son corps le feu roulant des bordées sur la ligne anglaise. Pendant un temps il en perdit l'ouïe qui lui revint avec des sifflements. Comment en était-il arrivé là ? Le calme revint dans l'attente du prochain duel entre ces forteresses flottantes.

Il rentra en lui-même et dans un brouillard se revit fin avril chez l'amiral d'Arranet. Un bouquet de lilas blanc embaumait qu'Aimée, brodant, caressait par moments d'une main languissante. Une manœuvre hardie du vieil officier l'avait contraint d'établir sa défense par un grand roque. Dans l'attente du coup suivant, il rêvait, observant les jeunes feuillages du parc agités par la brise du soir. Bientôt Tribord sonnerait le souper. L'heure était à l'apaisement et à une espèce de bonheur. Un bruit d'équipage se fit entendre, l'amiral hocha la tête comme s'il s'interrogeait. Des hennissements, des portières claquèrent, des pas approchant écrasèrent le gravier de l'allée qui menait au perron. Des échanges de paroles se firent entendre où dominait le grave claironnant du majordome.

La porte s'ouvrit et M. de Sartine apparut, élégamment vêtu d'un habit gorge-de-pigeon. Il souriait et tenait par le bras M. Le Noir, lieutenant général de police. Il y eut un remue-ménage de mouvements, de saluts et de compliments échangés. Retournant à Paris, la douceur du temps et la vue de l'hôtel d'Arranet leur avaient inspiré l'envie de passer la soirée dans cette belle demeure au milieu des arbres et des fleurs. Ils venaient à l'improviste demander à souper à l'amiral. Le ministre s'inclina devant Aimée, salua Nicolas d'un air bienveillant et accepta de bon cœur un verre du breuvage concocté par Tribord dans lequel le rhum des Isles dominait au milieu de senteurs exotiques. La conversation s'engagea sur les inquiétudes suscitées par un temps anormalement sec commencé bien avant Pâques et qui augurait mal les prochaines récoltes. Rien n'indiquait que le ministre fût préoccupé outre mesure par les rumeurs d'une guerre qui menaçait d'éclater au premier incident depuis que le royaume avait signé en février un traité d'alliance avec les *Insurgents*. Nicolas savait qu'il comportait des promesses de secours d'hommes et de munitions. Toutefois, prudent et loyal, Louis XVI avait stipulé que cet appui n'aurait d'effet défensif et offensif qu'en cas de rupture de l'Angleterre avec la France. Aimée s'était éclipsée après une œillade éloquente à Nicolas, préférant laisser entre eux d'aussi importants personnages.

La table avait été dressée sous un tilleul de la pelouse du jardin à l'anglaise. Des flacons de vin de Champagne laissaient apparaître leurs flancs givrés dans un rafraîchissoir d'argent aux armes des Arranet. Il s'interrogeait sur la présence de Sartine. Était-ce un coup monté par l'amiral pour remettre face à face le commissaire et son ancien chef que de graves divergences avaient séparés plus d'un an auparavant[1] ? Entendait-il ainsi ménager une réconciliation ? Sa réflexion fut interrompue par Tribord qui, sur un ton d'abordage, annonça le détail du menu avec un affreux clin d'œil à l'intention de Nicolas qu'il savait friand de ces détails. La somptuosité des plats le confirma dans ses réflexions.

— Monseigneur, potage à la princesse, pétri de blanc de volaille, croûtes en son milieu garnies de ris de veau en tranches et de crêtes avec son petit ragoût coupé en dessus. Suivront, *en enfants perdus*, des pigeons à la Périgord marqués à la poêle, piqués de truffes en lardons accompagnés de tourtes de fraise de veau et gras-double cuits à l'italienne, la sauce montée à la moelle. *En arrière-garde*, des artichauts à la Fagit, leurs culs cuits bien blancs, parés d'oignons grelots passés au beurre et assaisonnés de haut goût, saupoudrés de mie de pain et d'un râpé de Parme. Couleur leur sera donnée au four. Et, *en dernière bordée*, une crème à la sultane toute piquetée de chocolat, queues de citrons, amandes, oranges, pralines, prise en panaché au bain-marie.

— Nous coulerons ! s'exclama Sartine en riant. Voilà bien le biscuit d'ordinaire et le bœuf salé du lieutenant général des armées navales.

Il ajouta avec une ironie qui n'échappa point à Nicolas :

— Il fait bon vous demander à souper à l'improviste, mon ami.

— Cette demeure est la vôtre, dit l'amiral confus en regardant Nicolas.

L'affaire était entendue. Il allait de soi que de toute éternité Sartine et Le Noir se trouvaient conviés ce soir-là et qu'il importait pour d'impérieuses raisons que Nicolas fût présent. Personne ne s'étonna d'ailleurs de l'absence d'Aimée prévue sans doute de longue main. On évoqua aussitôt la présence à Paris de Voltaire, sujet de toutes les conversations de la cour et de la ville.

— Pour être à Paris, il l'est doublement, renchérit Le Noir, mais sans la permission de Sa Majesté.

— C'est précisément, répondit Sartine, ce que le roi a répondu à la reine qui souhaitait que le grand homme eût une loge tapissée à côté de la sienne au Théâtre-Français, honneur qu'avaient reçu jadis Corneille et Racine. À cette demande, elle ajoutait qu'à sa connaissance il n'avait jamais été exilé. *Cela se peut*, a rétorqué le roi fort aigrement, *mais je sais ce que je veux dire, et plus le mot.* Sur cet elliptique final, il a tourné le dos à la reine en sifflant un air de chasse, ce qui, chez nos Bourbons, n'est jamais bon signe !

— Il est vrai, reprit Le Noir après avoir savouré les yeux clos plusieurs cuillerées du potage, qu'il y avait si longtemps qu'il n'avait pas mis le pied à Paris que ses contemporains étaient pour lui une sorte de postérité. Il est descendu de l'empyrée[2] !

Ils s'esclaffèrent.

— Ah ! fit Nicolas. La ville entière vole au-devant de lui pour l'enivrer de l'encens de ses acclamations. Songez que même M. de Noblecourt, qui sort rarement, avait fait placer sa voiture sur son passage pour saluer son condisciple du collège Louis-le-Grand !

Sartine hocha la tête, l'air dépréciant.

— Oui-da, le bel engouement que voilà ! Son retour comme sa disparition précédente sont autant de preuves patentes de la faiblesse de l'autorité. La puissance d'un certain clan est telle qu'on n'oserait toucher au grand homme. On n'arrête pas Voltaire ! Le clergé a beau s'indigner, en silence, le Parlement se taire, Paris donne le ton et celui-ci est faux !

Nicolas se souvint que Sartine n'avait pas toujours parlé ainsi, entre-temps Choiseul avait rompu avec Voltaire taxé d'ingratitude.

— Quant à moi, dit l'amiral, je n'ai jamais oublié – j'en ressens toujours une juste indignation – ses vers indignes sur notre malheureuse défaite de Rossbach !

— J'ai, remarqua Nicolas à mi-voix, souvent entendu le feu roi les évoquer avec la plus grande amertume.

Émus, les convives se turent, regardant Nicolas et se souvenant sans doute combien le *petit Ranreuil* lui avait été proche.

— Et savez-vous, dit Le Noir rompant le silence, la vraie raison de la venue de Voltaire à Paris ?

— Le nez de Cléopâtre ? je parie, lança Sartine en faisant glisser dans son assiette deux tourtes mignonnes de fraise de veau.

— Vous n'êtes pas loin de la vérité, monseigneur, encore qu'il ne s'agisse pas là du même organe...

Chacun attendait la suite avec curiosité, il vida son verre.

— ... Vous connaissez tous M. de Villette ? C'est dans son hôtel, quai de Beaune, qu'est descendu Voltaire. Notre marquis, qui voue un culte à cet amour que nos sages ont si rudement proscrit, mais que ceux de l'ancienne Grèce excusaient avec tant d'indulgence, était allé passer six mois à Ferney pour faire oublier une désagréable mésaventure. Il a, l'automne dernier, donné un coup de fouet sur la joue droite de Mlle Thévenin, danseuse à l'Opéra, pour lui avoir lancé qu'*il ne convenait point à une fille comme elle d'aller souper chez un bougre comme lui*. Et ainsi de suite et de proche en proche en carambole, c'est ce coup de fouet-là qui a incité Villette à devenir sage sur le tard en épousant la pupille de Mlle Denis[3], la charmante Varicourt, dite *Belle et bonne*. Le grand homme, qui ne peut s'en passer, de courir à Paris pour la retrouver. C'est bien ce coup de fouet-là qui a produit la conversion d'un hérétique en amour et le voyage de l'ermite de Ferney !

— Oui, reprit Sartine emphatique, voilà à Paris le patriarche de quatre-vingt-quatre ans et sa strangurie[4] qui le tuera si ce n'est le café, essuyer les dédains de la cour et recevoir de la ville un triomphe public, une quasi-apothéose. Son buste couronné sur la scène. Il fallait voir comme on pleurait ! Tout cela parce que

M. de Villette s'est avisé de devenir sage ! Plus haut est l'empyrée…

— Hé ! Que diable alliez-vous faire en cette galère ? Ainsi, vous y étiez ?

— Comme tout le monde !

Nicolas avait entendu des rumeurs sur la liaison du ministre avec une actrice ; cela expliquait sans doute ceci.

— Et ainsi le Villette a ramené à Paris, chantonna Le Noir, Voltaireueu ! eu, Voltaireueu…

Vrai phénomène de nature
Fait l'aveugle, le sourd et quelque fois le mort
Sa machine se monte et démonte à ressort
Et la tête lui tourne au surnom de grand homme

— On a dit aussi, hasarda Nicolas étranglé par le rire, qu'un des buts de son voyage était d'entendre l'acteur Le Kain et qu'en arrivant de Ferney il avait appris dans le même instant et sa maladie et sa mort.

— Eh oui, oui, ouiiiii ! fredonna derechef le lieute-nant général de police décidément très en verve, que la bonne chère et les vins avaient échauffé :

Ah ! Quel affreux malheur m'arrive
A dit Melpomène à Caron
Le Kain a passé l'Achéron
Mais il n'a point laissé ses talents sur La Rive

— Doit-on comprendre que la déesse de la comédie est jalouse ?

— Point, amiral, vous ne sortez pas assez ! Majus-cule à La Rive. C'est un acteur. Les rôles de Le Kain ont été à sa mort partagés entre ses camarades Molé, Montvel et La Rive.

— J'entends, dit d'Arranet. Je crois que c'est moi qu'on a laissé sur la rive.

Nicolas pressentait que ces propos frivoles, qui n'auraient pas détonné dans un salon parisien, n'étaient que le prélude à des questions plus graves, les seules qui pouvaient justifier ce souper de dupes. Il n'avait aucune illusion sur Sartine, le connaissant depuis de longues années. Il lui conservait pourtant un nostalgique attachement que n'avaient pu rompre de graves différends. Il le devina rentré en lui-même, et ruminant ce qu'il allait dire, dans le vif d'un sujet non encore abordé.

Le ministre jeta des regards soupçonneux vers les profondeurs obscures du jardin et baissa la voix.

— Messieurs, puisque le hasard nous a réunis ce soir, tous bons serviteurs du roi, il me faut vous parler des affaires à la veille d'une guerre désormais inéluctable. Premier point aujourd'hui assuré et public : la reine est grosse. On a que trop glosé sur la nature du roi. Les mieux informés…

Il arrangea sa perruque, l'air un rien suffisant.

— … savaient qu'aucune opération n'était nécessaire. Les médecins consultés l'estimaient parfaitement apte au devoir conjugal. Aucun empêchement, Sa Majesté leur avait paru beaucoup plus puissant de ce côté qu'il ne l'est par la richesse et l'étendue de ses États.

— Combien galamment ces choses…, soupira Le Noir.

— Certes ! La Faculté a ses pudeurs.

— Et alors ? reprit le lieutenant général. Où était le *hic* ?

— La jeunesse et l'inexpérience. Prenez deux maladroits. Un timide que sa vertu tient éloigné des apprentissages nécessaires, une jeune femme dont l'appétence naturelle est rebutée et assoupie par des tentatives infructueuses et trop… proportionnées. Enfin, grâce à Dieu et aux conseils de l'empereur[5], le grand travail est heureusement accompli ! Mais les périls induits par la précédente situation laissent désormais la place à d'autres tout aussi redoutables.

— Cette nouvelle conjoncture, remarqua Le Noir, a relancé mille libelles contre la reine. Nos mouches n'y suffisent plus. Que d'ordures déversées aux marches du trône ! L'Anglais y est pour beaucoup, mais, hélas, il n'est pas le seul !

— On colporte d'étranges rumeurs. Ah ! ces culs sont d'un moelleux ! Un prince ami de l'intrigue et friand de ragots prête, dit-on, la main, et peut-être sa plume, à d'infâmes libelles. En confidence, sa correspondance traversée m'emplit d'effroi.

À qui faisait allusion Sartine ? Pour Nicolas, seuls Artois, Provence et le duc de Chartres pouvaient correspondre à cette description. Restait que Provence serait celui qui perdrait le plus dans le cas de la naissance d'un dauphin.

— La frivolité de Sa Majesté, son mépris de l'étiquette, son jeu indécent et ses dissipations nourrissent d'eux-mêmes la rumeur. On nomme des courtisans de ses entours à qui l'on prête… Son cercle…

— Le jeu de la reine, reprit Le Noir, permet à chacun de l'approcher à Versailles et à Marly où son salon est ouvert à tous sans distinction pourvu qu'on soit correctement mis. Sa grossesse ne va rien arranger. Les autres distractions lui seront interdites. Les banquiers du jeu ont dû prendre des mesures pour obvier aux escroqueries de filous.

— Et des duchesses…

— Ces banquiers ont obtenu de Sa Majesté qu'avant le début du jeu, le pourtour de la table serait bordé d'un ruban et que l'on ne regarderait comme engagés pour chaque levée que les louis mis sur les cartes au-delà du ruban.

— Cette précaution, observa Nicolas, préviendra certaines friponneries, mais certainement pas celles, je l'ai pu constater, exercées sur des pontes crédules qui confient leur argent aux dames de la cour. Certaines ont pour habitude de nier l'avoir reçu lorsque la carte est gagnante. Et l'autre soir un croc a tenté de donner au banquier un rouleau de jetons en guise de louis !

Sartine frappa du couteau son verre vide. Le cristal tinta, ramenant le silence.

— Messieurs, nous nous égarons ! Nous vénérons tous la reine et c'est notre devoir de la protéger, même parfois contre elle-même. Les temps qui viennent seront redoutables. Outre la guerre avec l'Angleterre la reine appréhende les suites des affaires de Bavière. Quelque assurance qu'on lui donne que le roi de Prusse ne saurait nous détourner de l'alliance avec la maison d'Autriche, elle n'ignore pas le peu de fondement que nous accordons à ses annexions et que nous ne nous sentons nullement obligés à la secourir pour les soutenir.

Et aussi, songeait Nicolas, la reine soutient Sartine dont les démêlés avec Necker défraient la chronique. Le directeur général des Finances s'était saisi avec empressement d'un rapport du duc de Chartres de retour de Brest. Sur le point de recevoir le brevet d'inspecteur général de la Marine, il dénonçait des abus assez considérables dans l'emploi des grandes sommes confiées au ministre de la Marine. On murmurait pourtant qu'en cas de retraite de Maurepas il pourrait occuper la place. Quant à Le Noir, réputé l'homme lige de l'ancien lieutenant général de police, il avait dû se rendre au Parlement pour se justifier d'imputations graves portées à sa charge. Sans suite celles-ci avaient conduit le roi, qui le tenait en amitié, à lui adresser son portrait[6] magnifiquement encadré pour réparer l'outrage et lui marquer sa confiance.

Le souper s'achevait, les cuillères faisaient des dessins dans la crème à la sultane. Le bien-être dispensé par les mets et les vins espaçait les propos des convives. Sartine se leva et prit Nicolas par le bras, l'entraînant dans une des allées du jardin. Le tilleul en fleur entêtait. Les oiseaux de nuit hurlaient dans le lointain. Parfois, leur vol silencieux effleurait les promeneurs.

— Vous m'en voulez, murmura Sartine, je le sens bien.

— Monseigneur, j'ai reçu trop de bien de votre part pour vous vouloir du mal.

— Ce n'est pas une réponse.

— C'est la seule que je puisse vous faire. Que voulez-vous que j'éprouve ? Notre dernière rencontre s'est conclue pour moi par une triste amertume. Avais-je mérité de quelque manière le traitement brutal que vous m'avez alors réservé sans égard pour le passé ? Me suis-je jamais départi à votre détriment de la plus exacte loyauté, vous que je considérais comme...

Il n'acheva pas, sa gorge se serrait. Sartine toussa ; il s'était arrêté et son soulier droit écrasait machinalement le gravier.

— En vérité, vous ne m'aidez pas... L'orgueil nous tient l'un et l'autre si fermement qu'il nous ôte toute capacité, qu'il nous empêche de laisser... Nicolas, j'ai sans doute été injuste avec vous.

— Sans doute ?

— Allons, ne me poussez pas dans mes retranchements. Ne sentez-vous pas le mouvement qui est le mien ?

Il en était conscient sans en comprendre ni pouvoir en mesurer les vraies raisons et la sincérité. Pourtant il se sentait enclin à faire confiance, il l'avait tellement souhaité.

— Je vous en sais gré, monseigneur.

— Voilà qui est mieux et je devrai pour l'heure m'en contenter. Un point que vous apprécierez de savoir. *Qui vous savez* continue à Londres de servir fidèlement nos intérêts. En dépit de la guerre menaçante, elle a réussi avec beaucoup d'adresse à faire passer les informations habituelles. Son courage l'honore.

— Je vous remercie de m'en informer, mais je crains pour sa vie si elle venait à être découverte.

— C'est notre sort commun. D'aucuns, et vous en êtes, savent y échapper. Les femmes ont sur ce point beaucoup à nous apprendre. Rassurez-vous, son sexe la protège.

Le ministre en parlait à son aise. En période de guerre, il n'était pas bon d'être démasqué espion, ni en Angleterre ni en France. Le passé l'avait tant éprouvé qu'il s'interrogeait sur la démarche de Sartine. Devait-il la comprendre comme une main tendue, la tentative sincère de combler le fossé peu à peu creusé entre eux ? Cette quasi-rupture que Nicolas avait pu penser définitive, n'en avait-il pas, au fond de lui-même, pris son parti ? En fait, il en souffrait encore secrètement. Se pouvait-il en vérité que… ? À la dérobée il observait, à la lueur lointaine des flambeaux, le visage cireux du ministre. Comme il avait vieilli ! Des rides sillonnaient l'anguleux visage. Celui qui, naguère, jeune lieutenant général de police, jouait à simuler un âge plus avancé, illustrait désormais celui qu'il eût sans doute aimé avoir alors. L'espèce d'allégresse qui animait le magistrat dans une fonction couronnée par le privilège d'un travail étroit avec le roi avait disparu. Le destin d'un ministre menacé, toujours à la merci de la faveur, n'était en rien comparable à celui d'un lieutenant général de police, maître des secrets et des cœurs.

À petits pas ils atteignirent le fond du parc, là où insensiblement la forêt commençait. Dans une quasi-obscurité Sartine continuait à discourir. S'adressait-il aux grands chênes dont les branches les plus basses semblaient s'abaisser pour l'écouter ?

— Un combat toujours renouvelé… Une lutte de tous les instants… On prétend que je sentirais la caque et que mon grand-père vendait la sardine ! Qui suis-je en vérité ? Un fils de négociant lyonnais né à Barcelone. *Lettres de naturalité* et noblesse confirmée en 1755. Et si je suis comte d'Alby, c'est par ma grand-mère Catherine Witts, fille du secrétaire d'État de Jacques II pour la France. Elle fut même *señora de honor* de la reine d'Espagne… Alors noble ou pas ? Peu me chaut de tout cela.

Nicolas mesurait la profondeur des blessures subies depuis tant d'années. Le plaidoyer véhément se poursuivait. Restait que tant de justificatifs et protestations prouvaient que l'écharde demeurait fichée dans l'âme.

— … Et mon père, ce n'était pas un petit personnage ! Emprisonné par le cardinal Alberoni qui le poursuivit sur ses comptes d'intendant de marine et lui reprochait ses liens avec la France ! Voyez comme les choses se répètent, à moi aussi on reproche l'usage que je fais des sommes dévolues à mon département. Agent secret de Dubois[7] jusqu'à sa mort… Intendant de Barcelone ensuite, il se chargea des équipages, mules, carrosses, domestiques et provisions pour le duc de Saint-Simon, envoyé à Madrid comme ambassadeur. Il s'en acquitta à merveille. Saviez-vous cela ?

— Vous l'avez évoqué, monseigneur, le jour où le feu roi me reçut pour la première fois[8], dans votre carrosse alors que nous revenions de Versailles.

Le ministre s'était approché d'un tronc à l'embrasser presque et en caressait l'écorce rugueuse.

— Nous étions jeunes… Vous l'êtes demeuré… J'avais le sentiment d'avoir répondu aux vœux du marquis de Ranreuil, qui m'honorait de son amitié et qui aurait pu être mon père. J'étais heureux de vous avoir à mes côtés.

— C'est toujours le cas, murmura Nicolas, la voix étranglée. Je suis là.

Ils se turent.

— La mort du roi, reprit Sartine, fut pour moi la fin des jours fastes. Nous espérions tous que Choiseul serait rappelé... En fait le char de la fortune est passé devant moi sans que je songe à l'arrêter. Je fus le seul à entretenir le roi des affaires en cours dans les heures qui suivirent son avènement. Et pour cause ! Les ministres avaient tous vu le roi durant sa maladie et l'on craignait la contagion... Il était si jeune... Je n'ai pas voulu forcer sa volonté. Un mot suffisait que je n'ai pas prononcé alors qu'il apparaît qu'il n'attendait que cela. Lui n'a pas souhaité vouloir et moi je n'ai pas osé... J'ai failli être principal ministre. En désespoir de cause, ce sont Mesdames qui ont imposé Maurepas.

Amusez les rois par les songes
Flattez-les, payez-les d'agréables ouvrages
Ils goberont l'appât, vous serez leur ami[9]

Je devrais chanter cela comme Le Noir... Désormais à la tâche jour et nuit, je tente de redonner une marine à la France.

— Qui pourrait mieux que vous remplir cette noble ambition ?

— Vous avez raison, elle est essentielle. À condition toutefois d'y être soutenu, de ne point avoir à combattre, jour après jour, la suffisance, l'envie et l'intrigue, sans parler de la calomnie, un air qui siffle à mes oreilles. Maurepas n'aime pas la reine qui aime Sartine. Il tiendrait à rien que les choses évoluassent : accepter de flatter son amour-propre par des démonstrations d'affection, de faveur et de confiance. Il n'est désireux que de se soutenir et serait depuis longtemps aux ordres de la reine s'il pouvait espérer auprès d'elle un appui assuré et solide.

— Sa Majesté n'a-t-elle pas, dérogeant à l'étiquette, reçu à souper la comtesse de Maurepas, Mmes de Sartine et Amelot, femmes de ministres qui, en cette qualité, avaient jusqu'alors été exclues de cet honneur ?

— Peuh ! C'était surtout pour complaire au roi, toujours sensible aux égards prodigués au vieux Mentor, mais cela fut sans suite. L'excessive vanité de la dame lui monta à la tête et, enchantée de cet honneur, elle n'osa rien refuser de ce que Sa Majesté lui offrait. Se forçant de manger de tout, elle faillit crever d'indigestion violente ! Quant à Choiseul, hélas, ce n'est plus qu'un fantôme, l'ombre de lui-même. La disgrâce le mine, son influence est nulle, ses dettes l'étouffent. Son Versailles de Chanteloup et sa table ouverte... Quant au Necker, c'est un commis étroit qui me hait pour les sommes que je lui arrache. Il me dépêche sans relâche, en haut et en bas, ses créatures pour me prendre en défaut.

— Cependant il suffit d'ouvrir les yeux...

— Qui les ouvre ? Et pourtant, rétablir une bonne administration dans nos ports, nos arsenaux, nos fonderies de canons, sur nos vaisseaux, rajeunir le corps des officiers et les mieux instruire, accroître et moderniser notre flotte par un plan dûment pourpensé, bref, offrir à la France la marine la plus puissante qu'elle ait jamais eue, la seule qui puisse résister à l'Anglais, tout cela n'est pas rien et pourtant soulève haines et résistances. C'est une ambition pour laquelle les quatre pieds carrés du cabinet du roi me sont un champ de bataille incertain où je monte chaque jour à la tranchée.

— Cependant le roi vous aime. Je l'ai maintes fois constaté.

— Vous croyez ? Il ne sait pas le dire en tout cas... Au reste, il ne sait guère parler à ceux qui le servent bien, sauf à ceux qu'il a l'habitude ancrée de voir dans ses intérieurs.

Nicolas songea que lui-même entrait dans cette dernière catégorie.

— Vous êtes de ceux-là.

Sartine hocha la tête et frappa du poing le tronc auquel il continuait d'adresser son discours.

— Cet homme est une énigme. Tenez, en février dernier, conseil en présence de Montbarrey, ministre de la Guerre, Langeron, gouverneur de Brest et votre serviteur. À la sortie de la galerie, Langeron murmura à Montbarrey : « Vous devriez donner à votre maître un peu de cet art qu'avait Louis XIV de faire tuer les gens. » C'était bien vu car il n'y entend goutte. Dieu sait s'il a l'esprit juste et des connaissances, et souvent surprenantes, dans des domaines inattendus, mais sa timidité et son indécision détruisent tout. Les délais accumulent les affaires et les gâtent sans les achever. Les velléités sont négatives. Quand il arrive qu'on le presse, il gronde en silence. Et pas ce silence glaçant et sec du feu roi qui constituait une manière de gouvernement, mais un vide confus qui enfante l'embarras et l'incertitude. Même cette vieille machine de Maurepas, qui joue de cette propension et s'y appuie pour se maintenir, semble parfois à bout et lui reproche ce défaut capital. Le roi écoute les uns et les autres, profitant des avis de tous sans en retenir aucun, ou les suivant incomplètement. Chacun tire à hue et à dia la machine gouvernementale qui s'en trouve sans ressort ni impulsion. Seuls règnent le désordre à l'intérieur et l'incertitude au-dehors, fruits amers de cette impuissance et de cette désunion.

Sartine jeta un coup d'œil suspicieux sur Nicolas en soupirant. Regrettait-il déjà de s'être ainsi laissé aller ? Était-il sincère ? se demandait le commissaire. Était-ce une de ces parades émouvantes destinées à tromper si fréquentes chez les grands ? Et pour quelles raisons ? Il ne parvenait pas à s'en convaincre.

— Je crois que la chaleur et la somptuosité de la table de notre hôte me sont un peu montées à la tête. Gardons celle-ci froide. Nicolas, je ne souhaite pas vous égarer de faux-semblants. Notre rencontre ce soir n'était pas imprévue. L'amicale complicité de vos amis l'a permise. Et cela parce que le roi a besoin de vos services en vue d'une mission particulière et délicate.

Il le regarda avec cette ouverture ironique qui rappelait leur première rencontre. Nicolas se surprit d'en être ému.

— Je suis votre serviteur, monseigneur.

— Mieux que cela, monsieur le marquis, dit Sartine gaiement, vous êtes un ami précieux légué par votre père. Voici notre affaire en quatre mots et sa nature plus qu'extraordinaire, une de celles dont vous avez la grande et précise expérience…

— Ma foi ! soupira à part lui l'intéressé à qui l'émotion de ces retrouvailles ne faisait pas perdre son habituelle sagacité. Le roi souhaite, le roi veut, c'est-à-dire Sartine dispose. Les compliments ne changeaient rien à l'affaire.

— … L'amiral d'Orvilliers va recevoir des ordres à Brest où se rassemble une flotte nombreuse. Elle appareillera bientôt. Primo, vous gagnerez secrètement ce port pour transmettre les instructions de Sa Majesté. Plusieurs émissaires seront ostensiblement dépêchés pour distraire d'éventuelles tentatives de l'ennemi. Ce premier acte est important, le second le sera encore davantage. Le duc de Chartres[10], cousin du roi, dont vous savez qu'il a parcouru comme une comète tous les grades de la marine, aspire à la survivance de la charge d'amiral de France et vient d'être nommé au commandement de l'escadre bleue. Son beau-père le duc de Penthièvre[11] la détient. Le mois prochain, il embarquera sur *Le Saint-Esprit*, vaisseau de quatre-vingts canons. Il n'y a pas d'illusions à se faire. Il organisera des revues et, pour la montre, donnera de la considération et de la subordination à la marine. Quant à l'armée navale, elle devrait appareiller début juillet.

— Et qu'aurai-je à faire, sinon transmettre les ordres ?

— C'est ici que la chose se complique. Sa Majesté est animée de deux soucis. Le premier, bien naturel, intéresse la sûreté de son parent. Tout est possible et les Anglais, en particulier votre vieil ami lord Ashbury, ne ménageront pas leur peine pour menacer la vie d'un prince du sang. Vous serez son ombre et sa protection.

— Pourquoi moi ?

— Parce que vous réunissez des qualités qu'on ne rencontre chez nul autre, compétence et confiance du souverain. De plus, vous êtes marquis, ce qui vous fera tolérer par le duc dont la démagogie affichée ne va pas jusqu'à mépriser les qualités.

— Et le second souci du roi ?

— Comment dire… ? murmura Sartine gêné qui s'était retourné vers le grand chêne. Chartres est un personnage aux frasques défrayantes… Vous connaissez sa réputation.

— Le pire à son sujet se murmure.

Nicolas savait le prince débauché, joueur, amateur de filles et de chevaux, tenant d'une sourde opposition au Parlement.

À nouveau Sartine inspecta les alentours, l'air méfiant.

— On l'accuse de s'être débarrassé de son beau-frère, le prince de Lamballe. Par sa femme la disparition du prince le place en pleine hérédité pour l'immense fortune du duc de Penthièvre, son beau-père. Il est avéré qu'il a tout fait pour favoriser la corruption du jeune homme. On parle, à croisées fermées, d'un certain souper à la folie Monceau, en fort mauvaise compagnie. Lamballe en fut ramené en état si pitoyable qu'il mourut peu après. On aurait mélangé à des spiritueux une drogue cyprine[12] pour le mieux livrer à une fille infectée !

— J'avais en frémissant entendu ces horreurs.

— Brisons sur ce sujet... C'est le roi à l'origine que vous auriez dû accompagner à Brest, reprit Sartine qui semblait diluer la potion en allongeant la sauce. Il y a quelque temps, l'idée lui vint de s'y porter incognito sous le nom de comte de Dampierre. Montbarrey et moi l'avons détourné de ce dessein. Dans la conjoncture, sa présence à Versailles où arrivent les dépêches est nécessaire. Le secret n'aurait pu être préservé. Sa Majesté était exposée à une affluence de curieux très dangereuse et en contradiction avec la défense sévère de laisser entrer à Brest toute personne qui ne peut en justifier la nécessité.

Nicolas avait eu vent de ce projet par Thierry de Ville d'Avray, premier valet de chambre. Or la vérité était tout autre et Le Noir, informé, la lui avait révélée : Le ministre possédait un motif autrement secret et pressant pour s'opposer au voyage. Les innovations qu'il avait inspirées et, notamment, la suppression des officiers de plume ainsi que l'introduction dans les équipages des officiers de la marine marchande, suscitaient des désordres et des querelles dont il ne souhaitait nullement que le roi fût témoin.

— Allons au fait. Le roi, inquiet à juste titre de ce qui peut advenir et conscient que la conduite de son cousin augure mal son comportement au service, entend avoir sur place un témoin incontestable...

— Une espèce d'espion ?

— Il me semble, monsieur, répliqua Sartine de son ton le plus cassant, que nous nous sommes naguère expliqués sur ce point. Vous êtes policier, l'un des plus subtils, et d'une noble lignée. Ressentir des scrupules est honorable, courtement...

Il regarda avec suspicion autour de lui.

— ... quand l'objet visé l'est également. En la circonstance et quelque respect qu'on lui doive, ce n'est pas le cas. Et que diriez-vous de la situation qui sera celle de M. de La Motte-Picquet, capitaine du pavillon du *Saint-Esprit* ? Lui aussi sera en témoin chargé de veiller à la sagesse des ordres, comme vous le serez de la conduite du prince. De tout cela Sa Majesté entend qu'il lui soit rendu le compte le plus exact. Réfléchissez et pénétrez-vous d'un fait, il y va de l'intérêt bien compris du duc de Chartres, vilipendé de tous côtés. La présence à ses côtés d'un gentilhomme admis dans les entours du trône constituera pour lui un garant propre à témoigner en toute sincérité de sa conduite pourvu qu'elle soit honorable. Songez à ce qu'un autre moins scrupuleux que vous pourrait faire en cette occurrence.

Nicolas connaissait bien cette casuistique. La lui avait-on servie en toutes occasions ! Elle finissait toujours par imposer ses raisons et le convaincre. Quelle que fût la rigueur cynique de Sartine, c'est du salut du royaume dont, au bout du compte, il était toujours question.

— Allons, fit le ministre en le prenant par le bras, nous nous reverrons avant votre départ. Quelle heureuse soirée ! Je suis dans le ravissement. Ah ! j'oubliais. Une question. Êtes-vous au fait d'un vol perpétré il y a peu dans les appartements de la reine ? Un bijou de grand prix offert par le roi lui a été dérobé. Elle, qui vous aime et a déjà fait appel à vos services, s'en est-elle ouverte ?

— À aucun moment, monseigneur. J'ai entendu évoquer ce vol par M. Le Noir. L'enquête serait conduite par l'inspecteur Renard, dont l'épouse est une des femmes de Sa Majesté.

— Renard... Renard ? Ce nom-là me dit quelque chose... Bien sûr ! Inspecteur de la librairie en 74. Je l'avais envoyé en 75 à Bordeaux, afin de découvrir l'imprimeur d'un ouvrage attentatoire à la mémoire du feu roi. *L'ombre de Louis XV devant le tribunal de Minos*. Habile et retors, si je m'en souviens. L'affaire est en de bonnes mains ! Toutefois, le cas échéant, à votre retour si l'affaire reste pendante…

Ils rejoignirent Le Noir et d'Arranet qui souriaient de les voir si proches. Tard dans la nuit, Nicolas quitta la chambre d'Aimée et revint à franc étrier rue Montmartre. La maison dormait encore ; la seule agitation venait du fournil du rez-de-chaussée. Des coups de canne au plancher signalèrent que M. de Noblecourt était éveillé et qu'il souhaitait voir Nicolas. Quelle que fût l'heure, il aimait entendre le récit de ses soirées. Il l'invita à s'asseoir en face de lui. Mouchette bondit sur les genoux de son maître, reniflant avec une suspicion jalouse le parfum d'Aimée dont la fragrance persistait sur l'habit. Cyrus ronflait, vautré sur un carreau de taffetas pourpre. Nicolas conta par le menu le souper de Fausses-Reposes. Il en était encore stupéfait, partagé entre le soulagement et l'inquiétude. Il craignait, faisant retour sur son récent enthousiasme, que le changement de Sartine ne fût pas le résultat sincère d'un mouvement du cœur. Derechef incertain, il soupçonnait de tortueux calculs.

L'écoutant, Noblecourt semblait perdu dans une méditation profonde, le menton dans la main, au point qu'il le crut assoupi. Il allait se retirer sur la pointe des pieds quand le bras du vieux magistrat s'abattit avec force sur l'accoudoir de son fauteuil. La chatte se dressa, prête à bondir, et Cyrus, dérangé, se mit à gémir dans son sommeil.

— Allons, vous êtes un vieux couple et comme tel soumis aux aléas de vos caractères. Je vous connais trop tous les deux pour ne pas imaginer les débats qui vous animent. Vous éprouvez un doute. Suis-je, pensez-vous, un personnage du *Teatro di puppi* que les fils maniés par l'universelle araigne agitent à leur gré ? Est-il sincère ? Son langage est-il une eau limpide que rien ne trouble ? Le blanc est-il noir ? L'obscur éclatant ? Oh ! Comme je vous connais !

— Et moi, reprit Nicolas, souriant malgré lui de cette litanie, je constate que le talapoin continue à se pénétrer du Tao révélé par nos pères jésuites. Voilà une philosophie qui nourrit un talent déjà grand ! Le céleste empire règne rue Montmartre !

— Moquez-vous, dit Noblecourt en se rengorgeant. Le Tao m'inspire et me soutient. De Lao Tseu me vient la sagesse de mes dernières années. Il me permet d'apprivoiser ma vieillesse. Mes maux se transforment en bienfaits. Revenons à votre hantise. C'est un homme de pouvoir et d'ambition. Je suis persuadé pourtant qu'avec vous il laisse apparaître sa vérité. Ceux que nous aimons, c'est à l'aune de leurs vertus et de leurs défauts confondus qu'il nous faut les apprécier.

— Je vous entends.

— Observez ces hommes de pouvoir dévorés par leurs tâches. Voyez leur intérêt à se conforter de ce qu'ils ne possèdent plus en s'attachant des hommes de mérite dont la candeur les rafraîchit. En contrepartie, certains leur réclament un avilissement qui repousse d'eux ceux qui auraient conservé quelques scrupules. Convenez que vous y avez échappé. Sartine n'est point de ceux-là et, si vous êtes un homme de clarté, votre innocence ne vous abêtit point. Vous estimant tous les deux, vous ne pouvez vous haïr. Peut-être ce lien vous pousse-t-il l'un et l'autre à vous examiner avec trop d'attention. Vous avez des défauts ; il en a. Vous avez chacun votre part d'incertitude, et de secret. Respectez-la chez l'autre et vous aurez fait la moitié du chemin. Je vous vois interdit. Pour mieux me faire comprendre, je vous dirai qu'on mesure la qualité et l'habileté d'un être supérieur à ce qu'il vous anime de grands ressorts. Qu'on invoque le service du roi, la fidélité, la loyauté, l'honneur, et vous piquez des deux ! Sartine n'est jamais bas, mesurez votre chance. Sur ce, je vais m'assoupir un moment avant de m'apprêter pour la promenade quotidienne recommandée par le bon docteur Tronchin. Ensuite j'enverrai Poitevin quai des Théatins prendre des nouvelles de M. de Voltaire, souffrant à ce qu'on dit. Je m'interroge d'ailleurs si, soucieux de me conserver à mes amis, je ne devrais point suivre son régime ?

— Et quel est-il ?

— Du jaune d'œuf et de la farine de pommes de terre liés d'un peu d'eau.

— Pouah ! Songeriez-vous à vous homicider[13] ? Et il prétend se conserver à ses amis. Je vous préfère goutteux !

Et Nicolas se mit à lui décrire la splendeur de la table d'Arranet. Le vieux magistrat se frappa la poitrine.

— Mea culpa, je suis relaps ! Je renonce au jaune d'œuf et reconnais mon erreur. Désormais, rien que du gibier et de la truffe !

Et sur cet éclat de rire, Nicolas remonta dans ses appartements. Il essaya de dormir quelques heures, mais le sommeil le fuyait. Revenant sur les événements de la soirée, il rebondissait dans ses réflexions. Le passé lui revenait, qu'il aurait souhaité effacer. Plus il tentait d'y échapper, plus sa réflexion le disposait à la méfiance et accroissait ses réticences. Et comment aurait-il pu en être autrement ? Son esprit balançait entre l'irritation de tant de rancœurs, d'avanies, de propos blessants, et l'élan de confiance qui l'avait saisi dans le parc de l'hôtel d'Arranet. Il devait tout à Sartine qui lui avait appris son métier, usant dans le même temps d'un enveloppement habile, tablant sur la séduction, registre où il était passé maître. En fait, une sorte de violence déguisée ponctuée çà et là de plages d'aménité. Cet homme sévère, sec, tout en angles, qu'humanisait parfois la somptueuse excentricité de ses perruques, révélait des trésors de mansuétude dès lors que le but à atteindre l'imposait.

Il se gourmanda de céder à nouveau à cette plongée en lui-même. Son angoisse reflua et il s'abandonna à la pente de son indulgence. Il éprouva aussitôt une joie secrète à se convaincre que cette histoire – cette passion – qu'il avait pu croire vilainement achevée rebondissait. Rasséréné, il retrouva l'enthousiasme et l'ardeur de ses vingt ans quand, sortant de sa première entrevue avec Sartine, il courait au bord du fleuve rejoindre le couvent des Carmes-Dechaux pour confier au père Grégoire sa bonne fortune[14]. Il revit le visage du ministre à l'issue de la soirée, il avait cru y déceler la même secrète jubilation. Et puis le roi en avait jugé ainsi, sans doute soucieux de faire la paix entre deux serviteurs qu'il estimait. Mouchette, qui l'avait rejoint, posa le doux velours de ses pattes sur ses yeux et ce conseil insistant, qu'un doux ronronnement accompagnait, le plongea dans l'inconscience.

Des semaines passèrent qui virent Nicolas assurer son service à l'accoutumée. Lors d'une chasse, et alors qu'ils avaient distancé la suite, le roi évoqua la mission annoncée. Il ne dissimula pas son peu d'inclination pour son cousin et, à mots couverts, fit comprendre que les inconvénients de la présence de Chartres équivalaient à ceux qui auraient résulté de son éviction.

Nicolas continua à prendre ses informations sur le prince. Il l'observa à la cour où il paraissait peu, sinon chez la reine à Trianon. Il le croisa à la ville et au bal de l'Opéra. Il l'approcha au plus près lors de courses de chevaux dont il avait lancé la mode à Vincennes. De grands noms lui disputaient cet exemple : Artois, le prince de Guéméné, le duc de Lauzun et le marquis de Conflans. Il le vit miser des sommes énormes sur Pyrois, un alezan âgé de huit ans, et sur Nulem, un bai brun âgé de quatre ans, tous deux montés par des jockeys anglais. Le goût anglais dominait dans sa toilette, toujours distinguée par quelque nuance particulière, et, surtout, dans la splendeur de ses équipages. Malgré un visage peu attrayant, enflé et souvent couvert de pustules à vif, il possédait un port et une tournure des plus flatteurs que renforçait un abord en général prévenant. Cependant, cette apparence avait une réalité : avide des acclamations populaires, il avait appris à faire les gestes nécessaires à l'égard d'un public que d'ailleurs il méprisait.

Convaincu que les lieux en disent long sur ceux qui les hantent, Nicolas visita la folie de Chartres que le prince avait édifiée sur la terre de Monceau pour y installer l'hôtellerie de ses plaisirs, située précédemment dans le quartier de la petite Pologne, rue des Errancis.

Sur ce chantier immense, il rencontra Carmontelle[15], connu lors d'un souper chez M. de La Borde. Chartres souhaitait que le lieu fût un théâtre enchanté, adapté aux fêtes et aux spectacles. L'or coulait à flots pour cette splendeur annoncée. Il s'agissait de réunir dans un seul site tous les temps et tous les lieux. Dans ce jardin enchanté, ruines, temples, tours, pagodes, pyramides, arches et ponts se déploieraient et le spectateur pourrait y contempler l'ensemble depuis dix-sept points de vue et belvédères.

Carmontelle, en confidence, évoqua le projet du prince de transformer le Palais-Royal[16] en un lieu de commerce et de distractions où le chaland trouverait à la fois les boutiques les plus luxueuses et les plaisirs les plus variés. Ce serait une promenade courue, réunissant le brillant et le nécessaire ; tout ce que la mode aurait de plus récent et de plus raffiné s'y rencontrerait.

Nicolas prit aussi connaissance d'éloquents rapports de police sur la vie secrète du prince. Apparaissait l'image d'un homme débauché à l'excès, à la fois avare et dispendieux, dont la passion du jeu n'avait d'égale que la voracité à trouver les moyens indispensables à la satisfaire. On le disait impatient de contrôler la totalité de son immense héritage. Outre cela, de notoriété publique, le duc était grand maître du Grand Orient. L'inspecteur Bourdeau à qui, avec l'aval de Sartine, il avait révélé sa mission, et qui possédait d'étranges connaissances sur la question, lui découvrit l'existence à Versailles d'une L.*. MILITAIRE-DES-TROIS-FRÈRES-UNIS, À L'O.*.*.*.*.*. DE LA COUR. Cette dénomination transparente semblait signifier que le roi, Provence et Artois, cédant aux exhortations de leur cousin Chartres, comptaient parmi les adeptes maçons.

Profitant de sa présence au jeu de la reine, le roi, le regard fixé sur un lointain incertain, présenta Nicolas au duc de Chartres. Il expliqua à son cousin que le marquis de Ranreuil, dont on ne pouvait ignorer les services extraordinaires rendus à la couronne, embarquerait sur *Le Saint-Esprit*. Il porterait l'uniforme de capitaine de vaisseau et serait présenté comme accompagnant le prince, par ailleurs inspecteur général de la marine. Le marquis, ajouta benoîtement le roi, aurait deux missions : préserver l'opération des armées navales de toute tentative ourdie par l'ennemi et veiller à assurer au plus près la sûreté d'un prince du sang dont la sauvegarde lui était chère. Seuls l'amiral d'Orvilliers, chef de la flotte, et M. de La Motte-Picquet de la Vinoyère, capitaine de pavillon du *Saint-Esprit*, connaîtraient le fin mot de la chose.

Conformément à son caractère, le roi se retira aussitôt, soulagé d'avoir aussi prestement débité son paquet, les laissant en tête à tête. Le duc considéra curieusement Nicolas et l'invita à venir le saluer au Palais-Royal le lendemain.

En fin de matinée, dans un salon surchargé de tableaux qui éblouirent Nicolas, le duc l'entretint sur un ton qui mêlait hauteur et familiarité. Faisait-il contre mauvaise fortune bon cœur devant cet imprévu imposé ? Hors la présence du roi, il se débrida sans vergogne. Il espérait que le marquis s'imposerait tout en discrétion, n'entendant pas que cette contrainte gênât le moindre de ses mouvements. Nicolas remarqua que ceux-ci seraient forcément réduits sur un vaisseau de ligne et qu'il ne pouvait s'engager à rien dans un domaine où il n'était pas le maître. Il agirait donc selon les instructions reçues et personne, pas même le prince, ne serait à même de contraindre ou de tempérer ses obligations. Son interlocuteur en convint, passa outre et tint des propos indifférents et aimablement outrés.

Il parut au commissaire, grand épingleur d'âmes, que Chartres, de prime abord, avait préféré emprunter le chemin de la séduction. Pour Nicolas cette attitude s'apparentait à une véritable violence, celle qui calcule, pèse avec exactitude et justesse, et vise à des fins bien ourdies. Quant à la familiarité, elle ne servait trop souvent qu'à dissimuler le mépris. Il admirait toujours la capacité d'un visage à feindre et à paraître. Il était bien conscient que sa présence imposée à bord du *Saint-Esprit* constituait une mauvaise façon aux yeux d'un prince doté d'une perverse finesse. Lui n'empruntait jamais ces traverses-là et sa plus grande finesse était de n'en avoir point. Il s'en était toujours bien porté.

Alors qu'il sortait du cabinet du duc de Chartres, il aperçut dans l'antichambre deux hommes qui parlaient à voix basse. Dans l'un il reconnut l'inspecteur Renard, époux d'une lingère de la reine, dont Sartine lui avait parlé. Il chuchotait à l'oreille d'un personnage de mine basse à perruque rousse dont la vêture tenait du domestique. En passant au plus près d'eux sans qu'ils lui prêtent attention, il saisit un bref échange.

— La transaction tarde, il me semble !

— Horace hésite, dit l'inconnu.

— Ah ! Il préfère peut-être s'en remettre au destin… C'est quitte ou double.

— Allez savoir ! Je crains devoir m'en mêler. C'est une course bien hasardeuse.

Nicolas, qui savait y faire, interrogea un vieux laquais doré sur tranche qui ne résista pas à l'écu qui lui fut glissé. Il apprit ainsi que l'inconnu se trouvait être M. Lamaure, serviteur à tout faire – cela fut dit avec mépris – du prince. Il demeura perplexe sur le sens à donner à la bribe de conversation surprise.

Au milieu de ses préparatifs, Nicolas fut associé contre son gré à l'événement qui fixait l'attention de la cour et de la ville. Après son triomphe éclatant, M. de Voltaire se mourait. Les souffrances de la strangurie qui le tenaillait, les fatigues d'une représentation sans répit et les affres du littérateur le submergèrent soudain et minèrent sa résistance. Pour remonter ses nerfs affaiblis, il prit une quantité prodigieuse de café et se remit au travail, soucieux de clouer le bec aux détracteurs de son projet d'une nouvelle édition du dictionnaire de l'Académie. Il s'acharna sur cette tâche qui renouvela sa souffrance et le jeta dans un affreux accablement. Le maréchal de Richelieu, l'étant venu visiter, lui conseilla une prise de laudanum, remède dont il usait pour calmer les révoltes d'un organisme délabré. Le vieillard, au lieu des quelques gouttes nécessaires, vida une fiole entière. L'état dans lequel il sombra fut sans rémission ; il mourut dans la nuit du 30 mai 1778, le blasphème à la bouche et la rage dans le cœur au grand effroi de ceux qui le veillaient.

Le lieutenant général de police convoqua Nicolas et le pria de suivre avec attention ce qu'il allait advenir. Le public ignorait encore l'événement. Le roi souhaitait en être informé par le menu, soucieux qu'il ne donnât pas licence à quelque regrettable scandale. Le Noir avait déjà des intelligences dans la place. Dans le désordre qui régnait quai des Théatins, Nicolas prit le rôle d'un valet. Au cas où il serait interrogé, il devait prétendre avoir été engagé par l'un des parents du défunt. Ils étaient trois, M. d'Hornoy, son petit-neveu, M. Marchant de Varennes et M. de La Houlière, ses cousins. Il ne fut pas démasqué. Le corps du grand homme fut ouvert et dévoila une vessie toute tapissée de pus, ce qui fit juger des douleurs qu'il avait dû éprouver. On l'emplit d'aromates comme une momie, ayant ôté tout ce qui se corrompt, qu'on mit dans une cassette qu'un fossoyeur de Saint-Roch promit d'aller enterrer secrètement. On rajusta tout le reste avant d'affubler le cadavre d'une perruque et d'une robe de chambre. Le curé de Saint-Sulpice ayant refusé la sépulture chrétienne, la famille décida de faire transporter le corps à l'abbaye de Scellières où l'abbé Mignot, autre neveu de Voltaire, avait son logis. Ce dernier prit la poste pour faire les préparatifs. Le premier jour, le convoi quittait Paris de nuit, un carrosse contenant le corps brinquebalant du défunt attaché à la banquette et un autre occupé par les deux cousins. Le 3 juin, la messe était dite et Voltaire inhumé.

Nicolas jeta sa défroque aux orties et galopa rendre compte à Le Noir rue Neuve-des-Augustins. L'événement eut un heureux et inattendu dénouement. M. de Noblecourt, qui se targuait de toute éternité et à tout propos d'être le contemporain de Voltaire, avoua en rougissant avoir en fait quelques années de moins. Le grand homme était déjà en rhétorique que lui-même balbutiait ses humanités au collège Louis-le-Grand.

Le cénacle de la rue Montmartre salua à grands cris ce nouveau miracle et ce soudain rajeunissement que le docteur Semacgus attribua sans vergogne aux soins attentifs dont il entourait le vieux magistrat[17]. L'intéressé estima pour sa part qu'un verre quotidien de vin de Jasnières, fruit divin du Loir, constituait le meilleur des élixirs de longue vie.

Les jours précédant son départ virent Nicolas prendre une conscience plus claire de ce qui l'attendait. Le sang de ses pères s'agitait à la pensée qu'il partait pour la guerre, événement qui avait marqué sa lignée de temps immémorial. Il revoyait les portraits héroïques accrochés aux murailles du château de Ranreuil. Pourtant une sourde angoisse montait. Non qu'il éprouvât de la crainte, le mot et la chose lui étaient indifférents. Trop de fois la camarde s'était présentée à lui, s'effaçant au dernier moment. Des hantises le tenaillaient. Les récits de Semacgus, chirurgien de marine, l'avaient toujours empli d'effroi ; peu lui importait de périr dans la gloire de son nom, mais demeurer mutilé ou estropié… Partir c'était également laisser derrière lui son fils Louis, Aimée d'Arranet et tous ses amis.

Tout empreint de ces tristes pensées, il choisit d'y échapper, s'attachant à régler ses affaires. Retrouvant les formules apprises alors qu'il était clerc de notaire à Rennes, il rédigea son testament. Il n'oublia personne. Il y joignit trois lettres, pour sa sœur Isabelle, religieuse à Fontevraud, pour son fils Louis et pour Antoinette Gobelet – la Satin. Il désigna M. de La Borde, premier valet de chambre du feu roi et aujourd'hui fermier général, comme son exécuteur testamentaire et tuteur de son fils encore mineur. Ces préparatifs avaient atteint leur but. Songeant à ses proches, il s'oublia et se rasséréna au point qu'il sut prendre congé des uns et des autres sans qu'il y parût. Seul Bourdeau fut mis dans la confidence. Pour son fils, Aimée et tous ses amis, il était censé partir, et c'était au fond la vérité, pour une de ces missions mystérieuses qui jalonnaient sa carrière d'enquêteur aux affaires extraordinaires.

Maître Vachon, son tailleur, fut mobilisé pour les uniformes réglementaires. Il observerait la discrétion nécessaire ; il se serait fait tuer pour Nicolas, révéré comme un dieu pour avoir parlé de lui au roi. Le maître artisan réunit les éléments nécessaires et ceux dont il ne disposait pas et s'attacha en célérité à tailler, assembler et coudre l'habit bleu, la culotte noire, le justaucorps rouge, le tout brodé et gansé d'or.

Après une dernière conférence avec Sartine qui lui remit les instructions du roi destinées à l'amiral d'Orvilliers, et d'ardents adieux avec Aimée, Nicolas en soutane et rabat, grimé et vieilli, appuyé sur une canne, s'avança le matin du 22 juillet 1778, fête de sainte Marie Magdeleine, vers une chaise de poste rapide à destination de Brest. Son bagage l'avait précédé par d'autres voies. Plusieurs chevaucheurs étaient lancés sur divers itinéraires afin de leurrer les éventuelles menées anglaises. L'apparence de vieux prêtre hésita un moment à la vue d'un chalet de nécessité soudain surgi à ses côtés alors qu'il s'apprêtait à monter péniblement dans la caisse. Finalement il s'engouffra sous la toile comme soucieux de soulager sa vessie avant les secousses du chemin. Tirepot tendit au commissaire quelques feuilles de papier, lui glissant à mi-voix que Rabouine venait d'apporter cela de la part de Bourdeau. Une fois franchies les portes de la capitale, Nicolas prit connaissance d'un rapport de *mouches* qui le plongea dans la plus grande perplexité.

Il est arrivé le 15 juin dernier à l'hôtel de Senlis, rue du Four, un étranger se faisant appeler

Jacques Simon. Il s'est dit hollandois, venant de Bruxelles, mais il paroit qu'il est anglois par l'intérêt qu'il prend à cette nation dans ses discours et par la correspondance qu'il a avec elle ; cependant il parle bon françois. Il devoit rester ici quinze jours seulement, et maintenant il propose de payer deux mois de loyer ensemble. Il sort et écrit alors sur plusieurs cahiers cousus ensemble qu'il a soin d'enfermer. Cependant il avoit oublié la clef du tiroir une fois et on croit que c'est de l'anglois qu'il écrit. Il emprunte quelquefois un cachet à la maîtresse de l'hôtel, pour ne pas se servir du sien ; et elle s'est apperçue qu'il cachette de gros paquets. Il se plaint qu'on ne peut pas envoyer des lettres sans craindre qu'elles soyent décachetées. Pour éviter cela, il y a environ quinze jours, il a envoyé un homme par Dieppe à Londres avec des gros paquets, en s'informant soigneusement à son hôtesse si on étoit fouillé en sortant du royaume, qu'il seroit fâché que ses lettres courussent quelque risque. Cet exprès a été vu peu de temps avant son départ avec Jacques Simon, au caffé d'Alexandre sur les boulevards, retirés dans un coin.

Le 20 du courant, il est venu à six heures du matin à l'hôtel de Senlis, rue du Four Saint-Germain, où demeure Jacques Simon, un inconnu qui avoit l'air d'un postillon de poste, ayant une culotte de peau, une veste bleue avec un écusson au côté gauche et un gilet blanc, cependant à pied et sans bottes, demander un Anglois. On lui a demandé son nom, mais il n'a pas su le dire et a prié qu'on lui fasse voir tous les Anglois de la maison, qu'il avoit une lettre de conséquence à remettre ; on a voulu la lui faire laisser, pour en tirer parti, mais il a répondu qu'il lui étoit défendu de la donner à *d'autres. Enfin, il l'a remise à Simon. Il est apparent que cette lettre vient de Rouen, parce que l'exprès qui a porté le dernier paquet y est de retour et ne viendra plus à Paris, ce qui fâche Simon. Il a dit qu'il avoit eu des lettres à envoyer depuis, mais qu'il avoit trouvé heureusement une occasion pour les envoyer à Rouen.*

Le 22, Jacques Simon a beaucoup écrit et n'est sorti qu'à onze heures. Il est rentré le soir de meilleure heure qu'à l'ordinaire et s'est mis à écrire. Le 24, il est sorti à neuf heures du matin et est rentré à dix heures du soir. Il fréquente le Caffé Militaire et ceux des boulevards. On l'a prié de faire passer par son occasion une lettre à Calais, mais il s'est excusé sur ce que ses lettres alloient par Dieppe. Un des jours passés, il est venu un domestique le demander, mais il ne l'a pas trouvé. Il dit que selon les affaires il passera peut-être l'hiver à Paris. Quand on lui parle de la guerre, il répond que les Anglois n'ont pas peur ; qu'ils ont demandé et qu'ils attendent de nouvelles forces.

En apostille de la main de Vergennes, ministre des Affaires étrangères, à M. Le Noir :

Je pense, M., que l'opération d'arrêter led. Jacques Simon ne pourra être bien faite que la nuit. Recommandez, je vous prie, à celui que vous en chargerez de ne rien négliger pour s'assurer de tous ses papiers, de fouiller pour cet effet avec le plus grand soin. Peut-être seroit-il dangereux de mettre l'hôte dans la confidence avant le moment de l'exécution. Je serai demain à Paris ; si vous avez quelque chose à me faire savoir, instruisez-m'en à mon hôtel.

De la main de Bourdeau :

Monseigneur, j'ai l'honneur de vous rendre compte qu'en vertu de l'ordre du roy que vous m'aviez adressé, le nommé Jacques Simon, demeurant à l'hôtel de Senlis, rue du Four Saint-Germain, y a été arrêté à minuit et demi, que par l'événement d'une exacte perquisition il s'est trouvé dans un sac de nuit quelques portefeuilles renfermant des papiers, qu'il s'en est aussi trouvé dans les tiroirs de sa commode, que le tout a été mis sous les scellés et déposé au château de la Bastille où ledit Simon a été conduit. Le commissaire de la Bastille doit être présentement occupé à l'examen de ces papiers ; j'aurai l'honneur de vous informer de la suite de ses opérations.

Puis :

Monseigneur, j'ai eu l'honneur de vous rendre compte de l'interrogatoire subi par le nommé Jacques Simon, détenu à la Bastille depuis le 26 juin dernier, et vous avez vu par le rapport du commissaire qu'il n'avoit pas été possible d'acquérir de preuves sur les faits qui lui ont été imputés. Je vous donne toutefois transcription d'un papier trouvé dans son portefeuille : « Le courre traîne à ne plus scavoir que penser. Si Horace ne franchit pas le rubicon, il faudra envisager d'autres voies. »

À Alençon, le vieux prêtre pénétra dans le relais de poste pour en sortir peu de temps après sous l'apparence d'un fringant cavalier qui sauta en selle et, après quelques voltes, fit piquer des deux à sa monture vers l'ouest. De Mayenne à Landivisiau, en passant par Lamballe et Saint-Brieuc, dormant quand la fatigue le submergeait et alternant la chaise rapide et les montures, Nicolas rejoignit Brest dans les délais les plus brefs.

Le bonheur le submergeait de retrouver son pays natal. La chaise possédait cet avantage que la hauteur de la caisse permettait de dominer le paysage. Lorsqu'il était en selle, les chemins creux, le genêt en fleur, l'odeur des troupeaux et les senteurs salées de l'air marin lui donnaient des ailes. Il communiquait son ardeur à ses chevaux enchantés de ses mystérieux propos. D'étranges connivences les liaient à lui. De chaque monture il se sépara à regret. Aucun incident ne vint troubler un parcours favorisé par l'extrême sécheresse qui frappait le royaume.

Il découvrit Brest en état de siège et, sans le sauf-conduit de Sartine, il n'y entrait point tant la crainte des espions anglais y était grande. Il s'enquit de la direction de la rade et, soudain, du haut d'un rempart, demeura béat devant le panorama qui s'offrait à lui. Des dizaines de vaisseaux de ligne à quai ou mouillés au large offraient un spectacle qui, sous les derniers rayons du soleil, changeait à tout moment comme les vues animées d'une lanterne magique. Les flots miroitaient, reflétant les ombres mouvantes des mâts et des coques. L'océan et la guerre l'attendaient ; une sombre ardeur l'animait.

II

OUESSANT

Je suis la *Belle Poule*, vaisseau du roi de
France, je viens de la mer et vais à la mer.
Les bâtiments du roi, mon maître, ne se lais-
sent point visiter.

Bernard de Marigny,
janvier 1778[1].

Il retrouva son bagage dans un relais de poste où
une chambre lui avait été retenue dans l'attente de son
embarquement. Ayant revêtu son bel uniforme, l'épée
du marquis son père au côté, il gagna le port et se présenta à l'échelle de coupée de *La Bretagne* dont la
masse énorme le stupéfia. Il n'avait jamais vu un vaisseau aussi grand avec ses trois ponts et ses rangées de
sabords. Son arrivée fut saluée par les sifflets réglementaires et les commandements d'usage correspondant à son grade.

Une autre surprise l'attendait. L'officier qui l'accueillit n'était autre qu'Emmanuel de Rivoux[2]. Il redit à
Nicolas toute sa reconnaissance et l'assura de son
dévouement. Il lui serait attaché tout le temps que

durerait son séjour à bord du *Saint-Esprit*, laissant entendre qu'il était au fait des véritables raisons de sa présence. Il eut le temps, constatant l'étonnement de Nicolas devant les dimensions du vaisseau, de lui indiquer qu'il avait été offert au feu roi par les États de Bretagne à l'issue de la guerre de Sept Ans, puis abandonné. Les événements du nouveau monde avaient conduit à sa remise en état. Navire amiral, il disposait d'une extraordinaire puissance de feu de cent canons.

L'amiral d'Orvilliers le reçut avec courtoisie, conservant pour lui les sentiments que devait lui inspirer ce marquis, commissaire au Châtelet, improvisé officier de marine et qui semblait bénéficier de si puissants protecteurs. Nicolas lui remit les instructions du roi et répondit aux questions sur les nouvelles de la cour et de la ville.

— Monsieur le marquis, conclut l'amiral qui d'évidence avait hâte de connaître ses ordres, je vous sais gré d'avoir consenti à cette mission... disons particulière. Votre réputation vous a précédé et le ministre paraît vous tenir en haute estime...

Il ajouta à voix basse comme pour lui-même :

— ... et la tâche à vous confiée n'est pas des plus aisées ni sans périls, on aurait compris que vous y renonciez. Monsieur, nous ferez-vous l'honneur d'être des nôtres ce soir ? Le duc de Chartres vient souper...

Dans la chambre de poupe somptueusement décorée, le prince salua Nicolas sans que rien dans son attitude révélât qu'il le connaissait. L'amiral menait la soirée avec autorité et attention pour chacun de ses hôtes. Nicolas fut frappé de la dignité et de la réserve de M. de La Motte-Picquet auquel revenait le délicat honneur de guider les pas du prince, à la fois commandant de la troisième division et du *Saint-Esprit*. Un valet servait le duc de Chartres, dans lequel il reconnut l'inconnu qui s'entretenait avec l'inspecteur Renard dans les antichambres du Palais-Royal. À la droite de Nicolas se tenait un homme jeune qui se présenta aimablement. Très réservé de prime abord, il déclara s'appeler Jacques Noël Sané[3], ancien élève de l'arsenal de Brest et ingénieur naval. Il devint plus prolixe en expliquant qu'il dessinait des carènes[4] et recherchait un moyen qu'une fois acceptés ses plans de vaisseau pussent être utilisés pour construire à l'identique et dans la plus grande hâte. Rivoux se mêla à la conversation, notant l'intérêt de la chose : des vaisseaux du même modèle, on pouvait attendre un comportement semblable à la mer. Sané approuva, ajoutant qu'il profilait des lignes pour favoriser à la fois la vitesse et la manœuvre.

Le lendemain, Nicolas embarqua sur *Le Saint-Esprit*, vaisseau de ligne de quatre-vingts canons. Il partageait avec Rivoux le privilège d'une petite cabine, méchant réduit avec deux cadres pour dormir. Novice, mais tout autant que le duc de Chartres, Nicolas apprit à ses côtés les termes en usage et sut bientôt distinguer un petit cacatois de misaine d'avec un cacatois de perruche d'artimon et reconnaître les différentes prises de ris. Écoutilles, panneaux, descentes, sabords et bragues molles n'eurent bientôt plus de secrets pour lui, non plus que les commandements usuels. Après un temps de curiosité de la part des autres officiers, son affabilité le fit adopter sans trop de questions gênantes, chacun le supposant en inspection, ce qui approchait la vérité.

Un soir, le prince décida d'aller chercher bonne fortune dans une des maisons accueillantes de la vieille ville. Il avait bien fallu pour le commissaire honorer ses instructions et suivre une équipée qu'il ne maîtrisait nullement. Les quelques représentations hasardées avaient été dédaigneusement repoussées. Une indifférence ennuyée avait accueilli les conseils de prudence.

Ils étaient pourtant plus que fondés vis-à-vis d'une escapade risquée dans un port de guerre où l'espion anglais pullulait et où les menaces contre la sûreté du prince étaient d'autant multipliées. Le lieu choisi par le valet connu de Nicolas se situait au fin fond d'une ruelle sordide. Cet endroit d'élection se présentait comme une maison bourgeoise de bonne apparence, la gent officière et la gentilhommerie locale y avaient leurs habitudes de débauche. Habitué de ces officines par son état, Nicolas ne fut pas surpris du décor qui lui rappela le *Dauphin couronné* en plus rustique. Au moment où il s'en faisait réflexion, une fille lui sauta au cou. C'était la Clignette, une ancienne protégée de la Paulet. Sous le regard ironique du prince, elle entraîna le commissaire et l'accabla de questions sur Paris qu'elle regrettait et sur la Paulet à qui elle avait conservé son affection. Chez elle, affirma-t-elle dans un sanglot, elle avait passé les meilleures années de sa jeunesse. Elle s'enquit aussi de la Satin dont elle avait été l'amie. Nicolas ne s'y étendit pas, soucieux du sort d'Antoinette, agent français à Londres. Nicolas conservait la tête froide au milieu de toute cette jeunesse animée. Il feignait de boire beaucoup, vidant discrètement ses verres sur les tapis, de parler fort, de rire avec entrain et d'offrir au spectateur attentif toutes les apparences du plus allègre dérangement. Ce faisant, il ne perdait de vue aucun acteur ni aucune parole. C'est ainsi qu'à demi allongé sur un sofa, et séparé de lui par un simple paravent aux motifs décrivant les postures de Vénus, il surprit les propos tenus à voix basse par le duc à son valet.

— Soit, je veux bien, mais sait-on seulement, Lamaure, de qui provient la proposition ?

— Bah ! Pardi ! Monseigneur, cherchez à qui la chose peut profiter ?

— Ils ne sont pas nombreux. À moins que nos adversaires...

— Ceux-là ne s'en privent guère. Libelles, pamphlets et toute l'ordure fabriquée, et du plus beau et du ton le plus puant ! Cela dévale de Londres et d'Amsterdam par paquets entiers. C'est dans un autre registre, plus restreint, dans les entours, qu'il faut rechercher l'organisateur du mystère.

— Le truchement alors ?

Nicolas perçut un rire aigrelet.

— Ha ! Il ne vous est pas étranger, il a pris part à certaines expériences, à des soirées… de baquets !

Le prince se mit à rire à son tour.

— Comment ? Je… Mais enfin, il ne travaille pas pour lui. Et pourquoi Horace n'en userait-t-il pas lui-même ?

— Sans doute faute d'audace. Il préfère demeurer en retrait ; dans le cas où… on se tournera naturellement vers lui.

— Sauf si…

— La question ne se pose pas dans ce cas, mais plus tard… Me donnez-vous carte blanche ?

— Pour le moment, je n'en ai pas l'usage, mais qui sait dans l'avenir… Quel sort me réserve-t-on ? On ne se prive guère de… Il y a cette charge de grand amiral que Penthièvre, mon beau-père, détient et dont j'ambitionne la survivance.

Il y eut un silence. Il semblait que le valet eût quitté son maître quand la voix de Chartres résonna, impérieuse.

— A-t-on pris des précautions ? Point de fil qui dévide de la pelote. Fais en sorte que cela reste entre toi et l'homme. Je ne veux pas dire… mais sois prudent. As-tu bien compris ?

La conversation prit fin et le duc, assailli par quatre filles dépoitraillées, se laissa conduire vers les alcôves du premier étage. Nicolas dut attendre les premières heures du jour pour reconduire Chartres à bord. Durant cette longue attente, confortablement rencogné dans un fauteuil à oreillettes, il médita sur ce qu'il venait d'entendre. Quel plan semblait-on ourdir et contre qui ? Sartine ? Apprécié du roi et de la reine, le ministre était certes menacé. Le prince avait naguère rassemblé des charges contre lui. Son hostilité contre Necker, directeur des Finances, l'affaiblissait. Pourtant certaines formules utilisées dans la conversation traversée ne semblaient pas correspondre à cette hypothèse. Il conviendrait d'y réfléchir, car rien ne paraissait sans conséquence qui touchât le duc. Le respect qu'il lui inspirait ne troublait d'aucune sorte son jugement. Il avait écarté les a priori et les préventions nées des propos de Sartine et de Le Noir. Il comprenait mieux désormais le sens de sa mission. Certes assurer la sûreté d'un *important* dont la perte ou la capture constituerait une défaite pour les armes du royaume, mais surtout surveiller, le mot avait été prononcé par le roi, un homme aux mœurs dissolues et aux agissements incontrôlables dont le passé politique ne plaidait guère en faveur d'une insoupçonnable fidélité au trône.

Quelques jours après l'arrivée de Nicolas à Brest, la flotte appareilla. Le jeudi 2 juillet 1778 à midi, l'escadre renforcée du *Ranger*, navire américain, et du *Drake*, corvette anglaise de prise, désaffourchait[5] et appareillait vers le grand large, doublant la pointe Saint-Mathieu sur trois colonnes. Le 9, au milieu du jour, l'amiral d'Orvilliers fit mettre en panne et convoqua les capitaines à bord de *La Bretagne*. Nicolas, sans qu'on l'invitât, mais sans qu'on s'y opposât non plus, accompagna le duc de Chartres et M. de La Motte-Picquet. Il n'était pas question que ces personnages se livrassent à l'escalade par les taquets cloués qui permettent de s'élever jusqu'au pavois à l'aide d'un filin pendant le long du bordage. En dépit du roulis qui ne facilitait pas l'opération, on employa donc une chaise qu'un palan hissa jusqu'au pont supérieur où attendait le piquet d'honneur. La réunion fut brève ; le commandant de l'armée navale révéla les ordres du roi enjoignant à ses vaisseaux *d'attaquer et de prendre tous les bâtiments anglais, tant ceux du roi que des marchands, à cause de l'insulte que les Anglais avaient faite à son pavillon en attaquant la frégate* La Belle Poule *à deux reprises, la seconde attaque s'étant conclue par un combat glorieux et favorable à nos armes.*

Du 10 au 18 juillet la monotonie de la marche ne fut rompue que par l'accident d'un matelot de la *Couronne* qui tomba à la mer et contraignit la flotte à mettre en panne. Le 11, plusieurs bâtiments furent signalés. Dans la nuit du 12 au 13, la vergue de crevadière cassa les vitres d'une des bouteilles[6] du *Sphinx*. À l'aube, on dut reformer les colonnes très dispersées durant la nuit. Le 15, la frégate *La Sémillante* parvint à arrêter et à amariner un petit bâtiment ayant à son bord soixante-dix prisonniers faits par des corsaires de Boston qui venaient de détruire leur flottille en partance pour la pêche à la morue. Cette barcasse leur avait été abandonnée pour leur permettre de regagner la terre.

Nicolas profita de ces quelques jours pour visiter le vaisseau et prendre une connaissance plus approfondie de la vie à bord. Il parla aux matelots, usant de ce don de séduction et de simplicité qui lui gagnait les cœurs sans qu'il s'y évertuât vraiment. En dépit de son uniforme et du respect craintif qu'il suscitait, l'équipage sentit inconsciemment que son attitude différait de celle des autres officiers. Les matelots avaient remarqué la vénération dont Rivoux, par ailleurs réputé juste et bienveillant, entourait le nouvel arrivant. Chacun parlait donc sans contrainte. Nicolas mesura la dureté de la vie quotidienne et le dévouement d'hommes qui n'avaient pas tous volontairement choisi cette voie. Certains s'y étaient jetés comme sur une planche de salut, d'autres avaient été les jouets d'un destin contraire ou d'un recrutement forcé sans pitié. Peu étaient flattés de compter le duc de Chartres à bord. Ils observaient l'air goguenard les manœuvres qu'il se plaisait à ordonner, sentant bien que les officiers le laissaient par déférence agir à sa guise.

— Faut-y pas croire qu'on craignit si fort que l'enfant se cassoit la tête pour qu'on la munisse d'un bourrelet ! s'exclama un matelot.

Il n'était pas sûr que M. de La Motte-Picquet appréciât la comparaison.

Quand il ne se divertissait pas à commander ou à gloser à l'infini sur les mérites du système politique anglais, le prince, qui s'était pourvu d'une ample provision de tapis et de jeux de cartes, passait son temps à boire et à manger et à ruiner au jeu les officiers de son équipage ou ceux des vaisseaux de sa division qui s'exposaient à venir faire sa partie. Il semblait que l'ennui et une velléité d'ambition lui fissent désirer de paraître sur un théâtre guerrier. Il espérait y trouver un titre à la lucrative survivance de la charge de grand amiral détenue par son beau-père le duc de Penthièvre.

Tout se savait à bord et l'équipage murmurait sourdement. Qu'avait donc besoin le duc de s'environner de cuisiniers, valets d'office, rôtisseurs et sommeliers qui n'avaient décidément rien à faire sur un vaisseau du roi appelé à combattre ?

Fallait-il donc, songeait Nicolas à part lui, qu'un prince ne comprît pas le scandale que cette ostentation suscitait aux yeux d'hommes dont beaucoup étaient appelés à périr dans la guerre désormais ouverte. Que devenait dans tout cela le service du roi et l'exemple qu'aurait dû offrir un cousin du souverain face à des hommes courageux jetés sur un élément cruel, toujours entravés de craintes et de maux, subissant à l'occasion de cruels châtiments corporels, privés enfin des douceurs de la vie de famille, d'épouses et d'enfants ?

Nicolas appréhendait la suite des événements. Si les combats futurs venaient à tourner mal, il serait le dernier recours du prince avec les seules ressources de son courage. Avant l'appareillage, la rumeur avait couru à Brest que l'amiral anglais Keppel était persuadé que le duc de Chartres serait infailliblement son prisonnier et qu'il avait fait préparer une chambre très propre et très commode sur son vaisseau *Victory* pour y recevoir son *Altesse sérénissime*. Les relations de Nicolas avec le prince ne s'étaient guère améliorées, alternant hauteur, indifférence ou propos graveleux que Nicolas accueillait avec indifférence et la même affectation de respect.

Le 17, *Le Sphinx* annonça que des vaisseaux pris en chasse depuis la veille appartenaient sans erreur possible à l'escadre anglaise et le lendemain l'armée se formait en bataille, confortée dans sa certitude par les renseignements fournis par un bâtiment danois. Le 19, des voiles sous le vent apparaissaient et la flotte se forma en échiquier. La frégate *L'Oiseau* arriva de Brest avec les dépêches de la cour. Le 20, on mit cap au sud à la misaine et à l'artimon. Le 23 à deux heures de l'après-midi, par un temps fort embrumé et grand frais, on aperçut lors d'une éclaircie trente et quelques voiles qu'Orvilliers estima appartenir à l'escadre de l'amiral Keppel. Dans la nuit le vent souffla assez fort, obligeant de temps en temps à amener les voiles. Le soir du 24, la flotte vira bâbord amures d'un seul mouvement qu'admira Nicolas. Le lendemain, par une mer houleuse, les flottes s'observèrent.

Le 27 juillet, Keppel manœuvra enfin et se forma en échiquier pour combattre tous les vaisseaux français en détail les uns après les autres, en remontant de la queue de la ligne à la tête. Orvilliers vira lof sur lof, ce qui le rapprocha de l'ennemi en contremarche et en perdant au vent. Keppel répondit aussitôt en prenant le vent. Orvilliers fit alors mettre en bataille en ordre renversé bâbord amures, la division Chartres en arrière-garde se retrouvant du coup en avant-garde. *Le Saint-Esprit* ouvrit le feu et la bataille s'engagea.

27 juillet 1778, au large d'Ouessant

— Monsieur le marquis, hurla Rivoux, revenez à vous ! Sous le feu, la plus grande attention est nécessaire.

Il secouait Nicolas par le bras, l'air alarmé. De fait, la canonnade reprenait de plus belle. Des brèches apparaissaient çà et là dans le bordage, les voiles basses en charpie, réduites en lames de fouet, cinglant l'air sous les ralingues. Les sifflements et les chocs s'accroissaient, appelant à prendre garde. Des volées de balles arrivaient en miaulant puis claquaient sec en s'écrasant. Nicolas ne pouvait s'empêcher de se dédoubler, présent désormais dans l'action, mais poursuivant sa méditation intérieure, cette conscience alertée qui ne le quittait jamais. Par instants, l'absurdité de la guerre navale l'étreignait. Il pouvait comprendre l'affrontement sur terre d'armées en vue de défendre ou de conquérir un terrain. Mais là, sur cette surface mouvante et hostile, peuplée de périls cachés, jeter les uns contre les autres ces masses de bois et de feu, qui dans l'épouvante se fracassaient, quelle folie ! Où était la victoire dans ces conditions ? Un massacre d'hommes qui ne décidait de rien, au résultat incertain. Un fusilier tomba près de lui, il se saisit de son arme et tira au jugé vers l'ombre menaçante qui, à quelques lignes, crachait le feu et le fer. Il rechargea méthodiquement et tira à nouveau et de nombreuses fois jusqu'à ce qu'un projectile touche son fusil et en fracasse le bassinet. Il chercha des yeux le duc de Chartres.

Au milieu des fumées, il ne le voyait que de dos. Il parlait, tête contre tête, à La Motte-Picquet dont la crispation agacée le frappa. Qu'aurait-il pu tenter pour protéger le prince ? Il voulait à tout prix se rendre utile et aidé par Rivoux entreprit de descendre des blessés au centre du vaisseau là où le chirurgien opérait. L'endroit avec ses cris et ses odeurs tenait du cauchemar. Après quelques allées et venues, ils tentèrent de s'approcher du duc, bousculés par les ressauts du vaisseau et gênés par les débris de toute sorte qui jonchaient le pont.

— Nous sommes les plus proches de l'ennemi ! lui cria Rivoux à l'oreille. La position des Anglais sous le vent relève leur feu alors que la nôtre gêne sans doute celui de nos sabords les plus bas !

Sur la dunette, les échanges paraissaient vifs. Il semblait qu'on venait d'apercevoir des signaux de *La Bretagne*. Nicolas et Rivoux s'approchèrent. Le feu anglais se poursuivait, meurtrier, des rigoles de sang coulaient sous leurs pas. Des volées d'espars jaillissaient de toutes parts comme autant de traits meurtriers. Le dialogue des deux hommes leur parvenait assourdi.

— Je ne vois rien, disait Chartres.

— Cela fait trois fois que *La Bretagne* répète ses signaux ! La logique voudrait, dit La Motte-Picquet, que votre escadre virât par contremarche sitôt l'arrière-garde ennemie dépassée et revenue tribord amures pour prendre la queue de la ligne ennemie entre deux feux. Il faut agir promptement…

— Comment ? Je n'entends rien.

La Motte-Picquet répéta son propos sans que pour autant Chartres parût décidé à prendre une décision.

— Nous ne sommes sûrs de rien… Il faut avoir une assurance. Je vais envoyer une chaloupe à d'Orvilliers.

— Nous perdons du temps.

La ligne française se reformait, laissant *Le Saint-Esprit* face à l'ennemi, isolé et en situation de plus en plus périlleuse. La destruction se profilait quand *Le Sphinx* accourut à son secours et le couvrit de sa masse, recevant lui-même tous les effets et boulets destinés au vaisseau du prince. *La Bretagne* vint passer à la poupe du *Saint-Esprit* et l'amiral au porte-voix dit au duc de Chartres son intention de mettre en bataille sous le vent.

Comme dégrisé et, sembla-t-il à Nicolas, au grand soulagement de La Motte-Picquet, le prince décida enfin de prendre la tête de la ligne, suivi par tous les vaisseaux de sa division. L'ennemi qui avait déjà viré de bord pour charger ce qui était l'arrière-garde française s'arrêta dans son mouvement. La bataille se poursuivit. Nombre de vaisseaux de part et d'autre étaient gravement endommagés et même démâtés, mais nul n'avait été pris. Chacun put croire avoir blessé l'autre à mort et à sept heures du soir les deux flottes firent voile et s'éloignèrent.

Il apparut le soir même, une fois le calme revenu, alors que s'élevaient les cris des blessés que l'on continuait d'amputer ou de recoudre, que la victoire aurait pu être complète, expliqua Rivoux à Nicolas, si *Le Saint-Esprit*, et, à sa suite, la division du prince avaient suivi les signaux de l'amiral, à trois reprises rejetés. L'occasion avait été manquée de couper la ligne de deux vaisseaux anglais et de revenir pour l'attaque entre deux feux. Or Chartres avait atermoyé et la révérence départie à un prince du sang avait sans doute empêché La Motte-Picquet d'imposer ses vues en autorité à ce marin débutant et à ce chef incertain.

Le lendemain au petit jour, l'île d'Ouessant apparut au nord-est à environ six lieues de distance. Le temps était plus clair et des signaux émanaient de plusieurs vaisseaux demandant à relâcher à cause du mauvais état de leur mâture et de nombreuses autres incommodités, conséquences du combat. À midi, les morts, cousus dans des toiles de voile et lestés d'un boulet, furent confiés à la mer au cours d'une brève cérémonie qui rassembla l'équipage. Puis l'escadre fit voile au sud-ouest jusqu'au milieu de la nuit pour enfin mettre le cap au nord pour entrer dans le goulet.

Nicolas, tout au long de la journée, tenta de mettre ses idées en ordre. Une certitude s'imposait : en vérité il avait participé à cette bataille sans rien y démêler, sauf un choc de titans dont son corps gardait les traces. L'ennemi invisible n'avait été que ténèbres, masses indistinctes, tonnerre et feux éclatants. Il n'avait pas vu l'Anglais. Il avait déchargé son arme sans savoir sur qui, en ignorant le résultat de ses gestes. Ludion dans la tourmente, il en avait éprouvé la superficielle agitation. Peu à peu il reprenait ses distances par rapport à cette partie de lui-même encore ébranlée par l'expérience. Il admirait d'autant plus ceux qui, comme Orvilliers, avaient su organiser ce chaos.

Présent à un moment décisif du combat, il en voulait d'autant plus à celui qui n'avait pas saisi la chance qui s'offrait au moment où, durant un court instant, elle balançait. De cela il avait été le témoin et il sentait bien que sa présence à bord du *Saint-Esprit*, inimaginable à tout coup dans le seul but impossible de protéger le prince, consistait bien à être l'œil de Sartine et donc du roi pour jauger le duc de Chartres dans l'exercice de son commandement. Lui-même désormais possédait les réponses. L'aventure montrait éloquemment que la naissance à elle seule ne conférait pas le mérite et qu'un grand nom, quel qu'il fût, ne garantissait pas le talent.

Le 29 juillet à deux heures de relevée, *La Bretagne* et *Le Saint-Esprit* mouillaient en rade de Brest. Le duc de Chartres rejoignit l'amiral et se fit donner, ou plutôt réclama, l'honneur de porter la nouvelle du combat à Versailles. D'Orvilliers, quoi qu'il en eût, y consentit, mais fit discrètement passer à Nicolas un pli à remettre en mains propres au ministre de la Marine. Avant de partir, il tint à faire ses adieux reconnaissants à Emmanuel de Rivoux pour toutes les attentions prodiguées.

Le retour fut rapide ; une course coupée de rares répits pour se reposer courtement et se restaurer. Les campagnes traversées apparaissaient, au travers du tremblement de l'air, jaunes et sèches tant la chaleur perdurait. Quand il pouvait l'approcher, Nicolas observait chez le prince une excitation grandissante, une exaltation qui, à mesure qu'on s'éloignait de Brest, s'emparait de son esprit, refaisait le combat, le transformant peu à peu en conte glorieux. Ainsi s'efforçait-on de fondre dans un récit épique un médiocre épisode au cours duquel avaient été compromises les chances d'une victoire achevée.

À Dreux, étape obligée, un message attendait Nicolas depuis plusieurs jours. M. de Sartine lui ordonnait de gagner Versailles au plus vite. Le duc de Chartres ne s'étant jamais inquiété de lui, il quitta la caravane sans prendre congé. Il sauta sur un hongre bai qui répondit avec un frémissement de bon aloi à la précipitation de son cavalier. Il arriva au château sur les onze heures du soir. Il n'y avait personne dans l'aile des ministres et il dut rejoindre en ville l'hôtel de la Marine. Sartine travaillait encore. Il ne dissimula pas sa surprise à la vue du commissaire en uniforme couvert de poussière et empoissé de sang séché. Son visage tailladé de coupures était à l'avenant. Il titubait et Sartine dut le soutenir pour le conduire à un fauteuil. Il prit sur son bureau un gobelet d'argent dans lequel il vida le contenu d'une fiole ambrée qu'il tendit à Nicolas.

— Ce n'est pas le cordial du père Marie, murmurat-il en souriant, mais d'un efficace éprouvé. J'en use pour me tenir éveillé quand la fatigue me surprend.

Ce rappel des jours anciens du Grand Châtelet émut Nicolas, que ce souvenir réconforta aussitôt.

— Mon ami, il me plaît de vous retrouver un peu couturé, mais sauf. Des nouvelles trop générales du combat sont parvenues jusqu'à nous. Une bien incertaine conclusion à ce qu'il paraît... Où se trouve le prince ?

— Quand j'ai sauté sur un cheval, il se restaurait à Dreux. Selon moi, il sera à Versailles aux premières heures du matin.

— Bien. Il ne verra donc le roi qu'à son lever, à huit heures... Je souhaite que vous soyez présent. Vous avez les *entrées*. Rien ne s'y oppose donc.

— Je dois reprendre visage humain.

— Surtout pas ! Le roi doit connaître ses bons serviteurs, entendre et sentir le vrai des choses.

— Ah ! Monseigneur, j'oubliais...

Il sortit les dépêches d'Orvilliers qu'il conservait contre sa poitrine et les tendit à Sartine qui s'en empara et les lut avec attention. Un instant il considéra Nicolas avec une sorte d'attendrissement dont il n'était pas coutumier.

— Vous n'avez point été ménager de votre peine... « *Bon chien chasse de race* », comme disait le feu roi, notre maître.

Le silence s'établit après cette remarque. De la croisée ouverte la chaleur cette nuit d'été montait ; on entendait au loin le chuintement d'une effraie qui rappela à Nicolas ses nuits d'enfance au château de Ranreuil.

— Votre sentiment sur Chartres ?

— Avec vous je ne serai guère courtisan. On révère peu ce qui est peu estimable. La marine exige abnégation, connaissances approfondies, coup d'œil, expérience et sens du commandement. Rien n'est pire sur un vaisseau en plein combat qu'une autorité incapable et qu'un subordonné d'expérience sans capacité d'en imposer. Cette conjonction explique sans doute le succès médiocre de l'entreprise. Une chance décisive a été gâchée qui ne s'est pas retrouvée ensuite. C'est du moins ce que, moi, néophyte en la matière, j'en ai retenu. Quant à protéger le prince, il n'en était guère question sous le feu. Il a joué sa vie comme tout un chacun et, dans cette conjoncture, a honoré son nom.

— Voilà, en termes concis et de la voix d'un honnête homme, tout ce qu'on devait savoir, dit Sartine songeur. Le roi doit recevoir de votre bouche, et par le menu, le récit de la bataille. Vous y excellez.

— Monseigneur ! Je dois me changer et faire toilette…

— Dois-je vous le répéter ? grincha Sartine avec un mouvement d'impatience. Il n'en est pas question. Votre… apparence fera événement et balancera…

— Quant au récit, je n'étais qu'un pion égaré !

— Témoin de l'essentiel pour Sa Majesté. Peste soit de votre maudite modestie quand d'autres se damneraient pour être à votre place ! Je vais vous faire donner une voiture.

Il sonna et un laquais apparut.

— Qu'on raccompagne le marquis de Ranreuil à l'hôtel d'Arranet.

Il regardait Nicolas, plein d'envie.

— Heureux homme, vous aurez le privilège de prendre quelques instants de repos. Voiture à sept heures. Soyez exact.

Il passa derrière son bureau, s'assit, soupira de lassitude et se mit à écrire. Nicolas allait passer la porte quand la voix du ministre retentit :

— Lorsque tout ceci sera achevé et que vous serez sur pied, voyez Le Noir. Cette affaire que traite l'inspecteur Renard m'intrigue au plus haut point. Il m'est revenu que la reine s'inquiète vivement de l'objet qu'on lui a dérobé... et dont Elle a celé la perte au roi.

Nicolas revint sur ses pas.

— À ce sujet, monseigneur, j'ai surpris dans l'antichambre du Palais-Royal une étrange conversation entre Lamaure, valet et *pourvoyeur* du duc, et notre Renard. Des larrons en foire... Un nom, *Horace*, a surgi que j'ai ensuite à nouveau entendu dans la bouche du prince, parlant au susdit valet... Nom qui était apparu précédemment dans un rapport de mouches intéressant un espion anglais !

— Voilà qui ne confirme que trop mes intuitions ! Interrogez Renard sous quelque prétexte. C'est un homme à nous, des plus retors toutefois. Me ferez-vous l'amitié de me tenir informé du résultat de votre recherche ?

— Pardié ! s'exclama Nicolas en riant. Demandé comme cela, c'est un plaisir d'y déférer.

En repartant vers la porte il entendit la voix légèrement tremblante du ministre.

— Sachez que je me suis beaucoup reproché de vous avoir risqué dans cette affaire. Et que je suis heureux que nous naviguions derechef de conserve. Surtout, ne changez rien à votre apparence. Allez.

Jamais en dix-huit ans Sartine n'en avait autant dit. Et de surcroît, songea Nicolas jubilant, il avait l'air sincère. Il n'oublia pas avant de monter dans le carrosse de recommander qu'on prît soin de sa monture, épuisée elle aussi. Il faillit s'endormir dans la voiture et tomba quasiment dans les bras de Tribord en arrivant à Fausses-Reposes.

— Vingt dieux ! Comme vous voilà fait, matelot. Eh comment ? Officier ! C'est donc t-y vrai ce qu'on murmure ? Y aurait eu une grande bataille ? Pour le coup, on est compains de sabord !

Ils pénétrèrent dans la maison endormie.

— Je vais vous chercher de l'eau chaude au potager.

— Non ! dit Nicolas. Je dois me présenter au roi dans l'état où je suis.

— Au roi ! Crénom ! attifé de bourbe et de sang ? Ah ! je comprends. Faut qu'il touche du doigt ! C'est bien le moins…

Il l'aida à monter dans sa chambre. Nicolas s'affala sur le lit, laissant le vieux matelot lui tirer ses bottes.

— Je remonte votre porte-manteau et vais prévenir mademoiselle. Elle se rongeait les sangs de ne point savoir où vous étiez. J'avais bien vu que l'amiral ne pouvait jaser.

Avant que Nicolas ait pu faire un geste, le vieux serviteur avait disparu. Au moment où il s'assoupissait, il sentit soudain un corps se coller contre le sien, une pluie de baisers tomba sur son visage blessé. Il protesta faiblement qu'il était sale, puis se laissa faire. Et après toutes ces horreurs, la mort moissonnant autour de lui, ces chairs torturées, ces membres amputés, l'odeur des cadavres, une ardeur de ressuscité s'empara de lui.

L'étreinte qui le noua à Aimée fut la plus ardente de toutes celles qui les avaient si souvent réunis. Il garda sa maîtresse dans ses bras tout au long de la nuit, la serrant si fort contre lui que parfois elle gémissait dans son sommeil. Tribord à sept heures vint le tirer du lit. Sans soins particuliers il s'habilla et monta dans la voiture que Sartine lui avait renvoyée.

La rumeur avait couru que le duc de Chartres était arrivé à deux heures du matin porteur de grandes nouvelles ; une petite foule s'agglutinait. Le ministre attendait Nicolas dans la galerie. Il venait de voir le roi dans son particulier. Il contempla Nicolas avec satisfaction. Autour d'eux des courtisans et ceux qui bénéficiaient des entrées contemplaient Nicolas avec une curiosité respectueuse et effarée.

— Vous me donnez en pâture aux *bayeux*[7], monseigneur.

— C'est bien là le but de la manœuvre, ricana le ministre en se frottant les mains d'excitation, voyez donc qui arrive.

Le duc de Chartres venait d'apparaître dans un éclatant uniforme. Il reçut froidement le salut et les compliments de Sartine et fixa d'un air agacé Nicolas qui s'inclinait. Ils se retrouvèrent tous dans la chambre de parade. Le roi s'adressa à son cousin, le félicita de sa bonne mine, écouta avec plus d'impatience et de distance que d'allégresse le discours circonstancié du duc sur le combat d'Ouessant. Rien ne transparaissait des erreurs et des hésitations du commandant de l'arrière-garde navale.

Nicolas observait les physionomies de l'assistance attentive. Tous les miroirs des âmes de ce *pays-ci* se trouvaient dévoilés. Certains ne s'attachaient qu'à la personne du roi, attendant qu'il se prononce pour calquer leur attitude sur la sienne. D'autres morguaient Nicolas avec réprobation comme si sa seule présence et son apparence constituaient une offense à l'égard du duc et risquaient d'empiéter sur son triomphe prévisible.

Le roi fit constat qu'aucun vaisseau de part et d'autre n'avait été perdu et regretta que la poursuite n'ait pu être ordonnée, les ennemis coulés à fond et l'escadre vaincue, poursuivie jusqu'à sa retraite. Il s'enquit des officiers qui avaient été blessés et des pertes. Avisant Nicolas, il le désigna de la main, marquant que de bons exemples montraient que chacun avait glorieusement fait son devoir. Derechef, il déclara ne pas se flatter outre mesure d'une rencontre sans conclusion. Le duc de Chartres qui, à plusieurs reprises durant ce discours, avait marqué son impatience demanda abruptement la permission d'aller faire sa cour à la reine, ce qui lui fut accordé sans autre forme de procès.

Thierry de Ville d'Avray, premier valet de chambre, tira Nicolas par la manche et, sous le regard approbateur de Sartine, l'entraîna vers les cabinets intérieurs. Ils gagnèrent la demi-volute d'un escalier dérobé menant à la petite galerie de la cour des cerfs, antichambre de cette retraite secrète du souverain, mi-bureau mi-atelier, où une fois déjà il avait reçu Nicolas. Thierry le fit entrer et s'effaça avant de disparaître.

Le roi, debout, l'attendait au milieu d'un extraordinaire désordre d'instruments, de livres, de cartes marines, et d'autres objets qui marquaient l'étendue de ses connaissances et la variété de ses curiosités.

Depuis sa première visite, l'encombrement s'était accru, notamment par de petites maquettes de vaisseaux de guerre. Le visage du jeune roi[8] s'éclaira d'un sourire bonhomme à la vue de Nicolas.

— Ranreuil, je suis bien aise de vous voir.

Comme toujours il y eut un silence gêné, le roi n'ayant jamais su entrer directement en matière. Il semblait qu'il avait encore forci. Il se dandinait sur place regardant autour de lui comme s'il cherchait quelque chose. Nicolas nota que l'habit brun était quelque peu défraîchi. Selon ses gens, le roi n'attachait que peu d'intérêt à ces détails, aimant par-dessus tout ses vieux habits. Tout cela irritait la reine et procurait à la *jeune cour* des raisons de se moquer et de brocarder le *pauvre homme*. Nicolas respecta le silence du roi tout en s'évertuant furieusement à trouver un moyen de le faire cesser. Il feignit pour cela de regarder avec insistance une belle carte encadrée, posée sur le sol contre un mur, dont il ne reconnaissait pas les contours.

— Oh ! fit Louis XVI. Vous admirez cette carte.

Cela pouvait passer pour une question et autoriser une réponse.

— Oui, sire, mais je ne distingue pas la région du monde représentée.

— Et pour cause ! Voilà une figuration inclinée de l'hémisphère antarctique. Le duc de Crouÿ, dont les connaissances sont universelles, me l'a offerte. C'est lui qui l'a dressée. C'est un ami de M. de Kerguelen[9] et il a utilisé le curieux voyage de M. Crozet[10] à la Nouvelle-Zélande et en Tasmanie pour en parfaire les épreuves. Maintenant il s'attache à l'étude du pôle arctique. Le ministre de Russie lui a promis une carte de Kamtchatka et il prendra en compte aussi le voyage de M. Phipps qui montrerait l'impossibilité du passage du Nord-Ouest. Sans doute tient-elle aux glaces attachées au continent, au nord de la baie de Baffin, du Spitzberg à la Nouvelle-Zemble et à la pointe la plus avancée du nord des Simoïdes.

Le feu roi lui non plus n'abordait jamais de front ses interlocuteurs. Pour le coup, on allait en venir au fait et les questions sérieuses allaient être abordées. Et pourtant il constata aussitôt qu'il n'en était rien.

— Savez-vous, Ranreuil, qu'hier au *tiré*, à l'étang de Coubertin, j'ai abattu plus de quatre cents pièces. Ah ! la belle chasse, j'ai noté cela dans mon journal.

Il rit et le presque encore adolescent reparut sous la gravité du souverain. Suivit une description détaillée de la journée et du tableau. Un long silence s'installa à nouveau le temps que le roi reprenne sa gravité.

— L'amiral d'Orvilliers me fait rapport qu'en bon serviteur vous avez plus qu'outrepassé votre mission avec honneur et courage et honoré l'uniforme à vous concédé pour l'occasion. Cela ne m'étonne pas.

Il prit place dans un fauteuil et invita Nicolas à s'asseoir en face de lui. Celui-ci obéit sans barguigner, le lieu étant secret et à l'abri de tout regard.

— Il n'y a pas meilleur conteur que le petit Ranreuil, disait mon grand-père. Il intéresse sans lasser et explique sans compliquer. Je vous écoute sur ce combat. Ne me dissimulez rien.

Nicolas reprit point par point le récit déjà fait à Sartine, le parant de détails marins propres à plaire au roi. L'attention de celui-ci fut extrême, seules quelques questions interrompant le cours du propos.

— J'apprécie tout ce qui complète heureusement le rapport qu'Orvilliers m'adresse. Je vais vous expliquer à mon tour ce qui, dans le feu de l'action, a pu vous échapper.

Il paraissait saisi d'une sorte de fièvre inhabituelle. Sans doute se trouvait-il sur un terrain de connaissance. À la grande surprise de Nicolas, il se leva, écarta son fauteuil et disposa des maquettes en lignes parallèles sur le sol en deux fronts à proues inversées. Il s'accroupit et invita le commissaire à en faire autant.

— Voici la ligne des vaisseaux français. Voyez, elle est sous le vent et donc les vaisseaux sont inclinés vers l'ennemi…

Joignant le geste à la parole, il mima la position avec une maquette.

— … Ainsi la face vers l'ennemi est-elle profondément enfoncée dans la mer et les sabords les plus bas, en particulier ceux des trois ponts, ne peuvent tirer. Dans le même coup, l'ennemi en face voit ses murailles surélevées. Ainsi Orvilliers se trouvait dans une situation défavorable. Écoutez bien, Ranreuil, jamais nous n'avions été si inclinés par rapport à la surface !

Il semblait à Nicolas que le roi se fût trouvé témoin de la bataille.

— Même en plaçant des semelles sous les pièces, pour les pointer au plus haut, nos boulets tombaient dans la mer ! Or, miracle de la fortune de la France, nos vaisseaux par le plus extraordinaire des hasards se trouvèrent à la distance exacte où le ricochet s'élève le plus et ainsi nous avons donné dans la mâture anglaise et désemparé nombre de leurs vaisseaux ! Certes, il y a eu des fautes et une méconnaissance répétée des signaux, vous me l'avez confirmé. Reste qu'Orvilliers m'indique que l'ennemi avaït trois vaisseaux en plus et davantage de trois ponts que nous. Dans ces conditions, la poursuite était hasardeuse. Et dernier point, l'amiral Keppel a beaucoup souffert…

Sur le sol il rapprocha les unités de la ligne française.

— … Elles se trouvaient en ligne serrée si bien que chacun de ses vaisseaux essuyait en fait le feu de deux des nôtres dans un même instant de combat.

Le roi se releva et s'assit, imité par Nicolas.

— Et Chartres ? Votre sentiment en tant qu'œil du roi ?

Nicolas supposa que Sartine avait déjà fait rapport.

— Son Altesse s'est montrée d'un grand courage sous le feu. Pour le reste, sire, qu'il vous plaise de considérer qu'un apprenti ne saurait avoir la science d'un maître et qu'il est périlleux, comme tant de grands intérêts sont en jeu, de hasarder la fortune de nos armes dans de telles conditions.

— Qui me parle jamais ainsi… ? murmura le roi si faiblement que Nicolas hésita à prendre le propos pour lui.

— Ranreuil, je vais vous poser une question. Sachez que votre réponse sera de grande conséquence pour moi. Vous avez été proche du roi, mon grand-père. Vous savez mieux que quiconque ce qu'on dit et écrit contre sa mémoire… Quel était selon vous son plus grand défaut ?

Nicolas se sentit soudain transi. Quelle question était-ce là ? Et il appréhendait la suite qu'elle supposait.

— Sire, puisque Votre Majesté me fait l'honneur de m'interroger sur un si délicat sujet je lui dirai que chez le feu roi, qui fut, comme vous l'êtes, mon maître, la modestie était une qualité poussée à l'extrême. Or il voyait souvent très juste par lui-même. Et pourtant il croyait toujours avoir tort. Combien de fois l'ai-je entendu dire : « *J'aurais cru cela juste* – et il avait raison – *mais on me dit le contraire, donc je me suis trompé.* » Eh oui ! il mettait son avis plutôt dessous que dessus.

Le roi l'avait écouté avec une extrême attention, torturant un bouton de son habit.

— On ne m'avait jamais dit cela, j'en ferai bon profit.

Il se mit à caresser le massacre d'un dix-cors posé sur le sol et se mit à parler avec précipitation, le souffle court, comme oppressé.

— Êtes-vous au fait d'un vol commis chez *ma femme* à Trianon ?

— Oui, sire. M. de Sartine m'en a informé.

— Ville d'Avray l'a appris d'une indiscrétion d'un entour. Antoinette ne souhaite sans doute pas me soucier de cela et, dans son état, je ne la veux point importuner. Mais l'objet en question, un passe-partout du Trianon en diamants, me fait craindre l'usage que de mauvaises mains pourraient en tirer. Que dirait-on si... Je sais qu'un inspecteur de Le Noir est sur l'affaire. Cependant c'est l'époux d'une lingère de la reine... Je veux que vous enquêtiez sur cette affaire qui me soucie. Vous avez tout pouvoir, Le Noir le sait.

— Sire, je me conformerai aux instructions de Votre Majesté. Cependant, il me sera nécessaire d'en parler à la reine...

Il y eut un soupir.

— Soit. Évitez si possible de préciser que c'est à ma demande... Voyez-vous... Enfin vous me comprenez.

Le roi demeura un moment songeur, puis il mit ses bésicles et fixa Nicolas.

— Vous vous êtes bien battu.

Il se leva et prit un objet sur une table encombrée. Nicolas se dressa.

— Marquis de Ranreuil, le roi vous fait chevalier de l'ordre de Saint-Louis.

Il épingla la croix à ruban rouge sur l'uniforme sanglant.

— C'est pour Ouessant… Et pour bien d'autres raisons… Mais aussi parce que vous êtes un soldat comme votre père et que peu de mes serviteurs ont si souvent engagé leur vie au service de la couronne.

— Sire.

Il s'agenouilla et baisa la main du roi.

— Continuez à me bien servir, dit-il, en toussant pour s'éclaircir la voix. Nous avons parlé du roi, mon grand-père.

Il hésitait à poursuivre.

— Quel conseil me donneriez-vous ?

Nicolas sentit qu'on était parvenu au point qu'il appréhendait et qu'il avait écarté une première fois. Il ne pouvait pourtant pas décevoir la confiance que cette demande impliquait.

— Sire, que puis-je dire à mon roi ? Un sujet ne conseille pas son souverain. Mais que Dieu veuille toujours donner à Votre Majesté la promptitude dans la décision et l'autorité dans l'action dont elle fit preuve lors de la guerre des farines.

— Merci, monsieur le marquis, je n'oublierai pas cette conversation.

Nicolas se retirait quand un éclat de rire du roi l'arrêta.

— Au fait, rassurez-vous, monsieur mon ambassadeur, je ne tire plus les chats de Mme de Maurepas !

Promeneur d'un songe éveillé, Nicolas sortit du château et ceux qui le croisèrent à la vue de son uniforme souillé le crurent blessé. Il tenta vainement de trouver Louis, sans doute retenu par son service auprès de la reine. Le maréchal de Richelieu, toujours à l'affût des dernières nouvelles, se mit par le travers de son chemin ; il fut bousculé et ignoré et imagina le petit Ranreuil frappé d'amnésie. De fait, Nicolas demeurait bouleversé par l'audience et sa conclusion. Au fond de lui-même la gratitude qu'il éprouvait à l'égard du roi ranimait les vieux rêves de fidélité et de dévouement des récits de chevalerie qui avaient enchanté sa jeunesse. Même si une petite voix lui soufflait, comme une diablerie incongrue, que les puissants ne sont pas toujours à la hauteur de la charge occupée. Mais il ne souhaitait voir dans cet homme-là avec ses faiblesses et ses scrupules, mais aussi son honnêteté, que celui à qui, dans la splendeur du sacre de Reims, il avait juré fidélité et voué sa vie.

Dans la cour du *Louvre*, une voiture envoyée par Sartine l'attendait avec son porte-manteau. Un billet du ministre lui intimait de s'imposer quelques jours de repos avant d'obéir aux ordres que le roi n'avait pas manqué de lui donner. À ce message étaient joints un blanc-seing signé *Louis* et quelques lettres de cachet en blanc. Tout cela dissipa un peu son exaltation. Éclairé qu'il était des règles du pouvoir, il ne se pouvait bercer de faux-semblant : l'audience du roi avait été la conclusion d'un débat plutôt qu'une décision spontanée. Il ne s'en étonnait pas. Il conserverait précieusement le souvenir de ce moment de sincérité d'un roi vulnérable.

Il trouva aussi un mot d'Aimée d'Arranet. Elle regrettait devoir l'abandonner si vite, prise par sa charge auprès de Madame Élisabeth, sœur du roi. La princesse entrait alors dans sa quatorzième année et, eu égard à son intelligence et à sa sagesse, le roi lui avait composé sa maison. Petite personne volontaire et d'une grande indépendance de caractère, privée trop tôt de l'affection de sa mère et de la présence de sa sœur Clotilde, elle s'était attachée à Aimée d'Arranet dont elle ne pouvait plus se passer.

Libre désormais d'organiser ses journées, elle avait pris le goût très vif des promenades à cheval. Elle parcourait ainsi avec Aimée les allées du grand et des petits parcs de Versailles.

Cette situation, outre des questions de sûreté que Nicolas avait traitées, avait inquiété le ministre de la maison du roi informé de l'état des allées. Les années précédentes, les charrois nécessités par l'abattage et le renouvellement des arbres du parc avaient laissé les chemins dans l'état le plus défectueux. Quelques-uns étaient fréquentés par des chevaux, des voitures des particuliers et même celles de la poste. De fait Nicolas avait dû relever que *tout y passait* et qu'il n'y avait plus ni agrément ni sécurité pour la famille royale à parcourir les parcs, fût-ce en voiture ou à cheval. À la nuit tombée, au retour des chasses en calèches, les conducteurs avaient failli à plusieurs reprises s'égarer dans les ornières les plus boueuses.

Lundi 6 août 1778

Le voilà bien puni ! Quelle idée aussi de vouloir dérober les œufs de ces oiseaux de mer ? Et d'ailleurs étaient-ils même bons à manger ? D'une précédente expérience, le goût de poisson âcre lui revenait dans la bouche. Il avait voulu gober l'œuf, une nausée s'était ensuivie. La seconde expérience n'avait guère mieux réussi. Cuit sur un petit feu de tourbe sèche, l'œuf durci s'était révélé contenir le corps formé d'un oisillon. Ayant glissé à la limite des dunes du rivage et de la lande, il gisait maintenant au milieu des ajoncs dont les épines lui entraient dans la chair. Soudain, une sorte de gangue se resserra autour de son corps. Cette armure paraissait l'étouffer. Il perdit conscience. Le bruit de ressac proche et les cris furieux des oiseaux dont il avait dérangé le nid s'effacèrent peu à peu...

— Docteur, c'est bour zûr qu'il revient ! Yo, yo ! le voilà qui s'agite et ouvre les yeux.

— Je crois, Catherine, que vous avez raison, dit une voix grave.

Une main se posa sur le front de Nicolas, puis saisit son poignet.

— Point de fièvre... Le pouls est bon, réglé. Il a perdu sa précipitation patraque[11]. M'est avis qu'il est tiré hors du pair.

Il reconnut la voix de Semacgus. Il ouvrit les yeux. La lumière du couchant entrait dans sa chambre. L'éblouissement dissipé, la face réjouie du chirurgien de marine lui apparut.

— Le voilà éveillé. Eh bien ! mon garçon, deux jours de sommeil. J'avais rarement relevé cela.

Derrière Semacgus, Nicolas aperçut le bon visage couperosé de Catherine. Elle joignait les mains de contentement. Il tenta de se redresser, mais ne put y parvenir, sa peau semblant devoir se fendiller.

— Doucement, dit le chirurgien. Il va falloir briser la croûte du pâté insensiblement. Partira qui voudra, restera qui pourra.

Nicolas laissa retomber sa tête sur l'oreiller. Demeurait-il dans son cauchemar ? Semacgus tenait des propos insensés.

— Expliguez-lui, dit Catherine. Ne voyez-vous bas qu'il est tout gourd et marri. Il se croit engore dans son délire.

— Vous parlez d'or, ma chère ! Sachez qu'on vous a ramené céans il y a deux jours vers midi. Le cocher, vous connaissant, a prévenu la maisonnée que vous étiez sans connaissance dans sa voiture. On vous a porté ici. M. de Noblecourt a fait aussitôt appeler son médecin habituel qu'on a pu joindre. Deux autres archiatres du quartier sont survenus comme corbeaux sur champ de bataille.

— Que m'ont-ils fait ?

— Peu de choses en vérité. Une joute querelleuse les a opposés. Saignée ? Pas saignée ? Combien de palettes ? Le débat habituel. Souvenez-vous de Descart jadis… Vous avez également échappé au *feu essentiel*[12] sur vos plus grosses plaies. La seule chose qu'ils ont réussi à commettre, c'est de vous abrutir de laudanum, d'où ce long sommeil. Vos humeurs étaient selon ces médicastres peccantes et bouleversées. Autant affirmer que votre mal était malheureux ! Bref, étant arrivé sur ces entrefaites, appelé par la sagesse de Catherine qui m'avait aussitôt envoyé Poitevin et la voiture, j'ai d'emblée mesuré la gravité de la situation. À temps, j'ose le dire !

— Il a mis tout le monde à la borte. Quasiment à goups de bottes !

— J'ai alors remarqué votre uniforme. Compliment au chevalier de Saint-Louis ! J'ai tout compris. Votre absence des plus mystérieuses et la nature de votre état. Habitué des combats navals, j'en sais réparer les dommages, ô vainqueur d'Ouessant !

» Songez que ces ânes bâtés n'avaient rien compris à votre état et voulaient utiliser l'antimoine mêlé avec de la cire et de la céruse sous prétexte qu'on le nomme *Platyophtalmon*, qu'il consumerait les excroissances des chairs et les ulcères des yeux. Selon leur attachement à la tradition d'Hippocrate et de Galien, cela devait servir à cicatriser les ulcérations qui croûtent. Ah ! les ânes bâtés ! Eux n'avaient pas vu votre uniforme. Leur incurie a juste servi à favoriser votre sommeil.

— Faut-il donc que tu aies brétaillé pour que tes grègues te gollent aux jambes tout emboissées de sang !

— Et qu'elles emportent les croûtes déjà formées vous mettant la chair à vif. Il a fallu vous baigner pour y voir plus clair. Heureusement que vous veniez de faire installer cette baignoire de cuivre.

— Me baigner !

— J'ai été aidé par la cantinière qui a l'habitude du soldat et qui ne ferme point les yeux à l'ouvrage, dit Semacgus gaillard. Une fois propre – et Dieu que vous étiez sale ! – on y a vu plus clair. Point de blessures graves, quelques caresses de balles en surface et surtout des coupures dues aux débris d'espars. Certaines s'étaient infectées en raison d'échardes. Nous vous avons épilé avec soin.

— Épilé !

— Du bois, seulement. Puis on a laissé les croûtes se fermer. Pour accélérer la chose, j'ai usé de fine mousseline recouverte de terre à sculpter.

— Comment ? dit Nicolas que le fou rire submergeait à l'énoncé du remède utilisé.

— Oui, de l'argile propre à aspirer les impuretés de la peau, d'où votre impression d'être gêné aux entournures.

— Cela me démange. J'ai l'impression qu'on me tire la peau et que des fourmis me parcourent le corps.

— Bien ! La cicatrisation est en marche. Le sommeil au reste a été pour vous la meilleure des médecines. Remerciez les Diafoirus pour le laudanum !

— Et quel jour sommes-nous ?

— Le jeudi sixième d'août, jour de la fête de la Transfiguration, la bien nommée… Il est sept heures de relevée. Vous avez dormi quasiment deux jours et demi.

Tout à fait dispos désormais, il les regarda l'un après l'autre avec une attention soutenue.

— Il y a grand souper ici ce soir ?

Semacgus le fixa avec inquiétude, tandis que Catherine ouvrait de grands yeux effarés.

— Mon garçon, me direz-vous ce qui vous conduit à cette étrange constatation ?

— C'est mon expérience, et l'habitude que j'ai acquise de tout démêler. Il se trouve que l'évidence porte les couleurs de la vérité.

— L'étrange voltige sur vos propos. Vous sentez-vous bien ?

— Au mieux ! Il suffit d'exercer sa bonne judiciaire.

— Mon Dieu ! dit Catherine, il recommence à battre la campagne.

— Allez, remettez-vous. Je vais vous ouvrir le fond de ma réflexion. Catherine est à mes côtés…

— Je ne vois pas…

— … Ne m'interrompez pas.

— Il ne faut bas le contrarier. C'est un accès !

— Oui, donc Catherine est dans ma chambre ; ainsi n'est-elle pas à l'office. Or mon odorat sensible et gourmand est titillé par de suaves odeurs. Catherine porte son tablier sur lequel certaines taches sont éloquentes. Elle a donc quitté le potager pour venir prendre de mes nouvelles. A-t-elle l'habitude d'abandonner ses pots ? Que non. Alors notre Marion ? Les rhumatismes lui interdisent beaucoup de choses. Et donc ? Je pense qu'Awa, mon cher Guillaume, a pris la place de Joséphine. S'ajoute que le soin porté à votre tenue, ce pourpoint brodé, cette cravate si bien nouée, montre que vous êtes ici en galante compagnie pour une soirée en ville. Le fait que l'on cuisine est confirmé par l'absence de Cyrus et de Mouchette que la préparation des repas retient de tradition à l'office, dans l'attente de quelques morceaux friands. Les taches du tablier de Catherine et l'odeur que mes narines perçoivent m'indiquent qu'on traite du poisson ou de la bisque. Et comme, conscient de l'importance que j'occupe dans cette demeure, je ne peux imaginer qu'on apprêterait un souper alors que je côtoierais les rives sombres du Styx...

Semacgus et Catherine se tenaient les côtes du rire qui les avait saisis.

— Riez tout votre saoul, vous ne m'empêcherez pas d'achever. Je déduis de tout ce qui précède, cher Guillaume, que vous aviez prévu ma résurrection au jour et à l'heure prévue et prédit que je serais la proie d'une faim de loup, étant depuis deux jours à la diète. Sur ce je me lève.

Il se leva et vacilla. Il serait tombé si Semacgus ne l'avait pas reçu dans ses bras. Il s'aperçut qu'il était dans sa natureté et de petites plaquettes tombaient sur le sol tout autour de lui. Le chirurgien l'examina et, satisfait, décréta que la cicatrisation était en marche.

— M. de Noblecourt...

— Il s'est donné bien de la tablature, le bauvre homme ! Il vous a veillé jour et nuit ! Dieu veuille que sa goutte ne le reprenne pas !

— Il vous envoie une de ses splendides robes de chambre. Passez chemise et caleçon et vous serez à l'aise pour le souper du retour de l'enfant prodigue et du héros, au choix.

III

ACCELERANDO

Les catins en firent fête
On danse au Palais-royal […]
Il a vendu la peau de l'ours
Sans l'avoir pu jeter à terre.

Couplets sur Son Altesse Indignissime
Monseigneur le Duc de Chartres (1778)

La fête battait son plein dans l'appartement de
M. de Noblecourt éclairé a giorno. De la rue Montmartre où s'allumaient les réverbères, montait la sourde
rumeur de la foule cherchant le frais après une journée
de canicule. Les retrouvailles réunissaient autour du
vieux magistrat Louis, Aimée d'Arranet, Bourdeau,
Semacgus et M. de La Borde. Awa en grand madras
noué partageait sa présence, un moment à table, un
autre prêtant la main à Catherine affairée sous l'œil
attentif de Marion qui présidait à la bonne marche du
service. Quant à Cyrus et Mouchette, ils attendaient
sous la table, silencieux mais pleins d'espoir.

Chacun était désormais au fait des aventures de
Nicolas, vingt fois rapportées et commentées par Louis

rouge d'excitation. Il avait été rapidement informé à Versailles du retour de son père, de sa présence remarquée au lever du roi, de son audience qui n'était pas restée longtemps secrète et de la distinction dont il avait été honoré. La cour demeurait le pays du mystère et de l'indiscrétion.

— Mon père, s'enquit Louis gravement, que ressent-on pendant le combat ?

— Le fracas et le spectacle vous glacent le sang. On a peur, mon fils, et le simple courage est de surmonter ce sentiment. *Sed pavor an virtus quis in hoste requirat ?*

— Louis, vous voilà au pied du mur, dit Noblecourt. Que reste-t-il de l'enseignement des oratoriens de Juilly ?

— *La peur*, hasarda Louis hésitant, *ou le courage... Qu'importe contre l'ennemi.*

— Voilà qui est juste, reprit Nicolas. Et pour compléter ma réponse, je dirais que le bruit, le roulis, les détonations, la fumée, les morts, les blessés et les débris qui volent de tous côtés vous laissent hébété.

— Mais vous vous êtes battu, sinon Sa Majesté ne vous aurait pas fait chevalier de Saint-Louis.

— J'ai tiré sur l'ennemi au jugé, ramassé les morts et les blessés.

Le ton devenait bien grave. Noblecourt décida de dérider l'assistance.

— Mais que diable allait-il faire en cette galère ?

Et il déplia sa serviette.

— Il ne vous le dira point, dit La Borde, il se languissait de l'air océanique et aspirait à se vêtir de vos splendeurs orientales.

— Mon père qui sait toujours tout, remarqua Aimée, et que je soupçonnais d'être l'un des instigateurs de ce mystère, m'a tout dissimulé en dépit de mes ruses.

— Aimée, intervint Nicolas qui souhaitait que le propos dévie, ainsi vous avez pu vous échapper et rompre les chaînes dorées qui vous retiennent auprès de la princesse.

Il lui prit la main et la baisa avec tendresse.

— Ah ! dit-elle. La mignonne n'a aucun pouvoir de s'y opposer. J'ai dû avec humilité faire ma cour à une autre personne qui fait trembler toute la maison.

— La comtesse Diane de Polignac, belle-sœur de l'autre…, souffla La Borde, celle qui ne cesse de brocarder l'embonpoint de Madame Élisabeth.

— Cette dame est un scandale personnifié aux mœurs des plus décriées, ajouta Bourdeau.

— C'est l'effroi de la princesse que malmène ce génie despotique qui ne sait quoi trouver pour entraver sa volonté. Le roi, lui-même, a engagé sa sœur à la soumission. Dieu nous sauve, car elle ne monte point à cheval et assume sa fonction de dame d'honneur avec peu d'assiduité.

— Ma vie a désormais un vide, remarqua Nicolas. Vous le devez combler. Que s'est-il passé durant ces deux jours ?

— La ville a été saisie, conta La Borde, d'une de ces fièvres dont elle est coutumière. Tel un moderne Myrmidon, le duc de Chartres a fait sa joyeuse entrée. Sur les cinq heures, il est arrivé triomphant au Palais-Royal, porté par les ovations des courtisans jusqu'à ses appartements. L'abbé Delauney lui a présenté une pièce de vers appelée *Bulletin du Parnasse*.

— Tissus de platitudes à vomir, murmura Bourdeau.

— Le héros a paru à son balcon, puis à sa loge à l'Opéra. Là, nouveaux transports interminables accompagnés des fanfares pompeuses de l'orchestre qui a joint son éclat à la ferveur du public. On songea même un moment à couronner le prince nouveau Voltaire ! Et le soir, derechef, au Palais-Royal, Mlle Arnoux a chanté sa gloire…

— Si faux qu'elle fut sifflée. Flatteries les plus basses... Hyperboles du dernier ridicule ! grommela Bourdeau.

— ... Le tout fut suivi d'un splendide souper et d'un éclatant feu d'artifice. Tant et tant que le héros devrait recevoir aujourd'hui l'ordre du roi d'avoir à rejoindre l'escadre de Brest ! Souriez, Bourdeau, l'excès est toujours puni...

— Il est prince et cela suffit. Toute sa vie est en contradiction avec ce qu'il prétend soutenir, allant sourdement à la sape par des voies détournées. Non, je n'exagère point. Il ose se prétendre démocrate ! À le bien observer, on découvre que les passions qui percent malgré le soin mis à les déguiser sont les plus malignes et les plus perverses.

— Ah ! voilà bien notre Bourdeau, dit Noblecourt, toujours attaché à ces marottes.

— Riez, dit l'inspecteur. Un jour viendra... Croyez que les grands s'attireraient davantage le respect des peuples en se rendant invisibles, impénétrables, incorruptibles. Qu'ils s'abandonnent à l'opinion, alors ils occupent des places contre-minées et chacun de leurs pas peut ouvrir un abîme. Quand tout cela ne s'achève point par une apoplexie crapuleuse ou une indigestion.

— J'y aspire, remarqua Nicolas benoîtement.

— À l'apoplexie ?

— Non ! À l'indigestion. J'ai faim.

Son ton plaintif fit éclater de rire l'assistance.

— Catherine, dit Noblecourt avec la diction de l'antique Hôtel de Bourgogne, qu'on apporte céans l'ambroisie et les viandes du sacrifice en l'honneur du héros !

Aussitôt, apparut un superbe plat d'argent contenant un mets inconnu d'où s'exhalaient les plus suaves fumets.

— Cette exaltation exige explication, demanda Semacgus.

— Oh ! fit Catherine, se campant les poings sur les hanches. D'abord, zervez-vous, car je risque d'être longuette et zela ze mange chaud. Voici un blat de mon Alsace ; c'est un foie d'écrevisses gomme on le fait à Schlestadt.

— Et d'abord on les châtre, j'ai aidé un jour Marion à le faire, cria Louis d'enthousiasme. C'est qu'elles pincent ces coquines ! Je ne savais pas leur foie si gros !

— Bravo, dit Semacgus, le voilà de notre académie !

— Oui, on leur tire le gordon noir. Pour ce soir, j'en ai acheté à la Halle plus de cent cinquante. Un tiers est poché en queues pour la garniture. Le reste est pilé avec les carabaces. On basse le mélange à la poêle, manié de beurre, d'oignons et d'assaisonnements jusqu'à atteindre le plus beau rouge. On joint alors douze chopines de lait. On laisse bouillir et on passe au linge. Cinquante œufs battus, et surtout des bien frais bris au cul des poules, sont jetés dans le lait jusqu'à épaississement. On brend une nouvelle mousseline.

— Quel trousseau ! s'exclama Bourdeau.

— Silence, vaurien ! On presse tout l'appareil et on le laisse pendu à égoutter jusqu'à rendre son liquide. Enzuite, il reste à le mouler dans une belle faïence et le faire brendre au frais. Enfin il faut brébarer la sauce avec des jaunes d'œufs mêlés de crème qu'on va joindre au lait extrait du foie. Le tout manié de beurre doit napper la cuillère de bois. Il reste à ajouter des épices et, à la toute fin, zel, poivre, musgade, et bersil.

Des acclamations fusèrent tout autour de la table.

— Y a-t-il, demanda timidement Noblecourt sous le regard critique de Marion, quelque chance que j'aie accès à cette merveille ?

— Hum ! fit Semacgus. L'occasion est mémorable. J'ose y consentir, sans excès et sans captation de ce

nectar du Rhin que je vois Poitevin extraire du rafraîchissoir. Un soupçon de foie et un nuage de sauce.

— Comme il me traite ! Abandonnez ce ton de
notaire. Nuage ? Par gros temps, alors ! Et pluvieux. Il
faut un peu arroser. C'est la sécheresse.

— Monzieur a raison, dit Catherine. Chez nous on a
coutume de dire :

E trunk uff de salat
Shad im docter et ducat
E trunk uff e-n-ei
Shad im doctor zwei !

— Voilà un beau et insolent dicton qui provoque de
front la Faculté. Je vais vous le traduire : « *Un coup de
vin sur la salade enlève un ducat au médecin, un coup
sur un œuf lui en retire deux !* » Sur cinquante je suis
ruiné !

— Ah ! fit Bourdeau. Ce Semacgus, il parle même
en langue d'Alsace.

— Moi, dit Nicolas, je renais et baigne dans la béa-
titude. Ce moelleux parfumé au fumet délicat. Le
ferme tendrelet des queues d'écrevisses. La suavité de
la sauce, quel délice ! Et ce pain croustillant qui se
gorge de son velouté.

— Je crois entendre M. Grimod de La Reynière
lorsqu'il parle d'une terrine de hure. Aussi béats tous
deux que Lucullus ! s'exclama La Borde épanoui.

— Songez d'où je viens, considérez où je suis. Sur
Le Saint-Esprit j'ai plus souvent tâté du bœuf salé et
du biscuit de mer que touché aux douceurs dispensées
par le prince.

— Que n'aviez-vous pris des réserves de *pemmican*
à l'instar de notre ami Naganda ?

— Ou une ample provision de cotignac, dit Louis.
Cela m'a sauvé au collège de Juilly. M. de Noblecourt
veillait à ce que je n'en manquasse jamais.

— Oh ! Le cher enfant, il s'en souvient ! Regardez votre père. Il ne vous écoute pas, il dévore.

— Point du tout ! Je bois toutes ces paroles en délicieux assaisonnement de ce mets. C'est quasiment pour moi comme les violons du grand roi au cours de ses soupers.

— Voyez le flatteur ! Et vous, La Borde, vos travaux avancent-ils ?

— Un modeste essai sur la musique.

— Appréciez le *modeste*, dit Semacgus. Un traité complet de cet art supérieur en deux volumes in quarto !

— La science, le droit, la guerre et la musique, dit Aimée. Quelle tablée d'hommes de talent.

— Mademoiselle, dit Noblecourt, se soulevant à demi de son fauteuil ? la grâce, la beauté et l'esprit y président.

— Et ce traité ? Que nous apporte-t-il ? demanda Bourdeau.

— J'ose y prétendre que Naples est aujourd'hui la métropole du monde musical. Piccini, Durante, Pergolese, Hasse, Porpora, Scarlatti, Paisiello, Buonancini et j'en oublie. J'entends développer les connaissances afin de juger en toute pertinence, faciliter le goût des nouveaux spectacles, se mettre en état de comprendre les raisons des querelles qu'ils suscitent.

— Tudieu, le beau programme ! dit Noblecourt, il n'y a pas lieu pour cela d'aller de Paris à Quimper Corentin. La raison est belle et bonne : la nouveauté pour la nouveauté. Je trouve vos propos provocants. Comment, monsieur, à ma table ! Je vous enverrai demain mes témoins. Et comme je suis l'offensé, je choisis les armes : échecs, flûte traversière ou violon, au choix. Mais vous ne tromperez personne. Je pressens derrière votre *gluckisme* insolent l'amertume de l'auteur. À votre *Voyage en Italie* vient de faire pendant *Le Voyage pittoresque en Grèce* du marquis de

Gouffier. Ah ! Ah ! Je ris, monsieur, qu'on piétine vos plates-bandes géographiques.

— Oh, le bel artifice de procureur ! Il pratique l'escamotage comme un baladin de la foire Saint-Laurent. Il ose changer de plan pour mieux m'attaquer. Comment peut-il imaginer qu'un ouvrage nouveau puisse me dépiter et m'affliger ? Quelle insigne perfidie ! Prenez note, Louis, que la mauvaise foi a érigé son temple rue Montmartre. Le président de Saujac fait école. Il a des émules au Palais ! Fût-ce chez un magistrat retiré.

Chacun riait de ce débat qui opposait si souvent deux amis qui se plaisaient à en répéter à l'infini les séquences.

Poitevin toussa et tenta d'attirer l'attention.

— Monsieur ! On frappe à l'huis. Je vais voir en bas ce qu'on nous veut.

— La suite ! la suite ! cria Nicolas.

— C'est l'œuvre de notre chirurgien, dit Noblecourt. Le *monsieur de saint Côme* y a mis la main entre deux palpations du malade.

— Voici venir à nous, dit Semacgus se rengorgeant, des canettes *à ma façon*. Le scalpel à la main pour désosser les bêtes sans abîmer la peau et les farcir bellement d'une chair de poularde piquée de quelques anchois et de carrés de jambon de Westphalie. Elles sont alors, les coquines, gentiment braisées sur un lit d'oignons et de lard. Pendant ce temps je prépare la sauce. Un peu de vinaigre dans une casserole avec du jus de veau, de la ciboule, de l'oignon, du sel et du poivre. Quand le tout a bouilli et réduit, je passe au tamis. Et là, écoutez bien ! j'ajoute des zestes d'orange blanchis, le jus de deux bigarades, quelques anchois hachés, un verre de champagne et une cuillère de miel. Encore un coup de braise et le tout est lissé avec un bon morceau de beurre qui offre tout son brillant à la sauce. Les canettes découpées et tranchées sont recouvertes de cette mer condimentée qui mêle superbement douceur ct amertume.

— Bast ! dit Noblecourt, cela ne manque pas de ragoût !

Poitevin reparut. Il attendit la fin des applaudissements.

— Monsieur. Un envoyé du lieutenant général de police souhaite s'entretenir avec M. Nicolas.

La nouvelle jeta un froid sur l'assistance. Nicolas se leva et, la démarche un peu raide, quitta la pièce. Il reparut quelques instants après, la mine contrariée.

— Monsieur, je vous présente mes regrets. M. Le Noir me fait quérir ainsi que Bourdeau. Il me faut m'habiller et quitter ce magnifique pet-en-l'air[1].

Semacgus se leva.

— Je vais vous aider à vous vêtir. Je dois examiner vos blessures et peut-être recourir à une pommade dulcifiante.

— Qu'y avait-il après les canettes ?

— Un ragoût de cardons, des cœurs de laitues au jus et des meringues aux fraises comme les aimait Louis XIV.

— Un jour, je fus mené à Versailles par mon père, dit Noblecourt. C'était jour de grand couvert. Je le vis engloutir une prodigieuse quantité.

— Beau témoignage, dit Semacgus, d'un soi-disant contemporain de Voltaire !

— Paix ! chirurgien. Allez aider notre ami qui profite du retard pour ravager à la flibustière le plat de canettes !

— N'en abusez pas vous-même en mon absence. La canette, même admirablement traitée, est une viande brune et grasse, lourde à la digestion pour un jouvenceau de votre âge.

— Disparaissez, insolent dépeceur !

Nicolas embrassa les dames et salua La Borde. Il fut rapidement constaté que son état de santé s'améliorait.

Il se sentait d'ailleurs reposé et dispos et tout risque d'apostumes était écarté. Alors qu'il sortait, Catherine lui glissa un petit cornet de biscotins à la Choisy *pour la route*. Ils retrouvèrent le commis du lieutenant général de police dans sa voiture. Celui-ci les quitta, devant regagner son logis proche.

Près du Palais-Royal, la voiture fut arrêtée un moment par une troupe de Parisiens hurlant et chantant qui brandissaient un mannequin représentant l'amiral Keppel. Après avoir été huée, bafouée et insultée, l'effigie fut incendiée sous les battements de mains et les quolibets.

— On se croirait en chienlit de carnaval.

— Rien n'est plus étrange, dit Bourdeau, que cet enthousiasme, ce quasi-délire en faveur du duc de Chartres alors qu'il était fort mal dans l'esprit public depuis l'aventure de la duchesse de Bourbon[2].

— Traité par la duchesse de *polisson*, le frère du roi lui avait froissé le masque de sur le visage !

— Et la maison de Condé s'est trouvée ulcérée que Chartres aille chasser en compagnie d'Artois.

— Je soupçonne le peuple de ne point agir de lui-même et, pour le coup, d'être conduit par des intrigants qui ont en tête d'autres visées... Quoi qu'il en soit, je le trouve bien énervé, et chaque année davantage. La moindre incidence donne naissance à des émotions démesurées.

— Fréderici, bas officier suisse, qui, tu le sais, a été établi depuis juin garde des Champs-Élysées, me le disait encore l'autre jour : les grands sont insultés par de la populace hargneuse. La princesse de Lamballe et la duchesse de Bourbon en ont éprouvé le désagrément et ont été tant poursuivies de propos graveleux qu'il a fallu les escorter tout au long de leur promenade. Des attroupements se produisent dès que l'autorité intervient. Artisans des faubourgs et écoliers s'en donnent à cœur joie pour peu qu'on les veuille empêcher de jouer au battoir ou aux barres. Et je ne te parle pas des impudicités dégoûtantes qui s'y commettent dans les fossés et les contre-allées : elles soulèvent le cœur de l'honnête homme. Recherche les raisons de tout ceci et tu en comprendras mieux les conséquences.

Nicolas préféra dévier la conversation.

— La chose doit être d'importance pour que Le Noir nous appelle de manière si pressante.

Parvenus à l'hôtel de police, ils furent sur-le-champ introduits dans le cabinet de M. Le Noir. Son bon visage paraissait troublé et marqué d'une inquiète gravité. Il les pria d'excuser le dérangement à une heure aussi importune, regrettant d'avoir privé Nicolas d'un repos mérité après de si glorieuses épreuves.

— Messieurs, je serai direct avec vous. L'hydre se reconstitue au fur et à mesure qu'on tranche ses multiples têtes. Et, bien sûr, ce monstre s'attaque de préférence là où la faiblesse est la plus patente, où les imprudences et les inconséquences…

Il alla fermer la croisée.

— … sont les plus répétées. Et le péril surgit au moment même où se croisent la guerre, les menaces continentales, le déficit et la déclaration de la grossesse de la reine.

Il marchait de long en large comme Sartine jadis dans le même bureau.

— L'an dernier, vous avez mis un terme aux menées de Mme Cahuet de Villers[3], cette vile intrigante. Depuis, il y a toujours les vilenies du jeu à la table de la reine et le soupçon jeté sur ceux qui en approchent. Plus grave, des influences s'exercent sur elle à propos des affaires de Bavière. Gardez pour vous que Frédéric ne peut concevoir sans jalousie l'agrandissement de la maison d'Autriche et profite de l'occasion pour se camper comme le défenseur désintéressé de la constitution germanique. La reine est angoissée pour sa mère et son frère qui la pressent d'agir en bonne Autrichienne... Elle tympanise les ministres, fatigue Maurepas et Vergennes, agace le roi et... se compromet. Je vous passe les complexités teutoniques de cette question.

Il hochait la tête, l'air malheureux.

— Et pour achever le tout, indifférente à une opinion avec laquelle il nous faudra de plus en plus compter, elle édicte, *au nom de la reine*, formule jusqu'alors inusitée, des règlements d'accès draconiens pour le Trianon où, de surcroît, se succèdent de somptuaires travaux. Mais surtout – et, Seigneur, elle n'y est pour rien – des horreurs sont colportées. On chuchote, oui messieurs, la perversion du temps pousse jusque-là, que le fruit que porte Sa Majesté... Je n'ose poursuivre... On cite le duc de Coigny et même Artois, soupçonnés d'être... Un libelle d'une ordure sans précédent et, qui plus est, truffé de détails si véridiques sur des points indifférents qu'ils paraissent rendre d'autant plus avérés ceux qui portent sur l'essentiel. Lisez, j'en possède un exemplaire, enfin du titre et de l'exorde.

Il tendit une feuille imprimée à Nicolas qui la parcourut rapidement et la passa à Bourdeau.

— Considérez ce tissu d'horreurs.

— Cependant, dit Nicolas, comment se fait-il, monseigneur, que vous le déteniez ?

— Une copie, hélas, ou plutôt une épreuve toute dégouttante encore d'encre impure ! On me la transmet pour établir son existence et comme instrument de négociation.

— Monseigneur ! De négociation ?

— Mon Dieu ! Qu'y pouvons-nous ? Vous le savez d'expérience pour avoir tenté de négocier à Londres avec Théveneau de Morande[4]. La canaille de cet acabit joue sur deux tableaux. La publication ou la destruction, moyennant finances. Le piège s'est refermé sur nous.

— Et qui dans cette boue joue les *honnêtes* truchements ?

— Renard, l'inspecteur de la librairie. Il a les contacts nécessaires avec les intermédiaires de l'auteur, je le suppose.

Nicolas rapporta aussitôt au lieutenant général de police les circonstances au cours desquelles il avait croisé l'inspecteur et la répétition étrange d'un nom entre Renard, Lamaure et le duc de Chartres. Le Noir ne parut pas autrement inquiet de cette conjonction dans laquelle il ne voyait que le fruit du hasard. Toutefois, il était d'avis que Nicolas prît en main avec l'aide de Renard l'enquête sur ce libelle effrayant et cela dans les plus brefs délais avant que ne s'impose la décision de le racheter au prix fort. Quelque tour de souplesse[5] permettrait peut-être d'en démasquer l'auteur.

— Soupçonnez-vous quelqu'un ?

Le Noir réfléchit un moment et comme à regret finit par confier à ses visiteurs que l'auteur pouvait se rencontrer très près du trône et, sans le citer, évoqua celui qui perdrait beaucoup à la naissance d'un dauphin. Rien donc ne devait transpirer de ce que Nicolas et Bourdeau découvriraient, qui devrait être aussitôt porté à sa connaissance. Nicolas, à son tour, révéla à Le Noir la tenue de sa conversation avec le roi concernant le vol du passe-partout en diamants de la reine. Les deux affaires se confondaient en la présence de Renard, chargé des deux enquêtes, et les risques qu'elles comportaient pour la couronne étaient identiques et même se confortaient l'un l'autre en une effroyable conjuration contre la réputation de la reine.

— J'ai fait appeler Renard. Vous allez pouvoir conférer avec lui et gagner plus avant[6] dans l'enquête. Il vous attend cette nuit au Grand Châtelet.

Il les regarda en souriant.

— J'ai songé que vous préféreriez le rencontrer sur vos terres.

— Une question, monseigneur. L'estimez-vous ?

— Eh bien, dit Le Noir d'évidence peu enclin à s'engager sur ce terrain, l'homme est habile, retors et a rendu de signalés services sous le feu roi. Il a beaucoup d'entregent, hommes de lettres, bouquinistes, libraires, imprimeurs, compositeurs, écrivains publics, que sais-je ? Camusot lui aussi, naguère, avait rendu des services… Vous savez combien ces fonctions peuvent appeler les compromissions, les indulgences utiles et les insincérités. Il bénéficie, me dit-on, de grands soutiens qui arment une arrogance réputée. Son épouse a su plaire à la reine dont elle est l'une des lingères. Ainsi, mon cher Nicolas, vous seul, dont le crédit est égal chez la reine comme chez le roi, êtes à même, le cas échéant, de résister aux nuées prévisibles. M. de Sartine est attentif à ces affaires ; aussi évitez toute dissimulation avec lui. D'ailleurs, fort heureusement, vous avez fait la paix ! Il m'a conté votre périple naval, comment vous portez-vous ?

— Un peu gêné aux entournures par de menues blessures, mais tout à fait dispos. Pour tout dire, un peu empesé !

— Prenez soin de vous. Et vous, Bourdeau, comme à l'accoutumée, veillez sur le commissaire. Il m'est précieux.

Cela, songea Nicolas, en dit long sur les arrière-pensées de Le Noir. C'était signifier par un détour de peu de mots combien il jugeait l'affaire sérieuse et dangereux les risques qu'elle comportait.

Les deux amis demeurèrent un long moment silencieux dans la voiture qui les conduisait au Châtelet.

— Nous voilà chargés, soupira Nicolas, d'une bien délicate mission. J'augure mal notre tâche commune avec un homme qui depuis si longtemps agit à sa guise en solitaire.

— Tout dépendra du pied sur lequel notre relation s'instaurera. M'est avis qu'il ne devrait guère goûter la conjoncture.

— Il essaiera de prendre sur toi et se raidira vis-à-vis de moi. Et surtout rien ne prouve qu'il voudra bien nous mettre au fait de ce qu'il sait.

— Quelques croquignoles[7] à la vérité ? Des lardons[8] dans la donne ? Quelques fausses voies destinées à nous égarer ?

— Tout est possible. Attends de voir. Nous aviserons au coup par coup dans la mesure où nous serons à même de le percer à jour. Ne négligeons aucune courtoisie utile.

Soudain à l'angle des rues de la Tabletterie et Saint-Denis, Nicolas fit arrêter la voiture. Autant que son état le permettait, il sauta sur le pavé et se précipita vers un homme en grand chapeau noir qui filait en rasant les murs dans la rue de la Haumerie. Essoufflé, il finit par le rattraper.

— Alors, Le Hibou, on cherche à fuir ses amis ?

— Ah ! Ce n'est que vous, monsieur le commissaire ! dit Restif de La Bretonne. Je vous avais pris pour un de ces malandrins vide-goussets qui prolifèrent les nuits de pleine lune quand on restreint la dépense des réverbères. Je préfère cela !

— Vous courez à quelque rendez-vous ?

— Que non pas ! Nuit ordinaire. Nuit de maraude et d'errance en quête d'aventures à observer. Je suis, vous le savez, un moraliste.

— À votre façon, vous fréquentez le vice pour le mieux condamner.

— Tout est dit en peu de mots.

— J'ai besoin de vous.

— Bien mauvaise raison, sachez que la nuit m'appelle et que je n'y saurais résister.

— Allons donc, Restif, nous sommes de vieux complices, l'oubliez-vous ? Qu'avez-vous à me refuser ? N'avons-nous pas toujours été satisfaits des services réciproques prêtés ? Où croupiriez-vous sans nous ? Le savez-vous ou souhaitez-vous que je vous le précise ?

— Plus un mot. Je suis votre homme. *Cette hâte venant à corrompre et solliciter l'impudicité, trahit et rend toutes forteresses faibles*[9]. Que dois-je faire ?

— Voilà qui est mieux. Je vous félicite du ton que vous prenez. La chose est simple et tout d'exécution. Je vais au Châtelet rencontrer un visiteur…

— Le visiteur du soir n'est jamais innocent. Démons et merveilles…

— Bref, à l'issue de notre entretien, il sortira. J'entends connaître ce qu'il fera de sa nuit. Rapport à sept heures demain matin.

— Pas au Châtelet, je vous prie.

— Mais non ! Place du chevalier du Guet, il y a une taverne discrète.

— Soit. Et l'homme en question, qui est-il ?

— Il n'y a pas d'inconvénient à ce que je vous dévoile son identité : l'inspecteur Renard en charge de la librairie.

— Comme c'est étrange ! J'ai depuis longtemps une dent contre lui. Il m'a fait naguère chanter, et bellement, et m'a volé une plaquette dont il a ensuite fait commerce pour son compte personnel.

— Et c'était ?

— Un petit conte imprimé *Le Chausson de Perrette*.

— Je vois ! Vous allez être en mesure de lui rendre la monnaie de sa pièce, ou plutôt de la vôtre. Et, ce faisant, vous attirerez sur vous les grâces efficaces d'une reconnaissance protectrice. Tenez.

Il lui remit quelques écus.

— Sifflez un cabriolet et tenez-vous prêt, Renard est sans doute en voiture ou il en prendra une.

Restif esquissa une révérence en tirant son chapeau.

— Le Hibou vous salue. Il est votre humble serviteur, monsieur le marquis.

— Serviteur, Restif.

Nicolas rejoignit Bourdeau qui, ayant reconnu de
loin l'écrivain, n'avait pas bougé.

— Tu as fait affaire avec l'oiseau de nuit ?

— Il a reçu mission. Renard n'ira nulle part cette
nuit qu'il n'y soit suivi par celui qui voit la nuit.

— Bien manœuvré ! La partie s'engage et tu as déjà
joué un coup d'avance.

Les accueillant la lanterne à la main, le père Marie,
que rien ne pouvait étonner depuis longtemps, leur
apprit qu'un inspecteur mal embouché les attendait
dans le bureau de permanence.

— Ce jactancieux m'a traité en oison bridé, monsieur Nicolas. C'était comme si j'existais point. Le petit
célestin agaçait ses nochers[10] d'un air suffisant. L'a
point l'air heureux d'être ici ! Et c'est parfumé, pouah !
ce larroneau-là, comme un mirliflore de boudoir.

Quand ils pénétrèrent dans le bureau, ils distinguèrent un petit homme en habit de cour qui se balançait
sur la chaise, les pieds sur la table. Il s'éventait de son
tricorne. La lumière pauvrette d'une chandelle accusait
ses traits. Un visage anguleux, un nez fort qui déparait
dans une face allongée, du rouge aux joues et une perruque grise poudrée à frimas. Des manchettes de fine
dentelle lui recouvraient les poignets. Dans l'ombre,
les boucles d'argent des souliers brillaient.

— Enfin vous voilà ! J'allais déguerpir. Était-il
besoin de me venir déranger à l'Opéra ? Que peut-il y
avoir de si urgent ? Le Noir a-t-il perdu la tête ?

Nicolas sentit Bourdeau frémir à ses côtés, il lui
serra le bras.

Les lèvres serrées de Renard n'annonçaient rien de
bon pour la suite.

— Ainsi c'est le marquis Le Floch et son inséparable Bourdeau. Il y avait belle *heurette* que je ne vous…

Nicolas ne cilla pas devant cette inconvenance qui en disait long sur les prétentions du personnage et sur l'influence dont il se croyait investi. Il se mit à fixer avec une telle intensité les souliers de l'insolent que celui-ci, après une brève velléité de résistance, les ôta de dessus la table. Une fois de plus, Nicolas vérifia sa capacité à intimider par la seule et marmoréenne immobilité de son attitude.

— Que jouait-on à l'Opéra ? s'enquit-il, l'interrompant, soudain aimable.

— Bon, je ne suis guère amateur. Je ne le hante pas pour cela !

Soudain disert, Nicolas se mit à discourir savamment sur l'opéra devant Renard étonné de ce changement de main.

— J'ai eu ce privilège rare, poursuivit-il l'air extasié, lors du dernier voyage du roi à Fontainebleau, de voir exécuter devant Leurs Majestés[11] *L'Amor soldato* de Sacchini. Cette œuvre a tant complu à la reine qu'Elle a déclaré la regarder comme le modèle, le canon et le maximum du beau musical. Aussi notre bel opéra *à la française* dans lequel s'illustrèrent Lully et Rameau se voit-il bien attaqué par les nouveaux compositeurs. Je ne vous ai jamais croisé à l'Opéra, y étiez-vous avec Lamaure ?

Bourdeau, qui savait son Le Floch par cœur, riait sous cape des voies détournées dont celui-ci usait pour mener son interlocuteur là où il souhaitait lui porter le coup d'estoc.

— De fait, monsieur le commissaire, nous nous connaissons depuis tant d'années. Sous M. de Sartine…, balbutia l'intéressé, cherchant à biaiser le propos.

— C'est un fait. Mais vous semblez vous méprendre sur ma question. Lamaure vous accompagnait-il ?

— Je ne vois pas… Non… De qui parlez-vous ?

— Allons, je sais qu'il est tard, tout s'embrouille, dit Nicolas en s'approchant et lui tapotant l'épaule, mais je vous ai salué l'autre jour au Palais-Royal. Vous étiez si attentif à votre conversation avec le valet de Son Altesse le duc de Chartres que vous n'avez point remarqué mon salut.

Il fallait rendre cette justice à Renard de savoir sur-le-champ se reprendre. Il soutint d'un visage de glace ce nom jeté de manière si imprévue dans la conversation. Seule une de ses paupières battait la chamade sans qu'il parvînt à la contrôler.

— De quoi était-il question ? J'ai très indiscrètement entendu partie de votre conversation. Un nom m'a frappé. Parliez-vous théâtre ? Il était question d'un certain *Horace*. Le grand Corneille peut-être ? ou était-ce d'un nouvel opéra ? C'est l'unique pourquoi de mon questionnement.

— Oh ! cela.

Il semblait que Renard avalât sa salive. Il s'éclaircit la gorge.

— Chacun a ses petits travers. Vous savez l'engouement nouveau pour les courses de chevaux à l'anglaise…

— J'en ai en effet entendu parler. Et alors ?

— Le duc possède de nombreux chevaux. Des *jockeis* les montent. Ils sont grassement récompensés en cas de victoire. Parfois des adversaires achètent leur loyauté afin qu'ils retiennent les chevaux. Il y a même eu des cas d'empoisonnements avérés. On les redoute, il faut surveiller le picotin, l'avoine, le vin chaud…

— Le seigle, le sarrasin, la salsepareille…

— Comment ?

— Rien, je songeais à voix haute…

— Ainsi aucun mystère, c'est de cela que nous devisions. De la part de son maître, Lamaure me demandait conseil.

— De quelle nature, et dans quel but ?

Il sembla à Nicolas que Renard peinait à se maîtriser, tout en se retenant de céder à l'imprudence d'un éclat.

— Je dirais : faire en sorte de lui prêter le secours de quelques-uns de nos gens afin de surveiller les montures, les palefreniers et tous ceux qui les entourent pour la *horse race*.

Il se frappa la tête comme s'il venait de découvrir quelque chose et se mit à rire.

— Quelle méprise furieusement plaisante ! *Horse race*, la course de chevaux. Le mystère est éclairci et votre *Horace* retrouvé !

— C'est bien cela... les courses de chevaux ! Que n'y ai-je point pensé ? Voilà une mode venue d'Angleterre, sans doute à l'origine de bien curieuses pratiques. Il faudra que je m'y rende, j'en suis fort gourmand. Où puis-je aller ?

Renard prit un air un peu faraud et comme soulagé de se retrouver en terrain connu.

— À la plaine des Sablons. Vous y pourrez admirer les galopeurs les plus fameux et parier sur eux si le cœur vous en dit.

— Je n'y manquerai. Mais revenons à ce qui justifie notre rendez-vous à une heure aussi tardive. Le lieutenant général de police entend que vous m'informiez le plus exactement de l'état de l'enquête concernant un pamphlet immonde dont les propos insultants lèsent une réputation royale.

Nicolas eut soudain le sentiment que l'inspecteur attendait autre chose et que l'évocation de cette affaire le rassurait.

— Certes, certes. Il s'avère que j'ai été mis en possession d'une copie qui est en mesure de fournir le fondement d'un début de négociation. La pratique de tout cela n'a plus aucun secret pour vous ; ce n'est pas tant de saisir des exemplaires que d'empêcher qu'imprimés on les répande.

— Et peut-on savoir de quelle manière vous avez reçu cette copie ?

— Pardi ! Par les moyens les plus habituels, c'est-à-dire les plus détournés. M'est arrivé un billet pour la Comédie-Française porté il y a quelques jours par un vas-y-dire. M'y étant rendu par curiosité de métier – vous savez bien que nous ne pouvons rien négliger – je me suis trouvé seul dans une loge en clavecin proche de la scène. Tout simplement un pli m'attendait sur ma chaise.

— Et si par hasard vous n'étiez pas venu ? demanda Bourdeau.

— La loge était réservée. Mon correspondant aurait récupéré son bien, je suppose.

— Peut-être, observa Bourdeau, eût-il été plus judicieux de ne s'y point montrer et de faire surveiller les lieux.

— Et comment savoir s'il est en effet question d'une offre de négociation ?

— Le vas-y-dire devait venir chercher la réponse le lendemain. Il saurait me trouver.

— Et ce qui fut dit se déroula comme prévu ?

— Hé ! Que vouliez-vous que je fisse d'autre ?

— Et le vas-y-dire vint ?

— Je lui ai indiqué de répondre oui, sous-entendant par là que nous étions disposés à accepter des ouvertures dans le sens voulu.

— Et, bien sûr, vous l'avez fait suivre ?

— Ainsi que vous l'auriez fait à ma place. Mais vous connaissez la finesse preste de ces animaux-là. Il a conduit ma mouche au Port Saint-Paul, a enfilé le Pont de Grammont, pénétré sur l'île Louviers et s'est perdu dans les amoncellements de bois. Un vrai labyrinthe qu'il faudrait brûler pour en débusquer un gibier de potence qui y trouve refuge !

— C'est fâcheux, reprit Nicolas. Ainsi vous attendez des nouvelles de ce côté-là ?

— Oui, il faut être modeste et patient.

— Et sur le vol, vous en espérez encore ?

Renard se balançait sur sa chaise en considérant les poutres enfumées du plafond.

— Le vol... Quel vol ?

— Allons, celui que vous savez. Ce n'est pas d'hier, il date de plusieurs mois maintenant. Une piste vraisemblable ?

L'inspecteur mordillait maintenant le gras de son pouce droit tout taché d'encre noire un peu passée. Il semblait qu'une récente coupure en avait entamé les chairs.

— Vraiment, je ne vois pas...

Il était temps pour Nicolas de resserrer les garcettes[12].

— Allons, mon cher, êtes-vous oublieux au point de ne pas vous ressouvenir que vous êtes chargé d'enquêter sur le vol du passe-partout de la reine, perpétré à Versailles ?

— Il ne me paraît pas, monsieur, puisque vous me mettez à quia, que vous soyez de ceux qui peuvent avoir connaissance d'une affaire qui, pour des raisons qui vous échappent, doit demeurer secrète.

— C'est bien pourquoi, rétorqua sèchement Nicolas, coupant la parole à Bourdeau qui, rouge d'indignation, allait intervenir, je suis précisément chargé par ceux qui en décident, de contrôler votre démarche dans une question qui intéresse de manière si décisive l'honneur du trône.

— Monsieur, vous empiétez sur un domaine qui m'appartient et sur lequel il n'est point...

— Il n'est point, monsieur, pour ce qui regarde le service du roi, de chasse gardée et personnelle. Vous vous oubliez ; vos propos m'importunent et je vous invite à rentrer en vous-même.

— Il serait urgent, renchérit Bourdeau avec une menaçante douceur, que vous découvriez au commissaire l'état de vos investigations.

Renard, la voix blanche, reprit la parole.

— Rien pour ainsi dire. La reine était à Paris au bal de l'Opéra. Elle est rentrée fort tard. Les entours ignorent à quel moment le bijou a pu être dérobé. Le fait est aussi impossible de jour que de nuit.

— Et l'entourage du service ?

— Qui, ayant la fortune de servir Sa Majesté, se risquerait à un tel forfait ?

— Et qu'en dit Mme Renard ?

— Rien de plus. Ni plus ni moins que les autres.

— Rien donc ? dit Bourdeau.

— Sachez qu'il est malaisé d'enquêter sur une affaire qui ne doit pas être ébruitée, dont on ne peut citer la victime ni évoquer l'objet dérobé ! Si vous parvenez à parfaire, c'est que je ne mérite pas mon emploi.

— Reste qu'on peut s'interroger pour savoir pourquoi vous, qui êtes en charge de la librairie, êtes conduit à traiter d'une question si éloignée de vos préoccupations habituelles ?

— Posez la question à qui de droit. Je vous dirai que ma présence dans les appartements se trouve facilitée par l'emploi tenu par ma femme.

— Qu'à cela ne tienne, nous allons remettre les pieds dans vos brisées si les traces en subsistent… et nous comparerons. Cela peut aider. Les faits, les gens, les horaires, tout doit être à nouveau compassé[13] et tamisé. Vous voudrez bien tenir à notre disposition les rapports et mémoires que vous avez dû rédiger tout au long de vos recherches.

L'inspecteur regardait Nicolas avec une sorte de condescendance amusée.

— Qu'imaginez-vous ? Vu la nature de son objet, j'ai directement rendu compte à la reine et à Le Noir.

Bourdeau toussa d'agacement.

— À vous entendre donc, rien sur les circonstances ni sur d'éventuels soupçons. Qu'ont procuré les recherches habituelles chez les joailliers, usuriers et receleurs multiples tous susceptibles de négocier l'objet ou d'en disperser les éléments démontés ? C'est ce qui survient d'ordinaire lorsqu'il s'agit de diamants.

— Certes, vous parlez d'or. Mais les mêmes impérieuses raisons se sont opposées aux routines habituelles.

— Soit, dit Nicolas, je crains que nous ayons tout à reprendre par le début et dans le menu. Comptez que nous nous reverrons. Le lieutenant général de police souhaite vous entretenir. Soyez assez aimable pour vous présenter à lui demain à la première heure.

Renard, tirant sur ses manchettes, se retira sans un mot. Le père Marie, réjoui, parut aussitôt. Nicolas s'était assis pour écrire un billet.

— Que lui avez-vous fait tous les deux ? Il est parti la queue basse comme un renard.

— Tu ne saurais mieux dire, hoqueta Bourdeau, saisi d'un fou rire.

Sous le porche de la vieille prison ils échangèrent leurs impressions.

— Pierre, que te semble du personnage ?

— Un madré de la vieille école. Tu n'as rien tenté pour le séduire.

— Il ne m'en a pas donné l'occasion. Il balance entre l'insolence et la dissimulation. Il se croit soutenu. Il y a bien trop longtemps qu'il fournit sa carrière.

— Face à tes disparates, il était tout pétillant de colère. Tu l'as promené de Saint-Denis à Longchamp.

— Et lui a jasé pour ne rien dire. Qu'avons-nous recueilli ? Le libelle, *on verra*, le bijou de la reine, *on verra*.

— Qui vivra *verra*, cochon qui s'en dédit.

— Oh ! L'ambigu ferait pâlir de jalousie notre ami Semacgus, le contenu vaut le contenant. Pour revenir à notre goupil, un homme qui disserte sur des riens est à noyer.

Nicolas sortit de sa manche le billet qu'il venait d'écrire.

— Pierre, tu me laisses rue Montmartre et tu te fais conduire à l'hôtel de police pour que ce pli soit remis à Le Noir dès ce soir. Je lui demande de retenir Renard à Paris ou de l'éloigner durant toute la journée. Je ne souhaite pas enquêter à Versailles après qu'il aura prévenu chacun de mon arrivée.

Bourdeau déposa Nicolas rue Montmartre. Dans la maison silencieuse, seule une sourde rumeur montait de la boulangerie où se préparait la fournée de la nuit. Il trouva Catherine, un torchon à la main, endormie sur l'une des chaises paillées de l'office. Il ne la réveilla point. Souvent à la fin d'une longue journée de labeur elle s'assoupissait avant de rejoindre sa chambrette. Jamais il n'avait regretté l'avoir jadis recueillie. Sans lui, que serait-elle devenue ? C'eût été l'hôpital ou la rue. Il lui vouait une affection solide que rien n'avait jamais démentie. Par sa tendresse rudoyante à son égard, elle lui rappelait sa nourrice Fine qui avait entouré son enfance chez le chanoine Le Floch d'une efficace sollicitude.

Outre ses qualités domestiques, l'ancienne cantinière des armées du roi nourrissait une dévotion quasi filiale vis-à-vis de Marion et de Poitevin. Ils la lui rendaient bien ; à elle seule, elle les déchargeait des tâches que leur âge les empêchait, à leur grand désespoir, d'accomplir. Quant à lui-même, il s'était toujours bien trouvé de ses conseils frappés du coin d'un bon sens paysan et populaire, nourris de l'expérience de la guerre et des camps. Sa finesse était de n'en point avoir et d'exprimer ses impressions avec parfois la brutalité de la vérité. Il s'était arrêté dans l'escalier menant à ses appartements, le bougeoir à la main, flanqué de Mouchette mystérieusement apparue, la queue droite et le râble ronronnant. Il resta immobile un long moment, comme figé dans sa réflexion.

Lorsqu'il passait au crible de son analyse les propos de Renard, ils s'écoulaient comme un flot sans abandonner aucune de ces pépites qui relancent la curiosité et animent l'intuition. Tout pourtant recelait un sens, et même l'absence de sens donnait à entendre. Un détail l'avait frappé au cours de l'entretien avec l'inspecteur. Il enrageait de ne le pouvoir retrouver. Sa mémoire avait beau passer en revue les propos tenus sans que pour autant la lumière jaillît.

Il décida de laisser agir l'étrange mécanique de son esprit qui, dans ce cas précis, souvent rencontré au cours de ses enquêtes, faisait resurgir au moment opportun un élément qu'une lente et inéluctable gestation replacerait en lieu utile.

Il en vint à s'examiner lui-même. S'était-il suffisamment surveillé à l'égard de l'inspecteur ? On prend avec un interlocuteur le ton qu'il emploie et Renard l'avait abordé avec une rare insolence. Une aigre question amenait une réponse identique. L'agressivité de l'inspecteur pouvait s'expliquer par une volonté d'éviter des écueils en bouleversant les lignes. À tête reposée, tout paraissait dans l'ordre des possibles. Renard pouvait déclarer n'importe quoi dans cette affaire de libelle contre la reine. Elle n'avait été portée à la connaissance des autorités que par lui ; il en contrôlait les deux extrémités. Il avait averti Le Noir et présenté les termes de la négociation. Il demeurait l'unique détenteur de secrets ni prouvés ni vérifiés, le seul truchement tenant en main tous les fils d'une toile tissée par l'inconnu. Et si… ?

Il écarta cette pensée. La question du vol s'imposa à sa réflexion. Étrangement, tout ramenait à la reine, pièce toujours menacée d'un jeu d'échecs compliqué. Il y avait beaucoup à relever. En dépit de fallacieux prétextes, Renard donnait l'impression d'être demeuré immobile dans sa quête de la vérité. Certes les arguments qu'il avançait pouvaient se soutenir en apparence. En réalité, la police disposait de tous les moyens pour mener ses investigations en gazant le nom de l'illustre victime. Renard semblait écarter toute possibilité de vol par les entours de la maison de la reine. Nicolas ressassait ce qu'avait dit Renard, cette insistance à soutenir que le vol s'était produit à l'extérieur du château. Une pensée tortueuse l'effleurait. Et si c'était cela que Renard voulait qu'on crût ? Et alors... Les faits les plus probables étaient souvent les plus obscurs.

À cela s'ajoutaient les perspectives d'une gratification et surtout la reconnaissance de la reine à qui sans doute la belle Mme Renard chanterait les louanges de son époux. Tout s'embrouillait dans sa tête. Une phrase lue jadis dans un vieil exemplaire des *Essais* de la bibliothèque de Ranreuil s'imposa à lui : *Mes pensées dorment si je les assieds, mon esprit ne va si les jambes ne les agitent.* Il serait temps demain de s'ébrouer.

Il franchit les derniers degrés le menant à son appartement. De la porte entrouverte de la chambre de Louis parvenait une faible lueur. Il la poussa. Son fils s'était endormi. Le livre qu'il lisait avait glissé à terre. Nicolas le ramassa et hocha la tête en souriant. *Les Amours du chevalier de Faublas.* Autres temps, autres goûts. Il contempla un instant le visage endormi ; l'enfance y transparaissait encore. Comme le temps s'écoulait... Il souffla la chandelle et se retira sur la pointe des pieds.

La nuit était chaude. Il se déshabilla et s'étendit sur son lit, les yeux ouverts. Mouchette, agacée qu'on reculât encore le moment du sommeil, le rappela à l'ordre d'un coup de patte. Les idées continuaient à défiler, se bousculant, chacune cherchant sa place. Plus il tentait d'y mettre bon ordre en disputant des arguments en présence, plus la vérité s'éloignait ; son flambeau trop agité s'éteignait. Cette ronde insensée finit par l'étourdir et le plongea dans un sommeil fiévreux.

Vers trois heures du matin, il se dressa sur sa couche. L'idée développée dans son rêve possédait une telle vérité qu'elle venait de l'éveiller. La chatte poussa un petit cri et, décidément fâchée, sauta sur le plancher pour disparaître. Il ouvrit le tiroir d'un bonheur-du-jour où il conservait la collection de ses petits carnets noirs. Ils gardaient précieusement la mémoire précise de ses enquêtes, ses irremplaçables archives personnelles. Il feuilleta avec fièvre l'exemplaire achevé en juin et retrouva aussitôt ce qu'il cherchait à la date du jeudi gras 26 février 1778 : *hier soir à l'Opér. Eurydice abord par inconnu masqué. Suivi-perdu. Le hibou 2 incon. 1 Palais-royal-Bons-Enfants 1 fiacre Versailles ???* La première chose à vérifier serait de déterminer si la date du vol et celle de la soirée où la reine avait été si étrangement approchée étaient les mêmes. Tenait-il un brin du fil d'Ariane ? Réconforté par cette découverte, il se recoucha pour sombrer aussitôt dans un sommeil apaisé.

IV

LE FIL D'ARIANE

Lorsqu'on ne sait vers quel port naviguer
aucun vent n'est le bon.

Sénèque

Vendredi 7 août 1778

Sa mécanique intérieure avertit Nicolas que six heures venaient de sonner au clocher de Saint-Eustache. Il s'étira avec réticence, tout couturé et croûteux. Sa toilette fut lente et précautionneuse, sans recours excessif à l'eau susceptible d'ameublir ses plaies et de compromettre une cicatrisation dont il éprouvait les démangeaisons par tout le corps. Il laissa Louis dormir et descendit à l'office où Catherine, déjà levée, entendait le gaver. Qu'il préférât sortir le ventre vide lui paraissait un comble. Son indignation redoubla lorsqu'elle apprit qu'il était attendu dans un bouge de la place du Chevalier du Guet. Avait-on idée d'une telle fantaisie au lieu de se sustenter sainement au logis ? Il lui expliqua en riant qu'il ne dédaignait point ces lieux populaires et que la mangeaille qu'on y servait remontait aussi bellement son homme que les mets concoctés par une cuisinière alsacienne. Pouffant, elle le chassa à grands coups de torchon et lui décocha en son parler des propos bien sentis.

Aux alentours de sept heures, le clocher de Saint-Eloy le lui confirma, il s'engagea dans le lacis de ruelles plus sales et puantes les unes que les autres qui menait à son lieu de rendez-vous signalé, au mépris des règlements de police, par une grande enseigne rouillée. Il pénétra dans un sous-sol enfumé. Une raccrocheuse vautrée sur une table sirotait un verre d'alcool. Plus loin, un vieil homme en manteau, pieds nus dans des chaussons éclatés, lapait assez malproprement une soupe en manière d'arlequin débordant de croûtons. À ses pieds, attentif, un chien roux étique espérait la chute de quelques reliefs. Au centre, une tablée accueillait des dames de la halle vêtues des plus bas costumes. Leurs visages crasseux et hâlés, surmontés de cornettes de grosse toile à barbes pendantes, se penchaient, avides et sans trêve dans l'*égosillement*, sur des tasses énormes emplies de café à la crème dans lesquelles elles trempaient de petits pains. Au fond de l'estaminet, dans un angle qui lui permettait de tout observer sans être vu, Restif, enveloppé d'un manteau et son chapeau noir abaissé, paraissait assoupi, tel un oiseau de nuit au retour de sa quête nocturne. Nicolas vint s'asseoir en face de lui. Le fumet d'un plat sur la table lui chatouilla agréablement les narines.

— Inutile de feindre de dormir. Qu'avez-vous là, mon cher Restif, que l'homme à jeun s'apprête à renifler ?

— Cela ? Un rien que je suis allé moi-même fricasser pour vous au potager de notre hôte. Des foies frais de lapin sautés au beurre avec une jetée d'oignons. Faut que le tout attache un peu. Du sel et du poivre, vous retirez les oignons qu'ils ne brûlent. Une giclée de vinaigre et vous laissez croûter les petiots. Cependant prenez garde ! Il faut que cela soit grillé à l'extérieur, tendre et rosé à l'intérieur. Un temps de trop et c'est de la mauvaise pâtée, bonne pour les gorets ! Du persil frais pour finir.

— Et ce pichet ?

— Du cidre. Je me suis renseigné sur vos goûts.

— J'apprécie vos attentions. Il y a décidément un bon fond chez vous.

Nicolas avec entrain mit la main au plat pour saisir les foies d'un doigt expert. La dent éprouvait le caramélisé de la surface avant de savourer le fondant juteux de l'abat. Il en engloutit près de la moitié qu'il arrosa de plusieurs verres sous le regard presque ému de l'écrivain.

— Je n'oublierai pas de sitôt cet en-cas-là. Mais donnez-moi des nouvelles de la nuit.

— J'ai agi selon vos instructions. L'homme est sorti du Châtelet ainsi que vous l'aviez annoncé et a appelé un fiacre qui passait.

— Et vous l'avez suivi avec le vôtre ?

— Non pas.

— Comment !

— Je ne le pouvais pas.

— Et la raison, Le Hibou, me la direz-vous, à la fin ?

— Parce que j'étais dans le fiacre.

— Dans le fiacre !

— Enfin, dessus. Oui, vous entendez bien, monsieur le marquis. Il se trouve que j'ai quelques relations dans la profession. J'ai parfois besoin d'une… disons une chambre roulante. Oh ! Pour des exercices bien innocents, vous me connaissez. Ils imposent le recours à un cocher discret. Cela nécessite, je suis bon en effet, des dépenses dont je ne peux m'exonérer. Cela crée des connivences. Le fiacre prêté, loué serait plus juste, dans lequel notre Renard avait pris place se trouvait mené par moi. Notez au passage que si j'avais suivi votre plan il n'aurait pas manqué de remarquer qu'il était suivi, vu le désert des rues à cette heure. Et il m'aurait promené.

— N'avez-vous point craint être démasqué, chacun dans la *pousse* connaît votre dégaine ?

— Aucun risque. J'avais aussi emprunté à mon loueur sa défroque de cocher.

— Fort bien, vous avez réponse à tout. Et alors ?

— Il n'est pas allé très loin.

— Allons ! Foin de parler par énigmes. Nous ne progressons guère.

— Comme l'autre ?

— Lequel ?

— L'inconnu d'une certaine soirée. Dès la sortie du bal de l'Opéra où nous nous sommes rencontrés je vous avais fait part de mes observations concernant un quidam qui paraissait vous intriguer.

Pour la seconde fois, cela frappa Nicolas, cette soirée resurgissait. Il avait appris à se méfier des coïncidences, mais elles n'étaient que rarement fortuites. Leur évidence forçait la passe et s'imposait avant qu'il fût temps d'en décider toutes les conséquences.

— Et que vous aviez perdu vers le Palais-Royal, du côté de la rue des Bons-Enfants.

— Votre mémoire est excellente. Des archives vivantes... On prendrait sans doute plaisir à vous feuilleter. La scène de naguère s'est répétée. Il me fit arrêter au milieu de la rue Saint-Honoré. Que vouliez-vous que je fisse ? J'empêtrai mon cheval pour le mieux suivre du regard et me mis à la queue d'un autre fiacre en attente de clients. Il revint assez vite. Dix minutes au plus. Il monta dans la voiture de tête. Le cocher du second me donna l'adresse lancée : *Au Vauxhall d'été.*

— Et quelle suite à tout cela ?

Restif cligna de l'œil.

— Comme de bien entendu, j'estimai que ma mission n'avait pas pris fin pour autant. Je déboîtai ma caisse en discrétion et pris la filature de très loin sans me faire remarquer. Connaissant la destination de notre homme, ma quiétude était totale ; je ne risquais point de le perdre. Nous gagnâmes donc de conserve et éloignés l'un de l'autre les faubourgs Saint-Martin où se trouve l'établissement de M. Torré...

— À l'angle des rues Lancry et de Bondy.

— C'est cela même. Ceux qui cherchent galanterie y courent dès la nuit tombée. Jadis l'ingénieux artificier y faisait tirer des feux qui furent interdits. Leurs lueurs éclairaient les amours...

— Ils risquaient d'incendier le quartier.

— Désormais le prétexte réside dans les bals et les pantomimes. Les jolies filles à chambre garnie, de celles qui ne sont pas encore tombées dans le raccrochage, y abondent et y cherchent des pratiques. La tête vous tourne devant tant de merveilles, de jambes faites au tour, de pieds mignons, de souliers, de jolis chaussons...

— Certes, mais notre homme ?

— Vous avez raison. Je me laisse entraîner par mes passions... Notre Renard descendu de voiture se fondit aussitôt dans la foule joyeuse, mais je le suivais attentivement et ne le perdis jamais. Et d'évidence il était en chasse, repoussant, farouche, quelques belles entreprenantes. En vérité, il paraissait plus sensible aux avances éhontées d'*ambigus* qui grouillent désormais dans nos parcs et dans nos rues, vêtus et coiffés à l'anglaise. Mais il passait outre, tout entier à sa quête. Il finit par aborder un homme très commun, de taille moyenne, vêtu comme un domestique. Ils ont pris un guéridon à l'écart sous un lampion, ce qui m'a permis de remarquer son poil roux ou plutôt sa perruque. Ils ont consommé quoique la conversation ait été brève ;

Renard agité semblait lui donner des instructions. Quelque mouche, sans doute.

— Oui, dit Nicolas se parlant à lui-même, l'un a une perruque rousse et l'autre jaune.

Restif en profita pour enfourner deux ou trois foies avant de se lécher les doigts avec gourmandise.

— Je vous suis reconnaissant de cette nuit utile, aussi bien je ne voudrais pas qu'elle vous fût en compte.

Il poussa vers l'homme de lettres une petite bourse rebondie.

— C'est un plaisir de travailler pour vous. Avec les autres je donne ma peine pour rien… Avec vous c'est autre chose.

Il s'essuya la bouche du revers de la main.

— Et pour vous témoigner ma bonne volonté, je vais poursuivre car je n'avais pas achevé mon récit. Il n'avait pas trouvé chaussure à son pied, ha ! ha ! Après avoir, semble-t-il, congédié le roux qui disparut en toute hâte, notre Renard parut plus désireux de faire son choix. Au bout d'un lent parcours en méandres, il finit par faire affaire avec un de ces gitons qui portent les cheveux relevés dans une bourse. Il monta avec lui dans son fiacre. Je le suivis jusqu'à la rue du Paon, près de l'École de chirurgie où il loue un meublé. Sa femme à Versailles est logée au Château. J'en restai là.

— Mon cher, déclara Nicolas en payant l'écot, c'est déjà beaucoup. Grand merci ! Si vous appreniez une suite, j'en serais amateur.

Ils se quittèrent bons amis. Nicolas décida de gagner à pied le Grand Châtelet tout proche.

À bien des égards le tableau se simplifiait tout en multipliant les interrogations. Le bijou dérobé à la reine paraissait au centre d'une affaire aux multiples ramifications. Toute l'action prenait naissance durant ce bal de l'Opéra au cours duquel Nicolas avait remarqué, sans en saisir le détail, les manigances d'un masque inconnu approchant de trop près la souveraine. On était en droit de penser que, son coup accompli, il s'était enfui, se frayant un chemin au milieu de la foule. Remarqué par Restif, il avait disparu du côté de la rue des Bons-Enfants. Pour des raisons qu'il conviendrait d'élucider, l'enquête avait été confiée à l'inspecteur Renard dont la femme pouvait, dans un premier examen, compter au nombre des suspects possibles parmi les entours de la reine. Ceci aurait dû empêcher qu'on lui confiât l'affaire.

Le même policier négociait dans le même temps l'étouffement d'un pamphlet ordurier qui jetait un doute sacrilège sur la prochaine paternité du roi. Des propos convergents avaient été relevés qui rapprochaient dans une étrange étreinte un prince du sang, son valet et un policier. Pour Nicolas, ce qui venait de se passer ne laissait planer aucun doute : Renard était allé prévenir Lamaure au Palais-Royal. Ne l'ayant point trouvé, il avait sans doute appris ou supposé le lieu où le rencontrer et s'était donc précipité au Vaux-hall d'été. Au cours du conciliabule surpris par Restif, des consignes avaient pu être données et un message transmis. Des instructions pour quel destinataire et dans quel objectif ?

Renard ainsi était placé au nœud de deux intrigues dont il tenait peut-être les aboutissants. Étaient-elles mêlées dans un de ces imbroglios dont l'époque était féconde ? De toute évidence encore une fois la reine apparaissait comme la victime désignée, le scandale visant en dernier ressort le roi et les intérêts du royaume en guerre. Lui revint soudain en mémoire la mention dans un rapport de police de cet étrange *Horace* qui surgissait, incongru, dans la bouche d'un espion présumé au service de l'Anglais. Était-ce lui aussi un amateur de courses de chevaux ? Les explications pleines de contorsions de Renard ne l'avaient pas convaincu et trop de fois ce nom apparaissait pour qu'on pût prêter créance à d'aussi difficultueuses raisons.

Enfin, pour couronner le tout l'inspecteur Renard, sans craindre les suites, se mettait en passe de tomber dans un péché qui, déjà à six reprises dans le siècle, avait conduit ses zélateurs au bûcher. L'horreur du nouveau roi pour les *infâmes*, partagée par le lieutenant général de police, avait conduit à accroître la surveillance à Paris et à Versailles, à ouvrir un registre où étaient inscrits les noms des suspects. L'autorité avait sévi contre quelques nobles pris en flagrant délit. Mais comme l'éclat d'un châtiment judiciaire aurait déshonoré de grandes maisons et que la publicité ainsi offerte à ce vice en aurait excité le goût et la curiosité, le pouvoir avait choisi de s'en tenir à l'exil. L'opinion éclairée avait conduit à considérer la chose comme un *péché philosophique* menaçant désormais davantage l'ordre de la société que les règles du droit canonique. L'inspecteur bénéficiait-il de cette nouvelle mansuétude ou jouissait-il d'appuis susceptibles de le protéger ? Son attitude semblait exempte de crainte et il aurait fallu que sa conduite fût bien mystérieuse pour que ses chefs n'en fussent pas instruits.

Agissant comme il le faisait, l'inspecteur Renard offrait l'image d'une froide indifférence aux éventuelles conséquences de sa vie privée. Cela suggérait qu'il détenait peut-être certains secrets d'État qui, pensait-il, le mettaient à l'abri de la censure d'un personnage d'aussi peu d'indulgence pour les mœurs que l'était M. Le Noir. Pour Nicolas, il s'avérait donc urgent de visiter le passé de Renard dont l'influence et la puissance actuelle ne pouvaient être, l'expérience d'autres situations le prouvait, que le fruit de semailles anciennes.

Remâchant cette réflexion, il rejoignit le Châtelet où il trouva Bourdeau qui fumait sa pipe en l'attendant. Il le mit aussitôt au courant des informations procurées par Le Hibou. Ils demeurèrent un long moment plongés dans un silence plein de ces pensées informulées qui s'appliquent à considérer sur toutes ses faces le *compliqué* d'une affaire.

— Nicolas, dit Bourdeau qui s'était levé pour vider sa pipe dans l'âtre, si tu m'en veux croire, pendant que tu seras à Versailles, j'irai quêter des informations sur le passé de notre goupil. Je verrai Marais, l'inspecteur des mœurs et le commissaire Foucauld qui organise les patrouilles de surveillance dans les lieux publics. Leur sincérité ou leur réticence nous enseignera sur le pouvoir réel et l'influence du susdit. Si on lui passe le péché socratique, c'est que d'autres éléments entrent en ligne. À nous de savoir lesquels.

— Cela me semble aller de soi, à quoi j'ajouterai autre chose. Il serait utile que tu interroges à la Bastille ce prisonnier dont tu m'avais fait passer le procès-verbal d'interrogatoire par Rabouine. Qu'il ait ainsi évoqué *Horace* m'intrigue au plus haut point. Nous courons des gibiers qui se dispersent en tous sens et brouillent les voies ; ils finiront bien par se recouper. À nous, à ce moment précis, d'être présents au carrefour de leur rencontre. Pour moi je galope à Versailles. Je dois parler à la reine et interroger ses entours.

— Saute en selle. Je suis passé à l'aube aux écuries de l'hôtel de police pour y ramener une jument alezane avec laquelle, *dixit* le palefrenier, tu entretiens de touchantes relations.

Nicolas serra l'épaule de Bourdeau en hochant la tête, ému encore une fois de la sollicitude de son adjoint. Quel réconfort de le sentir toujours présent, disponible, indispensable, prévenant en finesse les demandes les plus impensables, toujours exact dans les gestes qu'on attendait de lui.

Sémillante l'accueillit avec sa vivacité coutumière et tendit vers lui sa longue face, le humant comme si elle voulait s'imprégner de son odeur. Il lui caressa le chanfrein, lui massa doucement les yeux, attention qu'elle appréciait au plus haut point, tout agitée de frissons qui parcouraient sa robe en vagues successives. Cette reconnaissance accomplie, il sauta en selle.

À la sortie de Paris un vent fort soulevait des colonnes de poussière. La canicule sèche se maintenait, marquée par des éclairs de chaleur qui la nuit sillonnaient le ciel. La bise agitait rageusement les feuillages déjà vert-de-gris dans l'ultime état de leur splendeur d'été. Le paysage était estompé, les détails effacés, offrant de grandes masses aux couleurs éteintes. Nicolas chantonnait à mi-voix de petits mots que la jument semblait entendre et qui lui faisaient redoubler son effort. Il éprouvait une fois de plus la griserie du galop, l'air qui sifflait à ses oreilles, l'impression de tout dominer, en étant emporté sans retenue. Une complicité quasi charnelle le liait à sa monture dont il éprouvait aussitôt la moindre des émotions, écart devant les inégalités du chemin, chien traversant la voie ou feuille soudain soulevée par le vent. Elle réagissait à l'instant aux inflexions et pressions presque imperceptibles et comme suggérées que lui transmettaient les jambes du cavalier. Cette conduite tout en douceur établissait entre eux une sorte de communion et ceux qui voyaient passer ce centaure se retournaient, éblouis par la vision confondue de l'homme et de sa monture.

Voulant faire toilette et changer son habit souillé par la poussière du chemin et l'écume de la jument, il décida de faire halte à l'hôtel d'Arranet. Tribord était toujours ravi de l'accueillir et davantage encore avec le surcroît d'admiration que Nicolas ait navigué et combattu sur un vaisseau du roi. Mlle d'Arranet se préparait à sortir et, s'il la voulait entretenir, il devait se hâter et se présenter sur-le-champ. Il la surprit en train de revêtir une espèce de lévite de soie lilas qu'elle tentait de nouer d'une ceinture vert amande. Il l'admira dans cet appareil qui tenait davantage du déshabillé que d'une tenue pour sortir. Elle se laissa aller dans ses bras pour s'en dégager aussitôt, la mine boudeuse.

— C'est ainsi, monsieur, qu'on me récompense d'être venue vous surprendre à Paris ? À peine entrevu, vous disparaissez au beau milieu de la fête ! Heureusement que M. de Noblecourt, La Borde et Semacgus se sont mis en quatre pour me distraire de mon désespoir. Comment, monsieur, vous souriez ? Oui, de mon désespoir. Et ils y sont parvenus.

— À douze, c'est chose aisée de vous dérider, mon amie.

— Comment à douze ? Que voulez-vous dire ?

— Ils se sont mis en quatre. Trois fois quatre douze !

Elle ne put s'empêcher de pouffer.

— Mauvais drôle. Et suis-je assez sotte de rire à vos bêtises.

— Soyez sincère, vous adorez les plus mauvaises et j'en ai mille à votre service.

— Monstre ! Il me perce à vue, dit-elle, riant et se laissant emprisonner la taille avant de lui offrir ses lèvres.

— Dieu que ce tissu est doux ! Il est bien inspirant...

Elle le repoussa comme à regret.

— Éloignez-vous, Nicolas, songez à vos plaies. Je suis déjà bien en retard et l'on m'attend.

— Quelque galant ?

— Oh, monsieur, vous récidivez ! Madame Élisabeth prend médecine et nous avons quartier libre.

Quelques dames et moi partons à Paris pour escorter la pauvre Mme de La Borde.

— Tiens donc ! Et peut-on connaître le motif de ce déplacement de dames en corps ? Quel mystère !

— Vous ne sauriez mieux dire. Avez-vous entendu parler du docteur Frantz Anton Mesmer, récemment arrivé de Vienne muni d'une lettre d'introduction du prince de Kaunitz ? Je crois que vous le connaissez ?

— Le prince ? Il me fit naguère l'honneur de me recevoir à Vienne[1].

— Eh bien ! Apprenez que le ministre de Marie-Thérèse a adressé ladite lettre à M. de Mercy, ambassadeur d'Autriche, un autre de vos amis.

— Aimée ! Ce genre de recommandation est eau bénite de cour. Il s'en écrit des dizaines par jour dans les cabinets. Nul de sensé n'y prête crédit.

— Merci pour le *sensé*, on n'est pas plus aimable ! Vous m'agacez avec votre trop-plein de raisons ! Il reste que ce docteur a ouvert une officine place Vendôme, en l'hôtel des frères Bourret qui y louent des appartements. Par toute la ville on distribue des prospectus annonçant qu'un médecin étranger soigne gratis les pauvres. Les éclopés affluent et tout ce que la cour et la ville comptent de curieux y accourt pour constater les miracles accomplis.

— Et les *bas bleus* de la maison de Madame, à leur suite !

— Nicolas, vous m'excédez.

— Vous adorez. Et quel est le fondement premier de ces traitements extraordinaires ?

— Le fluide miraculeux qu'on nomme *électricité*.

— Guast ! C'est la foire Saint-Laurent avec ses *empiriques*. Mon Dieu, mettez-vous en tête que ce n'est pas nouveau ! Je me souviens jadis avoir entendu dire qu'en présence du feu roi un certain abbé Nollet avait électrisé deux cent quarante soldats rangés dans la cour du château qui se tenaient par la main. Il avait d'ailleurs répété la chose dans un couvent de Chartreux. Les bons frères reçurent au même instant un choc similaire. Cela fit dire aux esprits forts qu'il était sans doute bien rare d'avoir éprouvé ensemble la révélation d'une telle *décharge*. Ils ajoutaient que seul le portier de leur ordre avait auparavant ressenti la chose[2].

— Voyez le libertin ! Inutile de jurer en breton, vous prenez et tournez les choses à la légère.

— Vous me décrivez avec justesse ! Légèreté et insouciance sont en effet les uniques qualités qu'on veut bien me reconnaître. Léger, léger je suis, comme cette tenue.

Il caressait la lévite. Elle se dégagea, mi-ravie mi-fâchée.

— Sachez, monsieur, que la soie dont cette lévite est tissée a le privilège d'isoler du fluide essentiel dont use…

— Il isole de bien belles choses.

— Fi donc !

— Allons, je suis sérieux. Comment ce docteur procède-t-il ?

— Avec ses doigts…

— C'est bien ce que j'insinuais…

— Taisez-vous, roué ! Ou avec une baguette métallique. Il dirige ce fluide vers les parties affectées par la maladie. Il fait aussi assembler le public autour d'un baquet entouré d'une corde. On la saisit d'une main et de l'autre la baguette de fer. Le fluide vous traverse, vous procurant par tout le corps des sensations inconnues furieusement agréables, disent tous ceux qui les ont ressenties.

— À vous entendre, *une petite mort* ?

— Incorrigible ! Je m'interroge ? Êtes-vous assuré n'avoir point été touché à la tête ?

— La mort m'a frôlé, je suis pour la vie !

— Je poursuis donc, ne m'interrompez plus. Pour certains cas rebelles, le docteur opère des passes verticales et horizontales sur le corps du patient assis. Il le plonge alors dans une sorte de transe pythique qui le conduit à exposer les causes de sa souffrance. Cette méthode s'applique dans ce cas à des malades pour lesquels les remèdes sont impuissants ou funestes, mais chez qui l'imagination travaille favorablement.

— Mais enfin, Aimée, vous ne souffrez d'aucune maladie… Encore qu'à vous entendre…

— Paix ! Vous avez raison, aussi accompagnons-nous Mme de La Borde. La femme de votre ami, vous le savez, souffre depuis des années d'humeurs mélancoliques et de vapeurs qui l'incommodent et font de son existence un calvaire en dépit des soins que son mari multiplie pour la soulager et la distraire.

— Si cela peut être de quelque utilité ; à qui ne s'adresserait-on pas lorsque tout paraît sans remède, même pour un hypothétique soulas ? Je dois vous quitter, on m'attend à la cour.

— Voulez-vous que je vous conduise ? La voiture de mon père doit être prête. Il est pour toute la journée chez M. de Sartine. J'ai compris qu'on adresse de nouvelles instructions à M. d'Orvilliers avant que son escadre, dont vous avez été l'un des héros, n'appareille à nouveau. Je dois prendre ces dames au château.

— Soit. Je laisserai *Sémillante* aux bons soins de notre matelot.

Il la reprit dans ses bras et l'embrassa avec fougue. Seuls les grattements prolongés à la porte, annonçant que la voiture était avancée, parvinrent à les séparer.

Tout au long de la route qui menait de Fausses-Reposes à Versailles, Nicolas s'assombrit et parut perdu dans ses pensées. À Aimée qui l'interrogeait, inquiète, il assura qu'elle n'était pour rien dans son état. Il battait la campagne au sujet d'une affaire instante qu'un mot – mais lequel ? – avait réveillée au cours de leur conversation. C'est rassurée qu'elle le vit s'éloigner vers l'entrée du château.

Alors qu'il se dirigeait vers les grands appartements, il croisa un jeune officier de marine qu'Orvilliers avait chargé d'escorter le duc de Chartres lors de son retour triomphal.

— Mes compliments, monsieur le marquis. Permettez-moi de vous dire que vous êtes considéré comme l'un des nôtres. On ne pouvait agir avec plus de courage, de dévouement et de présence d'esprit.

— Monsieur, murmura Nicolas, ému, votre propos me touche. Cependant je n'ai guère de mérite, j'étais environné de braves ; leur exemple seul m'entraînait. Demeurez-vous encore un peu à Versailles ?

— Point. Après un conseil chez le roi, M. le duc de Chartres a été appelé pour recevoir l'ordre de rallier Brest au plus vite. M. d'Orvilliers doit faire appareiller l'escadre renforcée de quatre vaisseaux aussitôt que possible. Le prince sera porteur de récompenses et de gratifications.

— Tout est donc pour le mieux.

— On n'oserait l'affirmer. Sa Majesté et M. de Sartine n'ont point été pleinement réjouis de notre engagement. Le roi a donc prié le duc de ne solliciter en aucune manière en faveur des officiers que l'amiral avait fait mettre aux fers en arrivant au port...

— Dieu ! Je ne connaissais point ce détail.

— ... lesquels seraient jugés en conseil de guerre pour avoir mal secondé les chefs n'ayant vu aucun des signaux répétés, ou sortis de la ligne sans avoir *donné*, feignant de ne reconnaître aucun commandement. Il est possible qu'il n'y ait dans tout cela que du malheur ou de l'incapacité. Vous savez combien, chez nous Français, les haines et les jalousies influent et préjudicient dans les affaires d'État, de guerre ou de politique.

Il baissa le ton se rapprochant de Nicolas.

— À vous, je peux le confier. Vous ressentez comme moi combien ces reproches et accusations, vivement relayés par le ministre, visent par ricochet le duc de Chartres et le crucifient, tant ils sont de même nature que ceux que l'on colporte à son détriment. Il y a quelque cruauté à l'établir en messager d'ordres destinés à punir des erreurs dont il n'est pas, vous en avez été le témoin, complètement exempt.

Il quitta l'officier plein de ce qu'il venait d'apprendre. D'évidence le prince avait perdu la bataille à Versailles et l'incertitude, que Nicolas lui-même ne laissait pas de partager, sur son aptitude au commandement, en fait son inexpérience, nourrissait l'éloignement de la cour à son égard et fourbissait des armes qu'utiliseraient au mieux ses détracteurs. Plongé dans sa réflexion, il s'était arrêté et entendit par hasard un morceau de la conversation de deux courtisans.

— … qu'on ne peut révoquer en doute le courage du duc : chacun connaît que son vaisseau commença à tirer le premier. Ah ! Ah ! avant même que l'ennemi fût à portée de voir ou d'entendre le feu de ses batteries ! Et le plus fort c'est que tant qu'il y eut un rien de péril, il se tint effaré dans la cale, les mains sur les oreilles, représentant la scène la plus ridicule et la plus affligeante d'un brave peu accoutumé aux concerts de semblables instruments !

— Monsieur, intervint Nicolas, s'arrêtant pâle d'indignation. J'entends par hasard votre persiflage. Il se trouve que j'étais sur *Le Saint-Esprit*, les pieds dans le sang de braves que vous venez d'insulter par vos propos. Vous doutez du courage d'un prince et je prétends que vous en avez menti. Serviteur, monsieur, le marquis de Ranreuil est à votre disposition.

Et il poursuivit son chemin, laissant sur place un groupe pétrifié par son algarade. Il risquait un duel, lui, chargé de faire respecter la loi. Rien pourtant ne le

portait vers Chartres qui ne lui avait manifesté qu'éloignement et défiance, mais rien non plus ne pouvait
empêcher l'homme qu'il était de tolérer d'aussi révol-
tantes assertions.

À l'entrée des appartements il croisa Rose Bertin,
vieille connaissance qui le salua avec la dignité redoublée d'une duchesse à tabouret. Elle venait sans doute
d'achever son *travail* avec la reine. Il consistait en une
présentation de tissus et de modèles que suivait le
moment du choix, puis celui de la commande. Il fut
frappé par l'embonpoint de la dame et l'empâtement
d'un visage des plus communs. Sans doute pris par
d'autres soucis lors de leur première rencontre, cette
impression lui avait échappé. Il fut aussitôt introduit
dans le petit salon des cabinets intérieurs.

— Quand *le cavalier de Compiègne* apparaît, dit la
reine qui lui tendit sa main à baiser, c'est que j'ai
besoin de son aide ou qu'il pressent qu'un danger me
menace. Ai-je raison ?

— Votre Majesté a toujours raison et sait toucher le
cœur de ses serviteurs fidèles.

— Que vous disais-je, ma sœur ! s'écria la reine, à
une personne assise dans un angle de cette pièce peu
éclairée, dans laquelle Nicolas reconnut l'ingrat visage
de la comtesse d'Artois.

Il s'inclina. Elle lui répondit sèchement, le teint fort
empourpré.

— Vous allez être notre juge, reprit Marie-Antoinette
que d'évidence l'idée mettait en gaieté. Ma sœur prétend que jouer la comédie est une inconvenance.

— Et je le maintiens.

— Mais je la joue bien, moi qui vous parle, et le roi
n'y trouve rien à redire.

— Madame, il en est de ceci comme de ce que disait
Bossuet sur les spectacles. Il y a de bonnes raisons
pour et de bonnes raisons contre, et du reste, une prin-

cesse de Savoie ne saurait manquer de grands exemples à défaut de bonnes raisons.

— Ma sœur, répliqua la reine fort piquée, prosternons-nous devant les éternelles grandeurs de la maison de Savoie. J'avais cru jusqu'ici que la maison d'Autriche était la première !

La comtesse d'Artois se leva et quitta le boudoir au grand soulagement de Nicolas qui souffrait mille morts à l'idée d'avoir à trancher dans cette controverse.

— Eh bien ! fit la reine. Qu'en dites-vous ?

— Que la première maison est celle de Bourbon puisque vous en êtes la reine.

— Hum ! Voilà qui est du dernier habile. Je soupçonne le petit Ranreuil ne pas vouloir jouer les *Paris*.

— Votre Majesté voit juste. C'est un rôle malheureux et qui finit mal.

— Et pour la comédie ?

Il savait qu'elle utiliserait sa réponse.

— Je suis mal placé pour trancher la chose. Cependant à l'occasion Votre Majesté pourrait rappeler que Louis le Grand aimait danser en public.

Elle applaudit, ravie, et un instant resurgit la petite princesse arrivant de Vienne. Elle avait mûri depuis et les traits du visage s'étaient accentués. Il lui sembla pourtant que son nouvel état l'apaisait. Elle allait peut-être offrir au royaume ce qu'on avait longtemps espéré d'elle, un héritier. Chacun connaissait déjà la nouvelle, mais attendait avec impatience que le roi en fît la déclaration publique.

— Que me vaut, monsieur, le privilège de votre empressement ?

Sur certains mots l'accent allemand persistait comme une musique exotique. Il avait décidé de ne point battre la campagne et d'entrer aussitôt dans le vif du sujet.

— Madame, M. Le Noir m'a demandé d'apporter mon aide à l'inspecteur Renard dans l'enquête ouverte à la suite de la disparition d'un bijou appartenant à Votre Majesté.

Elle le considérait avec sérieux. Chez qui avait-il pour la dernière fois observé une telle expression, mêlant bienveillance et soupçon ? Dans son regard passait l'ombre d'une inquiétude. Soudain resurgit celui de Mme de Pompadour à Choisy, si habile à mêler le vrai et le faux, la séduction et le déni. Il s'évertua à n'en rien laisser deviner, persuadé qu'il y a toujours beaucoup de choses qu'il vaut mieux déjouer en ne les remarquant pas. Au fond de lui-même il savait que la reine n'avait pas toujours joué franc-jeu, dissimulant avec adresse ce qui la gênait. Il ne lui en voulait pas et comprenait ses raisons ; elle dans son rôle et lui dans le sien. Cependant pour le coup son attention devait demeurer en éveil. Elle eut un noble mouvement de tête et l'image fugitive de Marie-Thérèse se profila dans le souvenir de Nicolas. Elle soupira.

— Que d'agitation ! Et qu'avait-on à vous en charger ? Le roi et votre fils m'ont conté vos exploits. Je vous sais meurtri. Contez-moi donc la bataille.

Nicolas souriait. Il ne se laisserait pas prendre ainsi.

— On se cherche, on se trouve, on se canonne et on ramasse morts et blessés. Vous ne maîtrisez plus rien. Tout est mouvant, la fumée vous étouffe et le bruit vous assourdit. Ainsi, Madame, c'est tout simple.

— Je vois, dit la reine. Quelle concision dans le récit !

— Ce vol, reprit-il, ne serait rien s'il ne s'agissait de Votre Majesté. Cela signifie beaucoup d'inquiétude pour ceux qui vous sont attachés et qui ont le devoir d'assurer votre sûreté. La reine est vulnérable, on l'approche trop aisément.

— Je croirai entendre *Madame Étiquette* qui, au moindre dérangement de l'ordre consacré, manque d'étouffer ! Me voulez-vous donner la leçon ?

136

— Loin de moi, Madame, mais nous sommes en guerre et les espions et leurs sicaires fourmillent à l'envi. Sa Majesté a-t-elle un soupçon ?

— Je crains que le bijou... Vous savez apparemment sa nature ?

Il y avait un ton de triste ironie dans cette remarque.

— Certes, et par là même ce bijou recèle un double péril. Il ouvre des appartements royaux et celui qui le détient pourrait...

— Pourrait ?

Elle semblait appréhender la suite du propos.

— Menacer votre sécurité, je vous le répète. Votre Majesté a-t-elle des doutes au sujet d'une personne de son entourage ?

Il n'avait pas voulu au dernier moment prononcer le mot *réputation*.

— Au petit matin, le joyau avait disparu.

— Ainsi, c'est au château que ce forfait s'est accompli ?

Elle eut un geste agacé, s'éventant avec un mouchoir.

— Le roi en est-il informé ? demanda-t-elle presque brutalement.

Nicolas s'étonna. Poser ainsi la question, c'était sans conteste confirmer que la chose avait été jusque-là dissimulée. Et il devait répondre sans mentir.

— J'ai cru comprendre que Votre Majesté ne souhaitait pas importuner le roi, qu'un vol de cette nature inquiéterait légitimement.

Elle n'insista pas, comment l'aurait-elle pu ? Il se décida à enfoncer le clou.

— Vous souvient-il, Madame, d'un bal à l'Opéra en février, le jour du jeudi gras, précisément. Votre Majesté était dans sa loge avec monseigneur le comte d'Artois. Un masque grotesque s'est approché pour vous parler, de très près.

Elle parut incertaine.

— Il me semble, oui... en effet. Ce drôle était fort plaisant et m'a fait rire. À m'en bien souvenir il me tint des propos fort impertinents. Vous croyez... En fait il ne m'a pas le moins du monde approchée. Je suis persuadée que le vol a été commis au château.

— Tout est envisageable et tout est inquiétant. Je vais demain, avec votre accord, interroger vos entours.

— Je comprends. Mme Campan y pourvoira. Elle vous apprécie. Peut-être aurions-nous dû vous appeler tout de suite.

— Votre Majesté peut être assurée que je ferai le nécessaire sans troubler son service.

Elle le congédia sans sourire ; la main qu'elle lui tendit tremblait.

Nicolas sortit perplexe. S'agissant de la reine, il n'osait formuler ses impressions. Se serait-il agi d'une autre femme qu'il... Soudain il la considéra comme telle et estima qu'elle venait de lui mentir, qu'elle dissimulait quelque chose, protégeait quelqu'un ou qu'une crainte l'empêchait de parler avec sincérité. Cette soirée au bal de l'Opéra ne laissait pas de l'intriguer. En avait-elle parlé au roi ? Pourquoi orientait-elle l'enquête vers un vol dans ses appartements ? Cela signifiait le lancer sur des voies hasardeuses où il perdrait son temps en interrogations et contre-marches. Son plan de bataille s'organisa aussitôt en fonction de cette constatation. Il devrait feindre s'engager dans cette recherche, tout en poursuivant la vraie quête ailleurs, comme pour saisir la vision d'une étoile on vise celle d'à côté. Au mensonge il opposerait le faux-semblant et il sauverait la reine malgré elle des rets dans lesquels on s'évertuait à l'emprisonner pour la mieux compromettre.

Alors qu'il quittait les grands appartements, M. de Mercy-Argenteau, ambassadeur d'Autriche, s'arrêta pour le saluer.

— Ah ! Monsieur le marquis, mille grâces et compliments. Je suis fort aise de vous voir. Versailles bruit de vos exploits. Mais venez par ici...

Il entraîna Nicolas à l'abri d'une croisée.

— ... Je vous cherche depuis des jours, ne sachant où vous étiez. Je voulais vous faire partager mes inquiétudes d'une affaire intéressant les intérêts de la reine qui, je le sais, vous sont comme à moi plus que chers. Écoutez, des menées étranges et dangereuses entourent la reine, que j'ose à peine évoquer auprès de son auguste mère. La reine a de moins en moins d'ouverture vis-à-vis d'un serviteur qu'elle sait l'œil de sa *Sacrée Majesté*[3]. J'ai surpris l'autre jour un bien curieux manège... Connaissez-vous par hasard la femme Renard ? C'est une des lingères de la reine.

— Point, dit Nicolas soudain attentif à ce qu'il allait apprendre. Je n'ai pas cet avantage.

— Oh ! N'en déplorez rien, elle est diabolique sous une apparence charmante et des manières exquises qui ont séduit la reine. Je l'ai surprise avec un domestique en train de... dans le corridor des arrière-cabinets du grand appartement.

Nicolas s'étonnait. Que faisait Mercy dans un pareil endroit ? Son attitude parlait pour lui et la réponse lui fut donnée de suite.

— J'étais moi-même en quête d'un réduit, d'un méchant retrait pour soulager... Vous me comprenez ?

— Monsieur l'ambassadeur, le château rassemble tant de gens qu'à vrai dire l'incident est plus fréquent qu'on le suppose. Le fâcheux est qu'il se déroule dans ces appartements-là et j'ajoute qu'il est offensant pour leur dignité et irrespectueux pour leur occupant.

— Je vous entends bien, mais ce n'est pas tout. Cette créature approvisionne la reine de livres infâmes, pleins de licences coupables et agrémentés de gravures qu'aucun poinçon honnête ne se prêterait à composer. La reine – qui lit peu, hélas ! – se complaît – oh ! avec innocence – à contempler ces horreurs. Elle en rit avec ses femmes. J'ai mené, vous l'imaginez bien, ma petite enquête. Le mari est inspecteur à la librairie – à la librairie ! – et pourvoit sa femme de ces productions. Il livre ces ordures avec régularité sans s'oublier, prélevant au passage un dû élevé.

— Comment ! Ces ouvrages sont vendus à Sa Majesté ?

— Et fort cher ! Qui plus est, ils parviennent dissimulés derrière des manuels de dévotion ! Que dirait l'impératrice si elle apprenait de pareils travers ? J'en appelle à votre bon sens. Que devons-nous faire ?

— Monsieur l'ambassadeur, ne faites rien. Je m'en charge. Il faut éclaircir la chose et mettre un terme à ces pratiques sans alerter outre mesure la reine. Dans son état il faut veiller à l'épargner. Pouvez-vous m'indiquer par qui ces informations vous sont parvenues ?

— À vous, je puis le dévoiler. Par Mme Campan qui, sous le sceau du secret, m'en a fait confidence, dans le remords d'avoir introduit la femme Renard et ne sachant comment désormais débarrasser la reine – qui l'apprécie – de ce dangereux entour. Et c'est pour cette raison, cette confiance irraisonnée dans ce couple, m'a-t-elle confié, que le mari a été chargé d'éclaircir une affaire touchant de près Sa Majesté, dont elle s'est absolument refusée à me révéler la nature.

Sartine devait être d'urgence informé de l'évolution d'une situation qui multipliait les surprises. Il espérait le trouver dans son bureau de l'aile des ministres où il se tenait le plus souvent de préférence à celui de l'hôtel de la Marine situé en ville. Il éprouvait un soulagement heureux de retrouver le champ ouvert à sa loyauté. Il fut reçu aussitôt avec le sourire et l'ouverture d'antan. Comme le temps modifiait le souvenir du passé ! Jadis le commerce avec le lieutenant général de police n'était pas si aisé, mais les années effaçaient les aspérités, les avanies et les rudes propos, ne laissant subsister que les instants bienveillants d'un long travail en commun.

Réduisant son compte-rendu aux faits décisifs et aux questions essentielles, il rapporta ses rencontres et ses découvertes. Il fut écouté avec attention par un Sartine silencieux qui ne se livra à aucun de ces déplacements d'objets ou déambulations maniaques qui dénotaient chez lui l'impatience ou la désapprobation.

— Pourquoi, murmura-t-il se parlant à lui-même, a-t-il fallu que deux affaires touchant d'aussi près la reine tombent dans la même main ? Pour le libelle, compte tenu des fonctions de Renard soit, mais pour le vol, qui a pu en décider ainsi ?

— Monseigneur, j'ai cru comprendre que c'était au sein du cercle le plus étroit de la reine qu'a été prise cette décision ou qu'elle lui a été suggérée.

Il restitua la substance de son entretien avec M. de Mercy-Argenteau. Pour le coup Sartine se leva et se mit à parcourir son bureau dans une sorte de transe erratique.

— Voilà bien une étrange conjoncture qui dresse contre la reine un libelle diffamant et un bijou dérobé dont la nature même constitue un péril. Et sur tout cela, grouillant comme les charognes du grand équarrissage, un inspecteur douteux, une lingère de la reine, un espion anglais et un valet du duc de Chartres, son maquereau… Et sans doute d'autres… Cet *Horace* dont nous ne savons rien. Mais qui s'autorise ?…

Un homme vêtu comme un jardinier venait d'entrer dans le bureau sans gratter à l'huis. Après le premier temps de surprise, Sartine le fit approcher. L'homme jeta un regard suspicieux sur Nicolas et murmura quelques mots à l'oreille du ministre qui, après deux ou trois questions, le congédia. S'étant dirigé vers la croisée et ayant longuement considéré un lointain invisible, Sartine revint vers Nicolas.

— Gagnez immédiatement l'angle du Grand et du Petit Canal, à main droite en partant du château. Des fonteniers qui surveillent les travaux de réfection des berges viennent de découvrir un cadavre. Noyé, selon les premières constatations. Cela me laisserait de marbre si, fouillant les poches de cet inconnu, on n'avait trouvé un papier qui fait supposer que l'homme appartient à la maison du duc de Chartres. Songez à quoi cela me fait penser après ce que vous venez de me rapporter... Si l'événement correspond à ce que nous pouvons craindre, la chose est grave. Prenez toutes dispositions, je ne veux point que la prévôté s'empare de ce cas survenu dans un domaine de la couronne. Au besoin, disposez et abusez à bon escient du blanc-seing et des lettres de cachet que je vous ai fait tenir à votre retour de Brest. Voyez ce qu'il en est. Ramenez au plus vite le corps au Châtelet et confiez-le à vos dépeceurs préférés, que nous soyons clairement convaincus des causes de sa mort, surtout s'il s'agit... Ah ! Comme d'habitude les cadavres naissent sous vos pas. Ne faites pas cette mine, je plaisante ! Agissez au mieux comme d'usage. Allez et prévenez Le Noir.

Nicolas sourit : c'était le monde à l'envers. Sartine n'avait jamais renoncé à tomber l'habit de lieutenant général de police. Désormais tout était pour le mieux, chacun trouverait son compte dans cette entente recouvrée. Pour le coup, le roi serait encore mieux servi. Il soupira d'aise à l'idée de travailler derechef sans avoir l'esprit tenaillé par l'amertume et le chagrin d'une quasi-rupture avec Sartine.

Sur la terrasse du château la chaleur le saisit. Tout n'était que splendeur écrasée, diluée dans le tremblement des lointains eux-mêmes noyés dans une brume de chaleur qui montait vers un ciel acrimonieux.

L'épuisement se fit soudain sentir ; ses blessures se rappelèrent à lui face à cette immensité poudreuse. Il peinait à marcher dans les allées de gravier, soulevant une poussière grise qui recouvrait peu à peu ses souliers et son habit. Autour de lui les massifs semblaient pétrifiés, leurs fleurs étiolées de fatigue. Les motifs en bronze des pièces d'eau, surchauffées à blanc, jetaient des éclats mats. Le bas niveau des eaux laissait aux abords des bassins des traces verdâtres. Aucun oiseau n'égayait cette solitude ; sans doute s'étaient-ils enfuis vers les forêts voisines à la recherche d'ombre et de fraîcheur. Du moins, songea Nicolas, dans celles qui n'avaient pas été replantées. Des lustres s'écouleraient avant que le parc ne retrouve son aspect d'antan. Il en éprouva une poignante nostalgie, celle d'un Versailles aux grands arbres connu au printemps de son âge et qu'il ne reverrait jamais. Il longea la salle de bal, le bosquet de la Girandole, traversa par son allée diagonale le carré de la Colonnade pour aboutir au bassin d'Apollon. Il se retourna ; au loin une forte brise chaude et sèche dressait des colonnes de poussière. Le château écrasé de soleil ressemblait à une masse indécise où seules, meurtrissant le regard, étincelaient les croisées argentées.

Des gondoles et de vieilles embarcations, vestiges des splendeurs passées, se balançaient amarrées aux embarcadères de la Petite Venise. Il s'approcha de la grille des Matelots qui ouvrait sur le grand parc. Un garde somnolait dans sa guérite, affalé. Il dut l'avertir à haute voix de sa présence. L'homme, ahuri, se redressa, graillonnant à l'envi, et le considéra avec attention.

— J'vous connaîtrais pas, par hasard ?

— Veuillez m'ouvrir, je suis pressé.

— Ça, j'peux le faire. Bon, voilà que je vous remets. Vous n'avez pas vraiment changé, un peu forci peut-être, bien écorché ma foi le visage, comme si vous étiez passé dans un roncier. En 60 ou 62, on avait retrouvé un cadavre dans une cabane de fontenier. C'était vous ? Hein ! Le commissaire[4], pas vrai ?

— Quelle mémoire, mon ami !

Il lui lança une pièce qui fut attrapée au vol.

— Vous boirez à ma santé. Alors, encore un cadavre ?

— À ce qu'on dit, il y a du nouveau. On a repêché un corps de noyé. C'est plutôt rare par ici. Je n'en ai point connu jusqu'alors malgré que j'soye de service depuis vingt ans, oui, à la Saint-Michel.

— La nuit également ?

— Et comment ! On travaille par quartier.

— Rien de particulier la nuit dernière ?

— Bon, un grand coup de vent, une tempête sèche. D'ailleurs ça souffle encore. Et puis, maintenant que vous m'en parlez, très tard ou très tôt, un homme a demandé l'ouverture de la grille…

— Il n'y a pas de mot d'ordre ?

— V'là-t-y pas une drôle de question ! Pour entrer, pas pour sortir, mon cadet ! Enfin, j'ai pas consenti tout de suite. Si chacun commence à circuler de nuit, où's qu'on va ? Qui sait ? Ce pouvait être un voleur qui s'échappait. M'a dit appartenir au service de la reine.

— Au service de la reine, rien que cela ! Et il vous en a donné la preuve ?

— M'a montré un jeton de la maison de Sa Majesté qui autorise l'entrée dans ses jardins.

— L'entrée, pas la sortie.

— Monsieur, comprenez-moi ! Que je soye assez malheureux pour me mettre en travers d'un quidam qui peut me faire perdre ma place, ça ne serait pas raisonnable.

— Je comprends. Et cet homme-là, le pourriez-vous décrire, en donner un signalement ?

— Il faisait nuit noire encore à c'te heure-là, et quelle poussière ! J'en avions plein les yeux. Allons, j'dirais trois bien passées, et même plutôt quatre heures du matin. Faut bien dire qu'on s'assoupit parfois. Du moins un coup de lanterne m'a fait entrevoir une perruque jaune.

— Et le jeton ?

— L'homme après me l'avoir montré l'a replacé dans une poche de son habit.

— Merci, mon ami.

Les hypothèses se bousculaient dans la tête de Nicolas. Il avait hâte de se faire une idée plus précise de ce mystérieux noyé. Plus ingambe il se serait mis à courir. Il longea le Grand Canal, saisi aux narines par des remugles d'eau croupie. Il aperçut à l'extrémité du bord un petit groupe d'hommes immobiles près d'une forme allongée. Quand il arriva à leur hauteur, un homme en redingote de toile écrue se détacha pour lui barrer le passage.

— Monsieur, dit-il après un coup d'œil attentif à la tenue du commissaire, il n'est pas possible de pousser plus loin. Je vous serais reconnaissant de rebrousser chemin.

— J'entends bien. Je suis Nicolas Le Floch, commissaire au Châtelet, et je dois examiner le noyé.

— Puis-je vous rappeler, monsieur le commissaire, que nous sommes…

— Sur un domaine royal et que les prérogatives du grand prévôt s'y exercent, je le sais…

Il salua.

— Excepté, monsieur, dans le cas présent. Prenez connaissance de ceci.

Il tendit le blanc-seing signé du roi qui fut longuement examiné. L'homme, à son tour, s'inclina.

— Je me rends à vos raisons, que désirez-vous savoir ?

— En vérité, tout et ensuite je ferai enlever, avec votre aide, le corps qui doit être transféré au Grand Châtelet de Paris.

L'autre hocha la tête et désigna la forme étendue. Nicolas s'approcha. Le cadavre gisait sur le dos, un bras curieusement crispé sur la poitrine. Les habits étaient couverts de vase et il fut indécis devant le visage souillé d'herbes, de terre, bouffi, les yeux déjà attaqués par des oiseaux, le crâne chauve. Il s'agenouilla, sortit un mouchoir et nettoya avec précaution la face du mort. Il l'examina un long moment, le doute subsistait. Il l'affubla en pensée d'une perruque jaune et soudain il n'eut plus de doute : l'homme qu'il avait vingt fois croisé sur *Le Saint-Esprit* reparaissait. Il s'agissait bien de Lamaure, le valet du duc de Chartres. Il se redressa et s'essuya les mains dans l'herbe sèche.

— Il m'a été signalé un papier susceptible d'apporter la lumière sur l'identité du mort ?

— Il était un peu humide, il sèche au soleil.

— Le peut-on examiner ?

L'homme le conduisit à la lisière du massif et désigna un papier accroché à une branche.

— Je l'avais placé là, à sécher. Vu la chaleur, ce doit être achevé.

Nicolas saisit le papier. À première vue il s'agissait d'un morceau de partition. L'encre en avait été légèrement diluée, mais on pouvait encore déchiffrer la musique. Il observa que la pièce avait été souvent ouverte et fermée, l'état des pliures le montrait. Peut-être contenait-elle un second document ?

— Il était protégé au fond d'une poche intérieure.

— Je ne vois rien là qui permette de nous procurer une indication utilisable.

— Monsieur, il est nécessaire de lire l'envers de la partition. Si vous respectez les pliures, elle se transforme en billet et que lirez-vous dans le plat visible ? Difficilement, je vous le concède.

— Je vois une adresse :

Le fil d'Ariane

à Monsieur
Monsieur
Lamaure
Au Palais-Royal
À Paris

— Vous avez raison. Voilà qui pourrait nous éclairer.

Cette indication ne faisait que confirmer la reconnaissance qu'il venait de faire, mais ce papier pouvait fournir d'autres indices. Il faudrait l'examiner en détail.

— Qu'avez-vous trouvé d'autre ?

L'homme fouilla ses poches, en sortit un grand mouchoir taché de vase qu'il déplia sur le sol. Ouvert, il laissa apparaître cinq écus, une poignée de billons, une mine de plomb, un peigne, une tabatière en bois et un canif à manche de corne.

— C'est tout ?

— Il n'y avait rien d'autre.

Nicolas revint vers le corps et commença à le fouiller méthodiquement. Les poches étaient vides. Il tâta les doublures qui dissimulent souvent bien des secrets. Dans le revers des manches de l'habit, il sentit quelque chose de rigide. À l'aide de son canif, il se mit à découdre l'ourlet. Enveloppés dans une fine feuille protectrice de papier huilé, il découvrit deux documents. Le premier semblait être une description satirique résumant la situation des différentes puissances de l'Europe :

Jeu de quadrille

Empereur   *Il faut que je joue, et de droit je dois*
gagner, car je ne cherche que ce que
j'ai perdu mal à propos au dernier
jeu.

France	*Il est bon que j'aye été appellé, car j'ai dit à tous et je sais le jeu. Je jouerai beau jeu.*
Prusse	*Je sais le jeu aussi bien que qui que ce soit, mais j'ai manqué au commencement d'avoir voulu jouer solo. Peut-être serai-je maintenant à la tête.*
Russie	*J'ai des atouts de reste et je les ménagerai cette fois-cy pour la fin.*
Angleterre	*Il est malheureux que j'aye été appellé. J'ai un mauvais jeu, quoique j'aye mêlé moi-même les cartes.*
Saxe	*Cela s'appelle du guignon, avoir trois matadors et cependant perdre.*
Pologne	*Si j'eusse d'abord joué mon atout, l'on ne m'auroit pas coupé mon roi.*
Hollande	*Je n'ai ni roi ni atout, mais seulement une dame mal gardée. Ainsi passe.*
Suède	*J'ai vu les cartes, mais je les ai jettées.*
Danemarc	*L'un veut que je joue, d'autres me conseillent le contraire. J'attendrai encore, de crainte de m'en repentir.*
Espagne	*Je ne joue pas moi-même, mais d'autres jouent pour moi et jusqu'icy fort bien. Je fais cependant provision de jettons pour le cas où la fortune changeroit.*
Sardaigne	*L'on sait déjà que je ne joue pas à moins d'être sûr de gagner.*
Portugal	*Mon tremblement n'est pas encore entièrement passé. Je ne peux pas tenir les cartes. Comment pourrais-je ou devrais-je jouer ?*

Que pouvait dissimuler cette satire ? L'autre document l'inquiéta tout autant. C'était bel et bien un extrait, il le reconnut aussitôt, d'une correspondance entre Vergennes et Le Noir concernant cet espion anglais que Bourdeau était chargé d'interroger à la Bastille :

Si l'on peut parvenir à découvrir le messager ou autre agent que Simon employe dans sa correspondance mystérieuse, il n'y aura pas à hésiter à faire arrêter et à saisir ses paquets. Je vous prie de m'informer exactement de l'exécution des ordres de Sa Majesté et de ce qui aura pu nous revenir d'ailleurs sur le compte de cet étranger dont la conduite et les démarches nous ont paru, comme à vous, on ne peut plus suspectes.

Il recula de quelques pas pour mieux réfléchir, à l'écart, sur ce qu'il venait de découvrir. Quelle était la vraie nature de ces documents ? L'un montrait, s'il en était besoin, la conjonction de troubles menées dans lesquelles, comme toujours, paraissait à l'arrière-plan l'ennemi anglais. L'autre pouvait ne receler aucun mystère, mais alors pourquoi avait-il été si soigneusement conservé ? Cela méritait une analyse plus poussée à tête reposée. Son attention se reporta sur le corps. Il chercha ce qui pouvait manquer dans ce macabre spectacle. Les souliers ou les bottes avaient disparu. Peut-être, gorgés d'eau, avaient-ils glissé, leur poids les ayant emportés. Cela lui parut peu probable. Les bas troués laissaient passer des orteils livides et ajoutaient une note de dérision à l'horreur de la scène. Et la perruque rousse ? Où se trouvait-elle ? L'éventuelle découverte de ces éléments orienterait-elle l'enquête ?

Une petite voix intérieure, qu'il se garda bien de négliger, l'incitait à s'y intéresser de plus près. Il n'avait point retrouvé, non plus, le jeton d'accès aux jardins dont le garde lui avait parlé. Point de chapeau, point de montre… Comment justifier cette dernière absence ? Il était de grand ton chez le serviteur d'un grand, obligé par son état domestique d'être à toute heure à la disposition exacte de son maître, d'en porter deux ?

Nicolas considérait la surface plissée de l'eau. Des paroles du garde auxquelles il n'avait, dans un premier temps, prêté nulle attention, lui revinrent en mémoire. Il se retourna vers le représentant de la prévôté.

— Un détail me chiffonne. Comment expliquez-vous la présence du corps à cet endroit précis ?

— Pardonnez-moi, monsieur le commissaire, mais je ne saisis pas le sens de votre question.

— Le corps était-il enfoncé dans l'eau ?

— Non… Il flottait, coincé au bord de la berge par une grosse branche cassée. Sans doute le coup de vent de cette nuit.

— Une branche morte… Je vois.

— Non pas morte, mais brisée, arrachée sans doute par une rafale. D'ailleurs si vous la voulez examiner, elle n'est pas loin, jetée dans ce buisson, là-bas.

Il guida Nicolas qui se pencha pour la ramasser et la regarder de plus près.

— Voyez, dit-il, elle n'a pas été rompue par le vent. On l'a coupée avec une lame tranchante. La marque en est bien nette. Tiens ! Il y a même du sang séché. Celui qui s'en est chargé s'est blessé.

— Il se peut, monsieur, que cette taille se soit produite avant et qu'elle n'ait aucun rapport avec le fait d'avoir découvert le corps du noyé à cet endroit.

— C'est possible et même probable, mais je souhaiterais comprendre pourquoi ce cadavre a pu précisément demeurer à cet endroit précis. Avez-vous dépêché vos gens pour faire le tour du Petit Canal ?

La question produisit un agacement marqué. D'évidence *on* estimait que le commissaire attachait trop d'importance à des détails concernant une noyade ou, au pire, un suicide. *On* soupira.

— Je n'en ai pas senti la nécessité.

— Dans ce cas je vais le faire moi-même. Qu'on ne touche à rien, et envoyez quelqu'un chercher une voiture.

L'homme acquiesça, la mine contrariée.

Nicolas entreprit son périple par la partie la plus courte du Canal. Peu après la perspective du jardin français du Grand Trianon, il découvrit une petite barque sur laquelle un ouvrier, rejointoyant le bord, se tenait agenouillé. Il la lui emprunta d'autorité et s'évertua à la godille, technique parfaitement maîtrisée depuis son adolescence, alors qu'il disposait d'une plate à Tréhiguier pour naviguer dans l'estuaire de la Vilaine.

Il remonta le Petit Canal vers le sud jusqu'à son extrémité où il mit pied à terre. Les recherches furent brèves. Il tomba sur une paire de bottes et une perruque rousse. Tout ainsi semblait confirmer la thèse du suicide ; l'homme après s'être déchaussé et avoir retiré sa coiffure était descendu dans l'eau. Ce mode de destruction de soi impliquait qu'il ne savait pas nager ; or la profondeur semblait limitée. Il chercha d'autres indices. Des chevaux, deux semblait-il, avaient récemment piétiné l'herbe sèche. Leur crottin, encore frais, l'attestait sans contredit. Ainsi l'homme n'était pas seul, si ces traces correspondaient à sa venue. Il réfléchissait quand un autre détail le frappa. Pourquoi les bottes étaient-elles alignées soigneusement et la perruque étalée ? Voulait-on, les disposant ainsi, qu'on les remarquât mieux ? Il paraissait pourtant plausible que quelqu'un déterminé à *s'homicider* en pleine nuit avait autre chose à penser qu'à observer de telles précautions.

Mais après tout, que pouvait-on savoir de ce qui vous traversait la tête à un pareil moment ?

Nicolas récupéra les pièces à conviction, remonta dans la barque et rejoignit, trempé de sueur par l'effort, le groupe de la Prévôté et des fonteniers. À la surprise générale il demanda à l'un des jeunes artisans s'il savait nager et, devant sa réponse positive, le pria de se mettre à l'eau en s'allongeant pour flotter détendu comme une planche, et de se laisser aller au fil de l'eau.

— Je veux, expliqua-t-il, constater de quelle manière se conduit un corps non immergé et dans quelle direction il se dirige dans son inertie.

Le jeune homme en caleçon, que l'expérience amusait, entra dans l'eau en riant et finit, après avoir un peu pataugé, par s'allonger à la surface. Il flottait, ébloui par le soleil. Son corps demeura un instant immobile puis tourna sur lui-même et insensiblement se mit à dériver, s'éloignant du bord vers la partie la plus longue du Petit Canal.

— Cette nuit, le vent soufflait dans quelle direction ?

— Du nord vers le sud.

— Et maintenant ?

— Toujours du nord, monsieur, sans changement.

Ainsi l'expérience s'avérait concluante. Le corps d'un noyé immergé à l'extrémité sud du Petit Canal serait demeuré sur place, battu par le flot et pressé contre la berge. Et la branche coupée venait à point pour conforter d'étranges présomptions. Entre le théâtre d'apparences découvert et le lieu où le cadavre avait été repêché subsistait une marge d'incertitudes propre à échafauder bien des hypothèses. Le jeune fontenier sortit de l'eau, tout ruisselant. Il brandissait à bout de bras une chose informe qu'il venait de toucher du bout des pieds. Débarrassé de la vase qui l'engluait, l'objet se révéla être une perruque rousse. Nicolas, perplexe, la recueillit et donna ses instructions aux gens de la Prévôté pour que le cadavre et les pièces fussent immédiatement conduits à Paris vers la basse-geôle du Grand Châtelet. Enfin, il écrivit un mot qu'une estafette apporterait à Bourdeau. L'inspecteur devrait requérir au plus vite les services de Semacgus et Sanson.

Sur le chemin du château, intrigué et oppressé, une sorte de *bourdon* résonnait dans sa tête, lui battant les tempes.

> *Un noyé*
> *Une partition*
> *Deux perruques*
> *Un jeton Vent du nord*
> *Vent du nord...*

Où tout cela le mènerait-il ?

V

L'HERBE DU DIABLE

Bien des choses ne sont impossibles que
parce qu'on s'est accoutumé à les regarder
comme telles.

Duclos

Entre deux portes Nicolas s'entretint avec Sartine,
lui confirmant l'identité de la victime. Il le pria aussi
d'évoquer avec le Grand Prévôt l'empiètement à son
droit de juridiction sur les domaines royaux. L'urgence,
la raison d'État et les ordres du roi en imposeraient à
son probable déplaisir. Le ministre se fit répéter plusieurs détails, réfléchit un moment, puis finit par écarter toute velléité de solliciter le témoignage du duc de
Chartres. Non seulement le prince devait être sur le
point de prendre la route de Brest afin de rejoindre la
flotte de l'amiral d'Orvilliers, mais toute tentative de
ce côté-là équivaudrait à un coup de force dont on sentait bien tous les inconvénients. Il en résulterait un
manquement aux conséquences imprévisibles, s'agissant d'un cousin du roi. En revanche il serait intéressant de savoir si le duc s'était enquis du sort d'un

intime valet avec lequel il partageait tant d'innombrables secrets et qui, d'usage, l'accompagnait toujours dans ses déplacements. Sartine cligna de l'œil en révélant à Nicolas, qui n'en pouvait douter, qu'il disposait au Palais-Royal de trames attentives et que *le secret de la Poste demeurait l'œil de Jupiter, cette trappe par laquelle ce dieu voit ce qui se passe dans le cœur des hommes*[1]. Enfin il pressa Nicolas sur les causes réelles de la mort de Lamaure. Suicide ou assassinat ? Il exigeait d'être fixé au plus vite.

Le commissaire rejoignit Fausses-Reposes où il se changea à nouveau avant de sauter en selle. La belle Aimée n'était pas encore rentrée de son expédition électrique. *Sémillante* salua Tribord d'un hennissement reconnaissant et, ravie de retrouver son cavalier préféré, s'engagea joyeusement sur la route de Paris. Leur train fut tel qu'ils rejoignirent à mi-parcours la voiture qui conduisait le cadavre au Grand Châtelet. Nicolas intima au cocher de presser une allure trop lente à son goût. Il se félicita qu'un courrier ait été dépêché à Paris, ce qui permettrait de gagner du temps. L'ouverture devait en effet se faire au plus vite tant la chaleur était peu propice à la conservation des corps.

Plusieurs raisons transformaient cet été la basse-geôle en un lieu d'horreur. La canicule jouait son rôle, mais aussi les accidents qui en étaient les conséquences. Longeant justement la Seine à Sèvres, il constata que les berges grouillaient d'une foule qui cherchait par tous les moyens à se rafraîchir. En fin de journée, les Parisiens affluaient le long de son cours. Place Maubert, au Pont-Marie, sur le Pont au Blé, au-dessous du Pont Henri, sur le quai des Théatins, dans le petit bras qui séparait le quai des Orfèvres des Augustins, barbotaient des assemblées joyeuses où dominaient les enfants. Les établissements de bains étaient peu nombreux et trop dispendieux pour le peuple. Le petit matin ramènerait sa sinistre récolte de noyés, engorgeant les dalles d'exposition de la basse-geôle. Ces disparitions constituaient une manne pour les jeunes chirurgiens soucieux de se perfectionner dans leur art. Ils demeuraient la nuit à l'affût des sujets à repêcher. Le lendemain le fleuve, indifférent, rejetterait les restes de leurs tristes dissections dont les morceaux épars et anonymes encombreraient la morgue. Ces macabres images le hantaient, le préparant au spectacle toujours renouvelé, mais jamais accepté, de l'ouverture à venir.

Au Châtelet, Bourdeau l'attendait. Il avait reçu son message : sauf empêchement, Sanson et le docteur Semacgus ne tarderaient plus. Nicolas lui rapporta par le menu le tableau complet de l'affaire telle qu'elle s'était présentée à lui à Versailles, n'omettant aucune précision utile. Bourdeau, pourtant ferré à glace dans la manifestation de ses émotions, sursauta à la mention de la présence de deux perruques rousses identiques. Après un temps de réflexion concentrée, il se mit à penser à voix haute :

— D'étranges perspectives me viennent en tête. Pourquoi deux perruques ? La coïncidence est par trop extraordinaire. En découvrir une autre immergée ne peut être ni le fruit du hasard ni celui de la coïncidence. Il faut en chercher la raison.

— Et qu'en déduis-tu ?

— Te connaissant, une idée a bien dû t'effleurer. Qui dit crottin dit chevaux, qui dit chevaux dit cavaliers, au moins deux. Puisque perruque rousse il y a, je crois que l'une d'entre elles ne coiffait pas Lamaure. Reprenons le fil de la soirée d'hier. Renard rencontre le valet du duc de Chartres au Vauxhall d'été, puis il ramasse un giton qu'il conduit chez lui rue du Paon. Restif le suit et, ayant accompli sa mission, abandonne la surveillance. On ne peut lui en vouloir, les apparences étaient trompeuses.

— Tu veux dire que...

— Que Renard est un des nôtres. Le crois-tu vraiment incapable de surveiller ses arrières ? Peut-on faire fond sur son inattention ? Il reste dans le domaine du possible qu'à un moment ou un autre, il se soit cru suivi.

— Et quand bien même, puisque cela l'arrangeait ?

— Précisément ! Il fait feu de tout bois. Il feint d'être au logis occupé à ce qu'on suppose. Le Hibou envolé, il saute en selle et file à Versailles. Dans quel but ? Il faudra vérifier rue du Paon si l'hypothèse est plausible.

— Il souhaite sans doute prévenir que je renifle l'affaire et que mon enquête va me conduire tôt ou tard à Versailles.

— Tu avais prévu sa réaction. Revenons à ton récit La seule chose assurée, c'est que le garde de la grille des Matelots a autorisé l'entrée du Grand Canal à un homme porteur d'une perruque rousse, et cela à la lueur incertaine d'une lanterne sourde, dans l'obscurité d'une nuit de tempête et de poussière.

— Mais la perruque de Renard est grise !

— Imagine qu'il en ait changé afin de franchir ostensiblement la grille des Matelots en ce trompeur appareil.

— Voyons, dit Nicolas, il faut revoir l'horaire. Nous soupons rue Montmartre assez tôt pour satisfaire le malade affamé que tu sais. Il est sept heures, environ. À huit heures, Poitevin signale qu'on frappe à l'huis. À huit heures trente, nous sommes chez Le Noir. Une conversation d'un quart d'heure qui nous conduit à huit heures quarante-cinq. Le temps de rejoindre le Châtelet, d'entretenir Le Hibou dans la rue, disons neuf heures quinze. Nous sommes demeurés avec l'inspecteur une bonne demi-heure, soit dix heures. Renard est allé au Palais-Royal, nous le supposons. Il y est resté une dizaine de minutes, soit dix heures dix.

Arrivée au Vauxhall vers dix heures quarante-cinq. À onze heures il quitte le Vauxhall ainsi que Lamaure. Renard rejoint rapidement, les rues sont désertes à cette heure-là, son logis rue du Paon. Onze heures trente me semblent convenir. S'il dispose alors sur-le-champ d'une voiture ou d'une monture, il peut être à Versailles aux environs d'une heure.

— À peu près trois heures avant que le garde de la grille des Matelots ne voie passer un inconnu en perruque rousse. Constatons que subsistent deux heures au cours desquelles il a pu se passer bien des choses.

— Ajoute à cela que tu n'as pas retrouvé le jeton d'accès aux jardins de la reine que Renard pouvait détenir par sa femme. Si ce que nous supposons est vrai, ce jeton ne devait pas être abandonné. *On* a parié sur le fait que la question ne serait pas posée à ton garde.

— D'autant plus que le grand parc possède bien des ouvertures non gardées…

— Certes, mais il apparaît qu'il était nécessaire qu'on vît Lamaure longer le Grand Canal vers le lieu où on a découvert son corps.

— Et où le flot agité par un vent violent n'aurait pas dû, selon toi, le maintenir.

— Et où une branche fraîchement coupée le retenait coincé contre la berge.

— Ne prenons pas le mors aux dents. Tout va dépendre désormais du résultat de l'ouverture et de ce qu'elle nous révélera. Ses enseignements détruiront ou conforteront nos suppositions.

Le convoi arriva peu après. Le père Marie se chargea de diriger la manœuvre avec les servants de la basse-geôle. Semacgus et Sanson se firent attendre, mais se présentèrent presque au même instant. Nicolas leur apprit l'essentiel de ce qu'ils devaient savoir sans pourtant leur révéler des détails qui auraient pu jeter un a priori gênant sur leurs constatations. Tous descendirent enfin dans la salle de la question où, de tradition, se pratiquaient les ouvertures.

Bourdeau s'empressa d'allumer sa pipe et Nicolas prisa délicatement dans une petite tabatière ornée du portrait du feu roi, puis éternua plusieurs fois. Les deux policiers tombèrent l'habit et revêtirent des tabliers de cuir avant de préparer leurs instruments. Semacgus demanda à Sanson d'élever un flambeau afin d'éclairer le cadavre étendu et le considéra avec attention. Il passa en revue l'ensemble des pièces d'habillement. Nicolas se félicita de disposer de son expérience ; non seulement le chirurgien savait déchiffrer un corps, mais encore, associé depuis longtemps aux enquêtes criminelles du commissaire, il élargissait toujours sa recherche au recueil d'autres indices. Il le vit se pencher, retrousser le col de l'habit, se retourner pour saisir une petite pince dans sa trousse pour enfin récupérer un petit dépôt brun clair qu'il porta à son nez. Il le fit ensuite sentir à Sanson qui hocha la tête d'un air entendu.

— Mon cher Guillaume, je crois penser comme vous. Il s'agit d'une parcelle de crottin de cheval.

Nicolas tressaillit, n'ayant évidemment pas évoqué son expédition à l'extrémité du Petit Canal.

— J'ai recueilli cela sous le col et cette découverte, précisa Semacgus magistral, prouve une chose. Le corps a été traîné sur le dos. Sans doute au moment où il a été hissé sur la berge.

La mine de plomb courait sur le petit carnet noir de Nicolas. Le corps fut déshabillé sans trouvaille supplémentaire, et retourné sur tous ses côtés.

— Observez, dit Sanson, cette belle bosse dans la partie occipitale de la tête.

— Est-il possible, demanda Bourdeau, de déterminer à quel moment elle est apparue et dans quelles conditions ?

Semacgus et Sanson chuchotèrent un moment entre eux.

— Rien n'indique, dit le chirurgien, que ce soit après la mort, et pour cause. Il semble que cet homme soit tombé en arrière et que sa tête ait porté. Il y a une petite coupure qui a saigné alors qu'il était encore vivant.

La suite trop habituelle déroula ses phases successives. Bourdeau tirait sur sa pipe et les flots de fumée gazaient un spectacle dont l'horreur n'avait jamais épargné Nicolas. Il ne pouvait s'empêcher de revoir Lamaure sur le pont ou dans les coursives du *Saint-Esprit*. Son éloignement pour l'homme ne parvenait pas à dissiper sa pitié pour cette masse inerte qu'attaquait le scalpel et qui, peu à peu, se vidait de toute humanité.

La mort qu'il côtoyait depuis tant d'années, cette camarde masquée qu'il frémissait de revoir à chaque carnaval, l'avait souvent frappé au plus près. Rupture, douleur et chagrin, pour le chanoine Le Floch, le marquis, son père, le feu roi et même pour M. de Saint-Florentin. Elle l'avait poursuivi en remords et souffrances avec l'assassinat de Mme de Lastérieux. Elle le hantait avec la vision, toujours aussi présente dans sa mémoire, d'un vieux soldat pendu dans sa cellule du Grand Châtelet. Et pour celui-ci dépecé sous ses yeux, si méprisable fût-il, il éprouvait un frisson de l'avoir croisé vivant quelques jours auparavant.

L'ouverture se poursuivait avec ses bruits et ses odeurs et l'office des morts des paroles chuchotées. Bientôt, ayant restitué à la dépouille un semblant d'apparence, les deux policiers se lavèrent les mains. Le père Marie avait apporté une cuvette et un broc sans un regard pour un spectacle tant de fois contemplé et qui désormais le laissait de marbre. Nicolas considéra le vieil homme. Il appartenait à la prison tout comme ses vieilles pierres, ses cheminées monumentales et ses poutres. Il faisait corps avec elle. Un jour, lui non plus, ne serait plus là et sa présence leur manquerait. Une pièce soudain arrachée…

— Nous sommes, dit Semacgus, s'éclaircissant la voix, devant un de ces problèmes que la seule étude anatomique ne saurait élucider. Notre avis, celui de Sanson et le mien, est qu'il est malaisé…

— Allez, dit Bourdeau goguenardant, seriez-vous par hasard en train de nous affirmer que votre science est impuissante et vos connaissances inutiles ? Ces réponses obscures ou équivoques des oracles, sous le voile desquelles les esprits de ténèbres cachaient leur ignorance et, par une ambiguïté étudiée, se ménageaient une issue, quel que dût être l'événement.

— Voilà bien la parole ignorante du Bourdeau philosophe !

— Point de *bisbiglio*, cela ne se conçoit pas ainsi, susurra Sanson en tirant sur une très jolie manchette de dentelle. M. Semacgus va vous dévider les difficultés rencontrées pas à pas et vous serez étonnés de constater à quel point elles se superposent.

— Au fait, reprit Semacgus. Soyons simples et clairs pour nos amis. La question essentielle tout d'abord : cet homme prétendument noyé était-il vivant au moment de son immersion ? S'il l'était, est-il tombé dans l'eau par accident, s'y est-il jeté ou l'a-t-on précipité ? Je ne vous ferai pas un cours sur la mort par noyade. Entrons dans le détail de l'examen. Un point important doit fixer notre attention. L'eau est-elle entrée dans les voies bronchiques ou, plus exactement, peut-on considérer comme cause du trépas cette pénétration ? Une preuve pourrait être apportée par la présence d'eau écumeuse, de vase, de boue dans la trachée, les bronches et le tissu des poumons. Nous en avons trouvé trace…

— Et donc ? dit Bourdeau.

— L'expérience ne prouve rien, intervint Sanson. L'eau s'introduit d'une manière similaire lorsqu'un corps est plongé dans cet élément après la mort.

— Quant à l'état du diaphragme, reprit Semacgus, la mort des noyés survenant au milieu de l'inspiration il doit être refoulé vers l'abdomen et la poitrine en position élevée. Enfin… dans la plupart des cas.

— Et dans ce cas ?

Les deux hommes se regardèrent indécis.

— La chose est peu sensible et parfois le phénomène est presque inexistant.

Semacgus haussa les épaules.

— Quant à savoir s'il y a eu submersion volontaire ou homicide, il faut avouer que notre art ne possède aujourd'hui aucun moyen de résoudre le problème. Ce sont les circonstances, les indices, l'histoire de la victime, bref l'enquête qui offrira les réponses plausibles à cette question. Il faut laisser au magistrat l'examen de la nature des lieux, l'élévation de la berge, l'existence d'un poids attaché au corps, celle d'un lien qui unit les mains, le désordre des vêtements et mille autres indices qui fonderont de nouvelles présomptions.

— Ou bien encore, ajouta Sanson, si la victime de son vivant n'était pas sujette aux vertiges ou si son corps n'offre pas d'autres lésions suspectes.

— Ainsi, conclut Nicolas, vous êtes dans l'incapacité de nous éclairer et d'avérer tout soupçon de suicide, d'accident ou de meurtre ?

— Pas exactement, reprit Semacgus. À la question « cet homme s'est-il noyé ? », nous ne pouvons répondre, mais…

Il regarda Sanson avec malice.

— Nous sommes à même de vous soumettre d'autres considérations qui ne laisseront pas de vous surprendre.

— Et qui aideront nos conclusions ?

— Je crois pouvoir vous l'assurer. Peut-être avons-nous galopé de prime abord avec l'idée qu'il s'agissait d'une noyade.

— Que cherchez-vous à nous faire entendre ?

— Que nous avons piétiné tout autour de la vérité, sans doute obnubilés par la certitude d'une asphyxie par noyade...

Il se rengorgea.

— Reste que d'autres que nous se seraient satisfaits de cette approximation, passant à côté de cet essentiel qui donne à l'affaire son aspect le plus jubilatoire.

— Si les cadavres, jeta Bourdeau décidément ironique, vous procurent cet effet, nous en avons d'autres à votre service pour vos menus plaisirs. Sartine vous dirait que Nicolas les sème à foison sous ses pas.

— Soyons sérieux, fit Nicolas intrigué, qu'avez-vous découvert ?

— Comme l'a si bien déclaré Guillaume, dit Sanson, tout nous conduisait à rechercher les causes et conditions de la noyade et ainsi à nous faire négliger d'autres constatations.

— Par exemple ?

— L'état du cœur du sujet, murmura Semacgus mystérieux.

— Vous n'allez pas me dire qu'il est mort en raison d'une faiblesse de ce côté-là ?

— Provoquée ! Oui, provoquée ! Je m'explique. Il est indubitable que notre homme est mort d'un dérèglement de son muscle cardiaque. Les preuves en sont patentes, encore notables sur ce cadavre relativement frais. Enfin l'examen approprié de l'estomac nous a édifiés.

— L'estomac ?

— Il a bu et mangé peu de temps avant de se retrouver dans l'eau. Des restes examinés, il résulte qu'il a absorbé une substance végétale avec pour effet de déclencher la crise ultime.

— Du poison ! Il faut bien oser le mot. Lequel ? pardieu ! Et avec quels symptômes ?

— Écoutez ce que notre ami Naganda m'en avait dit lors de son dernier passage à Paris. Il avait observé que nos friches et les haies de nos jardins possédaient des plantes à odeur fétide, à grandes fleurs en calice blanches ou violacées. Il les avait reconnues comme semblables à celles poussant dans ses prairies natales et m'avait précisément décrit leurs fruits, de la taille d'une noix et couverts d'épines. Ici, nous la nommons herbe aux taupes, endormeuse, herbe du diable, pomme-poison, trompette-de-la-mort. En raison de l'apparence de ses fruits les paysans ont donné à cette plante le surnom de pomme-épineuse.

— Cela fait nombre pour une simple fleur qui ne devrait servir qu'à orner nos jardins ! remarqua Bourdeau.

— Il faut se méfier des apparences :

Le ciel dont nous voyons que l'ordre est tout-puissant
Pour différents emplois nous fabrique en naissant

Son nom savant est *datura stramonium*, sans doute le strychnos manicos des anciens. Diodore de Sicile et Strabon rappellent que les Celtes empoisonnaient leurs pointes de flèches avec le suc de cette plante dont tout, feuilles, corolles et fruits, est, je reviens à la victime, dangereux, nocif et aisément mortel.

— Je m'étonne de l'intérêt de Naganda pour cette plante ?

— Ce Mic-Mac, qui a couru les prairies et dont vous connaissez le sacerdoce dans les pratiques magiques de sa tribu, en décrivait l'usage dans la préparation d'un breuvage sacré, *le wysoccan*. Les jeunes Algonquins l'absorbent au moment du passage à l'âge adulte. Les épreuves qu'ils subissent pour devenir des guerriers sont rudes. Naganda évoquait les tatouages cruels, mais aussi des chasses de cauchemar et des visions de paysages inconnus causées par l'absorption de cette décoction. Certains ne revenaient pas du voyage...

— Bigre ! Et nous voisinons avec ces plantes-là ? demanda Bourdeau éberlué.

— Elles poussent par exemple en abondance autour de l'auberge de Ramponeau à la Courtille.

— Plus de mystère ! Voilà pourquoi je digérais si mal lorsque nous y allions en goguette. L'effet en est-il si rapide ?

— L'expérience le prouve. En 1676, à l'occasion d'une rébellion à Jamestown dans les colonies anglaises d'Amérique, le capitaine John Smith se débarrassa des mutins en les rafraîchissant d'une salade contenant des feuilles de datura.

— Des contre-poisons ?

— Il faut très vite vomir, prendre de la thériaque, de la noix vomique, du vinaigre, des sels volatils. Et encore, à temps !

— Notre homme en avait donc avalé ?

— En grande quantité. D'après nos examens, dans du café et un gâteau genre *croquignole*. Des débris de noisette et d'autres graines, sans doute des semences, y sont encore visibles. L'amertume du café et la douceur du sucre ont dû faire passer le goût du poison, dorer la pilule.

— Et votre sentiment sur l'heure de cet empoisonnement ?

— Peu de temps, et je suis formel, avant la mise à l'eau, si j'en juge par l'état quasi inexistant de la digestion.

Nicolas, silencieux depuis un moment, leva la main.

— Au point où nous en sommes, résumons-nous. Notre homme, peu avant son décès, a bu et mangé. On peut supposer qu'il a été aussi empoisonné. Il paraît être tombé en arrière, la bosse ouverte à l'arrière de sa tête le prouve. Il a été traîné sur le dos. Son vêtement, sans doute souillé de crottin, a été nettoyé par l'eau du canal, cependant des particules sont restées prisonnières du revers du col. On peut donc en conclure que c'est un cadavre qui a été immergé. Cette thèse est d'ailleurs recoupée par les constatations particulières que j'ai pu relever sur place.

Il leur dressa un tableau complet de ses investigations autour du Grand Canal.

— Moi, dit Bourdeau, je veux me faire l'avocat du diable. Notre homme peut s'être suicidé avec cette substance ou l'avoir ingérée par accident. Il faut que nous soyons certains des conditions de ce décès. On a pu aussi vouloir se débarrasser d'un cadavre gênant sans pour autant être responsable des causes de sa mort.

— J'exclus, intervint Semacgus véhément, toute éventualité de cette nature. Selon moi, la victime a bu et mangé en ignorant ce qu'elle avalait. Tout a été ménagé pour faire accroire maladroitement la certitude d'un suicide et sans prendre, dans la précipitation, beaucoup de précautions.

— Je crois, conclut Nicolas, accablé soudain de fatigue, que ce soir nous en resterons là. C'est à nous désormais d'agir pour démêler cette affaire.

Semacgus fit miroiter les délices d'une ribote chez un marchand de vin récemment découvert où le tendron de veau réunissait tous les suffrages gourmands. Il s'informait par toutes sortes de voies mystérieuses de l'ouverture d'auberges nouvelles, avait coutume de dire que durant un mois au moins on y était très bien servi, linge propre, servantes attentionnées, hôte poli et mets bien apprêtés. Ce zèle et cette diligence n'avaient qu'un temps et bientôt tout changeait, l'ordre disparaissait, la malpropreté et la négligence remplaçaient les soins et les égards. Il était temps alors de chercher un nouvel établissement dont la devanture récemment peinte en bleu criard, ornée de pâtés, poulardes, lapereaux lardés et de fruits en camaïeu, révélerait le changement de propriétaire. L'heure du souper approchait, mais ses tentatives pourtant alléchantes demeurèrent vaines. Sanson était attendu pour une réunion de famille et sa femme ne plaisantait pas avec l'exactitude. Quant à Nicolas, il n'aspirait qu'au repos.

Ils se séparèrent donc et Bourdeau accompagna le commissaire jusqu'au porche où un petit vaurien accrédité pour cette tâche gardait sa monture. L'inspecteur, mystérieux, lui confia qu'il était sur la piste d'intéressantes informations concernant Renard et qu'il se rendrait au petit matin à la Bastille pour y interroger le présumé espion anglais. Nicolas gagna au petit trot la rue Montmartre, las et soucieux de ce que la journée lui avait appris. Cet imbroglio, mêlant le plus canaille, un policier, les entours de la reine et maintenant un cadavre, conséquence assurée d'un meurtre, ne laissait pas d'inquiéter comme un signe annonciateur de suites fâcheuses.

Au logis il confia *Sémillante* à Poitevin, qu'elle reconnut pour avoir été traitée par lui plusieurs fois, en soufflant joyeusement dans la main qu'il posa sur ses naseaux. Catherine l'accueillit et, le voyant dans cet état morose, décida de prendre les choses en main. Malgré ses protestations elle le dévêtit et examina l'état de ses blessures. La cicatrisation allait son train avec son cortège de démangeaisons. Souhaitant se rafraîchir de la chaleur, il voulut aller à la pompe. Elle l'en dissuada ou plutôt lui conseilla de se mouiller la tête et les pieds, il en éprouverait une fraîcheur générale.

Quand il revint de la cour en caleçon et chemise, Catherine l'attendait avec l'une des robes de chambre en indienne du maître de maison. Il se sentit mieux d'enfiler ce vêtement léger, puis elle le poussa dans l'escalier, M. de Noblecourt souhaitant l'entretenir. Dans son fauteuil d'angle devant la croisée ouverte, tout vêtu de coton blanc, il dévorait des croûtes de pain grillées qu'il arrosait, grimaçant, de sa sempiternelle tisane de sauge. Il lorgna avec envie le plateau que Catherine déposa sur un guéridon à l'intention de Nicolas : poulet rôti découpé, pain frais et bouteille d'Irancy. Il feignit, au grand scandale simulé de la cuisinière, de croire que ce supplément lui était destiné. Au bruit de la conversation, Mouchette et Cyrus, qui reposaient dans une corbeille, se réveillèrent et jetèrent un regard intéressé sur la volaille.

— Catherine m'a conté votre état. J'ai scrupule à vous retenir. Mais une robe d'indienne, un poulet et un verre de vin ajoutés à un peu de conversation ne peuvent que vous conduire à un sommeil réparateur. La raison qui s'endort dans le bien-être en sera d'autant plus aiguillonnée au réveil. Et vous savez combien j'aime vos rapports propres à stimuler la réflexion d'un vieillard !

— Il m'apparaît que le vieillard se porte bien et que le festin d'hier soir n'a, Dieu merci, point altéré sa santé.

— Altéré est le mot juste, surtout quand je considère ce flacon. Je suis, vous le constatez, folâtre et badin à mon ordinaire avec, à portée de main...

Il désigna le pot de tisane l'air dégoûté.

— ... cette fontaine de jouvence qui emplit ma cruche et arrose cette terrine de... pain sec dont, sur les conseils de Tronchin, je fais mes délices, saint ermite obligé.

Il joignit les mains d'un air dévot, mais l'œil malicieux.

— Monsieur le marguillier de l'église Saint-Eustache, vous semblez oublier que :

La sainteté n'est chose si commune
Que le jeûner suffise pour l'avoir.

Noblecourt prit un air si coupable que Mouchette, perplexe, leva la tête de côté pour en jauger le sérieux
— *Frappez, battez, chargez, accablez-moi de coups.*
Et restaurez-vous ; vous mangerez pour deux !

Se jetant sur la volaille qu'il déchiqueta à belles dents, Nicolas, qui depuis les origines de leur commerce n'avait aucun secret pour le vieux magistrat à l'immuable discrétion, se mit à lui exposer l'affaire qui l'avait conduit à quitter si précipitamment le souper la veille au soir. Noblecourt, attentif, se tenait la tête entre les mains, les ailes de sa perruque pendantes, et paraissait méditer. Mouchette, que cette attitude intriguait, sauta sur ses genoux et tenta, d'une patte insidieuse, d'écarter les doigts serrés. Ceux-ci finirent par céder à la tendre pression, épousèrent le corps de la chatte qui sous la caresse se cambra en poussant de petits feulements heureux.

— Mais diable, que veut-on à cette pauvre reine ? Il y a peu, par vos soins, elle est tirée d'un mauvais pas où ses dettes l'avaient jetée et voici que tout se répète ! Bijou dérobé, calomnies ordurières prêtes à être répandues dans le public au moment de l'annonce de sa grossesse. Quoi encore ? Ah oui ! Livres indécents dont on la pourvoit. Ou plutôt dont un inspecteur de police se fait le pervers et intéressé dispensateur[2]. Par quelles imprudences attire-t-elle sur sa tête tant d'orages ?

— Peut-être, suggéra Nicolas, est-elle trop connue et pas assez présente ? Trop comme personne particulière et pas assez en tant que souveraine.

— Voilà qui est du dernier subtil et qui pourrait approcher la vérité. Cependant, reprenons les choses une par une. Pour le pamphlet, je juge d'expérience qu'acheter le silence des maîtres chanteurs encourage et multiplie ceux qui usent de cette voie odieuse. Oui, vraiment, l'honnête façon de faire fortune ! Quelques infamies menacées d'être répandues et la corne d'abondance se déverse.

— C'est une guerre perdue d'avance. Berryer, Sartine et maintenant Le Noir s'y sont efforcés sans succès.

— Publions que c'en est fini et faisons-le savoir d'une manière ou d'une autre. Alors vous verrez se tarir ce flot nauséabond. Dans le même temps, favorisons ceux de nos publicistes qui illustrent la dignité et les bontés de nos maîtres. Considérez donc ce que faisait Louis le Grand, si souvent outragé : il mobilisait autour de la couronne pour chanter ses louanges. Une objection se lève en vous que je devine.

— Alors, je vous la laisse exprimer.

— Je vous entends et comprends que vous estimez à juste titre que, pour que la marée cesse de nous submerger, il faut en épuiser le négoce. Encore est-il indispensable qu'aucun élément nouveau ne vienne alimenter la chronique. Un haut et puissant personnage de la cour, mon ami,...

Le vieux magistrat se rengorgea et Nicolas devina aussitôt de qui il s'agissait.

— ... que l'âge autorise au recul nécessaire me confiait que tout ce que la reine fait ou ne fait, dit ou ne dit pas, est aussitôt saisi, commenté, rapporté, transformé ou mis en relation avec les rumeurs du jour. Tous les motifs sont bons. Est-elle sensible à l'amitié de plusieurs personnes qui lui sont les plus dévouées, on la déclare amoureuse. S'agit-il de femmes, les mots ne peuvent franchir mes lèvres sur les propos qu'on tient. Loue-t-on sa grâce obligeante qu'on s'empresse d'ajouter qu'elle devrait l'être pour tous ! La reine, fatiguée par son état et importunée par la grande chaleur, sort-elle à la fraîche sur les terrasses du château qu'aussitôt cet innocent plaisir lui est porté à tort et nourrit le soupçon. Sur le rien et sur le tout, sur le plein et sur le vide...

Nicolas sourit *in petto* : la marotte des *talapoins taoïstes* resurgissait dans les propos de Noblecourt.

— ... tout est motif à condamnation ! A-t-elle une bienveillance générale, on proclame la reine coquette. Ne fait-elle rien, on suppose. Existe-t-elle simplement, on médit. De tout cela c'est la rumeur méchante qui surnage. On s'habitue peu à peu à la voir telle que la calomnie la décrit. Le supposé devient l'avéré et mille chalands abusés et sincères vous le garantiront de bonne foi. De tout cela il résulte que la reine est de moins en moins ce qu'elle est et de plus en plus ce qu'on dit d'elle.

— Quelle flamme ! Quelle énergie ! On voit bien que depuis la mort de Voltaire vous avez rajeuni. Quel avocat !

— Moquez-vous, galopin !

— Et quelles leçons ou quels conseils tirez-vous de ces prémices ? Que peut Sa Majesté pour parer à tout cela ?

— Illustrer avec raison ce que la tradition exige d'elle. Observez, mon cher Nicolas, ce qu'elle est devenue depuis son entrée dans le royaume : l'arbitre des élégances. Est-ce là le rôle d'une reine de France ? Chapeaux, coiffures, habits, robes, chaussures ne donnent le ton que si elle les a lancés et portés. Voyez le succès de Mme Bertin, sa modiste. Une de nos reines a-t-elle jamais suscité pareil mouvement ? A-t-elle jamais régné sur les comptoirs ? Marie-Thérèse, l'épouse du grand roi, silence et dévotion. Notre bonne Polonaise, celle du feu roi, silence et dévotion. À peine a-t-on donné un nouveau nom en son honneur au modèle réduit du vol-au-vent, désormais appelé bouchée à la reine ! Or aujourd'hui, que voit-on ? Un mari honnête et fidèle réputé roi faible, et une femme considérée légère dont on prétend qu'elle le dirige !

— Ah ! Le procureur plaide à charge désormais.

— Point du tout ! Je chemine pas à pas sur le chemin de la vérité. Le même ami, l'un des quarante de l'Académie, ajoutait que désormais, j'ose à peine le répéter, la reine avait pris la place des anciennes favorites. Mesurez la gravité de ce glissement. On pouvait attaquer le roi par la *sultane* en place, la majesté du trône n'en était qu'effleurée. Désormais les termes employés au sujet de la reine dépassent en horreur tout ce qui a été écrit sur la Pompadour ou la du Barry. Tout est prétexte. Imaginez qu'on apprenne qu'elle lit des livres indécents, on soutiendra aussitôt que le mal la taraude et qu'elle cherche l'inspiration alors que c'est fantaisie de jeune femme mal entourée. On révère peu ce qu'on connaît de trop près ou de trop loin. Nos rois et nos reines doivent s'envelopper d'usages qui sont autant de protections et confirment à leurs sujets la majesté de leurs personnes. Ils doivent aussi se laisser voir et approcher dans tout le faste de l'étiquette. Le roi laisse celle-ci se dissiper autour de lui. Oui ! Dissiper est le terme, hélas, approprié. Il pourrait s'y autoriser s'il possédait *cet air d'empire et d'autorité* qui lui manque en dépit de sa haute taille.

— Son apparence est bien différente lorsqu'on est reçu seul.

— Parce qu'il vous connaît et vous apprécie ; sa timidité s'efface. Il se redresse alors ! Pour en revenir à la reine, à bien y réfléchir, qu'on l'invite à lire avec attention les libelles. Elle y apprendrait *a contrario* ce que le peuple attend d'elle. La cour est un théâtre dont elle étrécit l'apparence, la réduisant à son propre cercle. Le pinceau le plus fin en rendrait mal le détail. Elle s'efface, préférant se dissimuler alors que son devoir serait d'exalter la souveraine et non la femme dont les actes excitent le déni quotidien et le justifient.

Puisse-t-elle pour la couronne, les temps sont menaçants, ne plus donner d'aliments à la fureur des calomniateurs !

Rarement M. de Noblecourt, toujours si tempéré, avait usé d'un ton aussi impétueux. La raison cependant dominait ce calme évanoui. Nul doute que la question lui tenait à cœur, lui qui avait connu trois règnes et une régence. Nul doute aussi qu'une récente conversation avec le duc de Richelieu ait nourri sa réflexion et animé son indignation. En privé le vieux courtisan s'abandonnait aux critiques les plus acerbes, fustigeant la nouvelle cour où son passé, sa gloire et ses charges l'imposaient sans qu'il y fût vraiment accepté. La rancune de la reine le poursuivait pour avoir été le chevalier servant de la du Barry. Le roi lui gardait rancune d'avoir favorisé les dernières amours de son aïeul. Pourtant le maréchal ne pouvait se passer de la cour ; il y observait en apparence une modération prudente. Seules ses rencontres avec quelques vieux amis dont M. de Noblecourt lui permettaient d'exhaler sans risque les relents d'une acrimonie perpétuelle, sans indulgence pour quiconque et surtout pas à l'égard de la reine.

— Mais, reprit-il véhément, votre affaire me semble claire dans l'énoncé et compliquée dans la solution. Les inconnues y prédominent. Qu'y voyons-nous et quelles questions s'imposent ? Dans des arcanes tortueux tout d'évidence est lié et, au premier chef, il convient de déterminer le degré de corruption de notre Goupil.

— Renard.

— Bon ! Oui, c'est la même chose ! Jusqu'où pousse-t-il sa médiocre corruption et *quid* de cette affaire de libelles ? Second point, tout ce que vous m'avez rapporté conduit à estimer vraisemblable la présence de ce policier à Versailles la nuit dernière. La présence d'une seconde perruque rousse paraît confirmer l'existence d'une usurpation d'identité à un moment décisif. Le témoignage du garde de la grille des Matelots l'insinue et le jeton des jardins de la reine présenté corrobore cette première impression. Or le susdit policier était censé à ce moment-là faire débauche avec un de ces *ganymèdes* que le temps multiplie. Je ne mésestime point votre police, elle est assez bien faite pour prouver à cette occasion son efficace, le retrouver et le faire jaser. S'il se confirme que votre Renard était bien en son gîte cette nuit-là, alors vous y verrez plus clair. Reste que le fin de tout ceci, c'est que votre enquête laisse penser qu'il y avait des complices à Versailles. Votre homme, ce Lamaure, a reçu des instructions de Renard au Vauxhall d'été et il a aussitôt quitté les lieux…

— J'ai supposé qu'il le dépêchait à Versailles pour avertir – qui ? – de ma probable venue.

— … Ainsi ce Lamaure devait rencontrer quelqu'un. Où ? Pourquoi ? Un grand progrès sera accompli quand vous aurez répondu à ces questions. À votre place je m'intéresserais fort à la femme de votre inspecteur. Au plus près de la reine, coquette et légère, à ce que vous a confié le ministre d'Autriche. Utilisez les deux bouts de votre lorgnette, l'une pour embrasser l'ensemble et l'autre pour affiner le détail. Écumez[3] la vérité dans toutes ses voies. Bardez-vous de blocs de certitudes et de présomptions que vous assujettirez les unes aux autres au ciment romain[4]. Muguetez de droite et de gauche et recherchez le pourquoi de la référence à l'auteur des *Satires* et des *Odes*.

Il frappa un livre ouvert près de lui.

— Pour l'heure, je lis Plaute. Une étonnante comédie, *Les Ménechmes*, dans laquelle l'auteur dévide les conséquences extrêmes de la ressemblance parfaite entre deux hommes.

— Que dites-vous là ? Horace !

Nicolas développa les diverses hypothèses échafaudées pour tenter de donner un sens à ce nom. La référence à l'auteur latin avait échappé à sa perspicacité.

— Attachez-vous à cela désormais et découvrez *ribon ribaine*[5] si ce pseudonyme dissimule quelque animateur secret. Sur ce abandonnez-moi à Plaute et allez fermer ces yeux que vos paupières peinent à ne point voiler depuis un moment.

— Quelle alacrité ! Quelle énergie ! Que la sauge et Tronchin en soient remerciés !

— Allez, allez ! s'étrangla Noblecourt le menaçant de sa canne au grand scandale de Mouchette qui, effrayée, sauta à terre et s'évanouit par la porte ouverte. Disparaissez et rendez-moi un service. Portez Cyrus un moment dans la cour. Il se fait vieux et la descente de l'escalier lui devient pénible… comme à moi ! Et demain matin faites-moi tenir par Catherine ce morceau de partition trouvée sur ce Lamaure ; je la voudrais considérer de plus près.

Nicolas prit tendrement le vieux chien dans ses bras. Cyrus gémit et lui lécha les mains. Il ne voulait pas y songer mais il devait bien l'admettre, la pauvre bête se faisait vieille. Le compagnon de Mouchette n'était plus en mesure comme naguère de la suivre et de la surveiller. Alerte et mutine, la chatte désormais échappait à sa sourcilleuse attention. Une grande partie de la journée il demeurait endormi sur un coussin, réservant un peu de vie active pour satisfaire un appétit encore bon et pour dispenser ses marques d'affection. Nicolas, qui l'avait toujours connu rue Montmartre, mesura soudain avec effroi l'âge avancé de Cyrus. Il appréhenda pour eux tous et surtout pour Noblecourt l'inexorable séparation. Dans la cour le vieux chien se dirigea à pas hésitants sous un tilleul où il avait ses habitudes ; il n'y voyait plus très bien. Poitevin veillait à maintenir l'endroit propre. Nicolas constatait chaque jour qu'il n'en était pas de même dans la ville. Le

Parisien aimait les bêtes. Riches et pauvres ne pouvaient s'en passer. Chiens, chats, canaris, serins, perroquets, colombes et pigeons et même des pies peuplaient le logis du peuple. Des clapiers où s'écrasaient des portées de lapins s'empilaient dans beaucoup de chambres en dépit des défenses de la police. La multiplicité de tous ces animaux ne contribuait ni à la salubrité ni au repos de la cité. Leurs ordures et déchets jonchaient passages et escaliers. Il n'était pas jusqu'à leur nourriture qui alimentât encore davantage les hordes de rats de la vieille capitale. Il remonta Cyrus et le déposa à l'entrée de la chambre de M. de Noblecourt qui, dans son grand fauteuil, paraissait s'être endormi sur Plaute.

La chaleur demeurait accablante. Nicolas, dévêtu, s'allongea dans sa chambre. Il peina à trouver le sommeil, agacé par le fourmillement de ses cicatrices. Les événements des derniers jours repassaient indifféremment dans sa tête sans qu'il parvînt à en tirer des conclusions bien claires. Sur le coup de trois heures, la fatigue aidant, Morphée obtint sa victoire. Longtemps il avait exploré les méandres de sa mémoire pour retrouver un indice sans doute important qu'il ne réussissait plus à cerner.

Samedi 8 août 1778

Au petit matin, la canicule était telle qu'il ne résista pas, en dépit des objurgations de Catherine, à se verser sur le corps un grand seau d'eau froide pris à la pompe de la cour. Il en éprouva un bien-être immédiat. La cuisinière accourut aussitôt pour tamponner et éponger sans frotter son corps ruisselant. Pourtant aucune plaie ne se rouvrit. Ayant pris son déjeuner, il fut alerté qu'un grison le demandait. Sans un mot, l'homme lui remit un pli scellé sans armes ni marque : rendez-vous lui était donné dans la chapelle du Val-de-Grâce à dix heures. Ce message l'intrigua et, surtout, qu'on parût assuré qu'il s'y rendrait. Il musa un peu, bavardant avec Marion et Catherine trop heureuses de l'avoir un peu tout à elles, maternelles avec lui comme avec un fils qu'elles n'avaient eu ni l'une ni l'autre.

Il retrouva *Sémillante* amenée par Poitevin. Pansée, nourrie et gâtée par le vieux serviteur, elle piaffait, heureuse. Elle le conduirait à l'Abbaye et ensuite à l'hôtel de police où il avait à faire, devant rendre compte à M. Le Noir des événements et du déroulement de ses enquêtes. À l'entrée du pont Notre-Dame, alors qu'il se dirigeait au petit trot vers la Cité pour gagner la rue Saint-Jacques, un cri jailli de la foule des passants le héla par son nom. Il ne fut pas long à repérer Tirepot avec son attirail, qui le saluait. Il s'arrêta et le laissa approcher.

— Alors Nicolas, où vas-tu avec ton haridelle ?

Sémillante tapa le sol d'un sabot et se mit à hennir.

— Oh ! Elle t'a répondu, dit Nicolas en riant. C'est une coquine fort susceptible. Mais tu tombes bien, j'ai besoin de toi.

— Toujours à ton service, répondit la mouche en se tenant à bonne distance de la monture.

— Connais-tu Le Hibou ?

— L'homme de la nuit, c'te diable boiteux qui observe tout. Ma foi, oui !

— Il change sans cesse de logis. La plupart du temps dans le quartier des Écoles… Tâche de me le trouver au plus vite. Qu'il me joigne ce soir à six heures, là où il sait. Tu te souviendras ?

— Point de tablatures, la tête est encore bonne. Je cours en chasse et je te retrouve ta mazette. Tu ne garderas pas le mulet trop longtemps[6].

— J'en suis assuré ! dit Nicolas en lui jetant un écu double qui fut attrapé au vol.

Quand il reprit sa route, la presse se fit telle qu'il dut mettre sa monture au pas. Cette allure lui permit de se pénétrer du spectacle de la rue toujours plein d'enseignements. Sur nombre de murailles subsistaient encore les affiches que lord Stormont avait fait placarder avant de quitter Paris.

AVIS AU PUBLIC

Comme l'ambassadeur d'Angleterre va partir de Paris, il prie tous ceux qui ont quelque chose à prétendre à sa charge, de se présenter d'abord à son hôtel ; il déclare formellement qu'il n'admettra aucune prétention qui n'aura été produite avant le 20 du présent mois. À Paris, ce mardi 17 mars 1778

PERMIS D'IMPRIMER ; D'AFFICHER, CE 17 MARS 1778. LE NOIR

La plupart étaient lacérées et celles qui demeuraient intactes étaient couvertes d'injures tracées avec rage au charbon de bois. De nouveau, la multiplication des mendiants qui lui tendaient les mains le frappa. Les provinces les jetaient de plus en plus nombreux dans la fange de la ville. Beaucoup subsistaient à peine, d'autres étaient entraînés sans recours sur les voies du crime. Mais le gagne-denier, l'homme de peine et de fardeau, portant, bâtissant, maçonnant, élevant, plongé dans l'angoisse des carrières ou le vertige des toits, ne réunissait que les apparences d'une chétive subsistance qui ne faisait que prolonger ses jours sans assurer un sort paisible à sa vieillesse. Son avenir résidait dans le choix étroit de la mendicité ou de l'Hôtel-Dieu. Qui pouvait penser de sang-froid oser mettre le pied dans cet endroit où le lit de miséricorde était cent fois plus affreux que le grabat nu de l'indigent ?

Ces réflexions conduisirent Nicolas au Val-de-Grâce. Il remarqua alors dans la cour une voiture de grande maison sans armes. Le cocher, chapeau tiré sur le visage, semblait une statue immobile. Il attacha les rênes de *Sémillante* à un anneau. Il avait un moment soupçonné que cette mystérieuse convocation dissimulait quelque guet-apens semblable à ceux que son passé lui remettait en mémoire. Le lieu paraissait pourtant peu propice à ce genre de tentative.

Il entra dans la semi-obscurité du sanctuaire à laquelle il dut s'habituer après l'éclat du soleil. La fraîcheur du lieu le fit frissonner et lui rappela que son corps demeurait échauffé de dizaines de plaies en voie de guérison. Il avança jusqu'au grand autel. Sous son baldaquin, une représentation en marbre exaltait l'Enfant-Jésus, la Sainte Vierge et saint Joseph. Il leva la tête, impressionné par le dôme et sa décoration à fresque. Le vertige le saisit devant ce gouffre inversé qui ouvrait l'édifice sur des espaces infinis où la vue se perdait. Saisi d'émotion, il s'agenouilla et récita les prières de son enfance.

Son attention fut ensuite attirée, à gauche de l'autel, par le caractère particulier d'une chapelle, fermée par une grille de bronze, où brûlait une quantité prodigieuse de cierges. Le lieu était tendu de lourdes draperies noires semées de flammes d'argent. Il s'en approcha et, devant la représentation mortuaire de la reine Anne d'Autriche, aperçut une femme agenouillée, perdue dans des voiles noirs. Le cœur de la fondatrice reposait dans un caveau aux côtés de ceux de Turenne, Condé, et d'autres membres de la famille royale.

— Vous voilà enfin ! murmura une voix étouffée qu'il crut avoir déjà entendue. Poussez la grille, entrez et agenouillez-vous auprès de moi.

Il obéit et prit place. Un parfum de fards et de violette le submergea. La femme se tourna vers lui et souleva une partie de son voile et le laissa aussitôt retomber. À l'instant il reconnut le visage altier de Madame Adélaïde, fille du feu roi.

— J'ai suivi le conseil de mon père : « Vous pouvez faire confiance au Petit Ranreuil », me disait-il souvent. Déjà, monsieur, par deux fois vous avez été mon recours efficace. Ne sachant à quel saint me vouer, une fois de plus je m'adresse à vous.

— Croyez, madame…

— Nous n'avons guère de temps pour les politesses. Pourquoi faut-il qu'on s'acharne ainsi sur moi ? Pauvre fille qui vit désormais à l'écart de la cour et pourtant qu'on cherche à replonger dans cet antre d'iniquités.

— Si Votre Altesse veut bien m'expliquer de quelle manière je puis lui être utile ?

— Vous avez raison. Il y a quelques jours, à la promenade, un homme m'a abordée. J'ai cru qu'il me voulait remettre quelque placet. Il a insisté. Et ce qu'il m'a dit m'a incitée à l'entendre. Il connaissait mon amour pour le roi, mon neveu. J'étais à même de lui rendre un service important. Dans le cas contraire, un scandale éclaterait qui éclabousserait la famille royale. C'est en ma main que résidait le salut de la monarchie. Peignez-vous mon émotion dans cette occurrence, sans appui, sans soutien. Que dire ? Que faire ? Je n'imaginais pas ce que…

Nicolas estima qu'il devait arrêter ce flot de paroles, sinon la bonne dame n'arriverait jamais à son terme.

— Puis-je vous inviter, madame, à en venir au fait.

Madame Adélaïde considéra le monument d'Anne d'Autriche, pinça les lèvres et, envisageant Nicolas, soupira, se signa et essuya quelques larmes.

— Je n'ose laisser s'échapper les mots qui vont venir. Cet homme m'a donné la copie, ou est-ce un exemplaire, une page ? Je ne sais. Il est vrai que ma nièce oublie trop souvent ce que sa position impose. Quelle légèreté ! Quelle imprudence ! Que ne prend-elle exemple sur notre mère, si pieuse, si discrète... Et puis, pourquoi avoir écarté Mme de Noailles, de si bon conseil ! Enfin, ce papier immonde ose prétendre... Non ! Je ne le peux dire.

Elle finit par extraire de sa manche un papier mille fois lu et relu, froissé, plié et replié, qu'elle lui tendit. Il le reconnut à première vue, c'était le même texte ou plutôt une réplique de celui remis à Le Noir par l'inspecteur Renard.

— Et donc, madame, cet émissaire vous a proposé, moyennant une somme importante que vous auriez à verser, de s'engager à faire disparaître ces horreurs, et qu'ainsi elles ne seraient point répandues dans le public. De fait, en secret, vous seriez le sauveur de la réputation de la reine et de celle... de Sa Majesté et assureriez le salut du trône.

— Il était si pressant et convaincant que j'ai failli céder, mais je me suis reprise. Le délai pour réunir la somme a offert le champ à ma judiciaire pour en trancher à froid. C'est alors que j'ai songé à vous. Je n'oublie pas les services que vous m'avez rendus. Vous me voyez éperdue, vous demandant conseil.

— Puis-je vous prier, madame, autant que cela vous sera aisé, de me décrire l'homme qui s'est autorisé à vous soumettre de telles propositions.

— Ranreuil...

L'intonation était tellement celle du feu roi que Nicolas en frémit.

— ... Avant-hier soir, non le jour d'avant. J'étais à Bellevue dans l'allée des grands arbres où je prenais le frais du serein. Il fait si chaud ! Un homme de piètre apparence s'est présenté à moi. Il tenait davantage du valet que du gentilhomme. J'ai été frappé par la couleur rousse de sa perruque non poudrée et par des besicles à verres fumés que l'heure ne justifiait point.

Elle réfléchit un instant, mordant d'un geste enfantin l'ongle de son pouce au travers du voile qui lui couvrait le visage.

— Il m'a bien semblé qu'il cherchait à contrefaire sa voix. Parlait-il la bouche pleine ? Y avait-il mis des cailloux ?

Elle sourit soudain dans sa détresse à cette idée, rappelant l'espace d'un bref instant la jeune fille éclatante rencontrée jadis lors d'une chasse au daim.

— Mon Dieu ! Que faire ?

— Rien, madame. Je puis vous assurer qu'il ne vous importunera plus. L'affaire recoupe une enquête en cours dont les détails vous seraient de peu. Ne vous préoccupez de rien. Si je me trompais, appelez-moi aussitôt. Pour l'heure, autorisez-moi à conserver le papier que l'on vous a si insolemment remis.

Elle le lui tendit avec sa main à baiser et s'abîma dans une nouvelle prière au pied du monument de son aïeule.

Dans la cour il retrouva *Sémillante* qui frappait le sol de ses fers. Cet exercice sonore paraissait la mettre en joie. Elle écoutait le bruit produit sur le pavé, baissait la tête, poussait un allègre hennissement, encensait et recommençait son manège.

En selle, Nicolas demeurait perplexe devant ce qu'il venait d'apprendre. Il avait sans hésitation osé garantir à Madame Adélaïde qu'elle ne reverrait pas l'homme venu la solliciter d'aussi menaçante manière. Soit il s'agissait de Lamaure, à peine revenu de Brest ; cette hypothèse lui paraissait peu envisageable et l'intéressé, gisant ouvert sur la table de la basse-geôle, ne troublerait désormais que les cauchemars de la princesse. Soit quelqu'un désireux de se faire passer pour le valet à tout faire du duc de Chartres en avait revêtu la défroque. Qui cela pouvait-il être ? Au vu des détails relevés par la princesse, tout semblait désigner l'inspecteur Renard agissant déjà sous les apparences de Lamaure. Il avait exercé un chantage sur la tante du roi. La chose était bien vue. Chacun connaissait l'éloignement des princesses de Bellevue à l'égard de la reine. C'est d'elles qu'elle tenait dès ses premiers pas dans le royaume son surnom d'*Autrichienne*. Le roi, qui les aimait, avait pris ses distances et Adélaïde était prête à tout pour rentrer en grâce. Son impétuosité jointe à sa naïveté en faisait la victime désignée, la proie consentante, de ces sortes d'entreprises.

Un élément frappait Nicolas. Si Renard avait pris l'apparence de Lamaure, la mort du valet n'était donc pas encore envisagée ; on cherchait à compromettre ou à constituer un alibi pour le vrai maître chanteur. Lamaure n'apparaîtrait plus, ni lui-même, ni son double. L'inspecteur, s'il était coupable, non plus, tant il était connu et susceptible d'être croisé à la cour par la tante du roi qui y paraissait peu, mais suffisamment pour le remarquer. Ainsi Renard agrémentait-il sa matérielle en multipliant les bénéfices que son ignominie lui procurait. Son rôle de truchement avec les auteurs de pamphlets et les imprimeurs clandestins constituait le négoce où il gagnait sur tous les tableaux. Il faudrait découvrir ses fournisseurs ou commanditaires. En usait-il avec eux sans vraiment les connaître comme il avait tenté de le faire accroire ? De fait il s'en moquait, l'essentiel était d'être détenteur de pièces autorisant le chantage et le marchandage. Crainte, désespoir, peur du scandale et raison d'État concouraient au succès de l'entreprise. Il empochait ses dividendes, ses correspondants le retrouveraient sans doute et s'arrangeraient avec lui au mieux de leurs intérêts respectifs. Dans ce désordre d'iniquités, bien des espaces demeuraient obscurs et seuls la raison, l'ordre et l'intuition du policier y jetaient des éclats incertains.

À l'hôtel de police, M. Le Noir se montra fort inquiet du développement d'une affaire qui prenait une tout autre direction avec la mort suspecte d'un homme sur un domaine royal. Il paraissait avoir la tête ailleurs et avoua se préoccuper d'une nouvelle juste rapportée de Versailles. Un petit orphelin que la reine faisait élever auprès d'elle venait d'être à l'origine d'un incident dont les conséquences auraient pu être funestes. L'enfant craignant les armes à feu, un petit fusil à amorces lui avait été offert pour l'habituer. Un garçon de la chambre chargé de cette instruction usa si maladroitement d'une poire à poudre que le feu prit et produisit une explosion qui brûla l'enfant au visage. L'affaire s'était produite dans une pièce attenante à celle où se tenait la reine. Dans son état, cette étourderie aurait pu l'affecter avec des effets dangereux.

En son for intérieur, Nicolas déplora qu'un homme en charge de l'administration d'une grande ville, responsable de sa sûreté, des subsistances et de sa surveillance alors que le royaume entrait de nouveau dans la guerre, eût l'esprit accaparé par un *brimborion* de cet ordre. Pourquoi son intelligence et sa raison devaient-elles se concentrer sur des détails mineurs qui ne prenaient leur importance qu'autant qu'ils touchaient de près la famille royale ?

Le Noir en revint à leur affaire. Il s'en remettait à son commissaire aux affaires extraordinaires avec pour seule consigne : innocenter ou confondre l'inspecteur Renard au plus vite. La police souffrait d'être l'objet de critiques répétées. Les lois qu'elle était chargée de faire respecter la conduisaient à l'occasion à des pratiques qui plusieurs fois au cours du siècle avaient entaché sa réputation. Que Renard fût ce qu'on supposait impliquait qu'on s'en débarrassât tant sa présence déshonorait un corps que Berryer, Sartine et Le Noir avaient tout fait pour épurer.

— Nicolas, poursuivit le lieutenant général de police, je crains de soupçonner derrière tout cela de bien tortueuses machinations. Soyez prudent dans vos démarches. Mesurez au juste étalon l'audace de Renard et son assurance d'impunité. Rappelez-vous que les mesures de sauvegarde qu'on prend pour se préserver sont souvent celles qui nous perdent le plus aisément.

Il quitta Nicolas sur cette formule sibylline. *Sémillante* ayant été reconduite à son écurie, le commissaire rejoignit le Grand Châtelet serré dans une vinaigrette. Bourdeau devait l'y attendre. Il remarqua une voiture de la cour qui stationnait devant le porche. Le vaurien de service cligna d'un œil d'un air coquin, le père Marie l'accueillit en haut du grand degré, la mine réjouie et l'air entendu. Que se passait-il donc dans la vieille prison qui suscitât autant d'agitation ?

Quand il entra dans le bureau de permanence, Bourdeau le regarda goguenard. Soudain deux mains fraîches se plaquèrent sur son front et un parfum de jasmin l'environna. Un corps se pressa contre le sien.

— Désormais, fit une voix flûtée, c'est ainsi que j'apparaîtrai, telle la fée Mélusine. Sans cesse vous vous dissipez, me laissant languissante…

— Je crois entendre Mme Bourdeau, remarqua l'inspecteur. Nous devons souffrir qu'elles jasent ainsi à leur aise.

— Qu'elle surgisse par magie, dit Nicolas couvant Aimée d'Arranet d'un regard attendri, pourvu que ce ne soit pas comme la susdite fée des Lusignan en apparence de serpent.

— Fi ! Le goujat.

— J'ajoute, madame, une précision. Me dissiper ! Moi ? L'enquête ordonne et le service du roi impose.

— Les enquêtes ! Les enquêtes ! Partout et toujours ! Et elles s'enchaînent les unes aux autres, se succédant et se donnant la main en me tirant la langue. Tout cela dévore le vieil homme. On vous rencontre au hasard et c'est une perspective bien aride pour contenter une âme tendre.

— Bien du merci pour le vieil homme ! Vous voilà bien primesautière !

— Et si je l'aime, moi, le vieil homme ?

— Allons, soyez sérieuse. Il me faut entretenir Bourdeau. Au préalable, que puis-je faire pour vous ?

— J'étais céans venue vous prier à dîner ce midi.

— Et depuis quand ce sont les dames qui invitent ?

— Depuis que les hommes ne le font pas.

— Enfin, Aimée ! L'enquête…

— L'enquête peut attendre, intervint Bourdeau attendri qui n'éprouvait nulle jalousie à l'égard de Mlle d'Arranet, adoptée dès l'abord. Dans votre état il faut vous restaurer et reprendre des forces.

Aimée, ravie, ferma les yeux avant de lancer du bout des doigts un baiser à l'intention de Bourdeau.

— Je vois, je vois, dit Nicolas, c'est une conjuration, et dans les formes encore ! Je cède, mais une fois n'est pas coutume. Allez m'attendre sur-le-champ au fond de votre voiture. N'en bougez pas, et ne parlez à personne.

— J'obéis au *Grand Seigneur* et rejoins mon *sérail* roulant, lança Aimée avant d'esquisser une révérence qui laissa les deux policiers sous le charme.

Nicolas rapporta à Bourdeau la teneur de sa rencontre au Val-de-Grâce. L'inspecteur tomba d'accord avec lui sur le fait que cette tentative de Renard auprès de la princesse précédait la mort du valet du duc de Chartres. Ainsi des événements inconnus avaient-ils déclenché le passage à l'acte meurtrier. Il avait paru nécessaire de faire disparaître un témoin sans doute gênant, mais de quoi ? Tout se tenait et justifiait amplement les soupçons qui pesaient sur l'inspecteur. Quant à Bourdeau, il avait revu le sieur Simon, lequel avait subi des interrogations répétées. La marine, la police et d'autres encore s'y étaient évertués. Rien n'en était sorti et les officiers de la Bastille ayant fourni témoignage de la bonne conduite du personnage, on avait décidé – la responsabilité de la décision demeurait mystérieuse – de lui rendre la liberté sous condition immédiate d'expulsion du royaume. À l'arrivée de Bourdeau les ordres d'élargissement parvenaient tout juste. Il s'était aussitôt chargé d'annoncer la nouvelle au suspect et de lui faire signer la soumission de sortir de France et de n'y plus rentrer.

— J'étais donc en forte position pour l'interroger. J'ai pratiqué à la douce et, selon, à la menaçante, alternant le bouillant et le glacé, avec les mines de circonstance !

— Je t'y vois tout à fait. Tu as, tour à tour, courtisé Melpomène et Thalie !

— Elles furent bonnes filles ! Je l'ai tellement retourné et tourneboulé que, sur l'assurance que je détenais le pouvoir de le faire élargir – promesse que j'étais certain pouvoir lui tenir –, il a fini par dégoiser ou, à tout le moins, à éclairer certains points. Mais je te laisse juge de la chose.

Bourdeau prit cet air concentré qui annonçait toujours chez lui de fécondes révélations.

— Apprends qu'il a été approché par un quidam, anglais semble-t-il, qui connaissait ses relations de négoce avec l'Angleterre...

— Cela, nous le savions par les rapports.

— ... Attends, celui-ci lui demande le service de se constituer en boîte aux lettres, ce qu'il accepte. Il n'aurait reçu qu'un pli fermé dont il me certifie n'avoir rien connu.

— Et le papier intrigant trouvé dans son portefeuille avec la formule, je la connais par cœur, *Si Horace ne franchit pas le Rubicon, il faudra envisager d'autres voies*. Qu'en est-il ?

— Et je complète ta question, pourquoi le conservait-il ?

— Son explication ?

— Commerce de livres édités à La Haye, vendus en Angleterre et qui passent la Manche faute d'approbation dans le Royaume. Et la guerre et les opérations navales empêchent les livraisons. Non pas des livres interdits, mais des éditions d'auteurs latins.

— Après les chevaux de courses, le commerce des livres !

Tiens, songea Nicolas, l'ombre de M. de Noblecourt passe. Pour la seconde fois la référence mystérieuse appelait le nom de l'auteur latin.

VI

DISPARADES

Le renard est fameux par ses ruses.

Buffon

Bourdeau, qui tenait de Nicolas l'art de présenter son propos, avait serré[1] une dernière nouvelle pour la bonne bouche. Comme prévu, il avait rencontré l'inspecteur Marais du bureau des mœurs et le commissaire Foucauld qui organisait les patrouilles de surveillance dans les lieux publics pour y pourchasser les *antiphysiques*. Il ressortait de leurs réticentes informations que Renard apparaissait souvent au détour de leurs comptes-rendus sans que cela lui soit porté à tort. Selon eux, sa fréquentation du Paris luxurieux pouvait s'expliquer par la recherche de réseaux d'informateurs et le recueil de situations scabreuses alimentant chantages et pressions. Ces pratiques souterraines permettaient de faciliter sa tâche en ce qui touchait la librairie, son domaine. C'est en tout cas ce que les deux policiers avançaient, feignant de prendre pour argent comptant les prétextes d'un confrère réputé bien en cour.

— Les appuis qu'on lui prête jouent dans un rapport de forces qui lui est favorable. Cela impose une urgente conversation avec sa proie du Vauxhall. Je dois voir Le Hibou à six heures à ce sujet. Nul doute qu'il mette la main sur le greluchon.

— Ce n'est pas tout, j'ai parlé au vieux Mathiet.

Nicolas parut pensif à l'évocation de ce nom.

— Ne travaillait-il pas avec le commissaire Lardin[2] jadis ?

— Tu as bonne mémoire. Spécialiste de la *cocange*, il tenait avec soin les registres des tripots de jeu clandestins. Honnête homme s'il en fut, il n'a pas été entraîné dans la chute de la maison Lardin. Depuis il travaille aux archives où ses dons se sont épanouis. Il compile et classe avec gourmandise. Il m'a prié de saluer le jeune Le Floch.

— Bon ! Le *vieil homme* lui en est fort reconnaissant.

— Ah ! Ah ! La flèche est restée fichée. J'ai réclamé le dossier de Renard. Il a fait une grimace éloquente et n'a pas bougé.

— Hé, quoi ! Te l'aurait-il refusé ?

— Point de méchanceté chez lui de ce style. Le vrai dossier a disparu, et depuis longtemps. Note que le vieux Mathiet, encore un vieil homme…

— Cela va bien.

— … est un fin matois à qui on ne la joue pas.

— Donc j'en déduis qu'il conservait des doubles.

— Cela eût été bien périlleux !

— Alors ?

— Alors ? L'astucieux dressait des fiches en écriture indéchiffrable pour d'autres que lui. Il y résumait les dossiers douteux.

— Mais pourquoi l'avait-il fait pour celui concernant Renard ?

— Je te l'ai dit, il ne pratiquait la chose qu'autant qu'un dossier contenait des indications compromettantes ! Comme celui de l'intéressé !

— Ah ! je brûle.

— Tu peux, mais ne te réjouis pas trop vite. Il avait dressé son particulier aide-mémoire avant que le dossier de Renard ne disparaisse, remplacé par un faux à son nom, contrefait, riche de mensonges et de faussetés ! Le futé avait prévu qu'on chercherait un jour à le consulter. Reste la fiche de Mathiet qui offre sur l'origine de la carrière de l'inspecteur d'étonnantes lumières.

Derechef Nicolas mesura la justesse des vues de M. de Noblecourt qui avait estimé primordial de mesurer le degré de corruption de l'inspecteur Renard. Ce qu'il présumait n'était pas toujours certain, mais la plupart du temps les faits venaient le confirmer.

— Si tu m'en veux croire, il y a du secret d'État dans tout cela, et qui remonte à longtemps. De fait, il y a bien des années, Renard fut convaincu d'être l'auteur de libelles publiés, de faire commerce de leurs saisies, de profiter du trouble des individus qu'il arrêtait pour les dépouiller. Or, argent, bijoux des détenus, tout y passait. Et le pire est à venir. Il fut emprisonné à Bicêtre pour escroqueries pendant que Mme Renard, sa complice, était incarcérée à la Salpêtrière[3].

— Et comment s'en sont-ils sortis ?

— Il était d'une adresse dans son domaine, et d'un entregent… Une influence a joué. J'ai ma petite idée là-dessus. On a utilisé son expérience. C'était avant Sartine…

— Il paraît donc avoir repris ses vieilles habitudes. Mais comment sa femme a-t-elle pu parvenir au plus près de la reine ?

— Cela montre le degré grandissant de la corruption, murmura Bourdeau l'air farouche. Il faudra bien un jour y porter le fer !

— Et s'il était, dans ce cas précis, l'auteur du pamphlet ?

Quelque chose se mit soudain en branle dans la tête de Nicolas. Il sortit de sa poche l'exemplaire du libelle confié par Le Noir, approcha une chandelle, et le compara à celui de Madame Adélaïde. Il prit une lentille grossissante dans le tiroir du bureau et commença un minutieux examen des documents.

— Considère cela à ton tour. Que vois-tu, en bas à droite de chaque page ?

Bourdeau mit ses besicles, se pencha et considéra les pages avec attention.

— Ma foi, j'observe deux taches d'encre identiques, bien distinctes… On dirait des empreintes de doigts, de pouce même, vu la largeur.

— Cela est évident, mais regarde mieux. Considère cette césure qui traverse obliquement ces empreintes. Sais-tu à quoi elle peut correspondre ?

— Comment veux-tu ?…

— Ah ! Ah ! Mais pour moi le souvenir est très précis. Je revois le pouce droit de Renard souillé d'encre et coupé par le milieu.

— Cela prouve-t-il quelque chose ?

— Mais qu'il était présent quand le pamphlet a été imprimé, sinon il n'y aurait pas eu de tache d'encre. Et son pouce en était encore distinctement marqué. Et tu sais combien il est difficile de se débarrasser des traces de l'encre grasse d'imprimerie. Il y faut force cendres.

— Et maintenant, que comptes-tu faire ?

— Resserrer le renard dans des rets bien établis en l'enchaînant dans notre surveillance, car il n'est qu'un anneau d'une suite à remonter. Pierre, tu dois sur-le-champ t'atteler à cette tâche ingrate. Il ne faut pas qu'il nous échappe et rien de ce qu'il fera désormais, de jour comme de nuit, ne saurait nous être étranger. Cela dit, j'ai relevé dans ton propos une réticence sur un fait ou sur…

— C'est bien vrai et j'allais omettre l'essentiel. Imagine que dans la fiche de Mathiet, mais également dans celle en trompe l'œil du dossier Renard, j'ai trouvé de très élogieuses appréciations d'un censeur royal. Vous me direz que pour un inspecteur de la librairie, c'est assez normal.

— Un censeur royal ! Rien que cela ? Peste, l'animal ne se mouche pas du pied !

— Oui, de M. Pidansat de Mairobert[4]. Sache que tout censeur qu'il soit, il est l'auteur de pamphlets interdits. Il en a commis sur Maupeou, puis sur la du Barry. Souviens-toi de ces anecdotes graveleuses qu'on attribuait à Theveneau de Morande[5].

— Celui-là même que je rencontrai à Londres ?

— Le même ! Il paraît être aussi l'auteur de *L'Espion anglais, ou correspondance secrète entre Milord All'Eye et Milord All'Ear*, publié à Londres et à Amsterdam. Et outre cela…

— Ciel ! Pierre, cela en est trop, je vais périr d'indigestion.

— Tu peux. De surcroît, l'homme est secrétaire des commandements du duc de Chartres et je ne désespère point lui découvrir d'autres accointances. Ah ! J'oubliais, votre Hibou est réputé son ami.

— C'est un bon point. Celui-là, j'ai quelques moyens de le faire parler.

— Enfin, j'ai comparé l'écriture du bout de papier découvert dans le portefeuille du sieur Simon avec celle de Pidansat. Elles sont identiques, sans doute aucun !

— Ainsi donc, à t'en croire, Pidansat, auteur de libelles, protecteur de Renard, aurait été en relation avec Simon dans le but vraisemblable d'introduire dans le royaume des ouvrages imprimés en Hollande ou en Angleterre ?

— Et peut-être, ajouta Bourdeau, que les titres et reliures d'auteurs latins dissimulent d'autres écrits qui doivent entrer sans être repérés ?

— C'est de l'ordre du possible. Cependant, que ce trafic illicite et condamnable conduise à mort d'homme me paraît peu convaincant. J'ai le sentiment qu'une apparence nous est seule opposée, un transparent qui exige un flux de lumière pour prendre épaisseur et couleur. Il n'y a pas de temps à perdre. Je vois Le Hibou à six heures. Pour Simon…

— Les mesures ont été prises pour le suivre pas à pas jusqu'à sa sortie du royaume.

— Tu sais ce qu'il te reste à faire avec Renard. Quant au censeur, nous ne devons pas l'approcher, cela donnerait l'éveil. Je vais de ce pas rue Neuve-Saint-Augustin prendre l'avis de Le Noir sur ces nouveaux développements.

— Point du tout, vous avez mieux à faire.

— Et quoi donc ?

— Enfin, Nicolas ! Aimée vous attend au fond de sa voiture.

Nicolas se frappa la tête de la main.

— C'est vrai ! Merci de me le rappeler. Il faut parfois savoir préférer Vénus à Mercure.

Il se précipita autant que l'autorisait la raideur occasionnée par ses blessures.

Aimée, un peu boudeuse d'avoir trop attendu, lui conta par le menu ses occupations de la veille. Après une longue séance chez le docteur Mesmer, elle avait passé la fin de la journée à la foire Saint-Laurent. Ses amies regrettaient comme elle-même l'interdiction de la foire Saint-Ovide depuis l'incendie qui l'avait ravagée l'année précédente. Son joyeux désordre leur manquait avec sa promenade en galerie tout autour de la place Louis XV, ses baraques en charpentes dressées en cercle et ses spectacles populaires. Finis les monstres, les animaux des antipodes, les cracheurs de feu, les acrobates et les marionnettes qui suscitaient tant d'émotions. À la foire Saint-Laurent tout était plus calme et moins excitant. Elles avaient musé dans les étals de petite bijouterie, des modistes, des perruquiers et des spectacles de comédie et de pantomimes. Une jeune femme, Mlle Tussaud[6], qui apprenait la sculpture à Madame Élisabeth, les avait présentées à l'homme qui l'avait élevée et qu'elle appelait *son oncle*. Ce docteur Curtius[7] tenait un cabinet de figures de cire. On y admirait cette année les portraits de Voltaire, Jean-Jacques, et Benjamin Franklin.

— La représentation en était-elle fidèle ?

— Des originaux, je n'avais rencontré que Franklin. Il m'a semblé qu'en gros et de loin la vérité y était. De près tout cela est un peu raide avec des expressions figées et de tenues étranges.

À l'hostellerie du Grand Cerf, ils furent accueillis par Gaspard, l'ancien garçon bleu de La Borde, et aussitôt entraînés vers leur table favorite.

— Monsieur le marquis, Madame a commandé. Vous commenterai-je le menu ?

— Je vous en prie, dit Nicolas que la faim soudain se mit à tenailler.

— Nous commencerons par des culs d'artichauts aux huîtres que suivra un plat…

— La manière, Gaspard, la manière ?

— Des petits artichauts bien verts à qui on ne laisse au cul que ce qui est bon à manger. Point de barbe au menton ! À bouillonner dans de l'eau salée et à citronner qu'ils ne noircissent. On vérifie que tout est mollet sans plus aucune dureté. Ensuite on ouvrira les huîtres qu'on laissera blanchir dans leur eau sans bouillir. Alors là, nous les épongeons pour les hacher de façon grossière avec de la chair de turbot, le tout manié de beurre, échalotes, persil, ciboules, et des truffes sans rien pleurer. Une pincée de farine, un verre de xérès et autant de bouillon maigre. Le hachis doit cuire gentiment jusqu'au moment où il n'y a plus de sauce. Alors, et alors seulement, vous y jetterez trois jaunes d'œufs délayés dans de la crème. Surtout, hein, hors du feu ! On nappe chaque cul, bien chaud le cul, de ce mélange et…

— Et ? répéta Nicolas dont les yeux brillaient.

— Et ? On déguste, monsieur le marquis, on déguste.

— Suis-je sot ! Cela va de soi. Et quelle merveille prendra-t-elle la suite ?

— Une petite chose qu'apprécie Madame. Une salade de perdreaux dépecés. Simple et qui tient son excellence de la rapidité de son exécution. Usez de quatre pièces braisées. Il suffit de placer dans un saladier les filets émincés avec l'huile, le vinaigre à l'estragon, sel, poivre, champignons, persil, échalote, cornichons hachés, petits croûtons revenus et lamelles de gelée de viande. On retourne en prestesse et délicatesse. On dresse le tout entouré de rondelles d'œufs durs, de filets d'anchois et de cœurs de laitue et de chicorée.

— Tout cela est du dernier gourmand !

— Et par cette canicule, d'une fraîcheur ! J'étais assurée, mon ami, que cela vous plairait.

— Pour achever en finesse, car harmonie et légèreté sont les maîtres mots de ce repas, des groseilles perlées.

— Des groseilles perlées ?

— De très belles grappes de groseilles cueillies ce matin pour vous à Charenton. Il suffit de les humecter dans de l'eau fraîche à laquelle seront ajoutés deux blancs d'œufs battus. Les grappes sont égouttées quelques instants, puis roulées dans du sucre en poudre et séchées sur du papier. Le sucre se cristallise autour de chaque petit grain. Cela est du plus joli effet et procure la vue de l'hiver en été ! Et l'acide du fruit est ainsi tempéré. Et sur tout cela le nectar préféré de Madame, un flacon de vin des coteaux de l'Aubance.

— Gaspard, votre maison ne cessera de me surprendre.

L'ancien garçon bleu parut marquer une certaine émotion.

— Elle ne vous rendra, murmura-t-il, jamais ce qu'elle vous doit.

Aimée haussa les sourcils en manière d'interrogation. Nicolas sourit en mettant un doigt sur ses lèvres. Elle était ravissante dans sa robe d'été en cotonnade. Elle venait de retirer son chapeau de paille retenu par un ruban cerise. Après les feux premiers de leur amour, une période difficile avait suivi, faisant succéder querelles, provocations et inquiétudes. Chacun avait poussé l'autre dans ses retranchements comme s'il cherchait à vérifier la force de son attachement. La maturité venue, Nicolas en était d'autant plus éprouvé qu'il constatait qu'elle demeurait inchangée et immuable dans ce printemps des femmes qui dure souvent si longtemps. Durant cette période, tout et le pire aurait pu survenir. Pourtant il existait entre eux un lien puissant noué le jour où il l'avait relevée, meurtrie et mouillée, dans les bois de Fausses-Reposes. Le cœur lui battait toujours à l'évocation de cette première rencontre. Quant à elle, elle avait pris conscience du besoin qu'elle avait de sa force, de sa protection et de sa gravité. Au bout du compte, elle mesurait que, au-delà de l'apparente dureté imposée par une carrière ouverte à tous les dangers, et de son courage, il persistait chez lui une fragilité, une mélancolie qu'elle seule était à même de distinguer et de soigner. Du moins en était-elle convaincue. Cette découverte l'avait plongée dans une jubilation sans mélange et nourri une reconnaissance éperdue envers l'homme qui lui avait procuré ce sentiment. Ainsi étaient-ils entrés dans la période où, ayant découvert ce qui les unissait, l'apaisement dominait sans que s'en trouve diminué le flamboiement renouvelé de leur passion.

Le repas tenait ses promesses et ils s'y consacrèrent tout d'abord.

— Mon Dieu ! remarqua Nicolas, un pan de mon passé resurgit. Quand j'arrivai de ma province rue des Blancs-Manteaux, la cuisinière du commissaire Lardin, c'était notre Catherine, apprêtait un potage de chapon aux huîtres. Il m'en souvient encore. J'en étais demeuré béant tant l'idée de les cuire, alors que je les avais toujours mangées crues et vivantes, m'apparaissait barbare. La surprise amenant la méprise, je la crus, sans le lui marquer, ignorante de l'obligé et naturel traitement des huîtres.

— Ce que l'on découvre pour la première fois offre toujours l'impression d'un mystère ou d'une erreur.

— À propos, et cette visite chez le docteur… Quel est son nom ? Je l'ai pourtant lu sur les rapports des mouches et vous m'en avez parlé.

— Mesmer. Docteur Franz-Anton Mesmer.

— Et alors ? dit-il, faisant glisser deux culs d'artichauts dans son assiette, doublant ainsi la mise initiale. De quel récit pouvez-vous me régaler, ma petite mouche ?

— Mouche ! Voyez-vous cela. Compte tenu de votre état, je veux consentir à oublier la forme. Mouche ! Moi !

— Alors, madame, cette escapade magnétique ?

— On nous fit entrer après avoir traversé avec peine une foule nombreuse où tous les étages de la société se trouvaient représentés.

— Et vous passâtes en corps devant tout le monde ?

— Vous persiflez, ce me semble ! Informé de notre visite, on nous attendait. Et nous étions dans une voiture de la cour.

— Bien, bien, vous m'en direz tant ! Je me tais et promets de vous écouter sans interrompre.

— Vous ferez bien, dit Aimée, se retenant de rire. Un valet nous fit entrer dans une pièce au milieu de laquelle trônait l'instrument. Comment le décrire exactement ? Un tonneau, une caque, un baril, il tenait de tout cela. De loin il ressemblait à un grand tambour militaire orné de métal et de corde.

— Plein ou creux ?

— Paix ! Où avez-vous vu des tambours pleins ? On nous expliqua doctement que ce récipient, par conséquent creux, était empli d'eau magnétique, de verre pilé, de limaille de fer et de poudre de sidérite. Un couvercle de métal percé de trous fermait l'ensemble. Il en sortait des tiges de fer coudées et mobiles. Des cordes tressées pendaient et correspondaient aux utilisateurs. La salle était plongée dans la pénombre, rideaux tirés, avec aux murs de grands miroirs dont les reflets se renvoyaient. Ces explications nous mirent en confiance, éloignant de nous la crainte d'avoir affaire à ces escamoteurs que multiplie la crédulité publique. Un assistant réclama le silence et nous prîmes place sur des chaises disposées tout autour du récipient, une main sur une tige métallique et l'autre tenant la corde qui nous reliait tous et devait permettre de produire une communion d'impressions. Vous ne dites rien ?

— Je tiens ma promesse. Mais, comme vous êtes si attachée à mon babil, je vous demanderai ce que vous avez ressenti ?

— Je n'ai éprouvé qu'une espèce de chatouillis, un peu comme revient la sensation dans un membre gourd. La petite Lavarelle a été saisie d'un fou rire qu'elle ne parvenait pas à réprimer, la pauvre ! Quant à notre amie La Borde, elle devenait de plus en plus livide et je m'inquiétais de son état. À ce moment, le docteur Mesmer est entré, vêtu d'une longue tunique de soie lilas, qui, si vous m'en voulez croire, n'ajoutait rien à la chose. C'est un bel homme fort bien proportionné.

— Vous étiez en effet des plus attentives.

— Je ne répondrai point. Il a fait lentement le tour de notre groupe alors que des accords mélodieux s'élevaient dans le lointain, ajoutant au mystère de la scène. Il fit des passes de haut en bas et de droite à gauche et se pencha, plongeant des yeux effrayants de fixité dans nos regards.

— Et comment réagit Mme de La Borde devant cet épouvantail agité ?

— Silence, votre promesse ! J'y viens.

Gaspard desservait et revint aussitôt avec la salade de perdreaux. La multiplicité des ingrédients, et surtout les lamelles ambrées de gelée de viande, produisait un tableau d'une telle variété qu'il les força à s'interrompre et à en admirer l'appareil.

— ... Nous la surveillions. Elle paraissait ne rien ressentir quand soudain sa bouche s'ouvrit et aussitôt un affreux hurlement s'éleva. La tête en arrière, écumante, notre amie entra en convulsions. Le démiurge donna un ordre et deux valets la portèrent sur un sofa dans une pièce voisine. En dépit de son geste impérieux qui nous repoussait, nous suivîmes le docteur en désordre. Il insista pour nous faire sortir sans que nous cédions. Alors il lui prit les deux mains. Elle nous effraya ; elle ressemblait à s'y méprendre à un automate de M. de Vaucanson. Tout d'abord ce furent des phrases sans suite énoncées sur un ton étrange et plaintif dont le sens se fit bientôt entendre. En hâte Mme des Sablons fit sortir les plus jeunes d'entre nous.

— Et vous de déguerpir, je suppose ?

— Vous êtes bien aimable, monsieur, mais je ne suis point un lièvre. La curiosité n'attend pas le nombre des années. Mais laissez-moi apprécier cette salade dont je raffole et me désaltérer de ce frais nectar de l'Aubance. C'est une grappe mûre qu'on croit écraser dans sa bouche. Je vous sens sur les charbons et vous attendrez donc.

Gaspard demeurait debout devant leur table. Il considérait Nicolas avec une sollicitude et une admiration marquées.

— Si j'ose me permettre. Madame m'a confié que M. le marquis avait été blessé au cours du glorieux combat d'Ouessant. J'ai donc beaucoup réfléchi pour concilier vos préférences respectives, tout en m'attachant particulièrement à des mets qui flattent le goût sans compromettre la santé, surtout celle de quelqu'un qui vient de subir les flèches de Mars. Ainsi l'artichaut, aliment très sain, nourrissant et stomachique, parfait pour les personnes délicates et les estomacs faibles.

— C'est votre portrait tout craché, murmura Aimée, perfide.

— Même chose pour l'huître, savoureuse, aisée à digérer en raison de sa salure, laxative et propre à purifier les humeurs...

— Les déguster en votre aimable compagnie, c'est risquer de n'en manger point, tant vous les grugez vite, dit Nicolas, suave.

— Enfin le perdreau, délicat et léger, surtout rôti, convient bien aux convalescents. Il s'est imposé de lui-même.

— Et que me direz-vous des groseilles et de leurs vertus ?

— Oh ! Monsieur le marquis, elles sont rafraîchissantes à souhait, calment les échauffements, épurent la bile et activent la cicatrisation.

— Ainsi, mon cher Gaspard, grâce à vous je sortirai de cette table heureux, repu et guéri !

— J'y compte bien, répondit l'ancien garçon bleu, en remplissant les verres avant de se retirer.

— C'est étonnant à quel point vous traînez après vous dévouements et fidélités, constata Aimée, pensive. Soit l'on vous hait, soit l'on vous aime, et cela pour la même raison.

— Et laquelle s'il vous plaît ?

— Je ne vous le dirai pas, cela nourrirait votre trop habituelle suffisance.

Elle tendit la main vers son visage pour une tape qui s'acheva en caresse.

— Bon, fit Nicolas ému, et Mme de La Borde ? Quels propos tenait-elle que les plus jeunes et les moins expérimentées d'entre vous ne pouvaient entendre ?

— La chose est délicate. La Borde est votre ami.

— Vous en avez trop dit et je le crois incapable d'une vilenie.

— Mais d'une maladresse à coup sûr. Sachez qu'il a sans doute… Comment traiter la chose galamment ? Qu'il a malheureusement exprimé sa fougue de jeune époux, en usant de l'expérience trop avertie d'un vieux libertin. Ni son amour pour sa femme ni son quotidien dévouement n'ont permis d'effacer le souvenir de cette première nuit. De là ces vapeurs, cette somnolence languissante dont l'origine, je le pense, est tout autant morale que la conséquence obligée des potions délétères que des médicastres lui font, à tout propos, absorber. Il est résulté de cette crise que notre amie a paru apaisée. Le docteur Mesmer a souhaité la revoir. Il aimerait rencontrer La Borde. Enfin, elle m'est apparue soulagée, comme libérée d'un poids. Oh ! Cette vision d'un matin d'hiver !

Gaspard apportait un buisson immobile de groseilles givrées par le sucre.

— Voyez-vous, mon ami, le baquet a du bon !

Nicolas songeait combien Aimée était sensée et capable de comprendre, de faire le tri des apparences pour s'en tenir à l'évidence. Sa phrase soudain le frappa, le laissant interdit, le front plissé de contention.

— Mon Dieu ! Que dites-vous là ?

— Je prétends que le baquet, enfin c'est ainsi que le peuple l'appelle, ce tonneau, a du bon.

Intriguée, Aimée le vit fouiller ses poches pour en tirer son petit carnet noir qu'il feuilleta avec impatience. La remarque d'Aimée lui faisait souvenir d'une phrase, surprise lors d'une conversation, dans un mauvais lieu de Brest, entre le duc de Chartres et son valet Lamaure. Il en retrouva enfin les termes. Non seulement ils parlaient d'*expériences*, mais évoquaient précisément *des soirées de baquet*. Pour faire bonne mesure, il constata avec stupeur que le prince parlait d'*Horace*, non comme d'un auteur ou d'un cheval, mais bien en tant qu'acteur d'une intrigue en cours. La preuve lui crevait les yeux qu'il s'agissait bien d'un inconnu, sans doute mêlé à cette affaire, et rien ne s'éclairerait tant qu'il n'aurait pas mis un nom sur ce fantôme. Il se reprocha son inattention. Il est vrai que la croisière sur *Le Saint-Esprit* et le combat d'Ouessant avaient contribué à effacer tout cela. Ses blessures, sa fatigue ainsi que la suite des événements de Paris et de Versailles l'avaient chaque fois projeté en avant sans lui laisser le temps de revenir en réflexion sur un passé pourtant proche.

— Aimée, il me faut vous quitter.

— Comment ! Il n'en est pas question.

— Je dois…

— Nullement. J'ai interrogé Bourdeau. Il m'a assuré que rien de prévu ne vous retenait cet après-midi. Dans votre état il faut prendre du repos et respecter la méridienne, Semacgus l'a bien recommandé.

À vrai dire aucune urgence ne s'imposait avant son rendez-vous de six heures avec Restif de La Bretonne. M. Le Noir pouvait attendre, il le verrait dans la soirée. Gaspard, discret et complice, les conduisit dans un appartement où ils avaient leurs habitudes quand les vicissitudes de l'emploi du temps du policier les faisaient se croiser à Paris.

Dès qu'ils furent seuls, Aimée se pendit à son cou, l'enveloppant de son parfum de jasmin. Il la porta sur le lit où elle entreprit de le dévêtir avec délicatesse. Espiègle, elle lui murmura qu'il sentait moins le furet qu'à son retour de Brest. Il se laissa aller et Aimée s'évertua. Il n'y eut pas de sortes de volupté qu'elle n'essayât dont ils ne furent tous les deux heureux.

Quand Nicolas se réveilla cinq heures venaient de sonner. Aimée avait disparu. Il se sentait reposé et dispos. Gaspard vint l'aider à s'habiller et le raccompagna à la porte. Il héla une voiture rue des Deux-Chaises, hésita un moment, puis décida de gagner à pied la taverne de la place du Chevalier du Guet, où Le Hibou l'attendait.

Tout ce dont Bourdeau lui avait rendu compte, à quoi s'ajoutait la lumineuse allusion d'Aimée au baquet de Mesmer, se devait d'être remâché, non d'une manière volontaire, mais dans cette demi-conscience la plus propre à faciliter l'action de l'imagination. Sartine, qui le connaissait bien, avait raison de ne point vouloir intervenir au début d'une enquête, persuadé que le don du commissaire était d'éclairer les faits à la lumière de son intuition.

Tandis qu'il se perdait dans le lacis des ruelles, le spectacle de la rue parisienne assoupissait sa réflexion. Le soleil déclinait sans que pour autant l'écrasante chaleur diminuât. Moins piquante qu'à midi, elle n'en demeurait pas moins étouffante, enfermant la ville sous une chape de plomb. De vieilles femmes en cotte, le cheveu défait, affalées à califourchon sur des chaises de paille, s'alignaient le long des murs. Autour des fontaines, des gamins à moitié nus s'éclaboussaient au milieu des envols des moineaux assoiffés. De jeunes femmes, le corsage ouvert et les jupes relevées sur les genoux, cherchaient à se rafraîchir, le regard perdu. Des gagne-deniers déguenillés, dépoitraillés d'indécente façon, jurant et crachant, s'agglutinaient autour des cabarets pour se désaltérer de limonades, de ginguet ou de mauvaise bière. Toutes et tous paraissaient écrasés d'une torpeur languissante qui écartait toute pudeur. Dans des recoins pleins d'ordures des mendiants, allongés tels des cadavres, attiraient des chiens affamés et des corbeaux attentifs. Des attelages poussifs traînaient les pieds, conduits par des cochers en chemise et sans chapeau. Parfois la sonnette d'un enfant de chœur, annonçant qu'un prêtre portait le viatique à un mourant, jetait chacun dans son trou ; seuls quelques bourgeois à genoux saluaient la procession. Des rafales sèches de poussière enveloppaient choses et gens, gazant les lointains d'un invisible linceul.

Nicolas, qui avait tombé l'habit et le tricorne, fut saisi de cette vision inhabituelle de la ville. Il se crut encore endormi en proie à l'un de ces cauchemars morbides qui parfois le visitaient. Le claquement d'un fouet et le bruit assourdissant d'un équipage le ramenèrent à la réalité. Il replongea dans sa rumination. Quelques faits surnageaient en certitude au milieu des idées insensées qui lui traversaient l'esprit. L'inspecteur Renard demeurait un suspect qu'accusaient de multiples présomptions. Pourquoi pourtant s'en être pris à Lamaure ? Pourquoi, s'il fallait faire disparaître le valet, n'avait-on pas agi à Paris ? Pourquoi toute cette mise en scène à Versailles et autour du Grand Canal ? Un lien ténu, mais sans doute décisif, reliait ces faits les uns aux autres. Ainsi de Renard, Lamaure, Chartres et du mystérieux Horace qu'il fallait à tout coup démasquer. Et *quid* encore de ce Simon, boîte aux lettres, mêlé lui aussi de diverses manières aux protagonistes principaux ? Et toujours à l'affût, en retrait, l'ennemi anglais… Et ces bribes qui ne possédaient aucun sens, papier de Simon, papier de Lamaure, liste d'équivoques vraisemblablement chiffrée, partition au nom de Renard ayant sans doute contenu un message disparu. Et cette allusion à des *cérémonies de baquet* évoquées à Brest par le duc de Chartres ? Cela impliquait, il le sentait bien, d'avoir à rencontrer ce docteur Mesmer afin de déterminer si quelque lien étrange existait entre le prince et le magnétiseur.

Quand il pénétra dans l'antre de fraîcheur et d'obscurité de la taverne, place du Chevalier du Guet, Restif l'attendait déjà en compagnie d'un pichet de vin. Nicolas commanda une bolée de cidre frais tiré et considéra son vis-à-vis. D'évidence cette seconde convocation l'inquiétait.

— Mon cher Restif, vous me voyez dans l'obligation de m'en remettre à vous dans le cadre d'une enquête à laquelle vous avez déjà apporté une aide précieuse dont nous nous souviendrons. Cette proie que Renard a pêchée au Vauxhall d'été, celle qu'il a ramenée à son logis, il faut me la retrouver.

— Ce petit merle que j'ai filé ? Rien de plus aisé.

— Sans doute a-t-il ses habitudes et ses terrains de chasse ?

— S'il n'y a que cela pour vous satisfaire, escomptez que la chose est déjà faite. Je vous enverrai un vas-y-dire dès que j'aurais une certitude.

— Bien, vous n'imaginez ma satisfaction de vos bonnes dispositions. Retrouvez-le-moi très vite. Autre chose…

Le Hibou se tassa sur sa chaise et avala d'un trait son verre de vin.

— Ah ! Il y a autre chose ?

— Vous connaissez M. Pidansat de Mairobert.

— Pourquoi le connaîtrais-je ?

Le visage de Restif prit une expression composée, un air de cafardise que Nicolas détestait.

— Répondez à ma question.

— J'en ai entendu parler, comme tout le monde.

— Oh ! Vous n'êtes pas tout le monde. C'est tout ?

— Qu'aurais-je à en dire ?

— Vous le savez mieux que moi. Pensez-vous la pousse si stupide ? Cher Restif, vous êtes payé pour savoir mieux l'apprécier.

Il feuilletait d'un air attentif des pages blanches de son carnet.

— Que voulez-vous dire ?

— Que j'ai toutes informations sous les yeux, précises et circonstanciées, qui relatent de très étroites relations entre vous et le censeur royal.

— Il est possible qu'en raison de mes écrits j'aie eu l'occasion de le croiser.

— Nous voilà déjà sur une route différente et mieux sablée que la précédente. Encore un effort, que pouvez-vous m'en dire ?

— C'est un homme fort cultivé.

— On le serait à moins dans sa charge. Et encore.

— Rien de plus.

— Restif, Restif... Monsieur de La Bretonne... Mon vieil ami ! Dans votre situation... Moi, à votre place, je m'évertuerais à donner satisfaction sur-le-champ à ceux qui recouvrent du secret le plus absolu des turpitudes que toutes les censures religieuses et civiles condamnent...

— Je ne puis inventer pour vous complaire des informations dont je ne dispose pas.

— Allons, allons, un peu de sérieux. Ne soyez pas si modeste, vous l'*Asmodée*, le diable boiteux, qui soulève les toits de cette ville, à qui aucune intimité ne résiste, dont le regard insidieux pénètre tous les secrets, vous ne savez rien de Pidansat alors que le plus inconnu des Parisiens vous est transparent ! À qui ferez-vous accroire cette fable ? Devons-nous, pour vous convaincre, lever la main qui depuis tant d'années vous protège et, j'ajoute, vous nourrit ?

Nicolas était bien conscient qu'il ne possédait aucun moyen pour vérifier l'exactitude de ce que lâcherait un

Restif, retors et alourdi par ses propres faiblesses pour résister longtemps. Ses paroles distillées à regret compteraient pour rien par rapport à ce qu'il conserverait à part lui. Pour l'heure, il demeurait silencieux et Nicolas se résigna à avancer un dernier argument.

— Comment vont vos filles, monsieur Restif ? Et leurs mères ?

— Que signifie ?

— Rien de plus qu'une question d'honnête civilité. Vous savez bien ce qu'on rapporte et que justifie trop souvent votre jactance de fanfaron du vice. Imaginez qu'on vous prenne au mot, qu'on informe, qu'on instruise... Restif, un père qui...

Au fond de lui-même, Nicolas se reprochait d'user de tels procédés. Il était à cet égard le bon élève de Sartine qui soutenait en fermeté que la justice du roi se devait d'emprunter des chemins de traverse dans lesquels la moralité des procédés employés n'avait pas sa place. Dans certains cas la fin justifiait les moyens et, ajoutait-il, cela ne valait-il pas mieux qu'une séance de question ordinaire – ou pire extraordinaire – dont le résultat n'était guère convaincant, celle d'une parole arrachée au moment où, dans la souffrance la plus extrême, l'esprit ne maîtrisait plus rien et en était réduit à tous les aveux ? Dieu merci, il n'en était pas à ce choix-là !

— Je ne suis pas sûr que vous aimiez ce que vous faites là, mon gentilhomme, dit Restif, perspicace.

— La question ne se pose pas. Répondez. Que savez-vous de Pidansat ?

— Comme auteur je le connais. Nous autres pour vivre petitement devons publier et vendre nos œuvres. Pour que nos livres circulent, l'approbation des autorités est nécessaire ou, à tout le moins, qu'on ferme les yeux sur leur existence.

— Soit. Et encore ?

— Pidansat est un proche du duc de Chartres, dont il est secrétaire des commandements.

— Je vous sais gré, c'est de notoriété. Je consulte souvent *L'Almanach royal*. C'est mon livre de chevet !

— Alors, que souhaitez-vous savoir de plus ?

— Ce qu'*Asmodée* peut avoir remarqué.

— Je ne soulève pas, hélas, tous les toits... L'homme est aussi l'inspirateur de...

— De pamphlets assez étranges. Restif, cela aussi nous le savons. Craignez de lasser ma patience.

— Qu'ajouter en surcroît ? Qu'il est réputé empêtré dans des affaires, des emprunts... Avec sur sa tête de scabreuses dettes et des billets en attente. La rumeur murmure qu'il servirait de prête-nom à de puissants intérêts... Que ceux-ci ne souhaiteraient pas se compromettre en première ligne. Et que pour livrer le fond de ma pensée, je le tiens pour un insolent fieffé, très bas et surtout très méchant, de cette méchanceté rare qui fait le mal pour le mal et ne mord que pour avoir le plaisir de déchirer.

Le Hibou s'était soudain débondé.

— Il semble en effet que vous le connaissiez de loin. Quelle rancœur ! Mais il me faut des noms, Restif, des noms.

Restif balançait son gobelet vide, le contemplant, indécis.

— Vous m'embarrassez... Enfin, après tout je ne ferai que répéter les bruits rampants de la cour et de la ville. Du bouche à oreille dans les coins. Tout le monde...

— Tout le monde ? Guast ! Moi je n'ai rien entendu. Et pourtant...

— Certaines personnes avisées, informées et attentives. Au vrai il serait l'homme des affaires financières pour le compte du gros Provence, le frère du roi, et, pour l'heure, successeur en titre de Sa Majesté, l'héritier du trône. En particulier, il agirait en sous-main pour accélérer la ruine d'un demi-fol, confit en dévotion, le marquis de Brunoy.

— Celui qui dépensa naguère cinq cent mille livres pour une procession ?

— ... le même. Laquelle fête s'acheva par un banquet qui tourna en beuverie. Cette ruine escomptée et organisée de longue main viserait à favoriser l'achat à vil prix par le prince, bien sûr par un prête-nom, du domaine du marquis contraint à la banqueroute.

— Voilà des précisions plus congrues et qui donnent quelque aliment à la réflexion. Voyez donc ! Pourquoi me pousser à me montrer si pressant alors qu'il était si aisé de converser sincèrement avec un vieil ami ?

Le gris visage de Restif se crispa dans une grimace qui se voulait un sourire. Il se levait déjà, impatient de mettre un terme à l'entretien, mais Nicolas lui fit signe de s'asseoir.

— Un instant. Une petite chose encore. Lorsque à ma demande vous avez suivi l'inspecteur Renard jusqu'à sa demeure rue du Paon, avez-vous en permanence conservé sa voiture sous votre regard ?

Restif parut soulagé de l'insignifiance de la question.

— Peu importait, je connaissais l'adresse. Pour ne pas lui donner l'éveil dans ce Paris désert de la nuit, j'ai à deux reprises pris des raccourcis qui ne risquaient pas de me le faire perdre.

— Et au terme de la filature, l'avez-vous vu descendre avec son compagnon du Vauxhall ?

— Ah, ça non ! La maison possède une porte cochère. Ne voulant pas me faire remarquer, j'étais demeuré assez éloigné de la maison. La voiture est entrée et en est ressortie, vide. De cela je suis assuré, l'ayant vérifié de près.

— Bien, dit Nicolas qui notait tout cela dans son petit carnet noir. Autre chose. Le secret le plus absolu sur tout ceci. Restif, j'y compte essentiellement.

Dans le fiacre qui le conduisait au pas rue Neuve-Saint-Augustin, Nicolas tentait de classer les idées qui se bousculaient. Elles se chevauchaient et se mélangeaient en dépit de ses tentatives en vue de les ordonner. Deux informations surnageaient dans ce fatras ; elles ressortaient des propos arrachés à Restif. Primo, Pidansat de Mairobert l'intriguait. Étrangement il jouissait d'une réputation entachée de louche du fait de sa double appartenance à l'autorité et à ceux qui, par des écrits scandaleux et clandestins, ne cessaient sans vergogne de la braver. Outre cela, il se trouvait impliqué, englué même, dans de sombres trafics financiers et, proche de Chartres, apparaissait aussi comme l'homme de paille du comte de Provence. Les deux princes pour des raisons différentes, l'un ouvertement, l'autre insidieusement, s'attachaient à nourrir des oppositions et à saper l'autorité royale. Le second point, constat amer, multipliait les conjectures sur la véracité d'un rapport de Restif : certes Renard paraissait avoir rejoint son logis, pourtant la filature dont il était l'objet avait pu être traversée. C'était un policier d'expérience et Nicolas lui faisait crédit de savoir la déceler. Et même s'il avait atteint la rue du Paon, rien ne prouvait, une fois Restif reparti, que l'inspecteur fût demeuré chez lui. Dans ce cas, le départ du Vauxhall d'été avec un petit *merle* n'était que faux-semblant et poudre aux yeux destinés à égarer le suiveur dûment repéré. Retrouver ce personnage était indispensable pour vérifier la chronologie de cette nuit. De son témoignage volontaire ou forcé beaucoup dépendrait. Enfin, une visite au docteur Mesmer s'imposait.

À l'hôtel de police, M. Le Noir l'accueillit sans perruque en habit léger de coutil piqué blanc. Il s'épongeait le front sans relâche. Les grandes croisées ouvertes ne laissaient entrer aucun souffle et les branches qui frôlaient la façade de l'hôtel de Grammont ne bougeaient pas, pétrifiées. Il fut écouté avec attention.

— Tout cela m'entête, cher Nicolas. Il me faudrait des heures et du calme pour faire le tri de tout ce que vous m'avancez. Quel ramas de cartons découpés ! Si vous parveniez à replacer bout à bout tous ces éléments, peut-être alors découvririez-vous un décor éloquent et qui nous ouvrirait des coulisses ? Primo, nous ne devons pas lâcher Renard en veillant à ne point lui donner l'alarme. Secundo il vous faut retrouver l'*ambigu* du Vauxhall. Quant à votre *baquet*, je ne vois dans ce rapprochement aucune piste crédible.

Nicolas évoqua Pidansat et ce que lui avait révélé Le Hibou. Le Noir paraissait pensif.

— Parbleu ! s'écria-t-il soudain, votre *Horace* me met la puce à l'oreille. À qui songez-vous quand ce nom retentit ? Ne répondez pas. Au personnage de Corneille ou à l'auteur latin, bien sûr. Eh bien ! Monsieur, qui selon vous éprouve une particulière dilection pour ce Romain ? Qui possède toujours un petit volume de ses œuvres en poche, qui le cite sans arrêt et le donne en modèle ? Qui, qui, qui ?

— J'attends, monseigneur, que vous me le révéliez.

— Mais Provence, mon ami, Provence. Le frère du roi. Ajustez votre lunette et revoyez vos informations à la lumière de cette découverte-là.

Le Noir se mordit les lèvres, le teint pourpre.

— Je me laisse aller dans le feu du débat et me licencie à citer de tels noms ! La reine, Chartres, Madame Adélaïde et maintenant Provence, la tête me tourne. J'entends résonner des échos qui sollicitent notre circonspection. Il faut toujours redouter ces dangereux rapprochements qui peuvent nous faire chavirer, nous faibles autorités ! Que votre expérience et votre sagacité vous tracent le chemin. Qu'elles vous rendent prudent et vous invitent aux réserves salutaires.

Avant de quitter le lieutenant général de police, Nicolas l'interrogea à tout hasard sur le docteur Mesmer. Le Noir lui remit une fiche de police qui traînait sur son bureau ; l'homme à la mode intriguait et une surveillance étroite l'entourait.

Il reprit sa voiture sans illusions, si toutefois tant d'années au service du trône autorisaient qu'il en conservât quelques-unes. Comme toujours l'enquêteur aux affaires extraordinaires serait seul, s'éclairant dans les ténèbres d'une lanterne sourde, méprisant les tentations d'abandon, résistant aux ordres impérieux ou insidieux sans tenter d'en décrypter les arrière-pensées contradictoires. Et pour finir le dénouement interviendrait dans le secret le plus absolu sans qu'en surface il en résultât nul remous. Et lui, comme toujours, se tairait.

Quand il arriva rue Montmartre, Catherine lui dit d'un air pincé qu'une vieille *gaupe*, déjà vue au logis et qui l'avait traitée de haut, refusant même de donner son nom, s'entretenait avec M. de Noblecourt et que sa propre présence à l'étage était souhaitée dès qu'il paraîtrait.

Dans l'escalier une forte odeur de parfum et de poudre lui monta au nez et, sans la précision de Catherine, il aurait pu croire que le maréchal de Richelieu était dans les lieux. À l'entrée de la chambre une masse de mousseline rose le frappa. Elle enveloppait une personne assise en face du magistrat qui, souriant, prêtait une attention bienveillante aux propos qu'on lui tenait. Il reconnut la voix de la Paulet.

— Ma foi, mon bon gentilhomme, c'est plaisir de vous revoir et bien urbain à vous de rafraîchir ma carcasse par cette chaleur.

Le claquement d'un éventail qu'on fermait retentit.

— Votre mixture…

— C'est de la liqueur de mirabelle, madame.

— Belle et bonne ! Ça vaut pas mon ratafia d'antan, mais c'est, ma foi, réconfortant. Fort, ça oui ! Mais sauf votre respect, j'ai la gueule ferrée depuis l'enfance. On n'avait pas eu de revoyure depuis quelques années. La précédente, c'était pour le petit à la Satin. Oh ! C'est un beau cadet maintenant. Il m'appelait sa tante, le mignon ! Un poulet tendre. Mais vous ! J'en suis assommée, quelle belle mine pour un vieux, rose et replet à souhait ! Un teint qu'une donzelle comme moi vous envierait. Mais foi, on en croquerait encore, quoique, pour me répéter, je soye une jouvencelle par rapport à vous.

Nicolas s'avança.

— Pour le salut de ma vertu, murmura Noblecourt, la police arrive à temps.

La masse se retourna.

— Ah ! C'est-y pas mon bon Nicolas ?

La Paulet tenta de se lever du fauteuil qui l'emprisonnait et retomba essoufflée de son effort dans un nuage de poudre. Il frémit tant la face grimaçante qui le regardait évoquait quelque épouvantable figure de *Méduse*. Une longue perruque blonde et poudrée dont les boucles se répandaient en torsades serpentines encadrait un visage mafflu, cérusé à l'excès comme à l'accoutumée. Les pommettes et les lèvres incarnates, les yeux cernés d'un noir brillant ajoutaient à l'aspect théâtral de l'idole de la rue du Faubourg Saint-Honoré. Des mouches, boutons malsains, constellaient ce champ du désastre. Le reste n'était plus que bajoues, fanons pendants et débâcle d'une chair que dissimulaient mal des voiles de mousseline au travers desquels

transparaissaient les raides baleines d'un busc monstrueux. Elle lui tendit une joue qu'il baisa de bon cœur
avec l'impression de frôler un mur de plâtre fissuré.

— Quel bon vent nous vaut le plaisir de votre visite,
chère Paulet ?

— Mon amitié pour toi et le souci de ta sauvegarde.

— Serviteur. C'est trop d'honneur ! Vous voilà bien
grave ! Comment vont les affaires ?

— Pouf ! fit-elle, s'éventant. On n'en cause point.
J'ai fourni ma carrière de cette engeance-là. J'ai plus
d'affaires.

Elle se mit à renifler, puis s'étouffa en graillonnant.
Aussitôt M. de Noblecourt lui servit un verre qu'elle
vida d'un trait, le bras levé.

— Oui, du nanan ! Sais-tu, Nicolas, qu'il est plaisant ce petit grison-là. C'est de ça que j'aurais dû
m'enticher au lieu de ce grand maroufle de garde-
française, ce penaillon !

D'hilarité contenue M. de Noblecourt s'étranglait à
son tour.

— Faut savoir ce que j'ai enduré. Il faisait à peine
une poste quand il en faisait trois avec une autre. Au
vrai, une viande creuse qui ne rassasiait point. Quand
on sait pas faire frétiller[8] sa femelle, mieux vaut disparaître. Il n'était pas toujours aussi réfrigératif et avec la
petite je suis assurée qu'il bandait comme un carme !
Tu me connais et tu le sais, j'ai vite écumé leurs manigances. A mieux valu qu'il soit parti avec elle, car
j'aurais fini par furibonder et y aurait eu du carillon.
Fallait pas mettre la morue avant les œufs.

— La charrue avant les bœufs, dit Nicolas.

— Quoi ! Ah ! tiens, tu m'énerves, faut-y que tu
saches pas causer. Quant à l'autre il osait plus me frapper, depuis que tu l'avais effrayé.

Elle se mit à pleurer, rassotant ses misères avec des
détails infâmes. Il ressortait de sa litanie que le *Dauphin couronné*, devenu une pétaudière sans foi ni loi,

courait à sa perte, que Bonjean[9], son amant, vidait d'un côté ce qui entrait de l'autre, la trompait avec sa femme de chambre, la négresse, une petite élevée avec amour qu'elle considérait comme son enfant. Qu'ils s'étaient enfuis en la dépouillant. Que le milieu de la galanterie allait à vau-l'eau. La maison désormais faisait pension et louait des chambres à l'heure et à la journée. Et pour joindre l'utile à l'agréable, toujours soucieuse du bien-être de ses obligés, elle tenait commerce de redingotes anglaises, de chocolats et pastilles aphrodisiaques, de gâteaux mercuriels, d'emplâtres spécifiques, de caleçons antivénériens et de liqueur préservative du docteur de Préval. Enfin, chaque chose mise bout à bout, la Paulet agrémentait son revenu, en tenant de surcroît officine de divination. Le négoce fonctionnait bellement : au rez-de-chaussée on interrogeait les astres et dans les étages on gagnait, l'épicerie de Vénus aidant, le septième ciel. Oubliant dans son bagout à qui elle s'adressait, elle ajouta qu'à l'occasion quelques soirées de jeu clandestin ou de théâtre galant complétaient un tableau sur lequel elle avait joué à fond afin de rétablir ses affaires.

— Pourquoi fronces-tu les yeux ainsi, Nicolas ? Je songeais à toi l'autre soir en maniant mes cartes devant ma coupe d'eau claire. Ce sont là mes instruments habituels de travail. C'est cela qui m'amène. Soudain, j'ai eu comme un coup à la tête, une espèce d'éblouissement, de vertige…

Sans doute, pensa Nicolas, un abus de ratafia. Au même instant, Noblecourt cligna de l'œil, en tapotant le flacon de mirabelle.

— J'étais toute derne[10], comme un malot[11] qu'avions reçu un coup de chapeau. Le sentiment de tourner sur moi-même. L'eau se troublait. Des formes diffuses et embrouillées apparaissaient qui m'intriguaient. J'avais des gourmades dans les jambes qui s'agitaient malgré moi. À ce moment j'te vois.

— Comment cela ?

— Dans l'eau de la coupe. Tu montais un escalier. Oh ! pas d'une maison. Je ne sais point dire quel endroit. Cela ressemblait à un moulin. J'y entendis un drôle de bruit. Clic, clic. Puis une cloche a sonné. Et soudain… Ah ! L'horreur ! Puis un claquement. Je sens que tu es menacé. Ha ! Oui… Non… Ah !

La Paulet se tenait la gorge de ses doigts boudinés, la bouche ouverte, cherchant à reprendre son souffle comme un poisson jeté soudain sur la berge. Elle s'affaissa, inconsciente. Nicolas bondit, appela Catherine qui surgit aussitôt. Sans doute intriguée par l'étrange visiteuse, elle était demeurée dans l'escalier pour, le cas échéant, prêter main-forte à son maître. On l'étendit par terre, Noblecourt l'éventa. Catherine après de rudes efforts finit par ouvrir le busc. Les chairs se répandirent et le corps de la Paulet sembla doubler de volume. On la hissa sur un sofa dont les délicates membrures craquèrent de manière inquiétante. Allongée, un carreau sous la nuque, son crâne chauve dénudé, elle finit par revenir à elle après avoir respiré un peu de vinaigre. Elle poussa un cri en portant la main à sa tête, réclama sa perruque qu'elle enfila de travers, demanda de l'aide pour se redresser et réclama une rasade de mirabelle qu'elle avala cul sec. Catherine qui lui tamponnait les tempes avec du vinaigre se vit repousser avec fureur et quitta la chambre ulcérée du traitement. Ces soins avaient brouillé les fards et le visage de la Paulet tenait désormais de la palette d'un peintre.

— Tu vois dans quel état tu me jettes, dit-elle d'un ton plaintif. La vision me taraude de t'avoir senti en danger.

— Mais, sans vous pousser dans vos retranchements, tout cela est bien vague.

Elle prit un air pitoyable.

— J'en opine tout comme toi. Que ce soye plus clair, je l'aurais bien voulu, mais tu vois bien que je ne peux point en dire plus. J'ai rien vu de bien net à m'en souvenir.

Elle paraissait abattue. Elle finit par se lever en titubant. Nicolas s'affaira à la soutenir. M. de Noblecourt sonna Catherine qui réapparut, l'air buté. Il lui fut requis d'appeler un fiacre. Nicolas accompagna la maquerelle dans l'escalier qu'elle descendit lourdement une marche après l'autre. Catherine revint avec la voiture trouvée devant Saint-Eustache. La Paulet y fut enfournée sous les regards curieux et rieurs des mitrons de la boulangerie. Nicolas paya le cocher et donna la destination, puis remonta rejoindre M. de Noblecourt.

— Furieusement distrayante, cette soirée ! dit celui-ci mi-figue mi-raisin. Et de surcroît, me voilà en passe de ma dernière conquête !

— Pourquoi la dernière ? Le résultat de votre rajeunissement soudain. C'est la faute à Voltaire… Au vrai que vous inspire cette scène ?

— Si vous m'en croyez, ne négligez pas ce qui est, quelle qu'en soit la nature, un avertissement. Soit elle possède des dons qu'on ne lui connaissait pas et, vous tenant en affection, elle a souhaité vous avertir tant cette femme est un mélange étonnant de vices éclatants et de quelques vertus cachées. Soit la démarche lui a été inspirée et elle a valeur d'avertissement. Le tout menaçant à l'extrême, car au bout du compte c'est de votre vie qu'elle était en souci. Dans tous les cas je le répète, prenez vos précautions. Vous abordez sans doute des terrains interdits et l'on vous somme de n'y point pénétrer. Le cap des tempêtes…

Sur les rives d'Argos, près de ces bords arides
Où la mer vient briser ses flots impérieux

— Alors ?

— Je suis un vieux sceptique, je crois peu aux devins et encore moins aux divinations. Quoique…

— Le danger n'a cessé de m'accompagner comme une ombre attachée à mes pas. Ce n'est pas cela qui me fera reculer.

— Et c'est parce que je vous connais que je ne vous donne pas de conseils. Reste que la prudence s'impose au sage qui veut atteindre son but. L'avenir nous éclairera, c'est le meilleur des devins. Quant à notre Paulet, je crains que son pouvoir pythique ne soit favorisé par l'abus du ratafia. Quelle figure cette mégère ! Et pourtant j'éprouve à son endroit un peu d'amitié à la mesure de l'affection qu'elle vous porte.

— Antoinette et Louis lui doivent beaucoup, remarqua Nicolas pensif.

— Autre chose. Le morceau de partition que vous m'avez confié, celui-là même trouvé sur Lamaure. Je l'ai déchiffré et même joué au violon. C'est une pièce de sopraniste, de celles réservées en général aux castrats.

— Des castrats ! Il n'y a pas de castrats en France.

— Ah ! Mon ami, votre ignorance me surprend, surtout de la part de quelqu'un si au fait des choses et des gens de la cour et de la ville. J'ai interrogé notre ami Balbastre. Il est votre serviteur et m'a prié de vous le dire. Ne grimacez point ! Il m'a indiqué que la chapelle du roi à Versailles en compte encore plusieurs. Il m'a même précisé que, ces dernières semaines, la reine, incommodée par sa grossesse, ne pouvait s'endormir qu'après avoir respiré l'air plus frais de la nuit…

— Quel rapport avec…

— Ah ! Peste de l'importun, écoutez-moi. L'idée est venue à Sa Majesté et à ses beaux-frères et belles-sœurs de jouir de l'effet d'une belle musique. Les musiciens et les chanteurs, parmi lesquels nos castrats, eurent ordre d'exécuter des cantates. On fit construire des gradins pour eux, dans le parc du Château, mais aussi dans les jardins de Trianon, la reine ayant été importunée par les habitants de Versailles qui se rassemblaient en foule pour profiter du spectacle nocturne. J'ignore si cela peut avoir rapport aux événements sur lesquels vous enquêtez. Je vous livre la chose tout rondement.

— Soyez assuré que j'en ferai mon profit.

— Sur ce, cher ami, la soirée m'a fatigué. Peut-être ai-je par trop cédé à la mirabelle ? J'ai moi aussi des impatiences dans les jambes. Pourvu que... Je me couche de ce pas.

Nicolas refusa les offres de souper présentées par Catherine. Il s'endormit sans état d'âme. Pourtant, sous le coup de trois heures, un rêve qui revenait souvent le ramena à son enfance à Guérande. Dans les hautes herbes des marais de Brière, une couleuvre géante aux yeux de malheur lui barrait le chemin, sa tête menaçante oscillant de gauche à droite.

VII

LE BAQUET ET LA POMPE

> Au dernier jour sera trié des ombres tout ce
> qu'il y aura eu de plus lâche dans leurs dégui-
> sements, dans leurs menées et leurs fourberies.
>
> *Bourdaloue*

Dimanche 9 août 1778

Nicolas accompagna à pied M. de Noblecourt à la
grand'messe de sa paroisse tout proche. Ayant craint un
accès de goutte qui ne s'était pas manifesté, le vieux
magistrat était d'humeur charmante. Marguillier de la
fabrique de Saint-Eustache, il offrait, en cette fête de saint
Spire, le pain bénit. À cette occasion, deux mitrons de la
boulangerie Farnaux, vêtus de neuf, leur servaient
d'escorte. Ils avaient été chargés, ravis de l'aubaine, de
porter deux immenses corbeilles emplies des morceaux
de brioche qui seraient distribués au peuple à l'issue de
l'office. Noblecourt plaisantait toujours Nicolas qui
s'obstinait, en Breton têtu, à nommer cette gourmandise
ar-varaenn-rouaned, le pain sucré.

221

Le commissaire écouta le prône avec attention. Le curé y dénonçait les fausses apparences de la dévotion, affirmant que le mal le plus difficile à détruire était l'apparence du bien. L'air courroucé, il tonnait, jetant des regards appuyés sur une assemblée distraite et *bavardeuse* où l'élément féminin dominait. Un sourd vacarme fait de paroles, du froissement ailé et des claquements des éventails, couvrait parfois la voix de l'orateur. Nicolas, accoutumé dès son plus jeune âge au silence dévot des chapelles de sa Bretagne natale, ne s'était jamais habitué au laisser-aller des églises parisiennes. Parfois le Suisse laissait bruyamment retomber sa hallebarde sur le pavé afin de rappeler l'assemblée au respect des lieux et du Saint Sacrifice. La rumeur n'en continuait pas moins à enfler. La jeunesse présente manifestait une vivacité impertinente. Les regards étaient distraits. On entrait et on sortait à l'envi. Certains goûtaient trois phrases du sermon comme on écoute distraitement le boniment d'un paradeur de foire et quittaient l'église mécontents, secouant la tête. Les plus pauvres demeuraient debout, refusant de payer les six sols réglementaires à la chaisière. On se mouchait, on crachait sur le sol. Intrigues, billets passés, ostentation de nouveaux atours, tout concourait donc à faire du lieu de prières un endroit de spectacle et de divertissement.

Rue Montmartre, Marie et Catherine avaient préparé une légère collation estivale. Une éclanche[1] d'agneau froide avec une sauce moutarde relevée de cornichons, une salade de chicorée aux croûtons et une marmelade de pêches les régalèrent, arrosées de tisane pour l'un et de cidre pour l'autre. Le repas achevé, M. de Noblecourt monta se consacrer à sa méridienne quotidienne. Nicolas décida, en dépit de la canicule, d'aller marcher dans la ville et de tenter sa chance du côté de la place

Vendôme dans l'espoir de surprendre le docteur Mesmer au logis.

La ville persistait à offrir au promeneur un aspect inhabituel. Tout semblait inanimé et déserté par les chalands qui, en temps ordinaire, se pressaient dans les rues pour la promenade dominicale. Seuls quelques chiens longeaient, langue pendante, les murailles du côté de l'ombre. Pointe Saint-Eustache, il s'engagea rue de la Tonnellerie dont les vieux piliers et les auvents dispensaient un peu de fraîcheur pour rejoindre la rue Saint-Honoré. Il connaissait si bien son Paris que ses pas le guidaient sans qu'il en eût conscience. Au fur et à mesure qu'il approchait de la place Vendôme, de longues suites de voitures arrêtées jusque dans les rues adjacentes l'intriguèrent. Sur la place elle-même, un long rassemblement de public mêlant tous les ordres de la société serpentait aux abords de l'hôtel des frères Bourré, quartier général du docteur Mesmer. Hommes et femmes, les yeux brillants, paraissaient animés les uns d'un fol espoir de guérison, les autres du souci de bénéficier de soins gratuits, et beaucoup par la simple curiosité de rencontrer le mage à la mode.

Quelle qualité mettrait-il en avant pour se faire recevoir ? Marquis de Ranreuil ? Elle ne ferait guère impression sur un étranger connu de tout Paris et qui en recevait bien d'autres. Commissaire de police au Châtelet ? Il risquait de braquer et d'inquiéter un homme que tout laissait supposer infatué de son renom et imbu de son prétendu pouvoir. Nicolas, renseigné par la fiche de police remise par Le Noir, s'amusait que la rumeur crût reconnaître dans la personne du praticien le magicien Colas, personnage de l'opéra du jeune Mozart *Bastien et Bastienne* ; il était même supposé en être le commanditaire. Il nota avec intérêt sa fréquentation des cercles d'illuminés et sa pratique des sciences occultes. Le titre de sa thèse était éloquent,

« *De influxu planetarum in corpus humanum* »[2]. Il avait quitté Vienne expulsé de la faculté de médecine pour pratiques charlatanesques.

À bien y réfléchir il se présenterait comme un proche du duc de Chartres, ce qui à vrai dire, vu la promiscuité des vaisseaux du roi, ne travestissait guère la vérité. Il rit dans sa barbe en entendant Bourdeau le traiter de *moliniste*. Le prince étant à Brest, on ne vérifierait pas l'assertion, si tant est qu'on en éprouvât le souci. À l'entrée de l'hôtel, il se fraya de force un chemin à travers une foule excitée et presque menaçante à l'égard de ceux qu'elle supposait bénéficier de passe-droits. Il murmura son nom mêlé à celui du duc de Chartres à l'oreille d'un valet. Le dernier nom fit l'effet escompté et on l'introduisit.

On s'empressa de le conduire dans une vaste salle presque vide où trônaient en plein milieu deux fauteuils et un sofa recouverts de riches draperies orientales. Une porte s'ouvrit, laissant le passage à un personnage de haute taille vêtu d'une sorte de lévite violette qui lui donnait un aspect sacerdotal. Lorsque les pans s'écartaient, ils découvraient un habit de soie lilas surbrodé d'argent. Nicolas découvrit un homme dans la quarantaine, le visage massif au front haut et dégarni, les cheveux poudrés coiffés en rouleaux et retenus sur la nuque par un ruban. Le visage impressionnait par son ampleur accentuée par un double menton. De grandes rides obliques encadraient une bouche bien dessinée. Des yeux enfoncés dans les orbites au point d'hésiter sur leur couleur, surmontés de sourcils noirs et épais, fixaient le visiteur. L'ensemble annonçait la force, la froideur et la sérénité.

— Monsieur ? Monsieur le marquis ? dit-il en s'inclinant avec raideur.

L'accent allemand léger rappela à Nicolas celui de la reine.

— ... Je n'ai pas saisi votre nom, seulement que vous veniez de la part du duc de Chartres.

— Marquis Nicolas de Ranreuil, pour vous servir. Je vous sais gré, monsieur, de me recevoir. Il se trouve en effet que j'ai entendu, il y a peu, le prince chanter vos mérites. Intrigué par la rumeur, ô combien favorable, qui agite la cour et la ville, j'ai éprouvé la curiosité de rencontrer l'homme, que dis-je, le savant qui suscite un tel engouement. Monseigneur a évoqué en particulier des cérémonies dont je n'ai pas compris, dans le feu de la conversation, les principes premiers.

Le docteur Mesmer semblait satisfait de cet exorde. Il eut un petit sourire condescendant.

— Monsieur le marquis, pour occupé que je sois, je ne saurais vous laisser dans l'ignorance et prolonger une incertitude sur mes capacités. Votre requête est si gracieusement présentée.

Il s'inclina et invita Nicolas à s'asseoir.

— Il serait malséant que j'en vienne à retrancher à un ami de monseigneur les traits spécifiques de mon art, au risque de le faire paraître factice et hasardeux.

— Je vous en remercie. On ne peut agir avec plus de grâce ! Et donc, ces cérémonies de baquet accomplies en présence du duc ? Sont-elles de même nature que celles dont les dames de Madame Adélaïde m'ont décrit les effets si efficaces et prometteurs sur la santé d'une de nos amies ?

Le visage du docteur s'éclaira encore davantage.

— Comment ! Vous connaissez la tante de Sa Majesté ?

— J'ai cet honneur, dit Nicolas en fermant les yeux avec componction.

— Monsieur, monsieur, je suis votre serviteur. Permettez que je vous initie. Depuis l'aube de ce siècle de la connaissance, on prétend capturer et maîtriser un flux que certains qualifient d'*électrique*. Des machines à friction sont en effet capables de faire jaillir des étincelles ou d'attirer des corps légers. Le fluide se transmet par des corps conducteurs. Ainsi vous-même, suspendu à un plafond par des cordes de soie, je vous électrise avec une peau de chat frottée sur un tube de verre et si je tends le doigt vers vous une étincelle va jaillir de votre jambe vers ma main.

— Quel prodige !

— Peuh ! J'ai prolongé cette réflexion et prouvé l'existence d'un fluide magnétique animal que je maîtrise et utilise pour mes traitements. Or Son Altesse Royale, issue d'une famille qui n'a cessé de poser, depuis le régent d'Orléans, sur les systèmes de la nature le regard du philosophe et celui du savant, a souhaité savoir s'il devait croire certains esprits forts qui avançaient la question suivante : faut-il, pour être corps conducteur de ce que certains nomment électricité et moi fluide animal, être *entier* ?

— Entier ?

— Oui, entier, non incommodé par l'art ou par la nature. Et l'interrogation était en fait plus précise. Il s'agissait de savoir si un castrat, *der kapaun, le... chapon* comme je crois vous dites en français, était susceptible de conduire la prétendue électricité. Un physicien, Sigaud de Lafond[3], a tenté l'expérience avec les chanteurs de la chapelle royale. Il était persuadé, l'ignorant, que c'était le cas, *sublata causa, tollitur effectus* ! Or, sur une chaîne composée de vingt personnes électrisées, lesdits castrats ont ressenti l'habituelle commotion.

» Son Altesse a donc souhaité que je reproduise la même expérience, mais cette fois en utilisant mon baquet, réceptacle du fluide magnétique animal...

— Et ainsi vous avez constaté...

— ... que le chapon est bien conducteur. Voilà, monsieur le marquis, de quoi éclairer votre... Ah ! maudite mémoire... Comment vous dites en français, *die latern* ?

— Lanterne, docteur, lanterne.

— Oui, c'est cela ! Lanterne. C'est chose presque pareille.

— Je vous suis infiniment reconnaissant de toutes ces précisions. Grâce à vous je me sens plus savant et plus à même d'armer mes arguments lorsque la question de vos expériences sera débattue devant moi. Les nouveautés en France sont affaire de mode !

Le docteur Mesmer regardait Nicolas dans les yeux. Leur éclat mobile le plongea insidieusement dans un malaise croissant. Peu à peu il lui semblait que la pièce se rapetissait et qu'il ne distinguait plus nettement ce qui l'entourait. Il mobilisa toute sa volonté pour résister à cette étrange oppression. Le docteur tentait-il de le plonger dans cet état de transe qu'il avait expérimenté sur Mme de La Borde et qu'Aimée lui avait décrit ? Il ferma les yeux pour échapper à cette suggestion. Ne voyant plus le regard de Mesmer, son état s'améliora aussitôt. Il décida de mettre un terme à un entretien dont il pouvait tout craindre face à un personnage aussi étrange et expérimenté dans la manipulation des esprits.

— Auriez-vous par hasard conservé les noms des chanteurs de la Chapelle royale qui ont participé à vos expériences ?

Le rictus ironique de Mesmer dissimulait mal qu'il n'était pas dupe de ce qui venait de se passer.

— Puis-je, monsieur le marquis, vous demander la raison de cette demande ? Entendez-vous vérifier la véracité de mes affirmations ?

— Point du tout ! Loin de moi une telle idée. Je souhaite simplement connaître les impressions ressenties par ces personnes… disons particulières. Et comme je suis moi-même musicien et que j'ignorais leur existence dans le royaume… Voyez où conduisent mes passions !

— Nul n'est pas enclin à donner le possible à vous satisfaire. Et quel instrument vous jouez ?

— De la bombarde, un instrument de ma province natale.

Ce disant, Nicolas ne mentait pas, cependant il aurait juré que l'incorrection de la phrase du docteur était à la mesure de sa vive contrariété à l'égard d'une proie rétive à laquelle il entendait en imposer. Mesmer se leva, sortit de la pièce et revint avec une feuille de papier portant les noms demandés. Nicolas prit congé sous le regard pensif de l'empiriste qui le laissa partir sans excès de cérémonie.

À l'extérieur il respira, comme soulagé d'un poids. Quel étrange personnage ! Pouvait-on croire ses affirmations et était-il en vérité ce qu'il assurait d'être ? Dans sa mémoire l'expérience de cette rencontre lui rappelait les données d'un mémoire consulté jadis. Il relatait les méfaits d'un escroc vénitien qui prétendait, lui aussi, détenir des pouvoirs mystérieux et qui en usait à mauvais escient, en charlatan habile à tromper de malheureuses dupes. Un soir, alors qu'il se trouvait encore en apprentissage chez le commissaire Lardin, il avait participé à son arrestation. Ce Giacomo Casanova, échappé de la prison vénitienne des Plombs, bénéficiait de tant d'appuis que Choiseul l'avait fait rapidement élargir.

Nicolas rejoignit la rue Saint-Honoré et musa jusqu'au Palais-Royal où, fatigué et assoiffé, il entra dans un café où il avait ses habitudes. Longtemps les ordonnances de police avaient interdit à ces établissements de donner à boire ni recevoir personne le jour du Seigneur. Désormais cette règle, d'ailleurs mal respectée, ne s'appliquait que pendant le service divin. Nicolas avait pris goût à ce breuvage dont on disait qu'il favorisait l'excitation du raisonnement tout en maintenant les gens éveillés. Il l'avait découvert chez

Semacgus qui en usait toujours à Vaugirard, mais également lors des soupers des petits appartements sous le feu roi. Lenormand, jardinier en chef de Versailles, cultivait dans les serres de Trianon une dizaine de caféiers qui, entourés des soins les plus attentifs, produisaient bon an mal an six livres de café bien mûr. Le roi laissait vieillir les grains, puis les torréfiait et se plaisait à préparer la boisson de ses mains. Comme M. de Buffon, Nicolas appréciait la force et la saveur du café de Saint-Domingue, alors que Semacgus goûtait davantage le moka venu d'Arabie. Nicolas prit place à un guéridon dans la pénombre fraîche de l'établissement. Il appréciait l'atmosphère aimable et sereine d'un endroit fréquenté par d'honnêtes gens qui venaient s'y délasser. On y apprenait sans les rechercher les nouvelles et rumeurs du jour soit par la conversation, soit par la lecture distraite des gazettes. On n'y souffrait personne de suspect, de mauvaises mœurs, nuls tapageurs, soldats ni domestiques effrontés, rien ni personne en fait qui fût de nature à troubler la tranquillité de la société bonhomme de l'endroit. Tout en sirotant un café brûlant et en croquant une meringue, Nicolas s'interrogeait sur la vraie nature d'Anton Mesmer. Que le personnage possédât un pouvoir de persuasion et, même, de séduction hors du commun, il n'y avait pas à en douter. Que ses pratiques et méthodes pussent sur certains esprits faibles ou malades posséder une heureuse influence, c'était l'évidence. Le docteur avait-il des liens plus étroits avec l'enquête en cours, rien ne semblait l'indiquer. Nicolas consulta la liste que Mesmer lui avait remise.

VINCENTE BALBO
UGO MANGIARELLI
SILVIANO BARBECANO

Qu'en ferait-il ? Se pouvait-il que ces étrangers que leur condition mettait sans doute à l'écart du monde, du moins le supposait-il, fussent impliqués dans les trames de quelque obscur complot ? Alors qu'il réfléchissait à la question, il vit soudain Semacgus pénétrer dans le café. Il se leva et le héla d'un geste.

— Guillaume, quelle surprise ! Vous êtes rarement parisien le dimanche.

— Ah ! Quelle chaleur ! Dieu ! Qu'il fait frais ici ! Je suis doublement heureux d'y être entré. Vous n'imagineriez pas de quel endroit étrange je sors et avec qui je me trouvais.

— Me le cacherez-vous ?

— Que non ! J'étais avec La Borde chez le docteur Mesmer. Vous savez, l'homme au baquet dont tout Paris glose. La femme de notre ami y a consulté, il y a quelques jours. Aimée, je crois, et des dames de la maison de Madame Adélaïde l'accompagnaient. Il était à la fois heureux et inquiet des conséquences de cette visite. Heureux parce que sa femme semble convaincue de se mieux porter et inquiet en raison des rumeurs qui courent la ville au sujet de la réputation du mage allemand.

Nicolas se mit à rire tant la coïncidence lui paraissait étrange.

— Le magnétisme animal viendrait-il de faire une nouvelle victime ? demanda Semacgus, interloqué de la réaction incompréhensible du commissaire.

— Point du tout, cher Guillaume. Il se trouve que je sors moi-même de l'hôtel Bourrée et pour d'autres raisons que je vous conterai. J'étais en tête à tête avec notre homme, il y a à peine deux quarts d'heure de cela !

— La rencontre n'est pas banale. Je comprends pourquoi le docteur s'est absenté un long moment. Quelque imperturbable qu'il se veuille, il paraissait, quand il a resurgi, avoir le visage tout retourné. Que lui avez-vous fait ?

— Une visite de courtoisie, dit Nicolas, benoît.

— Hum ! Je me méfie de ces visites-là et de votre air de chattemite. Bref, nous avons assisté avec La Borde à la corvée du baquet, puis aux soins donnés à un malade.

— Et qu'en déduisez-vous ?

— Pour le baquet, c'est tour de foire et expériences amusantes qu'autorisent les progrès de la connaissance. Le magnétisme animal n'a rien à y voir, ce n'est qu'un mot jeté aux naïfs pour couvrir une scène de comédie.

— Les soins gratuits donnés au peuple ?

— Largement compensés par les écus déversés à foison par une société trop crédule qui se précipite pour soigner des maux imaginaires.

Semacgus commanda son moka au commis qui venait s'enquérir de son choix. Comme s'il le découvrait pour la première fois, Nicolas contemplait ce visage levé, modelé par la vie et les embruns, ses rides, ce port de tête à la fois bienveillant et assuré et, quoiqu'ils ne se ressemblassent guère, il prit conscience que le chirurgien de marine appartenait à la même espèce d'homme que le marquis de Ranreuil, son père.

— Et les passes et le quasi-endormissement des malades ? reprit-il. Aimée m'a décrit la chose et comment cela s'était déroulé avec Mme de La Borde.

— Oh ! Rien de plus, rien de moins que les convulsionnaires de Saint-Médard, jadis. Il y a deux faits, Nicolas. Primo, si l'on persuade un patient que l'homme de l'art dispose de pouvoirs particuliers, le travail est à moitié accompli. Secundo, c'est toujours un homme qui magnétise une femme.

— Le détail est d'importance ?

— Capital, mon ami, capital ! Comprenez que ces femmes ne sont pas vraiment souffrantes, mais leur sensibilité est à fleur de peau. J'ai tout observé soigneusement. Le cadre tout d'abord, la musique invisible, les vapeurs d'encens et la beauté singulière des assistants, la majesté de Mesmer, son regard pénétrant. Il a d'ordinaire les genoux de la malade serrés entre les siens. L'une de ses mains presse la région du ventre, l'autre le bas du dos. La proximité des visages devient plus grande, les haleines se respirent, les sens s'allument, la respiration de la patiente est courte, entrecoupée, la poitrine s'abaisse et s'élève rapidement. Alors c'est l'instant de la crise et les convulsions s'établissent dont le souvenir ne sera pas déplaisant. La malade souhaitera renouveler l'expérience car elle n'a nulle répugnance à se retrouver dans l'espèce de transe heureuse dans laquelle Mesmer l'avait plongée ! Et cette transe s'apparente, vous vous en doutez, à une crise plus particulière… Ainsi s'attache-t-on une clientèle esclave des modes éphémères et de préférence fortunée. Ainsi perpétue-t-on un besoin qu'on fait accroire être le seul à satisfaire. Pour dire enfin ma certitude, c'est à La Borde de guérir sa femme d'une vie conjugale maladroitement commencée. Point besoin pour cela d'un charlatan de Vienne !

Semacgus, venu en voiture, proposa à Nicolas de le déposer rue Montmartre. Chemin faisant, il dévida avec sa verve coutumière les souvenirs d'expériences auxquelles il avait assisté chez les naturels de plusieurs régions du monde où l'avait conduit sa longue carrière maritime. Il avait relevé qu'on rencontrait souvent des mages qui plongeaient certains sujets dans des états seconds. Il rappela à Nicolas comment, en proie à une espèce de transe, Awa avait annoncé la mort de Saint-Louis, son compagnon et le cocher de Semacgus[4]. Il paraissait bien que le docteur Mesmer utilisait de vieilles ficelles, recettes éprouvées pour exalter de prétendues nouveautés. Certains malades ou soi-disant tels s'en trouvaient sans doute mieux, tant était efficace le pouvoir de persuasion de l'enchanteur et sans limite la crédulité de ceux qui choisissaient de s'en remettre à sa *science*.

Alors que Nicolas prenait congé de son ami, il sentit qu'on tirait sur sa poche. Il crut un instant être victime d'un vide-gousset. Il baissa la tête et entrevit une frimousse barbouillée de charbon. Elle appartenait à un petit marmouset qui lui tendait un carré de papier plié. Il pensa à l'un de ces orphelins abandonnés, élevés dans les repaires du crime et de la rapine des bas-fonds de la vieille ville. Dès que le commissaire fut en possession du message, le lutin disparut sans demander son reste et obtenir l'habituelle rétribution du service rendu. Nicolas demeurait perplexe. Il connaissait tous les vas-y-dire habituels de la capitale, mais ce petit Savoyard, c'était la première fois qu'il avait affaire à lui. Pourtant l'enfant le connaissait et l'avait abordé sans aucune hésitation. Il déplia le poulet. Quelques lignes d'une plume hâtive, le tout paraphé d'un grand *R*. Ce ne pouvait qu'être un message de Restif. Il ne connaissait pas l'écriture du Hibou, mais il savait le peu de fond qu'on pouvait accorder à des constatations de ce genre. Dès l'enfance toute personne un peu éduquée recevait l'apprentissage commun qui créait des écritures peu différenciées d'une main à une autre. Son incertitude s'accrut à la lecture du billet. Seules certaines lettres, peut-être…

Ce soir à onze heures de relevée. La porte du pavillon de la Samaritaine sera ouverte. R.

Tout cela paraissait bien intrigant. Que signifiait ce message ? Restif voulait-il le rencontrer ? Pourquoi si tardivement ? Et pourquoi faire porter ce mystérieux message ? Pourquoi écrire ? Restif ne l'avait jamais habitué à un manque aussi patent de prudence. L'homme était matois et s'attachait à ne se compromettre point. Peut-être n'avait-il pas trouvé d'autres moyens de le prévenir ? Pourquoi ? On lui avait prescrit de retrouver le petit *merle* de Renard. L'avait-il retrouvé ? Pouvait-on imaginer, ce qui aurait été se départir de toute raison, qu'il eût pris attache avec l'intéressé et convaincu de rencontrer le commissaire ? À bien y réfléchir les présomptions semblaient réunies pour que cette hypothèse approchât la vérité. Après tout, que risquait-il à se rendre à ce rendez-vous ? Épée au côté, pistolet de poche dans le tricorne, il serait armé. Le Pont-Neuf était l'endroit de Paris, même à cette heure tardive, le moins propice à un guet-apens. La pensée l'effleura de prévenir Bourdeau, idée qu'il abandonna aussitôt. Il souhaitait laisser profiter d'une de ses rares soirées en famille un homme toujours disponible et qui ne comptait ni son temps ni sa fatigue au service du roi.

Après un léger souper, il consacra le début de la soirée à une partie d'échecs avec Noblecourt. Ne souhaitant pas l'inquiéter outre mesure, il n'avait pas évoqué ses dernières découvertes. Pourtant son inattention et sa désastreuse manière de jouer trahissaient ses soucis immédiats. Noblecourt eut la distraction ou la générosité de n'y point prêter garde, rempli d'allégresse de trois victoires successives. Le jeu lui permettait de vérifier une vivacité d'esprit que l'âge n'avait pas compromise et il en éprouvait un sentiment d'assurance renouvelée. Nicolas prétexta sa fatigue pour se retirer et se préparer aux aléas éventuels de la nuit.

Il nettoya avec soin son pistolet de poche, présent de l'inspecteur Bourdeau, enfin remis à neuf après qu'une balle l'eut endommagé. Il en vérifia la détente, emplit une petite poire à poudre et se munit des balles de plomb correspondantes. Il ne prit pas l'épée des Ranreuil, ne voulant pas la compromettre dans cette issue incertaine, et choisit une canne-épée à la lame d'acier trempé dont le pommeau pouvait servir de casse-tête. C'était une autre attention de l'inspecteur. Il fixa le pistolet dans l'aile de son tricorne, ce qui permettait de le saisir les mains levées. Il dota le fond de son chapeau d'une calotte métallique, conseil de Bourdeau pour éviter d'être assommé par surprise. Après avoir constaté que la cicatrisation de ses blessures allait bon train, il se vêtit d'un habit noir, noua serré son catogan et préféra des souliers de cuir souple qui autoriseraient la course ou le mouvement rapide plus aisément que ses bottes habituelles. C'est alors qu'il était fin prêt que soudain lui revinrent les propos erratiques de la Paulet, qu'il s'efforça aussitôt de chasser de sa mémoire.

Il quitta l'hôtel de Noblecourt en discrétion sans toutefois échapper à l'attention vigilante de Catherine qui, Mouchette sur les genoux, somnolait dans l'office. Elle s'éveilla et, apercevant Nicolas, une expression d'inquiétude figea son visage comme chaque fois qu'elle le voyait quitter le logis de nuit et ainsi équipé. Il mit un doigt sur ses lèvres pour lui recommander le silence. Son geste se transforma en baiser à son adresse, ce qui parut l'emplir de bonheur.

Telle une ombre il se glissa dans la nuit. Des nuages qui n'éclateraient pas voilaient la clarté de la lune. Il s'ingénia d'expérience à vérifier n'être l'objet d'aucune filature et constata qu'une fois de plus les lanternes n'étaient pas toutes allumées. Il ne croisait au long des ruelles descendant vers le fleuve que d'innocents chalands qui goûtaient le frais relatif, des filles, des patrouilles du guet et de la garde de la ville, des ivrognes en quantité et quelques équipages isolés dont le bruit des roues réveillait les échos endormis. Il aborda le quartier de sa destination avec prudence par la rue de la Monnaye, la place des Trois-Maries et s'arrêta attentif à l'angle du quai de l'École. Il examina les lieux et les allées et venues à la sortie du Pont-Neuf sans que rien n'attirât son attention.

Il fut soudain bousculé par un jeune homme effaré qui s'enfuyait, poursuivi par deux soldats. N'eût été le soutien de sa canne, il serait tombé à terre. Les deux militaires le heurtèrent à leur tour, faisant le bonheur du fuyard qui disparut dans l'obscurité. Après un coup d'œil, ses agresseurs marmonnèrent quelques excuses et se retirèrent penauds. C'était des racoleurs de l'armée. Il connaissait bien leur manège dont Naganda avait jadis failli être victime[5]. Des jeunes gens naïfs étaient séduits par des filles de *corps de garde* et réduits à quia par des libations répétées dans les cabarets voisins. Inconscients, ils finissaient par signer l'engagement alors que résonnaient à leurs oreilles les cris fatidiques de « *Qui en veut ? qui en veut ?* » accompagnés du tintement des écus agités dans une bourse.

Attentif au moindre mouvement, il continuait à surveiller la porte du bâtiment carré de la Samaritaine. À cette distance il ne parvenait pas à vérifier si les lourds panneaux de bois étaient entrouverts. Onze heures approchaient. Inutile de compter sur le carillon du monument, son cadran vu et interrogé par tant de passants chaque jour demeurait des mois entiers sans marquer l'heure et les sonneries de ses cloches s'avéraient aussi défectueuses que l'horloge. Il consulta à deux reprises sa montre à répétition en appuyant sur le bouton qui donnait l'heure. La seconde tentative fut la bonne et lui confirma que le moment était venu de passer à l'action.

Il traversa le quai, s'engagea sur le pont, longea le parapet à main gauche, s'arrêta pour s'abriter un moment en s'asseyant dans la première alvéole. Il examina les alentours, n'aperçut qu'un mendiant de l'autre côté d'évidence endormi, et, un instant d'accalmie survenant dans le flot des passants, en profita pour franchir les deux degrés qui conduisaient à la porte. Fondu dans l'ombre, il se colla contre elle ; elle céda aussitôt sous sa pression. La lueur d'une chandelle fichée sur le dallage lui découvrit une longue pièce rectangulaire vide avec plusieurs portes aveugles le long des murailles et, au fond, un escalier de bois.

Coupé soudain de la rumeur de la ville, il percevait distinctement un bruit sourd et régulier qui l'intrigua un moment. Il se rappela que la construction abritait en sous-sol un mécanisme de pompage par aspiration, animé par le fleuve, qui alimentait en eau le quartier du Louvre et les fontaines et bassins des Tuileries. Après un long moment d'expectative, il aborda l'escalier avec prudence et le gravit marche après marche, le dos collé au mur pour répondre à toute menace, devant ou derrière lui. Au terme de sa progression, il se heurta à une nouvelle porte qu'il poussa comme la première. À nouveau une chandelle fichée éclairait une pièce identique et paraissait établir une sorte d'appel à poursuivre son ascension. Un nouveau bruit le frappa : un cliquetis régulier qui le fit frémir tant il correspondait aux propos égarés de la Paulet. Dans cette enceinte confinée et étouffante de chaleur la sueur lui inondait le visage. Il sursauta quand éclata, tout proche, le carillon de la *Samaritaine* sonnant, avec retard, les onze heures. La pièce dans laquelle il se trouvait était plus petite que les précédentes et coupée d'une cloison. L'approchant, il aperçut une porte et au milieu, à

hauteur d'homme, un papier qu'un poignard maintenait contre le bois. Il saisit l'un et l'autre et éclaira le
papier à la lumière de la chandelle. L'écriture, quoique
banale, lui sembla familière, ou plutôt la forme étrange
des lettres. La lecture du message ne laissa pas de le
surprendre :

*L'on sait déjà que je ne joue pas à moins d'être
sûr de gagner.*

Il ne fut pas long à retrouver l'origine de la formule correspondant à la rubrique *Sardaigne* du document satirique enveloppé dans du papier huilé,
retrouvé sur le corps de Lamaure. Il y avait là de quoi
réfléchir sur la rencontre, mais il n'en eut pas le
temps : un violent claquement de porte retentit. Il lui
parut provenir de la première salle en bas. Il empocha
papier et poignard, dégagea de l'étui la lame de sa
canne-épée et redescendit prudemment. Le cœur lui
battait comme souvent dans des circonstances simi-
laires. Les marches craquaient, les portes grinçaient,
les bruits de l'horloge et la sourde respiration de la
pompe ajoutaient encore à son angoisse croissante,
l'assourdissant et l'isolant. Il atteignit enfin la première salle et constata qu'une petite porte sous
l'escalier était désormais ouverte, donnant passage
sur un puits de ténèbres.

Il décida d'utiliser sa chandelle. Les unes après les
autres ses allumettes se révélèrent impropres, sans
doute mouillées par sa transpiration. Il dut battre le
briquet et attendre que la mèche d'amadou soit incan-
descente pour enfin allumer la chandelle. Il regretta
n'avoir pas emporté avec lui une petite lanterne
sourde, autre présent de Bourdeau. La flamme hési-
tante n'éclairait guère. Le bruit des mécanismes de la
pompe s'imposait de plus en plus entêtant, grince-
ments d'engrenages, craquements de fibres forcées,

gémissements de la charpente terrassée sous la pression du fleuve et bouillonnement des eaux. Ce vacarme assourdissant paraissait encore plus effrayant que le silence. Une odeur étrange et pourtant familière le submergeait. Au fur et à mesure qu'il s'avançait, un bruit différent s'ajoutait à la cacophonie ambiante. Il essaya de comprendre ce qu'il signifiait. Il finit par retrouver le bruit mat et amorti que fait un quartier de viande jeté sur l'étal du boucher. Cette image-là lui fit soudain horreur et au moment même où elle s'imposait il reconnut l'odeur métallique du sang.

Quelque chose s'agitait au centre de la pièce sans qu'il parvînt à en distinguer la nature. Le mouvement semblait régulier et comme lié au monstrueux appareillage de bois et de fer qui animait le pavillon de la *Samaritaine*. Il s'approcha et manqua tomber, son pied ayant glissé dans un liquide épais. Levant sa chandelle, il contempla un spectacle dont l'atrocité lui reviendrait souvent en mémoire.

Deux gigantesques madriers parallèles, comme formant les deux éléments de la lettre H, s'activaient, animés par les mécanismes de la pompe. Lorsque l'un se dressait, l'autre s'abaissait. Coincé dans cette cisaille en action, un corps subissait à chaque ressaut de la machine l'écrasement pesant des poutres. L'une pressait les jambes déjà presque détachées tandis que l'autre dégageait le torse avant que de retomber lourdement dessus. À chaque traction les jambes se dressaient dérisoires et la tête se relevait comme celle d'un pantin. Le corps ainsi torturé, quasi coupé en deux, se défaisait dans un débordement de sang et de viscères éclatés. Nicolas tenta d'opposer son calme à cette horreur. Il espéra de toute son âme que la victime avait été tuée avant de subir ce traitement, que c'était son cadavre qui, par une mise en scène perverse, subissait ce traitement. De toute sa volonté il rejetait l'autre hypothèse tant sa perspective l'emplissait d'épouvante. Il lui parut que le supplicié était jeune et qu'on lui avait ôté ses vêtements. Il ne pouvait plus rien faire pour lui, sinon dégager sa dépouille. Encore fallait-il de l'aide car il était sans doute illusoire de penser arrêter la pompe. Il devait sur-le-champ aller chercher du secours et procéder ensuite aux premières constatations.

Il repartit vers la porte pour rejoindre la première salle. En haut des degrés il la trouva close alors qu'il était assuré l'avoir laissée ouverte. Il prit soudain conscience d'être tombé dans un piège dont il pouvait bien ne pas sortir vivant. L'issue était impossible par la machine. Essayer de fuir en cherchant une voie vers le fleuve, c'était risquer d'être happé et finir comme le mort. Demeurer sans bouger dans la salle du bas permettrait sans doute avec beaucoup de risques d'attirer à lui l'éventuel adversaire qui l'attendait assurément et s'inquiéterait de ne le voir point. L'idée lui vint d'user d'un stratagème qui lui avait plusieurs fois sauvé la mise en d'autres circonstances. Il enleva son habit et son tricorne, prit son pistolet de poche et l'arma, puis il plaça la coiffure au bout de sa canne à laquelle il avait accroché son habit. S'il était guetté à la sortie de la porte, l'apparition brutale et rapide de cette espèce d'épouvantail devrait susciter une immédiate réaction de l'adversaire. Alors il conviendrait de répondre au plus vite. D'autre part, l'escalier qui partait vers le premier étage le protégerait vers le haut de toute surprise. Il n'hésita pas, poussa brutalement la porte et brandit son habit. Deux coups de feu éclatèrent aussitôt. Il se jeta à terre et tira à son tour dans la direction des feux aperçus lors des détonations. Il y eut un cri, des pas pressés, une porte qu'on refermait à la hâte et un grand silence.

Toute menace paraissait avoir disparu. Seulement troublé par les coups sourds de la pompe, le silence retrouvait son innocence. Il alluma sa chandelle et avec précaution émergea du couvert de l'escalier. La pièce était vide désormais. Il examina son habit. Deux trous le déparaient en son milieu. Cela justifierait, songea-t-il tout au soulagement d'avoir échappé au pire dans une occurrence si bien ménagée, une nouvelle commande à Maître Vachon. Le souvenir de l'horreur du sous-sol s'imposa derechef à lui. Il se rajusta, replaça l'épée dans son étui-canne et, le pistolet à la main, avança prudemment. Il ouvrit la porte et du perron du monument domina la chaussée du Pont-Neuf. La douceur de cette tranquille nuit d'été l'émut. Il chancela, éprouvant soudain le contrecoup de ce qu'il venait de subir. L'heure s'avançant, la foule des promeneurs s'était faite plus clairsemée. Il repéra de l'autre côté du pont un mendiant affalé dans une alvéole qui, une sébile à la main, sollicitait l'aumône des passants. Il traversa avec l'idée de l'interroger. Installé juste en face de la *Samaritaine*, il était possible qu'il eût observé les allées et venues et constaté quelque spectacle intrigant.

Alors qu'il s'approchait, l'homme le remarqua et lui tendit sa sébile.

— La charité, mon gentilhomme ! lança-t-il d'une voix rauque.

Il avait une jambe repliée sous lui, l'autre manquait, remplacée par un pilon de bois.

— Vieux soldat ? demanda Nicolas en désignant le pilon.

— Tout juste, mon gentilhomme. Devant Prague, avec le général Chevert, çui qu'a sa plaque à Saint-Eustache. Un charroi m'a écrasé la jambe.

La coïncidence pinça Nicolas : un vieux soldat, très ancien remords, qui s'était pendu dans sa cellule au

Grand Châtelet avait, lui aussi, combattu en Bohême. Il déposa un écu dans la sébile.

— C'est-y l'amour qui vous rend si généreux, mon gentilhomme ?

— Que voulez-vous dire par là, mon ami ?

— Hé ! Que je vous ai bien vu sortir de la *Samaritaine* peu après une belle femme en falbalas, se cachant le visage. Ah ! La peur du mari ? Quel morceau ! J'avions point vu si c'était la perruque ou les talons qui la grandissait ainsi. En v'là-t-y pas un drôle de rendez-vous galant !

— Qu'entendez-vous en disant cela ?

— Qu'un jeune coquin est venu après la dame…

— Et alors ?

— Hé ! Je ne suis point une bête. Je vois bien que vous soyez le mari de la *championne*[6]. Ou alors, sauf votre respect, mon gentilhomme, c'est qu'on fait débauche dans c'te monument-là. Et je vous en fais mon compliment.

Il cracha d'un air méprisant.

— Et cette dame, poursuivit Nicolas, sans daigner répondre aux successives interrogations, par où est-elle partie ?

— C'est-y donc que c'est point la vôtre ? J'aime mieux cela car vous paraissez bon bougre. Oh ! La garce n'a pas chanci[7]. Un fiacre passait et hop ! V'là-t-y pas qu'elle ramasse ses jupons et saute dedans. Ah ! la luronne.

Nicolas estima que le temps était venu de se dévoiler.

— Je suis commissaire de police au Châtelet. J'enquête sur une affaire très sérieuse. Votre témoignage est pour moi essentiel.

Le vieux soldat roulait des yeux effarés.

— Eh ben, vous, vous la cachez belle. Et qui m'assure que ?

— Savez-vous lire ?

— Un peu, mon commissaire.

Il n'aurait servi à rien de faire acte d'autorité et Nicolas préféra lui mettre sous les yeux une lettre de cachet dont il s'était muni. À l'incertaine lumière du réverbère, l'homme entreprit à haute voix de la déchiffrer avec peine et s'arrêta, pantois, à la signature du roi.

— Sacredié ! Je vous croyons, je vous croyons. Qu'est-ce que vous voulez savoir ?

— Le jeune homme ?

— La figure de greluchon ?

— Oui. Le pouvez-vous décrire ?

— Je dirais… mince, des habits d'Anglais, avec le cheveu dans un filet.

— À quelle heure est-il entré dans la *Samaritaine* ?

— Ben… Neuf heures, passé la demie, ce qui fait neuf heures un quart, car l'horloge retarde, chacun le sait.

— Et la dame ?

— Point vu, la coquine ! Elle devait attendre son petit célestin à l'intérieur.

— Et moi ?

Le vieux le considéra, indécis.

— Savions point ce qu'on doit répondre. Je ne vous ai pas vu entrer… Mais pour dire vrai, je m'endors parfois, surtout par cette chaleur.

En tout cas, l'aveu montrait que l'homme disait la vérité.

— Est-il normal selon vous que la pompe soit ouverte au tout-venant ?

— Venant souvent ici, je croye bien que cela a toujours été ainsi. On dit que le gouverneur de la *Samaritaine* y prend son office tout à la légère. Veut pas se déranger. Donc, il laisse ouvert pour les réparations. Chacun peut y entrer, mais peu osent le faire, sauf ce petit mirliflore.

— Voulez-vous dire par là que ce n'était pas la première fois qu'il venait ?

— Ah ! que non, je suis formel. L'est venu, toujours le soir et pas avec des femmes. D'autres chaponneaux, comme lui...

Nicolas notait tout cela avec attention. Il découvrait, lui qui connaissait pourtant bien la ville, un nouveau secret et de louches turpitudes. Le petit *merle* avait donc élu la *Samaritaine* comme lieu de sa nocturne et coupable industrie et il y conduisait ses clients d'un soir. Restait à savoir qui lui avait donné rendez-vous et qui, le même assurément, avait convoqué le commissaire afin de le faire tomber dans une mortelle embûche.

Il remercia le mendiant, lui donna son nom et l'avis de venir le trouver au Grand Châtelet si le besoin s'en faisait sentir en s'adressant à l'huissier. Il se dirigea incertain vers la place des Trois-Maries. Dans cette équipée il avait eu tort de ne pas se faire accompagner de Bourdeau ou de Rabouine. Que serait-il arrivé si... ? Il fallait maintenant aviser et s'adresser au bureau de sûreté du quartier, en perdant un temps précieux, alors que des constatations plus approfondies s'avéraient nécessaires à la *Samaritaine*. Soudain il entendit le martèlement cadencé de la patrouille du guet. Le sergent qui la commandait s'arrêta et le salua en souriant.

— Bonsoir, monsieur le commissaire. Jean-Baptiste Grémillon, sergent du guet, quartier du Louvre. J'ai eu l'honneur de vous rencontrer lors de l'affaire du prisonnier du Fort-L'Évêque[8].

— Mon Dieu, sergent, vous tombez à pic et je suis heureux d'avoir de nouveau affaire à vous, dit Nicolas qui se souvenait parfaitement du sergent dont l'air de sincérité et l'ouverture l'avaient frappé.

Il le tira à part et le mit succinctement au courant des événements survenus à la *Samaritaine*. Lui et ses hommes devaient examiner de fond en comble le monument. Lui-même les accompagnerait. Il faudrait recueillir le cadavre, et, vu son état, faire venir une caisse pour le transporter à la basse-geôle. Enfin établir toutes les recherches utiles pour retrouver les vêtements de la victime. Nicolas souhaita aussi qu'on se procure des lanternes ou des flambeaux afin d'éclairer au mieux le théâtre du crime. En les attendant, Nicolas monterait la garde à la *Samaritaine*.

Le sergent donna ses ordres à la patrouille et Nicolas se hâta vers la *Samaritaine*. Le vieux mendiant avait abandonné son poste, sans doute pour rejoindre quelque triste retraite. Il pénétra dans la pièce du bas et, la chandelle allumée, observa que le dallage était souillé de marques de pas sanglants. S'il lui fut aisé de repérer les siennes propres, l'étonnement le saisit de mal distinguer celles de son adversaire, cette grande femme observée à deux reprises par son témoin. Il vit bien d'étranges traces semblables à de petits cercles comme si son agresseur s'enfuyant avait marché sur la pointe des pieds ou sur ses talons. Une silhouette incongrue en train de bondir lui traversa l'esprit. À tête froide il conviendrait de réfléchir à la chose.

Il nota sur son petit carnet noir un certain nombre de détails. Pour tromper son attente, il examina avec soin le poignard et le papier trouvés dans la pièce supérieure. Le travail de l'arme l'intrigua, ne ressemblant à rien de vu jusque-là. S'agissait-il d'un objet étranger ? Il se contenta de cette question sans en tirer d'autres conclusions. À bien la considérer, il finit par constater qu'elle avait sans doute récemment servi. L'avait-on essuyée ? Pourtant à la jointure du manche et de la garde subsistaient des traces de sang. Cela signifiait-il qu'elle avait été utilisée pour un acte meurtrier avant de se retrouver fichée dans le bois d'une porte au travers du papier ?

Voulant en avoir le cœur net, il décida de refaire l'ascension du bâtiment en se consacrant à relever d'éventuelles traces. Il repéra bien vite des indices échappés à son attention lors de sa première visite. Parvenu au sommet de l'édifice, il n'était guère plus avancé : ses pas et d'autres se confondaient. Au-delà de cette apparente confusion, la présence de marques sanglantes prouvait que le papier avait été placardé après la consommation du crime. Dans ces conditions parviendrait-il à déterminer si le terrible traitement de la victime lui avait été infligé avant ou après sa mort ? Il serait en tout cas malaisé, sinon impossible, de s'en remettre à une ouverture du cadavre, seule susceptible d'apporter à ce sujet les lumières nécessaires.

Une fois redescendu, il se consacra à l'examen du papier. Ne l'ayant pas retourné lors de sa découverte, il sursauta, découvrant au verso, à nouveau, une partition de musique, ou plutôt un morceau découpé dans une pièce plus grande. Il faudrait la comparer avec celle trouvée sur le cadavre de Lamaure, le *noyé* du Grand Canal. Ainsi pour la seconde fois, un indice reliait les deux crimes. Il n'y avait pas de coïncidence possible. Celui qui avait assassiné le valet du duc de Chartres et celui, ou celle, qui venait de commettre ce crime atroce ne pouvait qu'être une seule et même personne.

Au moment où cette certitude s'imposait à lui, Grémillon apparut avec ses gardes et des exempts portant une bière de bois noir. Des instructions furent données et chacun s'évertua. Du sous-sol au beffroi les uns ratissèrent l'ensemble des pièces à la recherche d'indices négligés. D'autres, sous la direction du sergent, se consacrèrent à dégager le cadavre. L'opération s'avéra plus que malaisée tant bref était l'espace de temps durant lequel s'ouvrait la pince monstrueuse, constituée par les deux madriers. Nicolas vit plusieurs exempts remonter du sous-sol livides et secoués de nausées. Tant bien que mal les restes furent rassemblés dans la bière au milieu de sciure que Grémillon avait eu la sagesse de prévoir. Enfin un des gardes réapparut porteur d'un escarpin de bal, d'un caleçon et d'un habit déchiqueté. Prenant beaucoup de risques, il s'était introduit au milieu de la charpente soutenant le mécanisme de la pompe et avait récupéré ces quelques vestiges, le reste étant d'évidence tombé, emporté par les remous du fleuve.

Des scellés furent apposés sur la porte de la *Samaritaine* et le triste convoi s'ébranla en direction du Grand Châtelet. Le père Marie, somnolent, ouvrit les portes de la basse-geôle où le cercueil fut déposé. Nicolas ne se faisait plus d'illusions. Par ce temps de canicule il faudrait le porter en terre au plus vite, dès le lendemain sans doute. On s'efforcerait que Sanson l'examine auparavant. Les réserves de cordial du père Marie furent généreusement mises à contribution et remontèrent le cœur des plus éprouvés. Enfin, à la grande satisfaction de la patrouille, le commissaire distribua à la ronde une poignée d'écus. Après avoir félicité le sergent de son aide efficace, Nicolas chargea le père Marie de remettre un billet à Sanson s'il passait au Grand Châtelet ou si l'on parvenait à le joindre.

Il rejoignit pensif la rue Montmartre. Il laissa ses souliers souillés dans la soupente de la cour : Poitevin, habitué, savait ce qu'il convenait de faire au retour de ce genre d'expédition. Il se déshabilla et se rafraîchit sous l'eau de la pompe, désireux physiquement de se débarrasser de toute cette horreur qui lui collait à la peau. Il prit sa clé et ouvrit la porte du logis qu'il referma avec soin et gagna sa chambre où Mouchette l'accueillit en le reniflant avec des retraits brusques et des grondements indignés. Comme à regret, elle disparut dans l'ombre. C'est étendu et alors que la fatigue s'appesantissait sur lui que, pour la seconde fois dans la soirée, il songea aux prédictions de la Paulet. De quels abîmes profonds tirait-elle ses paroles ? Était-elle la complice d'un malheur annoncé ? Sa vie n'avait tenu qu'à une défroque tendue au bout d'une épée. Sa réflexion s'engourdit pour s'effacer tout à fait alors que deux heures sonnaient à Saint-Eustache. Il plonge dans un sommeil profond qui le conduit vers des rivages insoupçonnés jusqu'alors. Brassé par les vagues et harcelé de cris, la houle l'emporte et l'entraîne si loin que nul souvenir n'émerge au matin de l'océan noir des cauchemars aveugles.

Lundi 10 août 1778

Nicolas fut réveillé à neuf heures par Catherine qui s'inquiétait, le sachant peu coutumier du fait. Après une toilette rapide et un chocolat pris dans sa chambre, il descendit saluer M. de Noblecourt qu'il trouva lisant la *Gazette de France* et grommelant, l'air agacé.

— Peuh ! Que m'importe à moi que le roi d'Espagne ait assisté à une séance de son Académie royale ! Tout cela pour apprendre les funestes conséquences de l'ignorance des peuples ; c'est forcer une porte ouverte ! Ou qu'à Vienne on ait pris le deuil pour une princesse inconnue dont je n'ai que faire. Que les États autrichiens ont du sel en abondance à Salzbourg ! Je m'en serais douté. Quand donc aura-t-on des nouvelles qui en soient ? Ah ! plus intéressant, on vient de donner, le 3 août dernier, *L'Europa riconosciuta* d'Antonio Salieri à l'Opéra de Milan. Reconstruit après incendie sur ordre de Marie-Thérèse, Il prend le nom de Scala... Tiens ! pourquoi ? Mais voici Nicolas.

— Bien le bonjour, monsieur le Procureur. L'humeur serait-elle dénigrante ce matin ? Gare, ce tempérament annonce souvent un accès de goutte.

— Paix ! Taisez-vous, malheureux ! C'est comme pour le démon, la nommer c'est la faire venir. Je suis à son égard ménager de mes invitations, elle n'a que trop tendance à s'imposer d'elle-même. Je vais bien et me fâche de ne trouver traces dans ce papier…

Il agitait la gazette avec véhémence.

— … que de coliques de princes, deuils de cours et précisions sur les salines de Schelan dont je me moque comme d'une guigne ! Sonnerai-je Catherine pour votre chocolat ?

— Point. Je vous remercie. Elle y a pourvu dès mon réveil tardif.

— Êtes-vous donc rentré si tard ? Je n'ai rien entendu.

— J'y ai veillé, mais la soirée fut animée. Imaginez…

Il lui conta les événements du dimanche, sa rencontre avec Anton Mesmer, les commentaires sceptiques de Semacgus, la convocation parvenue d'étrange manière et la conclusion tragique de la soirée.

Noblecourt hocha la tête.

— Que n'avez-vous écouté la Paulet ! Mais qu'est-il arrivé à cette femme ? J'y ai longuement réfléchi. Je reste persuadé de son entière bonne foi. Votre réputation est telle que personne de sensé ne pourrait faire fond sur le succès d'une démarche destinée à vous faire reculer. D'évidence, elle a été l'instrument d'un pouvoir qui la dépasse.

— J'ai connu en Bretagne des cas identiques. Des femmes ne sachant ni lire ni écrire vaticinent soudain et font des prédictions qui se révèlent prémonitoires. Mais elles étaient innocentes et de grande vertu.

— Voilà bien l'élève du chanoine Le Floch qui parle ! Peut-être chez notre Paulet subsiste-t-il, au milieu de tant de vices, un diamant d'innocence intact ? Nul n'est jamais complètement coupable ni, d'ailleurs, innocent. Ma longue vie me l'a enseigné.

Nicolas avait apporté plusieurs pièces à conviction. Tous deux examinèrent la convocation à la *Samaritaine* et le papier placardé retrouvé sur place. La première impression de Nicolas était la bonne. Noblecourt alla chercher dans son cabinet de curiosités une lentille grossissante. À y bien regarder, dans la convocation portée par le petit Savoyard et dans le papier retrouvé à la *Samaritaine* les lettres, d'une forme peu courante, étaient identiques. Ils constatèrent aussi que les coïncidences se multipliaient qui n'en étaient pas : reprise d'une sentence satirique déjà relevée dans la pièce trouvée sur le cadavre de Lamaure, fragment de partition. M. de Noblecourt s'attacha en particulier à considérer les deux morceaux de partition. Sur l'une il y avait, outre la musique, des paroles en latin. Il fit observer à Nicolas que là aussi les clés de sol imprimées dans les deux exemplaires révélaient un même défaut. Nicolas opina : chaque atelier d'imprimerie possédait ses caractères en plomb et ceux-ci ne ressemblaient jamais exactement à ceux d'un autre imprimeur.

— Ainsi, conclut Noblecourt, votre présomption est appuyée sur des certitudes. Dans les deux meurtres sur lesquels porte votre enquête, on retrouve des points de convergence. Le caractère de ces musiques en partitions, mais également le propos du duc de Chartres, rappelé en écho par les précisions de Mesmer, vous conduisent vers la chapelle du roi et ses castrats. Reste que Renard est, peut-être, l'auteur ou l'instigateur de ces forfaits… Quoique…

— Quoique ?

— Le *modus operandi* de l'horreur de la *Samaritaine*, cette folie massacrante qui s'acharne. Je ressens dans tout cela une volonté malsaine, un souci ostentatoire, un acharnement qui dépasse l'humain entendement.

— Suggérez-vous que…

— Point de mots ! Je dis simplement que l'excès excède le nécessaire et qu'un désordre aussi *voulu* provient d'un mal ancien. Que le mystère nous dépasse et qu'il vous faut le *détramer* pour en trouver la clé !

Perdu dans des pensées ranimées par les propos de M. de Noblecourt, Nicolas respirait avec délices l'air encore frais du matin. Gagnant le Grand Châtelet, il croisa au passage les tombereaux mal joints des bouchers qui portaient à la voirie les immondices des étables. Son pas égal rythmait une réflexion où les idées se bousculaient. Les dernières observations du vieux procureur s'agitaient dans sa tête. À qui avait-on affaire ? L'acte atroce commis à la *Samaritaine* était-il le fait d'un coupable unique ? Pour autant le meurtre de Lamaure au Grand Canal suggérait au contraire la participation d'au moins deux personnes. Renard y paraissait impliqué : le témoignage du garde et le jeton d'accès aux jardins de la reine suffisaient-ils cependant pour l'imposer comme complice d'un acte concerté ?

Se pouvait-il qu'il fût l'auteur de ce dernier crime ? Il le saurait bientôt. Bourdeau était à ses basques et, pour le coup, l'heure du crime était strictement inscrite entre neuf et dix heures trente. Il conviendrait aussi de comparer – la chose était aisée – l'écriture de l'inspecteur avec celle du billet apporté par le petit Savoyard et avec le message trouvé dans la pièce supérieure de la *Samaritaine*. Au-delà de ces constatations de simple bon sens, une interrogation le taraudait sans qu'il trouvât la manière de la formuler. Il essaya pourtant de la réduire en termes acceptables pour le bon sens et la raison. Il devait trier dans le ramas de ses pensées qui se mêlaient, s'effaçant les unes les autres à peine formulées.

Dès l'entrée dans cette enquête, à peine avait-il pénétré les intérêts en cause, la première rencontre avec l'inspecteur Renard paraissait à bien y réfléchir décisive et lourde de conséquences. Il semblait depuis qu'une puissance inconnue intervenait à chaque instant.

Non seulement elle agissait et tuait, tout en paraissant animée d'une volonté systématique que cela se sût, mais elle s'acharnait même à orienter l'enquête en abandonnant sur les cadavres des victimes des éléments qui frapperaient d'incertitude les présomptions naturelles de la raison.

Dans les deux cas, celui du Grand Canal et celui de la *Samaritaine*, rien n'indiquait qu'on ait voulu dissimuler les corps. Au contraire, les crimes avaient été perpétrés dans des lieux publics, sur un domaine royal et au cœur même de Paris. Pourquoi tant d'indices multipliés et abandonnés avec négligence à la sagacité de ceux qui enquêtaient, tant pour Lamaure que pour l'inconnu de la *Samaritaine* qui se confondait sans aucun doute avec le petit *merle* de Renard ? Allez savoir ? Les cadavres auraient pu, auraient dû, être dissimulés là où personne ne les aurait retrouvés ; les endroits isolés ne manquaient pas dans la capitale et hors les murs, dans les forêts et les rivières. Nicolas notait cependant une différence de taille entre les deux affaires. La mort de Lamaure avait entraîné la tentative de masquer la cause réelle du trépas, le voulant faire passer pour une noyade alors qu'il s'agissait d'un empoisonnement... Peut-être cette différence tenait-elle à des acteurs différents ou à l'absence de l'un d'eux ?

Il restait que dans les deux situations apparaissait la maîtrise de meurtriers d'une audace inégalée, agissant dans un plan médité à l'avance, d'une hardiesse telle qu'à la *Samaritaine* seules l'expérience et la présence d'esprit du commissaire avaient mené à l'échec un dessein quasi imparable. Que cherchait-on à prouver dans cette volonté de provocation que seule une arrogante certitude d'impunité pouvait justifier ? N'avait-on pas l'exemple flagrant d'une sorte d'ostentation dans le crime, une fanfaronnade d'orgueil de quelqu'un persuadé d'être à l'abri de tout soupçon et qui semait derrière lui les indices vrais et faux, allant jusqu'à convoquer à l'un de ses forfaits celui qui cherchait à le mettre hors d'état de nuire ? Nicolas tentait avec une sorte de frénésie désespérée de tordre les faits et les informations en sa possession afin d'en extraire un élément fiable, éloquent, base solide sur laquelle il pourrait bâtir un plan. Un point était assuré, le boucher de la *Samaritaine* le connaissait et savait où il logeait. Comment ? Par qui ? Le cercle était assez restreint de ceux qui paraissaient en mesure de l'informer. Lamaure ? C'était l'une des victimes. Renard, bien sûr, mais n'était-ce pas lui le coupable ?

Un autre nom finit par surgir. Restif. Lui était en revanche au fait de beaucoup de choses. Un pied tâtonnant aux bords incertains des rivages du crime dont il se voulait, dans un même mouvement, le voyeur et le contempteur. Dans son ambiguïté, l'homme avait noué depuis des lustres des relations suivies avec la haute police, se couvrant par là même de ce qu'on pouvait lui reprocher, accumulant ainsi des indulgences et des assurances pour l'avenir. Et de fait Restif connaissait tous les protagonistes. Pourtant Nicolas, peut-être trop candide en dépit de son expérience approfondie des hommes, ne parvenait pas à se persuader de sa possible scélératesse. Non, pas de la part d'un homme qu'il fréquentait depuis si longtemps et avec lequel, au-delà des sentiments forts mêlés que ses mœurs lui inspiraient, aucune acrimonie sérieuse ne s'était jamais fait jour. Cependant il penchait pour une autre hypothèse : la recherche dont il avait chargé Le Hibou l'aurait-elle conduit à une démarche imprudente ? Laquelle ? Il y avait chez Restif une prétention de tout savoir qui, jointe à l'usage immodéré d'une parole précipitée, pouvait faire tout redouter. Il faudrait s'en informer et, pour cela, le retrouver. Dans certaines circonstances, il savait se fondre dans la grande ville, invisible et introuvable. Nicolas enverrait Rabouine rue de Bièvre où logeait la femme de l'écrivain. Le couple était séparé, mais les liens n'étaient pas complètement rompus ; il s'y réfugiait parfois, y visitait ses enfants et, malade, s'y retirait, comme le lièvre en son gîte, pour s'y refaire.

Au Grand Châtelet le père Marie, après s'être déclaré tout *raboté* des épreuves de la nuit, prévint Nicolas de la présence de Sanson à la basse-geôle. Ayant une exécution dans la journée, le bourreau était venu de bonne heure récupérer certains instruments nécessaires à son office. L'entendant descendre, Sanson l'arrêta dans l'escalier de pierre et le fit, à sa surprise, remonter dans le bureau de permanence.

— Que me vaut, cher Sanson, cet étrange accueil ?

— Mon ami, je souhaitais vous épargner un spectacle bien navrant. La nature des blessures que vous connaissez, jointe à la canicule, a accéléré des désorganisations naturelles auxquelles il est inutile de vous confronter.

— Votre sollicitude me touche. Pardonnez ma préoccupation dans ces circonstances, avez-vous pu examiner le cadavre et en tirer quelques conclusions ?

— Je devine votre sentiment. Calmez vos craintes, le pauvre hère avait été tué avant qu'on impose à son corps cet épouvantable traitement.

— Et êtes-vous en mesure de déterminer la cause et le *modus* de son assassinat ?

— L'examen du cœur a levé les incertitudes. L'organe a échappé à l'écrasement constaté du milieu du corps. Son examen a révélé une blessure mortelle occasionnée d'évidence par une lame effilée. Mais éclairez-moi, un charroi l'a-t-il écrasé ?

Le soulagement de Nicolas fut grand d'apprendre cette découverte. Elle répondait ainsi à l'interrogation qui n'avait cessé de l'obséder depuis sa première confrontation avec le cadavre. Il fournit les détails nécessaires à Sanson et replaça le crime dans le contexte de son enquête.

— Avez-vous songé à une volonté d'exécution d'un prostitué ou d'une vengeance liée à son activité ?

— Le pourquoi de cette question ?

— Le milieu du corps est détruit, le bas-ventre n'existe plus. Voulait-on ainsi le punir de ses péchés ? Ne décelez-vous pas dans ces outrages insensés, dans cet horrible acharnement sur un cadavre, une obstination maniaque ?

— Sans doute, mais il y a ma convocation à onze heures à la *Samaritaine*... Le rapport de la victime à son profanateur n'est pas seul en cause. Pourtant votre remarque est fondée et ouvre des perspectives que nous ne pouvons écarter. M. de Noblecourt, avec qui je me suis entretenu de cette affaire, soupçonne, lui aussi, quelque chose d'extraordinaire dans ce qu'il nomme cette *folie massacrante*.

Sanson tendit à Nicolas un petit papier chiffonné et ensanglanté.

— J'ai trouvé ceci au fond d'une poche de l'habit. D'évidence une note de blanchisseuse.

Nicolas le déplia et le lut.

Blanchisserie Nallet
À l'abreuvoir Macon
Près le pont Saint-Michel

Mémoire pour le Sieur Jacques d'Assy

— *6 chemises doublées batiste enpezées*	*6 L*
— *10 calessons*	*0 L*
— *5 mouchoirs*	*3 L*
— *6 cravates en foular*	*4 L*
— *argent prétté*	*22 L*
— *Soit un total de...*	*45 livres*

— Gast ! Voilà un papier qui en dit long sur les moyens et les goûts dispendieux de l'inconnu. Nous disposons désormais d'un nom. Est-il emprunté ? Peut-être nous permettra-t-il de retrouver son domicile et d'enquêter sur ses entours et habitudes ?

— Quelles sont vos instructions quant au corps ? Il ne me paraît guère raisonnable de le conserver dans l'état où il se trouve.

— Nous rechercherons sa famille, s'il en a. En attendant, prenons les dispositions pour le faire inhumer au cimetière de Clamart.

Nicolas remercia Sanson et remonta dans le bureau de permanence. Bourdeau venait d'arriver et dès l'abord son visage lui apparut empreint d'une vive contrariété.

— Pierre, si vous saviez combien je suis heureux de vous revoir !

Il se mit à rapporter le menu de ce qui s'était passé depuis leur dernière rencontre. Il en vint aux événements de la *Samaritaine*. Au fur et à mesure que s'égrenaient les paroles le visage de l'inspecteur s'assombrissait.

— Que ne m'avez-vous prévenu avant de vous engager dans cette périlleuse embûche ?

— Je l'ai regretté, mais il était trop tard, hélas ! Sois rassuré, tes présents m'ont sans doute sauvé la vie. Une nouvelle fois ton pistolet de poche et ta canne-épée ont fait merveille !

Ce n'était pas l'exacte vérité, mais il souhaitait rasséréner son ami dont avec inquiétude il observait le malaise et le pauvre sourire.

— Non seulement je vous ai manqué dans une occasion décisive, mais j'ai échoué également dans une mission que vous m'aviez confiée…

Nicolas remarqua soudain que Bourdeau le vouvoyait, ce qu'il ne faisait jamais lorsqu'ils s'entretenaient en tête à tête.

— Mais enfin, Pierre, qu'as-tu à me vouvoyer soudain ?

— C'est que j'ai commis une faute dont je m'accuse amèrement. Tu m'avais chargé de faire surveiller Renard. J'ai certes pris toutes les dispositions utiles tout en restant chez moi hier en famille pendant que tu risquais ta vie. J'ai failli, et, crois-le, je ne m'en tiens pas quitte.

— À la fin des fins, dit Nicolas en riant pour chasser la tension qu'il sentait chez Bourdeau, que s'est-il passé de si grave que tu t'en accuses si obstinément ?

— Il faut bien te le dire, dit Bourdeau se débondant d'un seul coup, c'est que mes gens et les mouches et toute notre valetaille de *coïons* si prétendument habiles à surveiller et à filer ont laissé échapper leur proie. Que Renard a glissé entre leurs rets, que nous ignorons où il se trouve, que peut-être il est l'auteur de ce nouveau crime dont tu as risqué toi-même être victime.

— Allons ! nous le retrouverons. Comment s'est-il échappé ?

— Il a disparu depuis dimanche matin et de surcroît, je l'ai su fort tard. Ils l'ont recherché et ne m'ont averti qu'hier soir. Et sais-tu comment il s'est enfui ? Je trouve l'issue des plus insolentes. Rappelle-toi comment il nous avait expliqué l'évanouissement du vas-y-dire dans le labyrinthe de l'île Louviers…

— Celui qui était prétendument le truchement avec le détenteur du pamphlet contre la reine ?

— Celui-là. Eh bien ! Notre goupil a pris cette même voie pour se mettre hors de vue de nos gens. Son logis surveillé toute la nuit, ils l'avaient suivi à sa sortie, étroitement. Et pourtant…

Nicolas réfléchit un moment.

— L'événement a son revers favorable. Il nous confirme que l'inspecteur Renard est, à n'en pas douter, mêlé à quelque sombre machination, qu'il se sent coupable, menacé, et nous craint au point de souhaiter nous échapper. Soyons assurés, Pierre, qu'il cessera vite de nous berner avec ses tours de souplesse[9] et que nous le débusquerons.

VIII

LE GRAND COMMUN

> Je frémis quand je vois les abîmes profonds
> qui s'ouvrent devant moi.

> *Racine*

Nicolas secoua la tête avec cet air têtu et déterminé que Bourdeau lui connaissait dans les grandes occasions.

— Le mal est fait, inutile de s'y appesantir. Point par point, concentrons-nous sur l'enquête. Ramassons tout ce que l'on peut attendre sur ce d'Assy. Un nom d'emprunt à ce qu'il me semble. Recherchons le cocher qui a embarqué, peu avant minuit dimanche soir, une grande femme à hauteur de la *Samaritaine* sur le Pont-Neuf. Où l'a-t-il conduite ? À cette heure-là les voitures sont rares. Il ne me paraît pas difficile de le retrouver. Songe aussi à disposer un guetteur rue du Paon dans le cas où Renard réintégrerait son logis. Autre chose, je dispose…

Il sortit une liasse de papiers de sa poche.

— … de pièces fort intéressantes : invitation à me trouver à la *Samaritaine* et message placardé sur la porte de la chambre supérieure à l'aide d'un poignard, par ailleurs arme du crime.

Il présenta l'objet en question à Bourdeau, enveloppé d'un morceau de jute.

— De ces exemplaires d'écritures, il faut faire comparaison avec celle de Renard. Cela ne doit pas être malaisé d'en trouver trace. Enfin ce poignard est de facture étrangère. Tu consulteras un armurier ou un vendeur de curiosités. Son origine pourrait nous apporter des renseignements utiles sur son possesseur. Allons, ne te mets pas martel en tête, nous avons affaire à forte partie.

— Et toi ?

— Il est temps que je me transporte à Versailles, Mme Renard doit être interrogée et la reine prévenue que ses entours abritent l'épouse d'un comploteur. J'ai promis à Sartine de le tenir informé du déroulement de l'enquête. La gravité des faits survenus attente à la sûreté du royaume et impose de toute façon cette démarche. Et puis…

Nicolas paraissait hésiter, ce qui n'échappa point à Bourdeau, sensible aux moindres inflexions de son ami.

— Il y a de quoi ! À plusieurs reprises il a été fait allusion aux chantres de la chapelle du roi.

— Des chantres ?

— Oui, et, pour être plus exact, des castrats. À ta figure je mesure que tu es aussi surpris que moi d'apprendre leur existence. Comme tout un chacun, tu pensais l'espèce seulement présente à la chapelle du pape ou à l'Opéra parmi ces grands chanteurs que nous avons vus se produire à Paris. Je sais cela par le docteur Mesmer qui les a utilisés pour des expériences… physiques. Outre cela, voilà que des airs de haute-contre m'arrivent comme s'il en pleuvait ! Celui du placard, et l'autre parmi les indices trouvés sur Lamaure.

— Là aussi il faut approfondir. Voyons si ces trois morceaux proviennent du même imprimeur. De minuscules imperfections permettent de déterminer quel atelier les a produits. Dans le même temps, voir s'il n'y a pas de liens à ce sujet avec le texte satirique du *Jeu des royaumes*, sans doute imprimé pour être diffusé en grand nombre et que je retrouve en mise en garde et provocation. Quant au pamphlet contre la reine, objet du chantage de Renard aux autorités et à Madame Adélaïde, peut-être émane-t-il de la même officine. Si nous pouvons prouver cela, nous aurons fait un grand pas en avant et simplifié nos prémices.

— Le père Marie s'inquiète du cadavre…

Nicolas réfléchit un moment.

— On ne peut le conserver en cet état, il faut le mettre en terre. Cependant évitons la fosse commune et la chaux vive, pour l'instant… Il y a bien un caveau d'attente au cimetière de Clamart. J'ai déjà ordonné que le corps y soit incontinent porté, mais qu'on veille soigneusement à ne le point détruire.

Ayant laissé Bourdeau requinqué de bonnes paroles et bardé de recommandations, il arrivait à deux heures à Versailles. Sa voiture l'avait d'abord déposé à l'hôtel d'Arranet où il n'avait rencontré que Tribord. Aimée était de quartier chez Madame Élisabeth et l'amiral en inspection à Cherbourg. Il indiqua au majordome que, sauf imprévu, il coucherait à Fausses-Reposes. Au château, il se dirigea vers l'aile des ministres et fut aussitôt introduit chez Sartine. Celui-ci caressait une grande perruque sombre et ondulée.

— Considérez ce noir, Nicolas, si foncé qu'il en est presque bleu. Une splendeur que m'adresse – le croiriez-vous ? – un marchand de Plovdiv en Thrace ottomane. Il m'écrit une longue lettre en style fleuri. Apprenez que ces gens lisent l'*Encyclopédie* et aspirent à se libérer du joug des Osmanlis ! J'ignore comment ils ont connu mon nom et… mon goût pour les perruques ?

— La *Gazette* peut-être ? Vous n'imaginez pas ce qu'elle rapporte. M. de Noblecourt s'en plaint et prétend qu'elle se perd dans des détails sans importance…

— Je ne suis point, monsieur l'insolent, un détail sans importance.

Le ton pourtant était à la plaisanterie. Il caressait la perruque avec l'espèce de volupté habituelle en cette occurrence.

— C'est de la laine d'agnelet, et de la plus fine. Pas des cheveux. Bouclante et moutonnante au naturel !

L'heure semblant à l'extase, il était temps d'en profiter pour rendre compte au ministre d'une enquête qui multipliait les surprises et les interrogations. Au moment où Nicolas allait ouvrir la bouche, son regard fut attiré par d'étranges objets dispersés tout autour du bureau du ministre. Il y avait là une roue d'aspect inhabituel, des planches qui ne paraissaient pas en bois et un modèle réduit de voiture de place avec tous les détails de l'attelage.

L'œil ironique de Sartine fixait Nicolas et sourit à son étonnement.

— Hé ! Je vous surprends béant devant ces nouveautés.

— Que voulez-vous, monseigneur, après les perruques de la Sublime Porte, je suis disposé à tout entendre.

— Sachez, monsieur, que l'on m'a présenté un personnage peu commun, ancien officier des deux corps de l'Académie et de l'Artillerie de Sa Majesté sicilienne. Il est aujourd'hui, ce M. de Montfort, ingénieur du duc d'Orléans, père de votre *ami* le duc de Chartres.

Nicolas prêta l'oreille.

— Vous savez le goût de cette famille, depuis le régent, pour les expériences curieuses et les innovations. On a autorisé ce Montfort à utiliser un atelier à l'hôtel royal des Invalides pour y monter... je vous le donne en mille, vous ne devineriez pas... un atelier de carton, ou plutôt de construction de voitures en carton.

— Comment est-ce possible ?

— Il prétend que son carton a la solidité du bois sans en avoir les inconvénients, qu'il fléchit sans rompre, que son épaisseur n'est que de deux lignes[1] pour les grandes voitures. Ainsi cette matière les fait-elle beaucoup plus légères que celles ordinaires de même grandeur. Outre cela, elles sont de nature si souples qu'elles éprouvent les chocs les plus violents sans en être autrement endommagées, sauf à coup sûr pour leur vernis. Ajoutons à cela un autre avantage, ces voitures résistent à l'épreuve de l'humidité et supportent indifféremment le froid et le chaud en raison d'une colle particulière dont Montfort use pour les assembler. Imaginez des charrois d'artillerie...

Sartine, les mains plongées dans sa perruque qu'il pétrissait comme pâte boulangère, semblait aux anges.

— Cette matière peut donc revêtir toutes les formes possibles ?

Sartine lâcha la perruque qui ondula et glissa au sol, serpentine ; il bondit et ramassa la roue, l'agitant sous le visage de Nicolas

— Elle est susceptible comme le bois d'être ferrée. À l'heure qu'il est, l'inventeur construit pour le duc d'Aumont une gondole capable de porter soixante personnes. Vous entendez bien ! Son secret d'ailleurs n'en est plus un : il a réussi à amalgamer le nerf de bœuf avec de la pâte de bois.

— A-t-il lui-même expérimenté ses inventions ?

— Que dites-vous là ? Me prenez-vous pour un naïf de foire qui avale bouche ouverte les boniments ? La nécessité l'a inspiré. Voyageant en Afrique, la difficulté des chemins lui a suggéré l'idée de cette voiture en carton. Elle peut en effet être soulevée et transportée sans effort dans les passages les plus embarrassants. Vous connaissez mon souci permanent d'améliorer notre flotte. J'ai donc proposé à l'inventeur de faire des essais pour la constitution de bâtiments de guerre en cette matière. Il prétend la chose aisée et que les boulets seraient repoussés par l'élasticité de son carton. Que même s'ils le traversaient, ils feraient simplement un trou dans la coque sans occasionner ces éclats si dangereux que vous avez affrontés vous-même dans les combats navals. Pour le moment il ne peut accepter ma proposition, étant submergé de travaux[2].

Nicolas s'était toujours étonné du penchant de cet homme, au demeurant méfiant et retors, à l'égard de projets qui se révélaient utopiques à peine caressés et qu'il oubliait d'ailleurs avec autant de précipitation qu'il en avait mis à les prôner.

— Et puisque nous parlons d'inventions…

Le ministre présenta à Nicolas une tablette de papier.

— C'est un papier chimique économique. Pour écrire dessus, on se sert d'un crayon minéral sans fin. Le papier a l'avantage de pouvoir se laver quinze à vingt fois sans être altéré. On le peut acquérir, relié en maroquin, chez le sieur Desnos, rue Saint-Jacques. Quelle économie pour les bureaux ! J'en parlerai à Necker.

Il se mit à ricaner.

— Mais je m'égare dans le triste vallon suisse… Nicolas, je suis impatient de connaître ce que vous m'allez annoncer. Les choses avancent-elles, monsieur le commissaire du roi aux affaires extraordinaires ?

Il écouta le long et précis récit de Nicolas. À mesure que les informations se succédaient, plus surprenantes les unes que les autres, son agitation croissait et, à la fin, il parcourait le cabinet à grandes enjambées nerveuses.

Il se campa devant Nicolas, les deux mains sur les hanches.

— Ainsi à peine jeté sur la voie, vous voilà à l'accoutumée tout environné de cadavres ! Mais oui ! Et je n'oublie pas que vous avez failli périr dans cette aventure. Eh quoi ! Lamaure assassiné, vous me l'assurez, Renard démasqué et quasi en fuite, votre bougre assaisonné à *la Damiens*, les noms de deux princes dans vos filets, une fille et tante de rois tourmentée. Vous avez la main lourde, monsieur le commissaire !

— Prenez en compte, monseigneur...

— Monsieur, je sais ce que vous m'allez opposer : cela fait dix-sept ans que vous me chantez cette litanie-là.

Nicolas fit un mouvement.

— Monseigneur, c'est à votre demande que je...

— Allons, dit Sartine, reprenant place derrière son bureau, nous restons ce que nous sommes redevenus. Je vous persifle, mais c'est l'énormité de ce que vous m'annoncez qui m'émeut, avec tout ce que cela sous-entend. Les Anglais à l'affût... Des satires chiffrées... Un bijou qui disparaît, susceptible d'avérer de fausses allégations au moment où la reine... Et pour aboutir à quoi, je vous le demande ?

— Monseigneur, je vous rends compte simplement comme entendu entre vous et moi. Je ne suis pas en mesure aujourd'hui de vous donner la clé de ces énigmes enchaînées. Je suis de retour à Versailles pour y pourvoir et non pour troubler vos travaux. Au fait, il y a des chefs-d'œuvre de maîtres perruquiers en exposition à la foire Saint-Laurent, je vous les recommande. Je suis votre serviteur.

Cette chute laissa Sartine pantois. Il hocha la tête en souriant et menaça Nicolas d'une main bienveillante.

Traversant la cour du château, Nicolas constatait une fois de plus le peu de goût du ministre pour la cuisine des enquêtes. Cela ne l'empêchait pas cependant de vouloir, de temps à autre, s'y immiscer pour rappeler son autorité et pouvoir prendre sa part du succès, celle du lion, le jour du dénouement. Dès la chasse lancée, il attendait qu'on lui présente aussitôt la solution. Rien n'allait jamais selon ses désirs, ou plutôt son impatience. Finalement il se laissait convaincre en maugréant. Tout au long des fastidieuses menées de l'enquête, il exigeait d'être tenu au courant sans pour autant entrer dans un détail qui l'excédait, qui irritait une patience que mille autres sujets sollicitaient. Le résultat de cette attitude le faisait apparaître comme un lecteur curieux de connaître un ouvrage en lisant quelques pages prises au hasard.

Peut-être était-ce cette capacité à ne se point abandonner au détail qui en faisait un homme de pouvoir, un bon et fidèle serviteur du roi, magistrat à simarre enfermé dans sa tâche, pénétré de longs desseins et dévoré des matières de son ressort. La crise qui les avait un temps séparés avait offert à Nicolas l'occasion de mesurer le personnage à l'aune de ses propres fidélités. Dans la balance à peser les mérites, les qualités de M. de Sartine l'emportaient sur des défauts qui n'en étaient que les reflets.

Grande fut la déconvenue de Nicolas quand, rencontrant M. Thierry, premier valet de chambre du roi, il apprit que la cour avait pris le chemin du château de Choisy. La proximité de la rivière paraissait de nature à procurer un peu de fraîcheur à la reine dont l'état multipliait les vapeurs. Son interlocuteur lui parut contrarié, lui d'habitude si jovial. Il s'autorisa de leur amicale connivence pour s'enquérir d'un souci si apparent.

— Je suis sensible, monsieur le marquis, à votre sollicitude et n'ose vous agiter d'une affaire d'un niveau si médiocre que vous seriez en droit de me rire au nez si je l'évoquais devant vous !

D'évidence il brûlait d'en parler et Nicolas l'encouragea.

— Allons, je vous vois si sombre ! Faites-moi la grâce de votre confidence. Il n'y a pas de bas détail et le diable s'y niche parfois.

— Ah ! Vous ne croyez pas si bien dire. Vous n'ignorez pas que j'ai sous ma responsabilité le contrôle des petits cabinets à commencer par celui de la Pendule inclusivement...

Il se haussait du col avec une espèce de fatuité.

— ... En fait, je réforme, oui, je traque les abus, j'impose des retranchements, des économies. J'exige et je poursuis. Tenez ! Le poisson par exemple. L'esturgeon, à lui seul, nous coûte 24 000 livres par an, alors que la plus grande quantité de ces monstres – car nous ne retenons que les plus grands – ne servent pas et sont reportés à la table des princes. Ainsi sont-ils souvent réglés deux fois au fournisseur ! Mais ceci m'entraîne loin d'un sujet moins sérieux, mais tout aussi grave. Apprenez qu'on dérobe nuitamment le contenu, j'ai scrupule à dire le fait, des pots d'aisances de la Petite Cour !

— De la Petite Cour ?

— Ou du Grand Commun si vous préférez et, pour être plus précis, des combles de celui-ci. Sur leur côté sud, ils comprennent quarante logements dont treize dans les entresols de l'attique. Les autres donnent sur la rue de la Surintendance qui, vous le savez, sépare le bâtiment du château et sur celle des Récollets. Ces chambres ne sont que de méchants réduits qui abritent les bas employés des cuisines, les garçons de service, des lingers, des porte-tables et même des ramoneurs. Y subsistent aussi quelques veuves qui bénéficient de la bonté charitable du roi. Mais, une nouvelle fois, je m'éloigne des faits.

— Point du tout, vous en fixez précisément le théâtre.

— Certes. Depuis des semaines donc, le contenu des pots d'aisances est dérobé avec une régularité inquiétante. Enfin, pour être exact, seuls les liquides disparaissent... Ces pots s'alignent dans les couloirs. Qu'en veut-on faire ?

— Et d'abord ces pots sont, je le suppose, vidés ?

— En effet, les *intendants merdiers* les portent au matin dans les fosses d'aisances, nombreuses autour du château, qui reçoivent la récolte de la nuit.

— Avez-vous songé à quelque commerce ou négoce de cette étrange ressource ?

— Vous n'y pensez pas ! Il y a bien longtemps qu'on n'utilise plus l'urine pour le tannage des cuirs et leur blanchiment. Peut-être dans quelque province attardée ou dans les États barbaresques, à ce qu'on m'a rapporté.

— Alors ?

— Alors, on dérobe.

— Et vous n'avez pas tenté de surprendre le voleur. Les pots sont-ils emportés ? Tous ?

— Non, on les abandonne vidés. Pas tous. J'envisage qu'il s'agit de la quantité transportable par un homme. Le brigand use sans doute de récipients *ad hoc*, en fer-blanc sans doute. Mais pour répondre à votre première question, j'ai mis sur le pied de guerre quelques valets bien découplés munis de gourdins. Ils se sont placés en embuscade dans les couloirs et les degrés. Je les ai retrouvés au matin hagards et effarés. Vers trois heures du matin, à ce qu'ils prétendent, ils ont entendu un bruit étrange, régulier, métallique, puis un chant qui, toujours selon eux, n'avait rien d'humain, enfin une face effrayante leur est apparue au milieu de nuées puantes, paraissant environnée d'un feu glacial. Oui, *feu glacial*, tel fut le terme employé. Ces délurés ont pris leurs jambes à leur cou et, à l'aube, ils n'étaient toujours pas remis de cette terrible veille.

— L'histoire est incroyable ! Les pots d'aisances furent-ils vidés ?

— Ils le furent dans la mesure habituelle. J'en ai parlé au capitaine des gardes. Des sentinelles ont été mises en alerte aux accès du bâtiment. La chose, c'est horrible à dire, se poursuit et vous me voyez à bout de ressources.

— Ce n'est pas ce vol sans conséquence qui m'inquiète le plus, remarqua Nicolas perplexe. C'est sa raison d'être, son pourquoi. Et, par suite, les circonstances qui l'accompagnent. Réfléchissons ensemble. Pourquoi dérober cette matière au Grand Commun ?

— Sans doute parce qu'on la trouve préservée en quantité à cet endroit précis.

— Cela peut se concevoir ainsi. Autre dilemme qui me dérange, pour quelles raisons le voleur complique-t-il son forfait en agissant dans les combles du bâtiment, multipliant ainsi les risques d'être découvert ?

— Sachez que les étages inférieurs sont réservés à des serviteurs attachés au service de la nourriture royale, de la chapelle-oratoire, au personnel militaire, aux administrateurs. Ces logements disposent de réduits ou de garde-robes particuliers. J'ajoute que le nombre d'escaliers autorise de gagner les galetas au-dessus de l'attique sans encombre.

— Voilà des arguments des plus congrus et qui me satisfont pour la forme, mais non pour le fond.

— Si j'osais, monsieur le marquis…

— Je vous entends parfaitement. Vous me suggérez de jeter un œil sur tout ceci. Ne vous tracassez point : j'irai ce soir faire un tour au Grand Commun. Aucun autre bâtiment n'a été touché par ces vols ?

— Du tout. Peut-être s'agit-il seulement d'un bas valet qui fait sa main[3] de cette manière.

— On en distingue mal le profit. Et que penser de ces manifestations étranges qui terrorisent vos gens ? Il faut en démonter le subterfuge. Grossièreté canarva-lesque ou autre chose ?

Le commissaire fit quelques pas et revint vers Thierry.

— Mon ami, vous serait-il possible de me trouver pour cette nuit un mâtin de belle taille et féroce à plaisir et, aussi, quelques biscotins, de ceux dont le feu roi régalait ses levrettes à son coucher ?

Un silence ému salua l'évocation du feu roi que tous deux avaient servi.

— Peut-être pourrais-je faire appel à le vautrait du roi[4] ou aux meutes de la Louveterie ? Vous ne craignez pas cependant que ce chien… ?

— Rassurez-vous, je suis breton, et Merlin m'a enseigné les charmes qui permettent de parler aux bêtes.

Le premier valet de chambre le regarda stupéfait avant de comprendre que Nicolas plaisantait.

— Voulez-vous des aides ? Suisses ou gardes du corps ?

— Personne. Il ne faut pas affoler le gibier, auquel cas il ne se montrera pas. Je me donnerai seul les mains pour y parvenir.

— Vous convient-il de nous retrouver à minuit à la porte de l'Orangerie ? De là vous serez à même de gagner le Grand Commun par la rue de la Surinten-dance. C'est un peu loin, mais celui, par hasard, qui vous rencontrerait imaginera que vous promenez votre chien. Les portes sont d'ordinaire ouvertes, de jour comme de nuit, et l'huissier ne prête garde à rien. Je vous apporterai un dessin pour vous guider jusqu'au bon escalier.

— Cela me semble parfait. Une dernière question : les occupants des chambres n'ont rien remarqué ?

— À cette heure-là ils dorment et ceux qui ont eu vent de la chose sont si effrayés qu'ils se taisent, aveugles et sourds, dans leurs galetas.

— Bien. Alors, qu'il en soit ainsi ! À Dieu vat ! Cependant à mon tour de solliciter votre aide. La reine est à Choisy. Mme Campan l'a-t-elle accompagnée ?

— En effet.

— Et les femmes de la reine ?

— Pas toutes. Certaines sont demeurées au château pour un inventaire du linge de Sa Majesté.

— Mme Renard est-elle de celles-là ?

— Je le crois en effet. Je devine que vous la voulez entendre sur le vol du passe-partout de la reine.

— On ne peut rien vous cacher. Autre chose. Sans abuser des pouvoirs que je détiens, auriez-vous l'obligeance de m'introduire dans la bibliothèque de la reine ? J'ai quelques points à vérifier dont dépend sa sûreté.

— Monsieur le marquis, je crois vous entendre à demi-mot. Il en sera comme vous le souhaitez. Voulez-vous que nous nous y portions ? Ma présence…

— Sera des plus utiles et ne me gêne nullement, au contraire.

Ils gagnèrent les cabinets intérieurs de la reine par l'antichambre du Grand Couvert. Les appartements étaient le théâtre d'une agitation inaccoutumée. L'absence de la souveraine permettait des travaux que l'activité réglée et immuable de la cour entravait d'ordinaire. Femmes de service, frotteurs, fourbisseurs et dépoussiéreurs des lambris, stucs, voussures et corniches, armés de vertigineuses brosses, s'affairaient en tous sens. Les cristaux des lustres descendus étaient décrochés et nettoyés. Dans la bibliothèque déserte, Nicolas éprouva, comme chaque fois qu'il y pénétrait, un sentiment d'admiration et de quiétude. Le ravissaient en particulier les fausses reliures en maroquin qui dissimulaient les portes. Dans les vitrines tendues de tissu vert, des livres frappés aux armes de France étaient présentés sur des étagères à crémaillère. Avec soin et respect, Nicolas examina les collections alignées. Des œuvres complètes de Bossuet attirèrent son regard. Du doigt il les désigna à Thierry qui hocha la tête d'un air entendu.

— Voyez, fit-il, la tranche dorée des livres, les pages y sont adroitement figurées. L'illusion est aussi parfaite que sur les portes.

— Vous avez raison : ce sont des reliures simulées et, de fait, des étuis reliés. À savoir maintenant ce qu'ils contiennent ?

— Nous l'allons vérifier sur-le-champ, dit Nicolas en saisissant le premier tome de la collection.

Sans surprise ils découvrirent que le recto cartonné s'ouvrait et que l'intérieur contenait un volume plus petit broché d'un simple papier tramé vert amande. Nicolas l'ouvrit. Le titre évocateur ne laissait pas de doute du contenu du volume et son aspect fatigué de la fréquence à laquelle il avait été consulté.

— Je le savais sans en être assuré, dit Thierry, et sans vouloir le croire. La rumeur en courait, silencieuse et têtue. Placer ces écrits libertins dans les mains d'une aussi jeune femme… Je pense que le ministre d'Autriche s'en doutait ainsi que l'abbé de Vermond, le lecteur de la reine.

— On le disait en disgrâce à mon départ pour Brest ?

— N'en croyez rien ! Il est vrai qu'il a séjourné dans son abbaye pour affaires personnelles. Revenu il y a peu, il a passé chaque semaine deux ou trois jours à Versailles, y reprenant son service ordinaire dans le cabinet de la reine. Laquelle, j'en suis témoin, le traite toujours avec la même bonté et confiance.

— Et la rumeur, que dit-elle du fournisseur de cette littérature ?

— Les mieux informés évoquent les menées d'un couple dont le mari est bien placé pour être le fournisseur et la femme le truchement. Elle est si proche dans les entours qu'elle a tout accès à Sa Majesté.

— Je vois que nous sommes en accord dans nos pensées profondes.

Tout ceci confirmait ce que M. de Mercy-Argenteau avait décrit avec tant de précisions et, à juste titre, d'inquiétude. Ils remirent les volumes en place, sans pousser plus loin une investigation qui ne pouvait que confirmer leur découverte. Ils gagnèrent la garde-robe du prêt du jour, située dans l'entresol inférieur des cabinets de la reine. Un doigt sur les lèvres, M. Thierry abandonna Nicolas au seuil de la pièce où officiait Mme Renard. Elle était si absorbée par son travail qu'elle ne prit pas garde à celui qui l'observait. Elle avait ce visage piquant et voluptueux qui succède souvent chez les femmes au caractère de la prime jeunesse. Il sembla à Nicolas que son apparence plaisante se doublait au moral de ce don de séduction et d'*enjôlement* des lingères ; il en avait souvent rencontré, propres à s'introduire dans les bonnes grâces et faveurs de leur maîtresse, fût-elle reine. Elle continuait avec soin à déployer et à reployer des habits et des robes sur une grande table en les enveloppant de longues jetées de papier de soie. Soudain, éprouvant sans doute le regard qui s'appesantissait sur elle, elle se retourna brusquement et poussa un petit cri.

— Ne vous effrayez pas, madame, dit-il d'un air apaisant. Je suis commissaire au Châtelet, chargé d'enquêter sur la disparition d'un bijou appartenant à la reine.

Elle eut un petit sursaut de la tête, un rien méprisant.

— Il me semblait, monsieur, que l'affaire, d'ordre de Sa Majesté la reine, souveraine en ses intérieurs, demeurait du ressort de l'inspecteur Renard, mon mari.

— Je ne l'ignore pas, mais les résultats tardaient à se manifester et le lieutenant général de police en a décidé autrement. C'est la raison de ma présence ici. Puis-je savoir votre sentiment sur ce vol ?

— Monsieur, j'attends vos questions, encore que je doute de votre bon droit à les poser.

— Cela en est une, madame, poursuivit-il sans répondre à la provocation. Proche de la reine, vous avez par la force des choses une opinion qui m'intéresse. Qui donc pourrait mieux m'informer ?

— Que vous dire ? On ignore même où la chose s'est passée. Et ne va-t-on pas retrouver un jour le passe-partout dans un ourlet ou sous un tapis ? Cela se voit chaque jour. Cette nuit-là la reine a rejoint le roi au milieu de la nuit… Au matin, le service en a été troublé. Voilà tout ce que je puis vous dire.

— Je vous en sais gré. Autre chose, on rapporte que vous fournissez en livres la bibliothèque de Sa Majesté.

Il lui sembla que les mains se crispaient insensiblement sur le papier de soie qu'elle caressait.

— Ce n'est pas de ma charge, monsieur. J'ignore qui vous a confié cela, mais il en a menti. Voilà bien la mauvaiseté d'un étranger, toujours *gueule de raie*.

Nicolas toujours aux aguets des mouvements inconscients des témoins nota avec intérêt le changement de ton de Mme Renard. Elle venait de laisser entrevoir, par cet accès populacier, sa vraie nature, bien éloignée de ce qu'elle s'efforçait, d'évidence, de paraître. Et qui était cet étranger évoqué si gaillardement ? Sans doute Mercy, toujours franc paladin pour la défense de sa princesse, qui n'avait pas pu se retenir d'intervenir et de menacer.

— Quel mal y aurait-il, madame, à apporter des livres à Sa Majesté ? Vous êtes à son service.

Elle soupira sans discerner le piège tendu. Elle s'appuya sur la table à plier. Ce geste remonta sa robe et laissa apparaître un mollet encore attrayant. Elle lui sourit, mais le regard demeurait celui d'une bête aux abois.

— Vous parlez vrai, monsieur. Quel mal y aurait-il en effet, pour reprendre vos paroles ? Et cela d'autant plus que c'est répondre aux propres désirs de la reine.

— Et quels ouvrages paraissent-ils intéresser Sa Majesté ?

— De piété, monsieur, de dévotion.

Elle avait répondu trop vite, sa main tapotant son visage. Pouvait-elle ignorer la nature de ces livres ?

— De piété ? je vois… Et je présume que votre service ne vous permet guère de courir les libraires ou les arcades pour acheter ces ouvrages ?

— Vous comprenez ma position. Ce n'est pas de mon fait qu'ils sont acquis. Je ne saurais, pauvre fille, où les trouver.

Il y aurait eu beaucoup à redire à cette réponse.

— Ainsi donc, vous remettez ces ouvrages à Sa Majesté ? Qui vous les fournit ?

Il sentit que le nœud du problème était atteint par cette interrogation directe. Elle lui coula un regard sans expression, se redressa et lissa une jetée de papier de soie.

— Je ne suis pas autorisée à vous le révéler.

— Croyez que je ne me permettrais rien assurément qui pût choquer votre délicatesse et les scrupules que, si légitimement, vous exprimez…

Elle suivait avec inquiétude cet exorde, se mordillant l'intérieur de la bouche dans l'attente de ce qui allait suivre.

— … Aussi n'êtes-vous guère en mesure, madame, je vous en préviens, de vous opposer à un magistrat qui agit de par les ordres du roi. Votre obstination me surprend à dissimuler sur un tel sujet !

— Monsieur, n'insistez pas. Je me plaindrai à la reine.

— Ciel, madame ! Vous m'obligez à en venir à de tristes réalités que vous n'aimeriez sans doute pas être mises sous les yeux de Sa Majesté.

— Qu'est-ce à dire et qui croyez-vous menacer en me tenant de tels propos ?

— Mais vous, madame. Il y a à Paris une prison sévère où sont incarcérées les femmes malhonnêtes. Elle se nomme la Salpêtrière. La connaîtriez-vous, par hasard ?

Elle s'appuyait derechef contre la table. Ce n'était plus désormais une attitude coquette, mais le besoin de se soutenir. Le teint blême, elle le fixait, les yeux agrandis par l'angoisse.

— Monsieur, balbutia-t-elle. Que me chaut cette maison et que voulez-vous insinuer par là ?

— Vous le savez fort bien. Il y a quelques années, sous le feu roi, la position et la fortune supposée de votre mari, déjà inspecteur de la Librairie, déterminèrent une enquête. Votre mari, l'inspecteur Renard, fut convaincu de faire commerce de livres saisis et de profiter du trouble des individus arrêtés pour leur dérober or, argent et bijoux. Que pour ces faits, le sieur Renard avait été mis à Bicêtre et la femme Renard, son épouse et complice, incarcérée à la Salpêtrière. Et tous deux de réapparaître un jour plus que jamais renforcés en influence ! Êtes-vous pleinement assurée, madame, que la reine apprécierait d'apprendre que sa charmante lingère n'est qu'une ancienne prisonnière complice d'un escroc et qu'elle poursuit dans la mauvaise voie, en lui fournissant des ouvrages qu'il suffirait de montrer au roi pour que sa justice s'abatte sans pitié sur les coupables ?

Nicolas crut un moment qu'elle allait se jeter sur lui.

— Monsieur, vous touchez là des matières qui vous dépassent. C'est là affaire d'État... Vous ne sauriez imaginer le sort réservé à l'intrépide qui passerait outre à...

— À quoi, madame ? Votre intention serait-elle de me menacer par hasard ? Auquel cas vous ajouteriez l'outrage à magistrat aux diverses accusations dont on pourrait vous accabler. Encore une question, où se trouve votre époux ?

Il lui parut qu'elle grinçait des dents.

— Si je le savais, je ne vous le dirais pas. Allez au diable et vous le retrouverez !

Soudain elle se précipita sur le commissaire la main haute et tenta de le griffer au visage. Elle se mit à hurler, à appeler à l'aide tout en lacérant son corsage et le haut de sa robe, se mettant dans un tel état que ceux qui surviendraient en déduiraient aussitôt et de bonne foi que Nicolas avait tenté d'outrager sa vertu. Sa proie lui ayant échappé, elle tomba à la renverse, la bouche écumante, le corps arqué, agité de soubresauts. À ce moment M. Thierry surgit accompagné de deux gardes du corps qui finirent par maîtriser la forcenée.

— Vous surgissez à propos, ironisa Nicolas.

— Mon ami, j'imagine ce que vous pensez et vous avez raison. Je connaissais la dame qui a tout du démon. Je suis donc revenu surprendre un peu de vos propos et, ayant prévu avec quelque justesse…

— Dont je me félicite.

— … le tour que risquait de prendre l'entretien et son issue, j'avais pris le soin de me faire accompagner. Veillons à ne pas ébruiter ce scandale dans les cabinets de la reine ; tout Paris demain clabauderait et en ferait des gorges chaudes !

— Je vous sais gré de votre prudence. Dieu, que la reine est mal entourée !

— Cette personne ne laissait d'inquiéter au plus haut point Mme Campan. Enfin, la voici démasquée. Est-elle l'auteur du vol du passe-partout ?

— Trop avisée selon moi, complice peut-être, mais…

— Que décidez-vous ? Qu'allons-nous faire d'elle ?

— Environnons tout cela de ténèbres, comme le dirait M. de Sartine. J'ai toute autorité pour agir. Qu'elle soit bâillonnée et portée par les arrières dans une voiture, transportée à Paris et enfermée au secret à la Salpêtrière. Elle connaît l'endroit, ainsi que vous me l'avez entendu dire.

— Vous m'en voulez encore ? Oh ! C'était pour la bonne cause.

— Point du tout, mon ami. Votre intervention tombait à point. Qui va l'accompagner ? Je ne puis quitter Versailles, vous savez pourquoi.

— Ne vous inquiétez pas de cela. Des hommes à moi y pourvoiront. Mais il faut un ordre écrit pour le gouverneur de la Salpêtrière.

Nicolas fouilla ses poches et en sortit une lettre de cachet déjà signée par le roi.

— Il reste à mettre le nom et les conditions de l'incarcération. Je vous en confie le soin.

— Et la reine ?

— Quelques jours nous séparent de son retour de Choisy. Dans un premier temps, Mme Renard, victime d'une sérieuse indisposition, aura quitté son service pour aller se faire soigner à Paris. Il convient pourtant de mettre, dès à présent, Mme Campan dans le secret. Elle nous aidera à préparer la reine à recevoir cette déplaisante nouvelle. À ce soir.

Nicolas quitta les cabinets des appartements, laissant à Thierry le soin d'organiser le transfert. Depuis les jardins il observa le départ de la Renard dûment encadrée. Qu'avait-on à lui reprocher ? Sauf à la croire auteur du vol du passe-partout, mais à bien y réfléchir, il ne parvenait pas à se convaincre que le vol avait eu lieu au château. Qu'aurait-elle gagné à un acte insensé dans lequel, démasquée, son crime eût été payé des pires châtiments, marquée au fer rouge de la fleur de lys de la flétrissure ? Par ailleurs, savait-elle quelque chose ? Il eût été imprudent au voleur de l'impliquer dans son crime tant les risques sont d'ordinaire augmentés par la multiplication des complices. Ce dont elle était coupable, outre ses forfaits anciens, c'était de compromettre la reine en lui fournissant des ouvrages licencieux. Tout finissant par se savoir à la cour, la réputation de la reine était-elle déjà compromise et entachée à l'instant où elle allait donner le jour à l'héritier que la France et son roi espéraient ? Ce qu'on supposait d'elle, Noblecourt l'en avait convaincu, finissait par construire une image que chacun tenait pour véridique alors qu'il s'agissait d'une création issue du moule de la rumeur. Oui, de cela il la considérait hautement coupable. Aurait-il eu à en juger qu'il l'aurait maintenue un temps en prison avant que de l'éloigner par un bannissement à vie. Il en serait sans doute ainsi.

Quant aux relations de Mme Renard avec son époux, elles paraissaient distantes et ambiguës. Existait-il dans ce couple une connivence dans le crime que ne confortait aucun lien amoureux ? S'il en fallait croire Mercy, elle le trompait sans scrupule. L'incertitude persistante sur les goûts de son mari autorisait toutes les hypothèses. Quand il avait interrogé la dame sur l'inspecteur, sa réaction lui avait semblé éloquente dans le sens d'un éloignement. Convenait-il de rechercher avec un peu de curiosité ses amants de circonstance et, en particulier, celui entrevu par l'ambassadeur d'Autriche au sein même du château ? Se confondait-il avec un suspect ? Et suspect de quoi ? Il tournait en rond. Cette direction-là se devait pourtant d'être parcourue. Il faudrait interroger les autres femmes de la reine. Nul doute, l'envie et la jalousie aidant, que des bribes de vérité finiraient par apparaître.

L'effet de la surprise dissipé, il se félicita de l'heureuse intervention de Thierry, louable et utile. Il ne lui en gardait pas rancune, sentiment qu'il n'éprouvait jamais. Un rapide examen de conscience amena le nom de Balbastre. Pour celui-là, la rancune avait longtemps tenu bon. Il ne l'éprouvait plus… ou presque ; les mânes éplorés de Julie de Lastérieux s'étaient longtemps opposés à son effacement. Il revint à sa réflexion. Par son initiative Thierry avait évité une scène gênante aux retombées incertaines. Il soupira. Il se sentait le jouet de forces obscures dont il ne parvenait pas à dissiper les ombres menaçantes.

Un mystère parmi d'autres subsistait dont il aurait voulu éclaircir les données. De quelle manière un policier, inspecteur, responsable d'un bureau important, écroué et emprisonné pour vols, faux et bénéfices illicites, avait-il pu, non seulement retrouver sa liberté, mais encore être rétabli dans ses fonctions précédentes ? Nicolas, homme de pouvoir et du secret qui entoure son exercice, ne se faisait guère d'illusions. Une autorité sans appel avait manigancé ce mystère. Point Sartine, ni Le Noir, tous deux attachés à ce que Renard fût démasqué. Alors, une autorité entre la leur et celle du roi ? La figure regrettée de M. de Saint-Florentin, ministre de la Maison du roi, mort l'an dernier, s'imposa. Il n'y avait que lui, l'homme aux trames innombrables, qui fût susceptible d'organiser à son profit, c'est-à-dire à celui du royaume, ces veines obscures par lesquelles se frayent un chemin les secrets les mieux gardés. Le tableau complet du *secret* du feu roi comportait nombre de *retraits* invisibles. Possédant depuis toujours la confiance de son maître, le vieux ministre tenait les fils de ces intrigues. Il en contrôlait les pantins par la pression – le chantage ? – qu'il était en mesure, et pour le bien commun, d'exercer à leur encontre. Saint-Florentin une fois disparu, les *puppi* avaient repris leur liberté et assumé leur rôle d'espions et de corrupteurs placés dans les entours de la reine. Désormais, ces machinations étaient vouées à leur seul profit. Il ne voyait guère d'autre explication à cette peu croyable situation.

Il erra longtemps dans les allées. Il aurait aimé serrer Louis dans ses bras et lui parler. Il était à n'en pas douter parti à Choisy accompagner la cour. Avec un serrement de cœur, Nicolas mesura le temps écoulé. Son fils marchait sur ses dix-sept ans. Sous peu, le sang des Ranreuil, auquel lui-même avait obéi, parlerait. Servir le roi sur les champs de bataille était la tradition de la lignée. Cette nature guerrière se manifesterait et son enfant répondrait tout naturellement à son appel. Comme Nicolas, mais dans des circonstances moins extraordinaires, il affronterait le feu plus souvent qu'à son tour. Dans la chaleur accablante du jardin des rois d'où montaient des pestilences d'eaux croupies, il en éprouva un long frisson d'angoisse. Il crut entendre gronder les canons d'Ouessant. Ce n'était que le tonnerre dans les lointains de Versailles.

Usant de son privilège de monter dans les voitures de la cour, il se fit conduire à l'hôtel d'Arranet. À l'office, Tribord *fricotait* son souper sur le potager. Il considéra avec intérêt la préparation à laquelle se consacrait le vieux marin. Il venait de faire sauter dans un poêlon des morceaux de carottes, d'oignons, d'ail et des herbes du jardin. Il farinait des *nivets*, débris de viandes échappés aux parures des morceaux nobles de boucherie. La chose faite, il les jeta dans le plat, les mélangeant d'un tournemain avec le fond. Comme la sauce épaississait, il la mouilla d'une large lampée d'eau-de-vie qui s'enflamma à lui griller le poil, puis ajouta un assaisonnement composé de poivre, de sel et d'une poudre noire qui intrigua Nicolas au point d'interroger le cuisinier.

— Ma foi, mon officier, c'est de la poudre à canon. Elle donne un petit goût particulier point déplaisant.

Nicolas éclata de rire.

— Mais si j'osais, reprit Tribord, je vous inviterais bien à tâter de ma recette de cambuse, si le cœur vous en dit...

— Ma foi, dit Nicolas qui n'avait pas dîné et que la faim tenaillait, l'heure est propice, le soleil tombe et je ne dis pas non.

La préparation mijota encore quelque temps. Tribord leur installa deux couverts sur une table de pierre dans le jardin et descendit à la cave chercher une bouteille de vin ; ils s'attablèrent gaiement.

— Mon Dieu, s'exclama Nicolas, voilà un plat qui ne manque pas de ragoût[5]. Qui l'eût cru, avec de la poudre noire !

— M. de Vergennes, qui soupait ici et à qui l'amiral contait la chose, ne s'en étonna pas. Il lui dit que le grand Frédéric de Prusse en use de même dans ses plats de venaison.

— Et la viande est succulente !

— Je crois bien ! L'étalier[6] m'a à la bonne. Ce ne sont que morceaux tirés de pièces de choix, poire, merlan, rond de tranche, filet ou souris d'éclanche.

Ils devisèrent gaiement de la cuisine des carrés. Au bout d'un moment, il vint une idée à Nicolas.

— Tribord, mon ami, j'ai une mauvaise proposition à vous faire. Voulez-vous, ce soir, être mon second dans une périlleuse expédition au service du roi ?

Tribord, ému, se leva et salua.

— Je suis tout à votre service, mon officier.

— Pouvez-vous atteler le cabriolet de l'amiral et me conduire à Versailles ?

— Le dire, c'est le faire !

Nicolas lui expliqua ensuite la manœuvre : le déposer près de la porte de l'Orangerie, dissimuler l'équipage dans les parages, puis revenir autour du Grand Commun et y patrouiller, attentif à tout individu suspect. Tribord devrait se vêtir de hardes qui, ajoutées à ses blessures et infirmités de guerre, en feraient un mendiant tout à fait crédible. Nicolas prit un papier et une mine et dessina à l'usage de son second d'un soir le théâtre des opérations.

— Vous distinguez ici la porte de l'Orangerie. Je prendrai la rue à main gauche, celle de la Surintendance, pour atteindre le Grand Commun. Vous connaissez le bâtiment ?

— Pour sûr que je le connais.

— Vous attacherez le cabriolet rue du Potager et me suivrez de loin. Une fois rendu au Grand Commun, ne vous préoccupez plus de moi et assurez la surveillance continue, en faisant le tour du bâtiment par la rue des Récollets et celle de la Chancellerie. Au moindre événement suspect, en particulier à la vue d'un homme lourdement chargé, appelez à la garde. Si vous entendez un coup de feu, même chose. Méfiez-vous, l'homme peut être dangereux. Je pense qu'il devrait chercher à s'enfuir par la rue des Récollets pour se perdre dans le vieux Versailles autour de la paroisse Saint-Louis.

Tribord, enchanté de la tournure que prenait la soirée, débarrassa et courut, autant que ses infirmités le lui permettaient, se préparer pour son personnage et atteler le cabriolet pour l'*appareillage* prévu à minuit. À onze heures et demie, un indescriptible mendiant apparut aux yeux médusés du commissaire ; le vieux marin tenait autant du forban que d'une figure de la cour des miracles.

Quelques minutes avant minuit, Nicolas sautait du cabriolet qui s'éloigna aussitôt. Devant la porte de l'Orangerie, M. Thierry tenait en laisse un énorme dogue qui grondait et roulait des yeux féroces à mesure que Nicolas approchait. Le premier valet de chambre semblait plus mort que vif.

— Que je suis aise de vous voir ! Ce monstre a failli vingt fois me dévorer et deux paquets de biscotins ont déjà été engloutis !

— Quel est son nom ?

— Pluton.

— Eh bien ! Pluton, dit Nicolas en levant un doigt tout en s'accroupissant lentement jusqu'à avoir la tête à hauteur de celle du molosse, j'ai besoin de toi et tu es un bon chien.

À la stupéfaction de Thierry, la bête s'allongea avec un gémissement béat et se mit sur le dos. Nicolas lui fourragea le poitrail. Le chien s'assit, lui lécha la main en poussant de sourds jappements joyeux. Sa conquête fut achevée quand, sortis d'un papier caché dans la poche de l'habit du commissaire, lui furent offerts quelques vestiges du souper.

— Et voilà ! Frédéric le Grand a encore vaincu, s'écria Nicolas qui aimait mystifier son monde.

— Je n'en crois pas mes yeux.

— Ce sont les leçons de Merlin... Maintenant disparaissez et rentrez au château. Moins nous serons et mieux cela vaudra. Je vous demande seulement de prévenir la garde de l'aile des ministres d'avoir à accourir au moindre appel.

Thierry disparut et Nicolas remonta vers le Grand Commun accompagné de Pluton qui, de temps en temps, donnait des coups de tête affectueux dans la jambe de son nouvel ami. Il pressa le pas, impatient d'installer la surveillance avant que le voleur inconnu ne se manifestât. Il pénétra sans encombre dans le bâtiment, le portier dormant sans doute comme prévu. Il alluma un bout de chandelle pour consulter le plan que Thierry lui avait confié et intima à Pluton l'ordre de ne point broncher, ce qu'il parut comprendre. Il finit, après quelques tentatives malheureuses, par trouver l'escalier qui menait directement aux combles, ou plutôt l'un des escaliers car il en existait plusieurs.

Cette multiplicité d'accès compliquerait sa tâche en procurant au voleur des voies de fuite. Il en prit son parti. Parvenu sous les combles, il éteignit sa chandelle, offrit quelques biscotins à Pluton qui s'allongea. Installé dans un retrait de la muraille, il avait vue, enténébrée, sur l'enfilade du couloir des galetas. Avant d'éteindre, il avait distinctement discerné les pots d'aisances déposés à distance régulière. Son attente fut longue, seulement rompue à deux ou trois reprises par des occupants qui sortaient de leur chambre pour vider leur vase de nuit.

Peu avant trois heures, un bruit lointain se fit entendre. Pluton se réveilla, s'agita et se mit à gronder sourdement. Une caresse, remerciée d'un coup de langue, le fit taire, mais Nicolas le sentit aux aguets et prêt à bondir. Le bruit approchait, fait de glissements incertains, ponctués de faibles chocs métalliques. Le cœur lui battait comme avant un combat ou lorsque la proie surgit au détour d'un hallier. La rumeur venait de l'autre bout du couloir.

Soudain une lueur indécise qui pourtant n'éclairait pas s'imposa à ses yeux. À ses pieds, il sentit Pluton tendu et tremblant. Était-ce l'instinct du chasseur ou la peur qui l'animait ? Tout ensuite se déroula très vite. Nicolas se dressa. La *lumière froide* qui avançait apparut plus proche. Il somma la chose de se rendre au nom du roi. Elle s'arrêta, fit demi-tour et s'enfuit. Il détacha Pluton et le lança d'un cri de chasseur à sa poursuite. Le chien bondit et se précipita. Il y eut le bruit des pattes de l'animal sur le parquet, un silence, puis des bruits sourds et un hurlement plaintif.

Nicolas prit son pistolet de poche et tira un coup en l'air. Des morceaux de torchis le recouvrirent aussitôt. À grands cris, il appela à la garde. Des galetas sortirent des dormeurs à moitié nus, ahuris et effrayés. En un instant le couloir fut encombré d'une foule jacassant et affolée, et il dut se frayer brutalement un chemin jusqu'à son extrémité et découvrir un autre escalier qu'il dévala en hâte. Sur le palier de l'attique, il buta sur le corps de Pluton inanimé. Il posa la main sur la pauvre bête qui respirait encore. Il alluma sa chandelle, constata que son pelage était ensanglanté. Ses semelles crissèrent sur le plancher comme si du sable avait été répandu. Il tenta de rejoindre le rez-de-chaussée le plus vite qu'il put. Tout était calme en bas. Rue de la Surintendance, la garde conduite par un lieutenant qu'il connaissait arrivait à grandes enjambées, M. Thierry suivait à vingt pas, essoufflé. Tribord parut aussi. Il n'avait rien vu, ni avant ni après le coup de feu de Nicolas qu'il avait distinctement entendu dans le silence de la nuit.

Les issues ayant été fermées, Nicolas et le garde écumèrent le bâtiment, couloir par couloir, étage par étage, sans trouver la moindre trace ou indice du visiteur de la nuit. Il y avait là une énigme qui mettait Nicolas en rage. La seule chose que chacun remarqua c'est une odeur pénétrante qui dominait dans les escaliers et qui fut mise sur le compte des brouets étranges que certains occupants des galetas concoctaient malgré un couvre-feu imposé par les risques d'incendie. Nicolas recueillit dans ses bras le pauvre Pluton qui respirait toujours.

L'expédition avait d'évidence échoué et le mystère demeurait. Toutefois Nicolas estimait que le visiteur ne se hasarderait plus à hanter le Grand Commun. Il remercia le lieutenant et ses hommes. M. Thierry se retira en remarquant tristement que la coutume de l'équipage de Louveterie, auquel Pluton appartenait, exigeait qu'on abattît aussitôt les chiens blessés. Nicolas le rassura. Il n'était pas question qu'une bête aussi brave et affectueuse fût sacrifiée. Il prenait la décision à son compte, se chargeait de tout et ferait l'impossible pour la sauver. Aidé par Tribord, il chargea le dogue dans le cabriolet.

À Fausses-Reposes, Pluton fut étendu avec précaution sur la table de l'office. Tribord, à qui la vie sur les vaisseaux du roi avait beaucoup appris, examina une plaie sans doute causée par un coup de poignard ou de couteau vu sa largeur. Le chien avait été frappé à l'épaule gauche au moment où il sautait sur l'inconnu. La plaie fut nettoyée, arrosée d'eau-de-vie, épongée. Nicolas vit ensuite Tribord prendre une grosse aiguille qui lui parut celle d'un cordonnier, couper un morceau de fil à brider, le graisser au lard, l'enfiler, puis se mettre sans désemparer à rapprocher les lèvres de la plaie et la recoudre posément avant de la couvrir d'un peu de miel. Pluton semblait reprendre connaissance et se mit à lécher avec application la main qui le soignait.

— Pardié, c'est le miel ! dit Tribord.

— Non, matelot, c'est pour vous remercier.

Pluton fut installé sur une vieille couverture. Nicolas et Tribord, après que chacun eut raconté sa version de la soirée, se séparèrent pour prendre leur quartier de nuit.

Mardi 11 août 1778

Le chant insolent d'un merle joyeux réveilla Nicolas à l'aurore. Sans attendre qu'on lui monte l'eau chaude, il fit sa toilette et s'apprêta. Alors qu'il gagnait l'office, des voix et des rires se firent entendre. Devant un plat de jambon et de pain frais, il découvrit Tribord et Bourdeau en train de trinquer gaiement. À leurs pieds, Pluton, languissant mais la truffe frémissante et l'œil affriandé, paraissait avoir recouvré une partie de ses moyens.

— Mon Dieu, s'écria Nicolas surgissant. Je vous y prends, mes gaillards, à *gobeloter* de si bon matin !

— C'est que la nuit fut courte, mon officier ! Et chaude… Il faut bien se *désoiffer* surtout quand on jabote.

— Nous avons fait connaissance, dit Bourdeau épanoui et le teint vermeil.

— Allons, je vais me joindre à vous.

Les événements de la nuit furent relatés à l'inspecteur à deux voix.

— Voilà, déclara-t-il perplexe, une bien curieuse aventure, mais sans relation avec l'objet de nos recherches.

— Aucune.

— Ma foi, dit Tribord découpant la troisième tranche de jambon successive pour Nicolas, ce que je n'entends pas, c'est comment le bougre a pu s'échapper sans que nous le voyions. Bien servi ! C'est le bon côté, avec du gras ; j'aimions point la viande sèche.

— La question se pose en effet.

— D'autant qu'il ne pouvait passer inaperçu, ce fantôme. Dès le coup de feu qui a pété comme un coup de canon, le bâtiment a été environné de monde. Moi derrière et la garde devant. Et y avait point de voiture en attente, je vous en estoque un jaunet que je l'aurais repérée, de mon œil, le vaillant.

Après s'être restauré, Nicolas entraîna Bourdeau dans le parc. La chaleur ne pesait pas encore et des roses toutes perlées de fines gouttelettes embaumaient.

— Conte-moi donc les nouvelles qui t'ont fait lever si tôt pour venir me retrouver ici.

— Si tôt ? Point du tout. Qu'imagines-tu ? Je n'ai point dormi ni soupé d'ailleurs. Heureusement que ton matelot… De fait, depuis notre entretien, j'ai couru tout le jour et une partie de la nuit.

— Mais il semble que ce n'était pas en vain.

— Tu parles juste ! Ce d'Assy tout d'abord. Enfant trouvé mis en apprentissage à douze ans chez un horloger de Lisieux. S'est enfui il y a un an en emportant des montres et la caisse du bonhomme. Avis de recherche retrouvé. De son vrai nom Jacques Sansnom. Arrêté plusieurs fois par le bureau des mœurs sans qu'on fasse le lien avec le voleur recherché. A servi de modèle à plusieurs peintres avant de se consacrer uniquement à son négoce particulier. Errant le plus souvent au Vauxhall, à l'Athénée et aux Tuileries. Bon, goûts dispendieux, dettes chez les fournisseurs, joueur à l'occasion et compère à la cocange. Le voisinage rue du Paon, chez Renard, l'avait repéré. Il y venait souvent et y passait la nuit. Et, écoute bien, la nuit de la mort de Lamaure à Versailles il était bien là ainsi que Restif nous l'avait dit. Mais le lendemain il est ressorti, seul.

— Ce qui veut dire ?

— Que Renard n'est pas sorti avec lui.

— Mais il a pu sortir plus tard ?

— Non justement, c'est là que le bât blesse. Il n'était point chez lui. La portière qui fait son ménage ne l'a pas trouvé au logis. Donc la nuit précédente il s'est échappé et Le Hibou a été joué, et nous aussi !

— Cela change tout !

— Et comment ! Et ce n'est pas tout. L'écriture de la convocation à la *Samaritaine* transmise par le petit Savoyard est bien de la main de l'inspecteur. A ce sujet, la juxtaposition des exemplaires d'écriture ne laisse aucun doute. En revanche, le placard sur la porte n'est pas de sa main.

— Bien, voilà qui complique ce qui commençait à prendre clarté. Encore autre chose ?

— Que oui ! Le poignard que tu m'as confié est de facture italienne. Il semble que le modèle est assez commun dans la région de Pérouse. Un armurier et deux marchands de curiosité me l'ont assuré sans risque d'erreur. Enfin, et c'est ce qui m'a fait courir toute la soirée, au bout du compte j'ai retrouvé le cocher qui a ramassé cette grande femme devant la *Samaritaine* sur le Pont-Neuf.

— Que de reconnaissance je te dois, cher Pierre.

— Le cocher m'a déclaré l'avoir déposée à Versailles, rue de Satory.

— La solution résiderait donc à Versailles... Tout ce que tu m'apportes prouve d'évidence la complicité entre Renard et l'assassin inconnu de la Salpêtrière. Ou alors... Quelle formidable machination... La convocation que j'ai reçue, le massacre de d'Assy et la disparition de Renard la nuit du meurtre de Lamaure au Grand Canal par plusieurs assassins, dressent un effrayant tableau. Toujours rien rue du Paon ? L'inspecteur n'a point reparu ? Il nous faut le retrouver. Que font nos mouches ?

— Aucune trace de Renard, ni à son domicile, ni à ses bureaux, ni à l'hôtel de police. Évanoui dans la nature.

Nicolas marchait à grands pas, la tête penchée et les bras croisés.

— Résumons-nous. Le passe-partout de la reine est dérobé. À l'Opéra, j'en suis persuadé. Un complot s'organise autour de cet objet compromettant. De grands noms sont évoqués qui ont intérêt à déshonorer Marie-Antoinette. Les Anglais et leurs sicaires sont à l'affût de toute occasion susceptible d'affaiblir le royaume. Premier tableau. Second tableau. Renard l'ambigu fournit des ouvrages infâmes à la reine et organise lui-même un chantage en menaçant de publier un libelle attentatoire à sa vertu. Il le propose à la police et à Madame Adélaïde. Nous soupçonnons Lamaure. Il est tué. Renard n'a aucun alibi. Le prétendu d'Assy qui pourrait nous éclairer est atrocement assassiné. Dans ce crime-là, la main de Renard paraît se mêler à celle de l'assassin. Pouvons-nous estimer que ce sont ces deux-là qui ont assassiné le valet du duc de Chartres en l'empoisonnant ?

— Et le passe-partout ?

— Je crois que c'est l'enjeu de tout cela et, peut-être, davantage que cela…

— Que veux-tu dire ?

— Ce qui ne peut être exprimé clairement ne mérite pas d'être énoncé. Ou, à tout le moins, pas encore.

À ce moment une voiture de la cour fit irruption à grand bruit dans l'allée sablée de l'hôtel d'Arranet. M. Thierry, la tenue en bataille, en sortit s'épongeant le front. Il courut sur Nicolas dès qu'il l'aperçut.

— Mon ami, mon ami, quelle nouvelle ! Je me suis précipité pour vous l'annoncer. Ah ! Je suffoque.

Nicolas le fit asseoir sur un banc de pierre.

— Prenez votre temps. Vous m'inquiétez. Qu'est-il arrivé ?

— Au Grand Commun… Ce matin… Un brosseur qui loge dans l'attique…

— Et alors ?

— … a vu du sang sous une porte. Il a crié, appelé. On est accouru. On a forcé le passage. Et qu'a-t-on trouvé ? Ah ! quel spectacle !

— Allons, venez-en au fait ! cria Nicolas excédé.

— On a découvert le corps ensanglanté de l'inspecteur Renard au milieu d'un fatras de bouteilles de fer-blanc. Et savez-vous qui logeait dans ce galetas ?

— Non, bien sûr !

— Mme Renard, lingère de la reine !

IX

DÉDALE

Est-ce quelque dédale où ta raison perdue ne
se retrouve pas ?

Malherbe

La nouvelle figea d'étonnement Nicolas et Bourdeau. Ils se regardèrent atterrés.

— Dans le logement de Mme Renard ! Voilà qui
complique encore les choses. Était-ce donc l'inspecteur qui allait chaque nuit pillant les pots d'aisances ?
Et pour quel inscrutable dessein ?

— Tout le laisse penser, dit Thierry. Quand vous
considérerez la scène, le doute vous abandonnera.

— Lamaure, d'Assy et Renard disparus, comment
renouer le lien avec le quatrième homme que tout
désigne comme un assassin ? La mort de l'inspecteur
ne clôt aucun chapitre, elle renvoie à l'inconnu. Nous
voici courant après un gibier dont nous avons perdu la
voie. Point de brisées pour nous guider. Nous sommes
condamnés à jouer à cligne-musette avec un fantôme.
Et comment l'inspecteur a-t-il été tué ?

— À première vue, un coup de poignard en plein cœur.

— A-t-on pris soin de laisser les lieux en l'état ?

Intrigué par Bourdeau qu'il ne connaissait pas, Thierry consulta le commissaire du regard.

— Ah ! Pierre Bourdeau, mon adjoint et un autre moi-même. M. Thierry de Ville d'Avray, successeur de M. de La Borde.

Les tricornes se soulevèrent et les deux hommes s'inclinèrent.

— Avant que de répondre, qu'il me soit permis de préciser qu'en raison des événements de la nuit le Grand Commun demeure étroitement surveillé. Un crime y a été commis et l'endroit est sous la juridiction du Grand Prévôt. J'en ai donc, de bonne heure, référé au ministre de la maison du roi, M. Amelot de Chaillou. L'air soulagé, il m'a aussitôt averti que l'affaire était réservée et que, d'ordre de Sa Majesté, elle dépendait de la seule autorité du marquis de Ranreuil. En un mot, il s'en lave les mains. Supposant vos habitudes, j'ai donné instruction qu'on ne dérange rien et condamné pour plus de sûreté tout accès au logement. J'ai apposé des scellés sur la porte avec interdiction de les rompre sous aucun prétexte.

— Vous en avez sagement agi et nul n'aurait agi mieux que vous.

— M'accompagnerez-vous à Versailles ? Ma voiture est à votre disposition.

— Sur-le-champ.

Pluton fut confié à Tribord. À son retour Nicolas aviserait du sort de la pauvre bête qui le regardait d'un air inquiet. Il se pencha pour lui parler et le caresser. L'animal soupira, allongea sa tête sur le sol de l'office et remua faiblement sa queue.

Dans la voiture, ses compagnons respectèrent le silence de Nicolas. Ce n'est qu'à l'approche de l'avenue de Paris qu'il émergea de son mutisme.

— J'avais formé beaucoup d'espoir sur Renard, je vois qu'il faut malheureusement y renoncer. De cet écheveau ne subsistent que des laines rompues... Ce que nous aurions pu régler par le haut se dissout... Il faut en revenir à la précision de la recherche terre à terre, passer au crible l'ensemble des données, les trier, les classer et peut-être aussi les mélanger... Certaines d'entre elles, rapprochées, procurent parfois d'éclairantes perspectives. Le hasard, bon serviteur, s'invitera le cas échéant à la fête... Oui, des chiens d'arrêt dans la garenne des hypothèses, la truffe frémissante au ras du sol. Rien désormais ne doit être écarté : tout fait poids et nous oblige !

— Il nous reste, dit Bourdeau qui hésitait à interrompre ce monologue, cette Mme Renard. Veuve, elle sera, on le peut espérer, encline à plus de sincérité. Elle n'a désormais à compter sur aucun appui. Si elle entend s'acquérir des prétextes à indulgence, elle parlera.

— Auriez-vous assisté à la crise qu'elle nous a réservée hier que l'incertitude vous gagnerait. Soit elle avait effectivement perdu toute raison et la passion l'emportait, et alors vous avez quelque chance qu'elle cède, soit cette femme déhontée l'emporte sur la Raucourt et, comédie pour comédie, vous ne tirerez rien d'elle !

— Je crains, Pierre, que M. Thierry n'ait raison. Il sera malaisé de la contraindre à parler. Nous verrons bien. Il n'existe pas de verrou qui ne possède sa clé !

Dès leur arrivée au Grand Commun, Nicolas multiplia les recommandations. Il redoutait déjà que la découverte du corps n'ait modifié l'état des lieux. Dans les escaliers et les couloirs du bâtiment, il fut frappé par les nombreuses traces de sang. Dans la fièvre de la nuit, il n'avait songé que le brave Pluton s'était sans doute jeté en férocité sur l'inconnu et l'avait mordu. Les traces relevées pouvaient mêler les suites des blessures du chien à celles occasionnées par son attaque.

Devant la chambre de Mme Renard, M. Thierry vérifia et rompit les cachets et s'écarta pour permettre au commissaire de pousser la porte qui avait été enfoncée. Outre l'odeur du carnage, le frappa l'abondance du sang répandu. La petite pièce, plus longue que large, comprenait une étroite couchette entre deux placards le long de la muraille gauche, une petite cheminée de pierre sur la droite, et au fond une ouverture mansardée devant laquelle un corps harnaché d'un invraisemblable appareil de courroies et de sangles était vautré, le dos tourné vers l'extérieur. Nicolas examina l'ensemble. De larges cruchons de fer-blanc accrochés étaient fermés de bouchons de grande taille. Il remarqua même un entonnoir qui devait servir à transvaser le contenu des pots d'aisances. Le cadavre étant un peu de côté, il suffisait de se pencher pour apercevoir le manche d'un poignard planté dans le dos de la victime.

Nicolas se retourna vers Thierry.

— Quelqu'un est-il entré dans la pièce ?

— La porte enfoncée, un garde y a pénétré, constaté le décès, replacé l'huis et en a aussitôt condamné l'accès avant de me faire appeler.

— Donc un seul aller et retour, je vois.

Nicolas, qui se déplaçait sur la pointe des pieds, considérait le sol avec attention. Il murmurait à voix basse, comme pour lui-même.

— Voyons… une trace de souliers ferrés… le garde. Ah ! une autre bien différente, plus petite… Et là aussi, une troisième. Le compte y est. Enfin… la victime, une fois frappée, a pu faire quelques pas avant de s'effondrer. Hum… devant la cheminée sans doute. Pourtant il semble qu'on ait traîné le corps. Et ici d'autres traces, là… un talon ! Cela me rappelle quelque chose… La *Samaritaine*. Pierre, j'ai besoin d'aide !

Ils tirèrent le cadavre pour le coucher sur le côté. Les yeux déjà troubles de Renard ajoutaient encore à l'horreur de la scène. Le visage exsangue exprimait une surprise épouvantée.

— Dégageons-le de ces harnais.

— Nicolas, regarde ! Il est sanglé à l'envers.

Bourdeau avait raison, le cuir des courroies l'attestait. Ils le retirèrent. Il semblait qu'on ait voulu faire accroire que l'inspecteur était le voleur inconnu du Grand Commun. Malheureusement il avait été frappé dans le dos et son agresseur avait été obligé de placer son porte-flacons dans la mauvaise position. Dans le cas contraire, il eût été malaisé, sinon impossible, de le frapper là où se trouvait le poignard.

Bourdeau s'était penché sur la blessure. Il se redressa, blême.

— Même sans mes besicles, je peux assurer que c'est le même !

— Le même ?

— Un poignard identique à celui trouvé sur la porte du dernier étage de la *Samaritaine*. Celui dont tu m'as fait rechercher la provenance.

Nicolas s'accroupit et retira délicatement l'arme.

— Mon Dieu ! La lame se retire si facilement. Mon avis est qu'elle a déjà été enlevée une première fois !

Il rejoignit Thierry dans le couloir. Il semblait mal en point, le mouchoir sur le nez. Nicolas sortit sa tabatière et lui offrit une prise.

— A-t-on touché à l'arme du crime ?

— Certes non, répondit le premier valet de chambre entre deux accès d'éternuements, le garde s'est penché et a aperçu le manche de l'arme sans y porter la main.

Il revint vers Bourdeau qui, ayant retrouvé ses lunettes, était en train de détacher de la plaie un morceau de papier ensanglanté qui avait été transpercé par la lame du poignard.

— Nicolas, *il* a placé ceci.

— Je viens de vérifier la chose avec Thierry. D'évidence le poignard a été retiré puis replacé pour y fixer ce papier.

— Comme à la *Samaritaine* ?

— Précisément, sauf qu'ici c'est sur un corps.

Nicolas cria.

— Monsieur Thierry, demandez qu'on m'apporte une cuvette d'eau.

Au bout d'un moment, un garde apporta un seau dans lequel il plongea délicatement le papier. Au fur et à mesure que le sang se diluait, des traces de mots apparaissaient de plus en plus visibles.

— Qu'y lis-tu ? demanda Bourdeau.

— Je distingue : *Saxe : cela signifie du guignon, avoir trois matadors et cependant perdre.*

— Tu remarqueras que c'est un morceau du *Jeu des rois* découpé dans un exemplaire imprimé. Ce meurtre était prémédité.

— Ou à tout le moins envisagé... Les événements de la nuit ont pu précipiter la chose.

— Fouillons ses vêtements, dit Bourdeau.

Le bilan fut maigre : une montre, un mouchoir, une bourse en mailles d'acier contenant deux louis, six demi-écus et quelques sols. Les deux placards ouverts ne réservèrent aucune surprise. Nulle trace de vêtements de femme n'y paraissait, ni aucun de ces objets qu'une lingère de la reine encore jeune aurait dû posséder même pour une toilette sommaire. Quelques croûtons et un flacon de vin à moitié vide marquaient seuls des traces d'occupation.

— Pierre, tout laisse à penser que ce galetas n'a jamais abrité Mme Renard. Il conviendra d'interroger la coquine sur ce point. En revanche, son époux et quelqu'un d'autre peut-être l'utilisaient. La couchette avec ses draps est encore ouverte comme si elle avait servi.

— Et si Renard y avait trouvé refuge alors qu'on le recherchait partout ? Nous avons toujours ignoré que sa femme logeait ici ou était supposée le faire. Le matois pouvait parier sur cela et même croire que si nous l'apprenions nous ne pourrions le juger assez insensé pour se cacher dans une aussi évidente retraite !

— Ton raisonnement se tient. Envisageons le déroulement de la nuit passée. Renard se réfugie ici hier ou avant-hier. L'inconnu qui hante le Grand Commun, sans doute son complice d'une manière ou d'une autre, surpris par moi, attaqué et peut-être blessé par Pluton, court se dissimuler dans ce logement dont d'évidence il possède la clé. Il échappe ainsi aux recherches. Dans l'obscurité les traînées de sang, le sien ou celui du chien, échappent aux regards. Il surgit ici, surprend ou retrouve Renard qui s'éveille. Il reposait sans doute tout habillé. Quelle contestation ou démêlé les opposa, nous ne le saurons sans doute jamais. N'oublions pas que tout laisse supposer qu'ils ont partie liée. Que se passe-t-il alors ? Querelle ? Lutte ? Ou encore l'un entend-il se débarrasser d'un complice devenu encombrant ?

— D'où la citation du *Jeu du roi* sur les *trois matadors*. Lamaure, d'Assy et Renard.

— Il aurait donc su que Renard était là, comme l'idée nous en a effleurés, il y a peu. De fait il le tue. La maison est en émoi et plus que surveillée. Il est dans l'impossibilité de sortir avec son attirail. Il en affuble le cadavre, mais, note bien ce détail, à l'envers.

— Il y a une faille dans ton raisonnement. Cela ne tient pas, Nicolas ! Pourquoi vouloir faire passer Renard pour le pilleur des pots d'aisances et attirer l'attention par cet affublement incongru ? Ajoutons à cette erreur le papier sur la blessure…

— Je le répète, et comprends-moi, à la fin ! À l'envers et, volontairement, à l'envers. Cet assassin nous prend pour des nigauds. Il est tellement assuré de sa capacité à nous échapper qu'il nous attire sur des indices de crainte qu'ils nous échappent. Il est si assuré de sa démarche qu'il est convaincu que jamais nous le démasquerons. Il nous provoque et nous défie. Pour la troisième fois... Mais il pèche par orgueil. Nous relèverons le gant, qu'il en soit persuadé !

— Soit ! Et selon toi, comment s'est-il échappé du Grand Commun ?

— Hier soir, ou plutôt ce matin, dans la panique qui a suivi mon coup de feu et mes appels, quiconque un peu habile, et crois-moi il l'est et d'une manière supérieure, pouvait quitter une chambre à demi dévêtu, se mêler à la cohue en criant et disparaître dans l'obscurité.

— Mais enfin, tu m'as répété toi-même que les issues étaient gardées.

M. Thierry s'était approché et depuis un moment essayait en vain de les interrompre.

— Mes amis, mes amis. Je crois détenir la solution. On vient de me signaler que des pas ensanglantés avaient été découverts dans la cave du bâtiment conduisant dans la pièce où est entreposé le bois.

— Et donc ? dit Nicolas.

— La vérité c'est que cet entrepôt comporte une trappe qui s'ouvre sur la rue des Récollets par laquelle les livraisons de bûches et de fagots s'opèrent. Et l'intéressant dans tout ceci c'est que ladite trappe se rabat et n'est jamais fermée. Outre cela, un garde qui patrouillait cette nuit a vu apparaître une femme portant un ballot qui a tenté de le racoler et qu'il a de bonne foi prise pour une fille galante.

— En a-t-il fait description ?

— Très grande, elle passait sa taille d'au moins une tête. Sans doute des talons, car les empreintes de la cave semblent autoriser…

— Bien sûr, mon ami, des talons ! Des talons !

— Ce n'est point tout. Le soldat qui l'a approchée de près n'a pu voir son visage, le capuchon du manteau étant abaissé…

— Ne voilà-t-il pas, goguenarda Bourdeau, quelque capucin femelle qui s'emmitoufle alors qu'on crève de chaud depuis des mois ?

— S'indigner de la chose, c'est la comprendre ! Et pour cause.

— Ainsi aurait-elle échappé à ton matelot ?

— Il suffisait qu'à ce moment-là il se trouvât de l'autre côté, rue de la Surintendance.

— J'achève, reprit Thierry. Lui aussi a été frappé par une odeur étrange.

— Qui ? Tribord ?

— Non ! le garde.

— Une odeur étrange…, répéta Nicolas pensif. Ce n'était donc pas des relents de cuisine. Il y a dans cette répétition d'impressions un mystère que je ne parviens pas à éclaircir. Déjà dans les couloirs et l'escalier, cette nuit… Elle s'apparente, mon cher Thierry, à ces bouffées puantes que vous m'avez signalées accompagnant l'apparition de ce feu glacial.

— Pourrions-nous rencontrer, s'enquit Bourdeau, celui qui a remarqué le sang qui s'échappait de dessous la porte de la Renard ?

— Il loge à deux galetas d'ici.

— Et quelle est son occupation ?

— Garçon serdeau[1] chez la reine.

— Cela existe ? Il fallait s'y attendre !

Nicolas toussa afin d'avertir l'inspecteur de ne pas s'abandonner à son habituelle veine ironique.

— Il y a de tout ici. C'est le propre du Grand Commun de rassembler les officiers et le service de Leurs

Majestés. L'homme est chez lui. Je lui ai ordonné de ne point bouger en vous y attendant.

Thierry les guida quelques pas afin de s'arrêter devant une porte qu'il ouvrit. Ils découvrirent un homme jeune qui, à leur vue, referma brusquement la porte d'un placard. Nicolas serra le coude de Bourdeau. Ce qui le frappa sur-le-champ ce fut le luxe déployé dans un aussi petit espace orné et décoré d'estampes et de beaux tissus. L'endroit tenait plus d'un salon que de la chambre d'un galopin de service[2]. Toujours scrupuleux, il se reprocha un jugement immédiat que le préjugé fondait plus que la raison. Il savait bien que le bon goût pût être partagé et n'appartenir point aux seuls privilégiés. Sa réserve n'avait pas échappé à Bourdeau qui la manifesta d'un haussement de sourcils indulgent. Ces deux-là se comprenaient toujours sans avoir à prononcer de paroles inutiles.

Le jeune homme était de bonne taille, les traits réguliers, avec des yeux bleus d'une teinte si pâle qu'elle tirait sur le gris clair. Des cheveux châtains et abondants étaient noués d'un ruban. Il se tenait debout, bras ballants, l'air inquiet.

— Le commissaire du roi chargé de l'enquête sur la mort de votre voisin. Il…

— Mon voisin ? Point du tout. Je ne le connaissais pas.

Il avait parlé sans attendre la fin du propos que M. Thierry lui adressait.

— Quel est votre nom ? demanda Nicolas d'une voix douce.

— Jacques Gosset.

— Votre âge ?

— Vingt-deux ans.

— Et que faites-vous au château ?

— Je suis garçon serdeau.

— Vos parents ?

— Ma mère habite faubourg Saint-Martin à Paris. Mon père est mort il y a deux ans…

Et comme Nicolas en silence le regardait, il parut chercher ce qu'il pourrait ajouter.

— … il était garçon hâteur[3] à la cuisine-commune du roi.

— Je vois. Belle et noble place. Il tenait donc ce petit office. Mais contez-moi donc ce qui s'est passé ce matin.

Bien que son front se perlât de sueur, le jeune homme semblait plus calme. Il respira un grand coup avant de dévider son histoire.

— N'étant pas de service, je me suis levé tôt pour prendre le frais…

Nicolas nota le peu de logique entre les deux propositions.

— … il fait si chaud ! C'est tout simple. Passant près de cette porte, j'ai aperçu sur le sol des taches sombres. J'ai cru que c'était de la peinture. Je me suis baissé et alors… Et j'ai donné l'alarme.

Qu'il l'ait fait pesait en sa faveur, songea Nicolas.

— Son émoi était tel, ajouta Thierry, que le garde accouru l'a trouvé quasi en pâmoison, le pauvret !

Gosset ne parut pas goûter outre mesure le commentaire du premier valet de chambre.

— C'est que le sang me porte au cœur.

— Dites-moi, mon ami, commença Bourdeau qui comprenait les raisons qu'avait Nicolas de ne pas poser la question, vous avez fait de votre logis un vrai petit boudoir. On doit se plaire ici. D'où vous vient ce goût déployé pour la passementerie ?

L'homme s'empourpra jusqu'à la racine des cheveux.

— Mon frère est garçon tapissier et m'a aidé.

Nicolas jeta un coup d'œil entendu à l'inspecteur, prit Gosset par les épaules, le poussa doucement dehors et, prétextant un détail à préciser, l'entraîna dans le couloir à la surprise muette de Thierry.

— De vous à moi, dit-il, connaissez-vous Mme Renard à qui cette chambre – il la désigna de la main – était attribuée ? Cette chambre dans laquelle se trouve le cadavre d'un homme assassiné.

— Non.

— Non ? Non, non ?

— Non… Enfin… Peut-être l'ai-je croisée…

— Oui, au château.

— C'est possible.

— Où ?

— Je ne sais pas.

— Vous êtes peu bavard.

— Le service impose la discrétion, monsieur le commissaire.

— C'est en effet sagesse et en tout point convenable de l'affirmer. Je vous remercie. Nous sommes appelés à nous revoir.

Il paraissait soulagé, s'inclina et s'apprêtait à rejoindre son logis, mais Nicolas le retint de la main.

— Connaissiez-vous le mort ?

— Non, monsieur.

— C'était l'époux de cette Mme Renard, lingère de la reine qui vous est si inconnue.

Pour le coup il pâlit, balbutia des mots inintelligibles, se précipita dans sa chambre, bousculant Bourdeau au passage qui s'approchait la mine gourmande.

— Tu effrayes la jeunesse, maintenant ? Sais-tu que j'ai saisi ton clin d'œil ?

— Ce serait malheureux qu'il t'ait échappé ! Alors, raconte-moi ? Je devine que tu as trouvé quelque chose.

— Tu avais raison. On ne claque pas la porte d'un placard ainsi au nez des gens. Ou alors c'est que l'on cherche à celer ce qui ne doit pas être vu.

— Une découverte ? demanda Thierry.

— Et de taille ! L'un des placards est empli à ras bord de robes et de lingerie. D'une beauté, d'une finesse ! Sauf à me prouver que ce vigoureux godelureau se travestit, mais point de perruques en vue, je crois que ce logis est un nid d'amour pour quelque caillette bien coquette !

— Pour une vieille, oui ! Qui repassait les culottes de la reine et se croit au-dessus du commun...

Ils n'avaient pas vu surgir une jeune femme, petite blonde en robe d'indienne qui s'égosillait les poings sur les hanches.

— ... et qui débusque les honnêtes filles de chez leurs galants. Le Jacques, hein, le voici bien parti d'avoir la vieille ! Cela vous en accoussit[4], hein ?

— Point du tout, mademoiselle, cela m'intéresse furieusement. Mademoiselle ?

— Étiennette Dancourt, fille de cuisine, pour vous servir, monseigneur.

Elle singea une révérence de cour.

— Votre clabaudage m'emplit de curiosité. Ainsi Jacques Gosset serait l'amant de cette dame ?

— Une dame ? Vous appelez ça une dame ? Une vieille catin qui fait sa main des dépouilles de la reine. Celles qu'on lui donne et celles qu'elle dérobe ! Allez-y voir dans les placards au Jacques. C'est là qu'elle entasse les vêtures qu'elle vole à l'Autrichienne.

— Mademoiselle, vous vous oubliez ! s'écria Thierry scandalisé.

— Ben, peut-être, mais elle s'oublie pas. Ces nippes-là, elle s'en garde pour elle et avec le reste alimente la revente à la toilette.

— Donc Gosset est son amant.

— Son amant ? Son greluchon, oui ! Elle pourrait être sa mère.

— Merci, déesse jalousie, murmura Bourdeau à l'oreille de Nicolas. Notre reconnaissance fleurira ton autel.

— Et cette liaison, durait-elle depuis longtemps ?

— Des mois, monsieur !

— Plus précisément ? Je comprends que vous fûtes amants. A-t-il rompu en brutalité ?

— Il s'est mis à me traiter avec froideur, m'opposant ses silences ou débitant des niaiseries. Et puis…

Un sanglot l'étouffa.

— … Et puis… un jour…

— Un jour ? Précisément quand ?

— Vers le mois de mai… il m'a signifié ne plus rien avoir en commun avec moi. Il avait placé mon petit paquet devant sa porte. Que si j'avais quelque attachement pour lui, je devais m'effacer et penser à sa fortune. Qu'une chance se présentait qu'il n'était pas en mesure de dédaigner. Depuis il m'a condamné sa porte.

— Bien, fit Nicolas. Pour l'heure, vous n'êtes qu'une petite fille malheureuse. Tout cela passera et même, voyez-vous, un jour il vous reviendra, repentant.

Elle releva la tête.

— Ah ! Ben, il faudrait beau voir que je me rentiche des restes de cette vieille grivoise ! Vous croyez vraiment ce que vous dites ?

Il y avait un accent d'espérance dans cette demande.

— Certes ! En général ainsi se concluent ces sortes de crises. À vous d'en saisir l'occasion. Merci de nous avoir parlé si sincèrement. Ne vous éloignez pas.

Elle se retira à petits pas, se tamponnant les yeux avec un coin relevé de son tablier.

— Cher ami, dit Nicolas s'adressant à Thierry. Vous connaissez M. de Sartine. Il me faut achever ici. Soyez assez aimable de l'aller prévenir des aléas de cette nuit. Il devra derechef tempérer l'irritation du Grand Prévôt pour cette nouvelle intrusion dans le domaine de sa juridiction.

— J'y cours, j'y vole. À bientôt, monsieur le marquis. Serviteur, monsieur l'inspecteur.

— Quel homme urbain ! dit Bourdeau, sensible à l'attention de M. de Ville d'Avray.

— Certes ! C'est heureux qu'il ait succédé à La Borde. Sa Majesté en a fait son homme de confiance. Il sait tout et peut faire et défaire à son gré. Sa finesse est grande et il a compris très vite que je pouvais constituer une puissance – oh ! petite puissance – avec laquelle il devrait compter. J'ai saisi la main qu'il me tendit aussitôt à la mort du feu roi et nos deux influences se confortent au lieu de s'opposer.

— Ce sont là manières de cour.

— Oui, mais pour le plus grand bien du service du roi.

— On le dit fort à son aise et sachant à bon escient faire fructifier sa fortune.

— C'est une vieille famille de l'entour du trône. Son père a servi le roi fort jeune lorsqu'il n'était encore que duc de Berry. Et cet homme de cour si urbain, sais-tu qu'il fut mousquetaire à quinze ans et colonel de dragons au Royal-Dauphin, mestre de camp ? Il a pris la suite de son père et acheté sa charge de *premier* trois cent mille livres.

— Peste, tant que cela ! Et il a pu régler cette somme ?

— Sa Majesté lui a accordé *une croupe obligée* pour l'y aider.

— C'est-à-dire ?

— Ce sont les profits d'un fermier général. Une sorte de reprise sur des bénéfices considérables… Du reste, je préfère un homme riche auprès du roi. Il est moins sensible aux tentations.

— Et aussi le mieux placé pour continuer à arrondir son magot.

Nicolas ne tenait pas à s'engager sur ce terrain-là.

— Pour revenir à nos relations, il n'est pas inutile de pouvoir compter sur la bienveillance de quelqu'un qui dort au pied du lit du roi.

Nicolas pressentait que Bourdeau risquait de lui chanter ses antiennes habituelles, fruit de la lecture des philosophes. Il dévorait leurs livres durant les rares moments de liberté que lui laissaient le Châtelet et sa nombreuse famille.

— Allons, il est temps que nous reprenions notre conversation avec notre petit galopin. Il aurait intérêt désormais à se déboutonner. Nous voulons tout connaître.

Nicolas qui suivait Bourdeau le vit soudain, une fois la porte poussée, disparaître en hurlant. Il bondit et vit l'inspecteur qui soutenait Gosset qui s'était pendu avec un drap accroché à un crochet de la solive au plafond. Nicolas grimpa sur un tabouret et dégagea le cou du jeune homme qui s'effondra dans ses bras. Bourdeau avait bondi à temps au moment où la chaise se renversait. Gosset était allongé sur le sol et se mit à pleurer.

— On pleure beaucoup trop au Grand Commun, murmura Nicolas, bougon. Il serait pour le moins préférable de s'expliquer et de dire la vérité.

— On vous donne deux minutes, pour vous calmer, dit Bourdeau gentiment. Votre cou n'est pas même abîmé. A-t-on idée ?

— Je vais en profiter pour vous dire ce que j'attends, reprit Nicolas d'un ton sévère. Je joue franc-jeu avec vous, tenez-en compte. Nous savons que vous aviez une bonne amie, Étiennette, que vous avez écartée au profit de Mme Renard. Cela dit, racontez-nous la vérité des événements de cette nuit et, peut-être, d'autres. Vous êtes sorti de bon matin mais je constate qu'au lieu de tourner à droite vers l'escalier le plus proche, vous allez aussitôt vers la gauche pour aller justement mettre le nez sur une tache sombre, très limitée au demeurant, et, j'ajouterai, mal discernable dans ce couloir peu éclairé. Allons, monsieur Gosset, soyez convaincu que la franchise constitue votre unique planche de salut. Vous ignorez peut-être que vous êtes suspect dans cette affaire, et non le moindre. Le geste fatal que vous alliez commettre sur vous-même ne laisse pas d'ajouter aux présomptions que l'on est en droit de nourrir à votre encontre.

Gosset secouait la tête.

— Je n'ai tué personne. Je craignais qu'on m'accuse…

— L'apparence n'entraîne pas la preuve, dit Bourdeau. Pour éviter des inconvénients vous vous jetiez dans l'irrémédiable. Est-ce sérieux ? Pour marquer votre bonne volonté, commencez par nous raconter les événements de la nuit, et cela, par le menu.

Il hésita encore un instant et se lança.

— Il faut remonter dans le temps. Il y a environ un an, j'ai rencontré Jeanne dans le couloir…

— Jeanne ?

— Mme Renard. De nouveau au château…

— Passons, dit Nicolas, sachez que l'on vous a surpris dans les arrière-cabinets de Sa Majesté en train de…

Il rougit et baissa la tête comme un enfant pris en faute.

— C'est elle…

— Connaissant la dame, je vous fais crédit sur la chose !

— … Ensuite elle a vécu avec moi. La décoration c'est elle aussi.

— Et le frère tapissier ?

— J'ai dit la vérité à ce sujet.

— Que vous avez dissimulée sur d'autres points. Que dire par exemple des riches toilettes dans votre placard ?

— Les unes appartiennent à Jeanne. Les autres proviennent, m'a-t-elle dit, de la réforme régulière des hardes de la reine. Elles reviennent à ses femmes. Pourtant j'avais bien remarqué des dentelles d'une splendeur telle que je m'interrogeais. Elle se fermait toujours la bouche quand j'abordais la question.

— Soit, je vois la scène d'ici... Quel événement inattendu a-t-il bien pu troubler cette parfaite idylle ?

— Depuis quelques mois, Jeanne...

— Plus précisément ?

— Janvier ou février. Elle semblait d'un caractère moins égal, comme soucieuse. Je lui en ai fait la remarque. À mes questions répétées, elle se refusait à répondre. Plusieurs nuits de suite, elle a souhaité s'isoler dans son ancienne chambre. Je suis devenu jaloux. J'envisageai qu'elle recevait un homme. Je le lui ai dit. Elle s'est emportée, a prétendu contre toute raison qu'il s'agissait de son négoce de hardes. Elle m'a menacé de rompre au cas où je continuerais de la surveiller, et sur-le-champ.

— Venons-en à hier.

— Je l'attendais comme toujours et sans doute plus tôt que de coutume, la cour étant à Choisy. Les heures s'écoulant, point de Jeanne. Vers trois heures, je crois, il y a eu un grand branle-bas à l'étage au-dessus. Depuis des semaines on parle d'un voleur mystérieux qui vide les pots ! Je n'ai pas bougé, pensant qu'on l'avait pris sur le fait. J'ai fini par céder au sommeil. Ce matin, toujours pas de Jeanne. Je suis donc sorti et je suis allé vérifier si quelque bruit provenait de sa chambre. C'est alors qu'en essayant de regarder par le trou de la serrure, j'ai vu la tache de sang au bas de l'huis. J'ai aussitôt donné l'alerte. Pensez-vous que j'aurais agi ainsi si j'avais été l'auteur du meurtre ?

— Voilà qui est mieux ! constata Nicolas. Cependant ce visiteur que rencontrait Mme Renard nuitamment, l'auriez-vous entrevu ?

— Une fois j'ai aperçu la silhouette d'un homme de haute taille. Et une autre fois c'était une femme enveloppée de voiles. Mais sans doute ne sortait-elle pas de chez Jeanne.

— Et vous n'avez jamais, dit Bourdeau, été tenté de suivre ces ombres ?

Il y eut un temps de silence.

— J'ai longtemps hésité et une nuit enfin j'ai cédé. J'ai dévalé l'escalier de droite pour me retrouver avant le visiteur à la sortie du Grand Commun. À deux reprises. Dans l'un et l'autre cas, je n'ai vu personne, à croire qu'ils s'étaient évanouis dans l'ombre ou avaient rejoint un autre logis.

— Ou, murmura Nicolas à l'oreille de Bourdeau, par la cave et la trappe à bois. Ce qu'il nous dit me paraît frappé du sceau de la véracité. Cette constatation, il ne pouvait l'inventer.

— Sauf à en être complice, ce que je ne crois pas.

— Cette nuit, reprit Nicolas, saviez-vous que l'inspecteur Renard se trouvait dans la chambre de sa femme ?

— Je l'ignorai absolument.

— Vous pouviez le supposer ?

— Il ne venait jamais. Jeanne conservait le logement aux fins de sauvegarder les apparences aux yeux des autres. En dehors de ce que je vous ai révélé, elle y allait pour la montre et n'y demeurait qu'un instant, me rejoignant quand la voie était libre.

— Y aurait-il un détail qui vous aurait frappé cette nuit ?

— De quelle nature, monsieur ?

— Quelque chose d'inhabituel ?

310

Gosset réfléchit un moment.

— Vous m'y faites songer, il me revient une impression. Dans le couloir, alors que j'épiais de la porte de Jeanne, une odeur particulière flottait dans l'air…

— De quelle provenance ? demanda Bourdeau.

— Je ne saurais dire… Elle m'a indisposé, écœuré. Douceâtre et pénétrante à la fois. Cela me rappelait… Non, en fait j'ignore quoi !

— Bien, fit Nicolas. Vous avez commencé par tenter de tromper l'autorité en mentant à un magistrat de police. Toutefois, je veux bien croire pour le moment à votre bonne foi. Prenez vos hardes et quittez cette chambre sur-le-champ. Je vais y mettre des scellés afin que tout demeure en l'état jusqu'au moment où sera vérifié par qui de droit ce qui appartient à la dame Renard et ce qui a été dérobé au détriment de la garde-robe de Sa Majesté. Il va de soi que vous êtes suspendu de votre office au palais pour le temps de cette enquête. Votre mère ou votre frère peuvent-ils vous recueillir ?

— Je crois, répondit l'intéressé, tête baissée.

Il s'affaira à rassembler ses hardes empilées dans un drap jeté à terre sous le contrôle de deux policiers. Dans le couloir, il les salua et, le pas traînant et le ballot sur l'épaule, il s'éloigna quand Étiennette, qui le guettait, s'approcha et lui serra le bras. Il se dégagea et tenta sa retraite vers l'escalier. Elle jeta un regard désespéré à Nicolas.

— Ne perdez pas espoir, dit-il. Il est encore trop tôt pour lui…

Une nouvelle fouille approfondie suivit dans les deux chambres ce départ, sans pourtant permettre la découverte d'autres indices.

— Qu'allons-nous faire ? soupira Bourdeau. Toujours un temps de retard sur des événements qui nous sont imposés. À mesure que nous avançons dans les taillis de cette affaire, tout nous échappe et chaque événement accroît encore notre impuissance à démêler ce fatras ! Un meurtrier se gausse de nous en semant des cadavres.

— Ce n'est pas tant qu'il se moque de nous. C'est, je le répète, une sorte de provocation. Je le sens jubilant d'être à ce point intouchable qu'il s'autorise à semer des indices qui devraient, quoi qu'il en ait, nous mener jusqu'à lui.

— À la bonne heure ! Au moins tu ne perds pas courage. Alors je t'écoute. Que faire ? Où aller ? Dans quelle direction ?

— Soyons modestes, sans ambition excessive et demeurons au niveau trivial des pratiques policières. Primo, tu fais enlever le corps et le fais porter au Grand Châtelet. La nature du coup mortel ne paraît faire problème pour personne, mais... Tu préviens M. Thierry que nous avons autorisé Gosset à se retirer. Qu'au plus vite il dépêche quelqu'un susceptible de trier dans les toilettes de la reine. Quant à moi, il me reste encore quelques démarches à accomplir à Versailles. Je souhaiterais en particulier élucider les interrogations suscitées par les allusions répétées aux castrats de la chapelle du roi.

— Tu penses vraiment découvrir quelque chose de patent de ce côté-là ?

— Je ne sais pas. Toutefois, dans la situation d'ignorance redoublée où nous baignons, rien ne saurait être négligé. Expériences particulières chez le duc de Chartres, allusions répétées, morceaux de partitions de haute-contre. Qu'en est-il ? Je n'en sais rien, mais il ne faut rien négliger. Par le docteur Mesmer, je possède les noms des chantres de la chapelle approchés par le prince. Nous verrons bien.

Nicolas avait à nouveau besoin de marcher. Il sortit du Grand Commun, emprunta la porte de l'Orangerie et commença une longue déambulation dans le parc. Il traversa le parterre, rêva un moment dans la salle de bal, s'assit sur un banc de pierre avant de rejoindre le château. Une idée informulée le dirigea vers la chapelle. Le sanctuaire était désert et lui parut encore plus imposant dans son abandon que lors de la pompe des grands offices. Il se recueillit un moment, immobile, puis erra le nez en l'air, contemplant les détails des peintures de la voûte. Au moment où il admirait un Dieu jupitérien, le silence fut rompu par le chant du *Confiteor tibi Domine* qui s'élevait depuis la tribune. Il n'avait jamais entendu accents plus étranges ; ils ne ressemblaient à rien de connu. Bien que douce et agréable, ce n'était pas tout à fait une voix de femme. Sa flexibilité et sa suavité exprimaient un son doux et éclatant à la fois. Il s'ajoutait à la splendeur du lieu et semblait provenir du chœur des anges qui entourait la représentation du Père éternel. Revenu de sa surprise et de son admiration, Nicolas voulut en savoir plus sur l'auteur du chant qui le charmait ainsi. Il trouva l'accès à l'escalier qui conduisait à la tribune. Il découvrit près du buffet d'orgue un homme âgé qui, la tête levée, une partition à la main, faisait résonner les échos de la chapelle.

Il s'assit sur le plus haut degré des gradins et l'écouta jusqu'au terme du morceau. Il s'approcha alors de l'interprète qui lui parut âgé. Une perruque à l'ancienne encadrait un visage empâté à la bouche petite et encadrée de bajoues. Des poches sombres marquées sous les yeux soulignaient le caractère inhabituel d'un teint blanc crayeux, dont la pâleur surprenait. L'homme paraissait à la fois gros et maigre, impression renforcée par sa haute taille et son embonpoint.

— Monsieur, dit Nicolas saluant, c'est un grand privilège d'avoir surpris votre chant, ce que je vous prie de me pardonner.

— Ma, il n'y a point de mal, monsieur, dit l'homme avec un fort accent italien. J'ai longtemps eu l'honneur d'appartenir à la chapelle du roi. Désormais je jouis d'un repos tranquille, mais parfois je viens ici poussé par la nostalgie et je chante, monsieur, je chante… Enfin, quand la chapelle est déserte, ce qui n'est le cas que lorsque la cour déserte Versailles.

Nicolas comprit soudain à qui il venait de s'adresser.

— Je comprends que vous êtes contraltiste, monsieur. Monsieur ?

— J'étais, monsieur, j'étais… Silviano Barbacano est mon nom.

— Vos confrères sont encore nombreux ?

— Hélas ! plus maintenant. Il faut que vous sachiez, puisque l'amabilité vous pousse à vous y intéresser, que le feu roi avait décidé de fondre en un seul corps de musique la chapelle et la chambre.

— Et la raison de tout cela ?

Barbacano frotta son index contre son pouce.

— Hé ! L'argent, la dépense excessive. La volonté de retrancher. À la chambre, on supprimait les charges désuètes des serpents et autres vieux instruments pour des emplois de hautbois et de cornets. De cela il est advenu bien des conséquences. Une charge de la chapelle pouvait désormais être transférée à la chambre, c'est-à-dire qu'un chantre serait remplacé par un musicien. Notre nombre a ainsi diminué, à nous les contraltistes, je veux dire nous les castrats[5].

Il jeta un regard incertain sur Nicolas qui ne laissa paraître aucune réaction.

— Nous ne sommes plus aimés du souverain. Sa Majesté n'a que peu de goût pour la musique. La reine préfère les Allemands et les nouveautés…

Il hochait la tête tristement.

— Vous êtes encore très proches, je suppose, de ceux qui continuent à chanter ici ?

— Certes, certes. Moins qu'avant cependant. Jadis il existait un joli pavillon, *La Maison des Italiens*, sur un terrain pris sur le clos Notre-Dame. Vous le pouvez toujours admirer. On y logeait en communauté. Le jardin avait un charme délicieux.

» Le plus ancien d'entre nous, Bagniera, y mourut à cent deux ans. Sa voix était si belle que peu avant sa mort on la disait plus extraordinaire qu'aucune de femme ou de contraltiste jamais encore entendue.

— À vous entendre, monsieur, vous en prenez le chemin.

Le vieil homme s'exclama.

— Vous êtes bien indulgent. Je ne suis qu'un enfant en comparaison. Mais pour revenir à notre maison, elle fut vendue en 1758. M. Le Monnier, le botaniste, en a depuis beaucoup enrichi le jardin.

Il se retourna et contempla la chapelle.

— Nous allons tous disparaître… un jour. Savez-vous, monsieur, que la dépouille mortelle du grand roi en 1715 a été veillée pendant huit jours par quatre castrats qui se relayèrent ? C'était un faible hommage pour celui qui nous avait marqué tant d'intérêt.

— Puis-je oser, monsieur, risquer une question qui fut évoquée devant moi il y a peu ?

— Monsieur, je suis votre serviteur.

— Il s'agit d'expériences dites magnétiques opérées chez le duc de Chartres avec certains de vos confrères. Peut-être en avez-vous entendu parler ?

— Ah ! Monsieur, nous en rions encore entre nous. L'idée que notre nature aurait pu modifier les choses à ce point !

— Quels sont ceux qui participaient à cette tentative ?

— Balbo, Mangiarelli et moi. C'est curieux que vous m'en parliez. C'était le sujet de la conversation lors d'une petite fête chez moi, il y a quelques jours.

Enfin nous en avons un peu jasé, chacun y mettant plaisamment du sien. Sauf Balbo.

— Il n'était pas présent ?

— Mais si, mais il avait bu tant de vin de champagne qu'il fut aussitôt dans l'incapacité de parler. Il a d'ailleurs dormi chez moi et n'est reparti que mardi matin, à neuf heures bien sonnées. Il n'a pas dit un mot tant la tête lui tournait encore.

— Et les autres ? s'enquit Nicolas en riant, de peur que son interlocuteur ne le perce à jour.

— Envolés vers cinq heures du matin. Il fait si chaud cette année qu'il vaut mieux profiter des nuits.

— J'ai naguère, dit Nicolas qui ne souhaitait pas que la conversation prît l'allure d'un interrogatoire, beaucoup fréquenté le concert spirituel du Louvre. J'y ai entendu, émerveillé, chanter un *Stabat mater* de Pergolèse en 62 ou 63 par le castrat Ayuto et Mlle Hardi.

— Mais bien sûr ! Vous avez bonne mémoire. C'était en 63. Êtes-vous musicien, monsieur ? Monsieur ?

— Nicolas d'Herbignac, dit Nicolas, usant du nom d'une de ses seigneuries bretonnes. En amateur, je joue d'un instrument de ma province, la bombarde. Je connais bien M. Balbastre.

Il fallait bien qu'il servît à quelque chose, celui-là !

— Il écrit des airs charmants. C'est un compositeur à la mode…

Cela fut dit sans enthousiasme.

— Mon Dieu, poursuivit Barbecano, si j'osais…

— Mais je vous en prie.

— J'ai prié ce jour à dîner M. Benjamin de La Borde, ancien premier valet de chambre du feu roi, qui prépare un essai sur la musique. Accepteriez-vous d'être le quatrième ? Mon ami Balbo, dont je vous entretenais, sera également présent. Nul doute que votre présence… Celle d'un amateur si éclairé.

— Comme cela se trouve ! Sachez que M. de La Borde est un de mes amis les plus proches. Sans abuser, monsieur, ce serait un plaisir.

— Je tâte un peu de la cuisine. Bien sûr des plats de mon pays, de ma province d'Ombrie. Je suis natif de Norcia, comme Balbo d'ailleurs. Ma, nous parlerons musique, je vous en préviens.

— Cela doublera l'intérêt ! Où puis-je me présenter et à quelle heure ?

— Voulez-vous à treize heures de relevée ? Je loge à l'entresol d'une maison située place du Marché, au-dessus de la boutique d'un marchand grainetier. Vous ne pouvez vous tromper. Connaissez-vous l'endroit ?

Les émeutes de la guerre des farines lui revinrent en mémoire.

— Oui, depuis deux ans… Très bien. Monsieur, je vous salue et vous remercie.

Il ne redescendit pas dans la chapelle mais rebroussa chemin par la tribune de gauche afin de gagner celle du roi qui faisait face à l'autel et donnait de l'autre côté sur les grands appartements. Pénétrant dans le salon d'Hercule, un jeune homme, qui se dandinait sur ses jambes épaisses en proie à une gêne visible, se dirigea vers lui. L'homme de cour reconnut sur-le-champ le comte de Provence, frère du roi. Dans un visage impassible et replet, des yeux froids le fixaient. Il paraissait que c'était bien à lui que le prince en avait. Il salua l'héritier du trône.

— Monsieur le marquis, dit Provence avec un fin sourire, m'accorderez-vous un moment d'entretien ? Et d'abord, mon compliment pour cette croix de Saint-Louis qui marque votre valeur. Ne soyez pas surpris, mon frère m'en a entretenu avec cette verve qu'inspirent les exploits guerriers à ceux qui n'ont, hélas, pas la chance d'y paraître…

Il y aurait eu, songea Nicolas, beaucoup à dire et à répondre à cet exorde.

— Je suis aux ordres de Votre Altesse.

Provence envisagea une banquette.

— Allons nous asseoir, dit-il, en prenant le bras de Nicolas et s'y appuyant pour marcher. Il prit place alors que le commissaire demeurait debout.

— Allons, je vous en prie, foin de l'étiquette, nous ne sommes pas dans mes appartements. Prenez place.

Il y eut un silence un peu long marquant chez Provence la difficulté d'aborder la raison de la conversation.

— Admiriez-vous les œuvres de Coypel, La Fosse ou celles de Jouvenet ?

— Les trois. Lors des cérémonies, la piété l'emporte, ou l'attention portée à la sûreté de Sa Majesté.

— Vous êtes bien le seul à songer à la piété en ces lieux ! Aimez-vous les contes, monsieur ?

— Quand ils s'achèvent heureusement, monseigneur.

— Las ! Je vais vous décevoir, celui que je veux vous dire n'est point fini. Et je n'en possède ni le commencement ni le déroulement, mais seulement quelques brefs épisodes... Et encore, on peut en douter.

— Si Votre Altesse s'adresse à moi, c'est qu'elle me croit capable de remplir quelques manques.

Provence releva la tête, ce qui réussit à tordre les plis de chair de son cou. Sans doute estimait-il le propos aventuré.

— Un préalable, cependant. Votre parole, monsieur, de me garder le secret de ce récit ?

— De sa substance ou de celui qui me fait l'honneur de me le confier ?

— Surtout l'auteur... Alors, la parole du marquis de Ranreuil ?

— Celle-là ou celle de Nicolas Le Floch, monseigneur, elles se valent. Ce sont celles du même homme.

Ainsi d'ailleurs le pensait votre aïeul, que Dieu ait en sa sainte garde.

— Peste ! Quel caractère ! Ne prenez point la mouche. C'était façon de parler entre gentilshommes. Apprenez, monsieur, que ma tante Adélaïde ne sait pas tenir sa langue. Elle m'a confié, sous le sceau du secret, avoir fait appel à vous. Mon aïeul, que vous évoquiez, vous tenait en haute estime et chacun chante vos louanges.

Nicolas se mit à penser que la discrétion ne paraissait pas une qualité partagée par la famille. Seul, à bien y regarder, le roi savait peut-être conserver les secrets.

— Monseigneur observera que je ne confirme ni n'infirme. Il considérera les engagements que j'ai pu prendre auprès de son auguste tante que j'ai eu l'honneur de servir depuis près de deux décennies.

— Vous êtes l'homme qu'il me faut, dit Provence enchanté. Je vais pourtant tout vous dire car, au vrai, mon propre récit n'a rien à voir avec celui de ma tante.

Où diable veut-il en venir ? songeait Nicolas.

— Imaginez donc une famille fort riche dans laquelle l'aîné dispose des propriétés mais n'a point encore d'héritier mâle. Or sa femme devient grosse.

Un garçon bleu passa, salua, ce qui les interrompit un moment.

— ... et alors ?

— Monseigneur peut se dispenser de conclure.

Il fut toisé par le petit obèse arrogant.

— Et pourquoi cela, monsieur ?

— Parce que je sais ce que Votre Altesse va me dire.

— Et quoi, par exemple ?

— Que de mauvaises gens ont proposé au cadet de déshonorer la femme de son frère, avec les conséquences qui pourraient s'ensuivre. Mais comme c'est un honnête homme et qu'il aime son frère, il ne veut pas que ce mal survienne, tout en souhaitant arrêter la machination en route. Mais comment ?

Un regard froid lui fut jeté.

— *Nil agit exemplum, litem quod lite resolvit !* (Un exemple qui ne vide une question que par une autre ne prouve rien !)

— *Nam furis ? An prudens ludis me, obscura canendo ?* (Quel transport te saisit ? Oui, si tu es de sang-froid, te fais-tu un jeu de me chanter des énigmes ?)

— Ah ! pour le coup, Ranreuil, mon ami, au jeu de paume poétique, vous êtes le maître. Quel revers ! Être aussi familier de l'œuvre d'Horace, voilà qui me complaît au plus haut point !

— Mais encore, monseigneur ?

— Mais c'est tout. Je souhaitais que vous le sachiez… Enfin que le commissaire au Châtelet en fût informé.

— Mais à cette fable manque une morale.

— Que me chantez-vous là ? Une morale. Marquis il faut savoir se taire. C'est tout un art. Il y a peu on en faisait un livre. Un certain abbé Dinouart. Au fait, un plagiaire, l'Alexandre des plagiaires, comme le conquérant il s'approprie tout ce qu'il lit. Bellegarde, Joly de Fleury, l'abbé Mangin, Nicole, La Bruyère, et même l'archevêque de Paris, chacun a apporté sa pierre à l'édifice !

— J'admire, monseigneur, l'universalité de vos connaissances. Mais quelle conclusion ?

— Mon Dieu, l'homme ne se possède jamais plus que dans le silence. Je suis partisan du silence politique, celui de l'homme prudent qui se ménage, se conduit avec circonspection, qui ne s'ouvre point toujours, qui ne dit pas tout ce qu'il pense, qui n'explique pas toujours sa conduite et ses desseins, qui sans trahir les doutes de la vérité ne répond pas toujours clairement pour ne se point laisser découvrir.

L'espèce de componction satisfaite qui se lisait sur la face du jeune homme fit penser à Nicolas que c'était son portrait que le prince esquissait avec autant d'emphase.

— Monseigneur, devant une telle autorité, il m'est impossible de taire une fable bien construite que j'ai en tête.

— *Quid tamen vedit sibi fabula, si licet ede.*

— Que je vous explique, si je le peux, le sens de cette fable ? Encore Horace ! Rien ne m'est plus aisé. Un objet précieux et dangereux par nature a été dérobé à la reine. On le recherche ainsi que l'auteur de ce vol. Autour de ce fait s'accumulent les traîtres. Autour de l'objet dérobé grouille une faune d'espions, d'escrocs et de traitants financiers qui cherchent à le proposer au plus offrant. Sa Majesté en est informée et un certain commissaire Le Floch est chargé de cette enquête. Voilà, monseigneur, l'objet de cette fable-là.

Provence paraissait accuser le coup, s'efforçant de composer l'indifférence de son visage, tentative qu'il réussit d'ailleurs à la perfection.

— Je crois, monsieur le marquis, que nous nous sommes compris.

— Monseigneur m'autoriserait-il à lui poser une dernière question ?

— Soit, mais je me réserve le droit de n'y répondre point.

— Oh ! Elle est bien innocente. Comment savait-il me trouver à la chapelle ?

Provence prit une mine gourmande.

— Ah ! Ah ! J'intrigue notre commissaire. Soit, je consens à vous répondre. C'est depuis l'appartement de Madame, situé à l'extrémité gauche du château du côté de l'Orangerie et donnant sur la rue de la Surintendance, que je vous ai remarqué sortant du Grand Commun. Comme vous avez flâné dans le parc, j'ai eu tout loisir pour vous suivre de loin.

321

L'allusion au Grand Commun frappa Nicolas qui se méfiait toujours de ces rencontres-là.

— De fait, reprit Provence avec son ton de jeune vieillard, mes compliments pour votre fils. Vous connaissez sans doute mon goût pour les chevaux. Il monte à merveille. Sachez, monsieur le marquis, que je suis colonel, propriétaire de plusieurs régiments dont un de cavalerie. Je dispose de quelques brevets et je ne verrais que des avantages à le compter parmi nos lieutenants. Mais nous avons le temps d'y songer. Je vous salue, monsieur le marquis.

Et sur ces paroles l'héritier du trône s'éloigna de sa disgracieuse démarche. Nicolas eut soudain l'étrange pressentiment que le prince traverserait encore son destin.

X

CUISINE ET ALCHIMIE

Assurez-vous du fait avant de vous inquiéter de la cause.

Fontenelle

Deux idées aussi déplaisantes l'une que l'autre agitaient l'esprit de Nicolas alors qu'il traversait l'enfilade des grands appartements. La première touchait à l'impression laissée par les propos du comte de Provence. Il se surprenait à s'interroger sur la notion de fidélité à l'égard d'un membre de la famille royale quand aucun sentiment ne la soutenait ; il n'osait évoquer le respect et la dévotion. Or ce qui le poignait et l'angoissait même, c'était que cet homme-là, petit-fils du feu roi vénéré, se trouvait être l'héritier du trône et peut-être le futur souverain. À bien y réfléchir, il n'avait guère apprécié, le mot était faible car il les avait ressenties comme une insulte, les offres de service et de protection pour son fils Louis, tant déguisées fussent-elles. Le prince voulait-il de cette manière s'assurer ses bonnes grâces et, pour tout dire, sa discrétion et son silence ? Un dégoût le prenait en se remémorant le petit magot plein de suffisance. Il se reprocha ce sentiment d'irritation qu'au fond de lui-même il tenait pour condamnable. Il se rasséréna en pensant au roi si différent, et si aimable à servir.

La seconde idée qui le tourmentait touchait les vicissitudes de l'enquête en cours. Quels motifs avaient poussé le prince à s'adresser à lui, démarche à la vérité surprenante quand on connaissait le personnage ? Qu'il fût venu le trouver était une chose, mais qu'il eût toléré outre cela les répliques et l'ironie d'un Le Floch, commissaire au Châtelet, passait l'entendement. Fallait-il qu'il craignît le contrecoup des événements et que son rôle incertain éclate au grand jour ou, à tout le moins, que le roi en soit informé. L'histoire du royaume abondait en complots de frères félons. Nicolas tentait de reconstituer l'état d'esprit de Provence. Sans doute agissait-il en amateur intéressé par le passe-partout de la reine ayant eu le marché en main. Tout compte fait, on pouvait même envisager une collusion des agents anglais susceptibles de favoriser cette approche. Peu leur importait en effet comment ou qui déclencherait le scandale pourvu qu'il éclatât et éclaboussât la reine en la déshonorant.

Pourtant, qu'avait pu apprendre Provence qui l'obligeât à sortir du bois du secret et à condescendre à solliciter Nicolas ? Un jeu terrible l'avait-il effrayé au point de se retirer d'une table désormais réputée sanglante et grosse de périls ? Confier benoîtement, en usant de cette feinte candeur, à l'homme des enquêtes extraordinaires, connu comme proche du roi, ses craintes et ses soucis, participait d'une évidente manœuvre pour se couvrir. Restait, entêtante, cette précision apportée sans qu'il en soit forcé sur sa présence aux fenêtres de l'appartement de Madame donnant sur le Grand Commun. Donnant cette indication, il pouvait chercher à écarter tout soupçon de lien avec l'inconnu recherché. Nul n'imaginerait alors qu'il pouvait s'abandonner à un tel risque. D'un autre côté, si un lien existait entre le prince et les événements de la nuit dernière, n'était-ce pas le moyen le plus subtil, le plus en accord avec son esprit tortueux, de donner le change ? Il ne pouvait le croire. Écumée l'irritation suscitée par l'attitude du prince, l'explication la plus plausible demeurait la succession précipitée d'événements dont l'écho lui était parvenu et qui l'avaient poussé, contraint et forcé, à cette étrange démarche auprès de Nicolas.

Nicolas et La Borde gagnèrent ensemble l'entresol de leur hôte qui les accueillit avec la courtoisie la plus exacte. Un ordre parfait régnait dans le logis exigu décoré de gravures encadrées aux sujets italiens ou musicaux. À leur entrée dans le petit salon où trônait un clavecin, un homme de haute taille se leva et se présenta comme Vicente Balbo, chantre à la chapelle royale. Nicolas l'envisagea avec attention. Il fut tout d'abord frappé par le visage du chanteur, long et anguleux et à certains égards assez beau quoique étrange par son aspect étroit, ses yeux rapprochés et le feu sombre d'un regard fixe. Seule une esquisse de sourire adoucissait l'ensemble sans qu'on pût distinguer s'il s'agissait d'une expression permanente ou d'un rictus volontaire. La première impression, déroutante, était redoublée quand l'homme était debout. Il se dépliait plus qu'il ne se levait tant il était grand. Mais sa silhouette complètement déployée offrait de si disgracieux déséquilibres que la première vision s'en trouvait aussitôt détruite. Des jambes grêles soutenaient un torse déformé par un abdomen proéminent qui choquait comme appartenant à un autre corps. Tout cela sortait de l'ordinaire et Nicolas retrouva les formes particulières déjà observées chez

Barbecano, mais sans doute moins extravagantes chez une personne d'un âge beaucoup plus avancé. Balbo debout les dominait tous comme s'il avait été juché sur des échasses.

Dans la gêne passagère que procure toujours la rencontre de nouveaux visages, chacun prit place. Ce fut M. de La Borde qui, avec son aisance d'homme de cour, engagea la conversation alors que, contraint, chacun se taisait. Il fut aussitôt secondé dans cet effort par le maître de maison qui un temps lui servit d'unique interlocuteur et se mit au diapason pour savoir si certains motets de Delalande n'avaient pas été composés ou inspirés par un haute-contre. Cela lança les deux chanteurs à émettre sur ce point des opinions divergentes qui dépassaient de loin les modestes connaissances du commissaire sur le sujet. Puis le propos revint sur Bagniera que Barbecano avait connu étant jeune.

— Messieurs, dit Balbo, on a peine à imaginer qu'il décida de lui-même de subir la cruelle et décisive opération, et cela pour conserver intacte la qualité d'une voix exceptionnelle.

— Tout cela est vrai, confirma son confrère, il se fit castrer en France de son propre chef et fut pour cela menacé de bannissement par le roi.

— Qui ne menaçait pas en vain, dit Balbo. Mais pour le coup, il retint son bras et suspendit la sanction tant il appréciait l'artiste.

— Était-il aussi laid qu'on l'a dit ? demanda La Borde.

— Ma ! Plus encore. Il était presque nain, bossu par-derrière et par-devant, les jambes tortes et bancroches, le nez et le menton se touchant presque comme le *Pulcinella* des Fantoccini !

— Fantoccini ?

— Oui, des fantoches ou des marionnettes plutôt. Et pourtant dès que sa voix s'élevait tout disparaissait, ombré, effacé par l'ineffable splendeur de son timbre !

La Borde, qui d'évidence savait où son propos le conduisait, marqua une pause et presque timidement reprit la parole.

— Vous savez, messieurs, et en tout cas vous, cher Barbecano, l'admiration, je dirais la vénération, que m'inspirent vos talents. Je sais aussi, hélas, qu'ils sont en quelque sorte le contre-point d'usages cruels et de souffrances assumées. Si l'on comprend bien le but recherché, la raison s'interroge sur les conditions qui conduisent à ces pratiques. Pourriez-vous m'éclairer ?

— On ne saurait résister à une demande si délicatement formulée et je pense que Balbo et moi-même sommes en mesure de répondre à vos interrogations.

Ce dernier marqua quelque réprobation des paroles de son ami.

— Il est vrai, s'écria-t-il avec une sombre véhémence, que nous, les *incommodés*, les *chapons*, comme vous dites en France, sommes ici l'objet des moqueries, du dédain, des plaisanteries inavouables. Quoique le mot *castrato* ne puisse offenser les plus délicates oreilles, il n'en est pas de même de son synonyme français. C'est la preuve évidente que ce qui rend les mots indécents, ou déshonnêtes, dépend moins des idées qu'on leur attache que de l'usage de la bonne compagnie qui les tolère ou les prescrit à son gré. Ainsi le mot français, contrairement à l'italien qui qualifie une activité, s'attache uniquement à la privation infamante qui y est jointe, à cet écrasement de l'être.

Tout cela avait été dévidé sans l'ombre d'une distance avec l'intimité d'un ton aggravé par l'accent.

— Aussi bien ne sommes-nous pas de ces gens-là, dit La Borde conciliant. Ce qui est condamnable, ce n'est évidemment pas la victime, mais qu'il se trouve des pères assez barbares pour sacrifier la nature à la fortune en livrant leurs enfants à cette opération pour le plaisir du plus grand nombre !

— Ma ! La misère, monsieur de La Borde, la misère ! Dans chaque petit garçon peut sommeiller une grande voix, dit Barbecano. Les plus pauvres familles échappent ainsi à la famine au prix de ce terrible et fatal sacrifice.

— Et pour un pari des plus risqués, ajouta Balbo, car sur des centaines d'enfants opérés, quelques-uns seulement se révéleront à l'expérience des voix exceptionnelles.

— Mais, dit Nicolas, pardonnez à un ignorant. Comment expliquer qu'une telle mutilation conduise à de tels effets ?

Balbo, les yeux étincelants, allait prendre la parole, mais Barbecano s'empressa de répondre.

— Il faut se rappeler, dit-il, que l'opération conduit à conserver la taille du larynx dans l'état où il se trouve durant l'enfance. Il demeure plus étroit que chez les autres hommes et les cordes vocales en ressortent évidemment plus courtes. Celles-ci produisent alors des sons plus aigus et qui se maintiendront toujours à ce niveau. Ainsi l'opération écourte-t-elle la mue de la voix et préserve la capacité de tenir les notes. C'est dans la province d'Ombrie, à Norcia en particulier d'où je suis originaire, que de tout temps on pratiqua l'opération qui fait les castrats.

— Et pour éviter les fallacieuses et injurieuses questions qui ne manqueront pas de venir à votre esprit, dit Balbo sur un ton provocant et amer, sachez que nous sommes des êtres humains et non des curiosités qu'on va morguer à la foire.

Barbecano leva en vain une main apaisante.

— Laissez-moi parler. Ainsi par exemple, si le mariage nous est interdit, ce n'est point que nous n'ardons pas. C'est que l'Église prohibe une union sans procréation. Il reste, messieurs, que les femmes apprécient les castrats comme amants. Les exemples abondent. Et pour tout vous dire, nous sommes en mesure de soutenir leur désir et de satisfaire les nôtres. Ceci pour vous dire et vous démontrer que…

— Cela a suscité bien des polémiques, reprit Barbecano sur un ton conciliant. Ainsi, en 1667, Salezi épousa sa bien-aimée. Toute la Saxe en fut émue. Il résulta de cette tentative de passer outre aux enseignements de l'Église, une longue et scandaleuse controverse entre légistes et théologiens. Ils débattirent ainsi longuement sur la teneur du rapport ecclésiastique et sur les décisions qui devaient suivre.

Une vieille servante à coiffe brune annonça que le dîner allait être servi. L'hôte parut soulagé de cette diversion qui mettait un terme à des propos délicats. Il dirigea ses convives vers une petite pièce octogonale tendue de toile semblable à une tente. Une croisée donnait sur un jardin planté d'arbres fruitiers. On apercevait des branches ployant sous le poids de pêches et d'abricots. La conversation prit un ton plus léger. On glosa longuement sur la canicule qui s'acharnait sur le royaume et sur les aberrations des saisons que le siècle avait connues. Le plat que la servante apporta embaumait.

— Voici, dit Barbecano avec solennité, une recette de Norcia, ma ville natale. Ce sont là pâtes aux truffes, *pasta al tartufo nero*.

— Mon cher, dit La Borde, le marquis d'Herbignac qui parfois prête la main à cet art vous saurait gré de lui confier comment vous apprêtez ce mets aux parfums si puissants. N'est-ce pas, Nicolas ?

Le commissaire paraissait perdu dans ses pensées. Avait-il même entendu la remarque de son ami ? L'odeur du plat présenté avait trouvé un écho sensible dans sa mémoire, ranimant ses souvenirs. Cette odeur, à plusieurs reprises il l'avait respirée. C'était une sensation qui une fois ressentie ne s'oubliait pas. Elle était associée à des impressions gravées en lui. Il revint à la conversation et sourit à La Borde.

— Ma ! Il n'y a point de secret, sauf, comme vous dites en France, le tournemain. C'est une recette commune à toutes les vieilles familles de Norcia. Les pâtes sont cuites comme il convient dans beaucoup d'eau salée et, surtout, point trop. Égouttées une fois cuites, elles sont placées dans un saladier, recouvertes de cinq à six belles truffes de belle taille hachée. Et vous avez apprêté la sauce…

Nicolas prêtait la plus grande attention à l'énoncé de la recette.

— … en faisant revenir sans surtout les brûler force gousses d'ail qu'il faut donc ôter avant qu'elles ne brunissent. Dans cette huile délicieusement parfumée, vous jetez une demi-douzaine d'anchois pilés, un peu de bouillon de viande, de la tomate concassée et tamisée, du sel, du poivre et des épices à l'envi.

Nicolas restait figé par ce qu'il venait de découvrir. Cette odeur qui le poursuivait, que plusieurs témoins avaient perçue au Grand Commun et même signalée et que lui-même avait éprouvée dans le logis de la femme Renard, c'était celle de l'ail ou plus exactement quelque chose d'approchant, différent dans son intensité et dans l'effet produit. Dans un cas l'une excitait l'appétit, l'autre, plus lourde, tenace, écœurante, sinistre en tout cas, contenait une menace inconnue.

La conversation rebondissait sur la technique de l'art des castrats. La bouche pleine, Balbo évoquait la nature du *bel cantare*, coupant son propos de longues rasades de vin. La passion qu'il mettait à ses explications, jointe aux inflexions aiguës ou graves de ses intonations, l'agitait comme un pantin. Parfois Barbecano, l'air désolé, tentait de calmer son débit sans autrement y parvenir.

— J'affirme et répète que nous devons posséder les gradations les plus ténues, différencier le son de la façon la plus subtile et faire sentir les nuances les plus impalpables. Ce n'est pas rien d'enchaîner, suspendre, augmenter ou diminuer sa voix. Non !... Laisse-moi leur dire, décrire et crier la fougue, la force, les dénouements inattendus, la variété dans les modulations, l'habileté dans les appoggiatures, les passages, les trilles et les cadences...

Un peu d'écume apparut aux coins de sa bouche.

— Que dites-vous de ce vin du Piémont ? demanda Barbecano sans être entendu.

— Et plus encore ce style raffiné, précieux, recherché, policé, l'expression des plus douces passions poussée à un degré de vérité suprême ! Qui peut plus que nous ? Qui ?

Il jura à la grande confusion de son confrère en frappant la table du plat de sa main. Le plat suivant, apporté par la servante, fournit diversion.

— Voici, dit Barbecano, de la viande de porc au cerfeuil, *carne de maiale alla salsa di cerfoglio*. Elle est rissolée dans l'huile d'olive et non d'œillet comme très souvent vos marchands nous la vendent.

— Oh ! s'exclama Nicolas, sans songer que son propos pouvait paraître étrange dans la bouche d'un marquis amateur de *bel canto*, cet œillet n'est que du pavot et, en dehors de calmer les maux de dents, sa consommation en excès peut mener à empoisonnement. Or l'huile d'olive en est souvent *coupée* !

— Hé ! je reconnais bien là le disciple de Cornus, dit Barbecano, lui sauvant inconsciemment la mise. Ainsi donc, j'ajoute la sauge, les baies de genièvre pilées et j'humecte de vin rouge. Reste à laisser cuire à feu très doux une bonne heure et demie. Pour ce plat je choisis de l'échine.

— Morceau riche, moelleux et friand s'il en est, commenta Nicolas.

— Ma, vous êtes connaisseur ! Je prépare la sauce en hachant le cerfeuil avec l'ail, le sel, le poivre, un peu de ce vinaigre très parfumé et doux que nous appelons *balsamico*, et encore une lancée d'huile. Il faut bien mélanger. Je dispose les morceaux de viande sur le plat et l'arrose de ce mélange en ajoutant de petits oignons confits dans le miel.

Le début de la dégustation suscita un long silence approbateur.

— Dieu que cette viande est tendre, dit La Borde. Elle fond dans la bouche. Et ce relevé délicat du cerfeuil !

Barbecano rougissait sous l'éloge.

— Le miel nous est recommandé, dit Balbo toujours à son sujet. Il calme les irritations de la gorge. Nous devons nous préserver. Forcer sa voix est redoutable. Les notes basses étant pleines et rondes, le chant se fait plus doux en montant vers les aigus. Gagner un degré dans les basses vaut mieux que d'en gagner deux dans les aigus qui sonnent comme le sifflet d'un oiseau.

— Vous êtes tous deux originaires de la même cité. Vos familles se connaissaient-elles ?

Balbo fixa Nicolas, mais ce fut Barbecano qui répondit.

— Non, car nous avons trente ans de différence d'âge.

— Avez-vous encore de la famille là-bas ?

— Peuh ! fit Balbo. Pourquoi faudrait-il d'ailleurs que nous nous en souciions après ce qu'on nous a fait subir ?

— Je suis reconnaissant à M. Balbo de tous ces détails qui sans conteste enrichiront l'ouvrage que je prépare.

— Moi-même, répondit l'intéressé, je médite quelque chose. Il se trouve…

On desservait et le dessert apparut qui reporta à plus tard les éclaircissements du castrat.

— De cela, dit Barbecano, je ne donnerai point la recette, car c'est un secret de famille et j'ai promis à ma mère de ne jamais le révéler.

— Vous l'emporterez bêtement dans la tombe, fit remarquer Balbo.

— Avec beaucoup d'autres choses, mon ami ! Qu'importe ! Mais M. d'Herbignac qui est docte en la matière décèlera peut-être la composition de ce qui a pour nom *dolce del Principe*.

— *Le dessert du Prince*. Quel nom prometteur !

Nicolas plongea sa cuillère dans la douceur. Il éprouva aussitôt plusieurs impressions qui se confondaient harmonieusement et procuraient une symphonie inégalée de saveurs.

— Je dirais qu'il y a là mélange de plusieurs alcools ou liqueurs qui détrempent le biscuit, du rhum à coup sûr, et quelque chose qui pourrait être de la crème, mais en plus dense et à laquelle aurait été ajouté un autre ingrédient. C'est délicieux.

Barbecano souriait avec bienveillance.

— Désolé, je ne peux vous en dire plus… Mais je m'incline devant la sagacité de votre goût…

Balbo l'interrompit sans vergogne.

— Pour revenir à notre propos, écoutez ceci.

Il se dressa, repoussa sa chaise, recula de deux pas, prit une inspiration et se mit à chanter. Les assistants furent témoins d'une sorte de transfiguration : de cet être beau et disgracieux à la fois s'élevait une sublime mélodie. Pour Nicolas elle passait de cent coudées tout ce qu'il avait jusqu'alors entendu. La pureté des notes, leur velouté comme leur chatoiement sonore charmaient les sens et les tendaient à l'extrême tant cette plainte aux limites du possible paraissait aventurée et toujours au bord de l'effondrement. Il se tut et le silence succéda longtemps au chant.

— Cette aria est d'une beauté ! s'exclama La Borde. J'entends par là sa nature propre et la perfection de l'interprète. Pourtant je ne reconnais pas l'œuvre. Est-ce du Porpora ? Du Galuppi ?

La haute silhouette se redressa et Nicolas songea au mouvement du coq quand celui-ci lance son cri.

— Point du tout. Cette œuvre est encore inconnue. J'en suis l'auteur.

Cette annonce faite sur un ton triomphant laissa M. de La Borde sans voix.

— Je n'en dirai pas davantage et, sur ce, cher Barbecano, je me retire en vous saluant. Messieurs !

Et sans attendre aucune des politesses qui marquent habituellement un départ, il quitta la pièce.

— Il est ainsi, soupira l'hôte. Puissiez-vous lui pardonner son incivilité. Il est souvent étrange et n'est jamais satisfait de rien. Cela fait des années qu'il travaille à ce grand opéra, *La Caduta di Troia*. L'aria dont il nous a régalés ne vous donne qu'une faible idée de sa qualité. Elle tranche à un point tel avec tout ce qu'on a fait à ce jour et, pour autant, il ne parvient pas à la faire recevoir. Il s'est entiché d'une idée. Il voudrait la monter lui-même. Il cherche en désespéré de l'argent pour cela. Souvent nous héritons les uns des autres, ayant renoncé à nos liens de famille distendus et oubliés. Il comptait sur l'héritage d'un de nos anciens qui le tenait en affection. Malheureusement celui-ci est mort sans avoir rédigé le testament promis. Il n'est plus le même depuis. J'observe qu'étant resté svelte, contrairement aux conséquences de notre état, il a beaucoup engraissé depuis quelques mois. Je crains qu'il ne s'en remette au jeu pour trouver l'or indispensable à sa chimère. Pauvre Vicente ! Son ambition est inhumaine. Il envisage des décors gigantesques de temples et de palais, de riches costumes, des bijoux éclatants, des machines, le fameux cheval de bois, des spectres flamboyants, des tempêtes, des orages... Que sais-je encore ? Que veut-il prouver par là et quel manque entend-il combler ?

— Se cantonne-t-il à chanter à la Chapelle ? demanda Nicolas.

— Point. Il participe aux concerts des jardins, ainsi cet été ceux voulus par la reine sur les terrasses du Château ou à Trianon.

Après avoir remercié leur hôte confondu en gratitude pour l'honneur reçu de leur visite, ils se retrouvèrent Place du Marché. Le fermier général proposa à son ami de le reconduire à Paris, ce qui fut accepté d'enthousiasme à condition de s'arrêter à Fausses-Reposes pour y changer de costume et récupérer Pluton que Nicolas n'oubliait pas. Il relata à son ami les derniers événements et justifia les raisons de l'intérêt porté aux castrats de la Chapelle. Pourtant, pour surprenant et hors du commun que lui semblait Balbo, les témoignages de Barbecano indiquaient que l'homme possédait un alibi pour la nuit de la *Samaritaine*. Or, sans qu'aucun doute ne rédimât cette impression, le *modus operandi* et les indices découverts sur les théâtres des trois meurtres orientaient les recherches vers un seul et même assassin. Restait l'origine italienne des poignards, mais l'indice était-il décisif ? Persistait enfin le mystère de cette odeur pénétrante, si proche et pourtant différente de celle de l'ail.

À l'hôtel d'Arranet Tribord les accueillit et aida Nicolas à rassembler ses effets et à se changer. Pendant ce temps La Borde qui, comme le feu roi, aimait les chiens, faisait la conquête de Pluton dont le rétablissement était spectaculaire et qui se déplaçait déjà sur trois pattes.

— Voilà une brave bête ! Portons-la dans ma voiture.

Vers cinq heures un retour remarquable anima l'hôtel de Noblecourt. Les mitrons s'éparpillèrent sous le porche, épouvantés à la vue du molosse. Nicolas s'inquiétait un peu de l'accueil que la maisonnée allait réserver au pauvre Pluton. Averti, M. de Noblecourt descendit jeter un œil sur l'animal dont la bonace lui complut aussitôt. Cyrus s'approcha et fut aussitôt aplati par une patte lourde qui se prétendait amicale. Il se redressa tout flageolant, mais lui aussi conquis. Marion et Catherine se réjouissaient d'avoir à la maison un mâtin susceptible de les défendre et qu'elles allaient pouvoir gâter des restes de l'office. Quant à Poitevin, il déclara que le nouveau venu ferait un excellent compagnon au cheval, un peu solitaire dans son écurie. On tenta aussitôt l'expérience qui fut concluante : le pégase secoua joyeusement la tête en hennissant. Quant à Pluton, hors pour le sanglier, il semblait doté d'une inépuisable bonne volonté à l'égard de tous ceux qui lui manifestaient de l'intérêt. Seule, dans un premier temps, Mouchette manifesta quelque irritation de la venue de cet intrus. Alors qu'il la considérait de ses bons yeux, elle s'arqua, gronda sourdement, dressa sa queue en écouvillon et cracha mille insanités à la face du malheureux, immobile sous les outrages. Cette attitude de soumission parut lui complaire et elle s'approcha dignement. Nicolas la souleva, l'embrassa sur le nez, lui ébouriffa la tête et la reposa à terre. Mi-heureuse mi-fâchée, mais convaincue qu'elle n'avait rien perdu de l'affection de son maître, elle quitta la pièce avec dignité, remettant sans doute à plus tard, et sans témoin, le moment de faire plus ample connaissance avec le monstre étranger.

Nicolas rejoignit aussitôt le Grand Châtelet où il retrouva Bourdeau et Semacgus devant la loge du père

Marie. Retenu par une célébration familiale, Sanson n'avait pu se libérer. L'inspecteur avait cet air gourmand que la possession de nouvelles informations lui inspirait toujours.

— Te voilà bien faraud, dit Nicolas. Je pressens que tu as découvert quelque chose.

— Plusieurs... Tu trouveras enfermé dans le bureau de permanence un oiseau de nuit pris au piège dans l'une de ses retraites secrètes. Tu pourras remercier Rabouine, Tirepot et tous les vas-y-dire de leur connaissance qui ont écumé Paris à sa recherche.

— Fort bien ! Nous allons l'interroger, le bougre. Guillaume pendant ce temps, pouvez-vous examiner le corps de l'inspecteur Renard ? Nous vous rejoindrons sous peu à la basse-geôle.

Ils trouvèrent Restif affalé sur une chaise, son sombre manteau, incongru par cette canicule, replié autour de lui. Nicolas songea que cette triste figure évoquait plus une chauve-souris qu'un hibou.

— Je vous salue, monsieur de La Bretonne, et vous assure de ma joie sincère de vous retrouver. Je ne comprends rien à l'inexplicable propension qui vous tient de vous soustraire ainsi à l'affection de vos amis. Or ceux-ci ont quelques questions à vous poser auxquelles ils vous engagent à répondre avec la dernière sincérité. Dans le cas contraire, je vous préviens que les licences, aux deux sens du terme, qui vous sont tolérées, tomberont aussitôt et que s'abattra sur vous la lourde main de la justice du roi. Et j'y veillerai personnellement en dépit des sentiments que je vous porte.

Bourdeau riait sous cape de cet exorde. Restif baissait la tête, son vieux tricorne dissimulant son regard. Il toussa et s'éclaircit la voix.

— Vous me voyez, monsieur le commissaire, au désespoir de vous avoir déplu. Il faut pourtant entendre mes raisons qui justifient, sans les excuser, mes absences et mes disparitions.

— Je vous écoute.

— Je crains que nos rencontres n'aient été traversées. J'ai reçu des menaces et j'ai préféré me terrer.

— De quelle manière, et que disaient-elles ?

— Un papier qui me promettait de me couper les plumes si je continuai à jaser avec la *pousse*.

— Rien que cela ! Et où est-il, ce papier ?

— Bon. Je l'ai détruit.

— Comme cela se trouve ! Et voilà toutes vos raisons, Restif ?

— Ne sont-elles pas suffisantes ?

— Elles ne sont point de mon goût et ne me satisfont aucunement. Je vais vous dire pourquoi. Vous m'avez bien adressé un billet concernant le petit *merle*, connaissance de l'inspecteur Renard ?

— Certes. À votre demande j'avais tout mis en œuvre pour le retrouver et y étais parvenu.

— Pourquoi m'avoir adressé ce poulet, au risque qu'il soit détourné ? Vous ne m'avez pas accoutumé, monsieur, à de telles imprudences.

— Pire eût été de vous rencontrer alors que nous étions découverts.

— Ainsi à ce moment-là, il y a apparence que vous aviez déjà reçu des menaces ?

Restif ne répondait pas.

— Savez-vous ce qui s'est passé lors de ce rendez-vous à la *Samaritaine* ? Vous ne voulez toujours pas parler ? Je vais le faire pour vous. Le petit merle que vous aviez retrouvé a été bellement torturé et coupé en deux par la pompe de l'édifice et votre serviteur n'a dû qu'à la protection du ciel de sortir sain et sauf de ce guet-apens.

Pour le coup Restif protesta.

— Comment pouvez-vous croire, monsieur le commissaire, que moi, qui nourris tant de déférence pour votre personne, je vous aurais sciemment envoyé à la mort ? Je n'y suis pour rien, seules les circonstances ont voulu...

— Allons, foin de ce patelinage, je crois que les *circonstances* ont un nom et, pour dire le fait crûment, c'est d'une autre bestiole qu'il s'agit. Face au hibou il y avait un renard, non ?

Nicolas soupira.

— Toujours muet ? Voyez comme j'ai de la considération pour vous, tout insincère que vous persistiez à être. Seriez-vous plus bavard si je vous révélais que cette nuit même à Versailles, l'inspecteur Renard a été sauvagement assassiné ?

Le mouvement de joie sauvage qui agita Restif sans qu'il pût la réfréner n'échappa ni à Nicolas ni à Bourdeau.

— M'est avis, dit ce dernier, que vous voilà tout requinqué par la nouvelle.

— Bah ! La vergogne est inutile avec vous. La bête qui faisait planer sur ma tête une épée de Damoclès ne me nuira plus.

— Belle épitaphe ! dit Nicolas. Et peut-on savoir ce qui armait à votre détriment le bras de l'inspecteur ?

— Vous en savez, je crois, assez sur moi pour imaginer le reste.

Il reprenait peu à peu de sa superbe et son débit précipité.

— Vous avez raison, peu importe. Mais désormais j'attends de vous les explications nécessaires et non point des paroles détournées.

— Tout à trac, Renard a su que j'étais en quête du petit *merle*. Il m'a ordonné... Que voulez-vous ? je ne pouvais faire autrement... de vous transmettre ce rendez-vous à la *Samaritaine*. Rien ne présageait...

— Mais vous avez craint tout de même les conséquences de votre trahison, pour vous être terré comme vous l'avez fait ?

Derechef seule la rumeur lointaine de la ville fit écho à la question de Nicolas.

— Soit, silence vaut approbation. Sachez que désormais vous avez une dette à mon égard. Mesurez bien que je pourrais vous arrêter non seulement pour complicité de meurtre, mais encore pour tentative d'assassinat d'un magistrat. Qu'on vous trouve désormais quand on vous cherche. Répondez au premier appel. Allez et soyez prudent dans vos agissements. Au revoir, monsieur Restif.

L'écrivain se retira à reculons, à demi courbé et multipliant les saluts aux deux policiers, trop heureux de se tirer hors du pair à si bon compte.

— Nous n'avons rien appris que nous ne pressentions.

— Tu l'as laissé filer bien civilement.

— Oh ! Il est plus utile dehors que dedans. Nous ne pouvons reprocher à Renard d'en avoir usé avec lui comme nous le faisons nous-mêmes. C'est le côté déplaisant de nos fonctions.

Ils descendirent à la basse-geôle où Semacgus finissait d'examiner le corps de l'inspecteur. Au pied de la table de chêne gisait le harnachement de sangles et de bidons.

— Je ne vous apprendrai rien. Il a été bellement servi et la lame du poignard a été replongée une seconde fois dans la plaie. Aucun mystère dans tout cela.

— Pour ma part, ajouta Nicolas, il me reste à procéder à une petite vérification. Pierre, te souviens-tu de l'observation faite sur les exemplaires du libelle, ceux de M. Le Noir et de Madame Adélaïde ?

— En effet, l'empreinte d'un pouce blessé.

Nicolas s'approcha du cadavre, souleva la main droite et examina avec soin le pouce. Puis il sortit un exemplaire du pamphlet et l'en approcha.

— La coupure sur le pouce est encore nette. Restent même des vestiges d'encre. Considérez le papier, la trace de cette coupure apparaît sur les deux exemplaires. Et dire que Renard affectait de se présenter comme l'honnête intermédiaire des auteurs de ces papiers infâmes !

— Son passé confirme ton hypothèse et cette observation la prouve éloquemment. De surcroît...

Bourdeau reprit un air triomphant.

— Oui ?

— J'ai retrouvé l'imprimeur, c'est Ratineau, rue de la Vieille Draperie, paroisse Sainte-Croix en l'île. Le fripon complète son bénéfice en composant à la marge de petits textes clandestins. Il est désormais dans notre main et sous surveillance dans le cas où des *suites* se profileraient, car...

— Car ? Je suis sur les charbons, je grille.

— C'est fréquent à la basse-geôle, dit Semacgus ironique, en train de se laver les mains à l'esprit-de-vin.

— Cet imprimeur se consacre surtout à l'impression des partitions.

— Des partitions ? Comme cela se trouve ! Voilà un bien curieux recoupement. Le papier trouvé sur Lamaure, le noyé du Grand Canal, était une pièce pour castrat...

Il informa le chirurgien de marine de tout ce qu'il ignorait de l'affaire en cours, raconta son dîner chez Barbecano sans oublier le détail du menu, l'attitude incongrue de Balbo et, enfin, sa découverte d'un rapport étrange entre l'odeur qui accompagnait les apparitions du Grand Commun et celle de l'ail.

— De l'ail ? Mais pardieu oui ! s'écria Semacgus qui se mit à parcourir à larges enjambées la basse-geôle, tout en remettant son habit. Vous m'en direz tant !

Revenu de son agitation, Semacgus proposa, puisque l'heure s'y prêtait, de gagner un de leurs lieux de rencontre favori. Il leur révélerait devant un bon pichet l'illumination qu'il venait d'avoir. Nicolas décida de remettre au lendemain la poursuite de l'interrogatoire de la femme Renard. L'incertitude et l'isolement dans lequel elle était maintenue parviendraient peut-être à faire céder sa résistance, en l'engageant à parler. La fraîcheur voûtée de la taverne de la rue du Pied-de-Bœuf les accueillit. Sous les protestations de ses amis, Nicolas réclama en grâce un en-cas des plus légers ; il avait petit appétit après son festin chez Barbecano. Il fut peu exaucé et le pays de Bourdeau apporta aussitôt un gargantuesque plat de rillettes, d'andouillettes froides, jambon et saucisses qu'accompagnaient deux pichets de vin de Chinon. Une miche de pain frais et odorant fut laissée sur la table à leur convenance.

— Alors, reprit Nicolas, peut-on savoir la nature de cette révélation ? Votre soudaine agitation, mon cher Guillaume, n'a pas laissé de nous intriguer.

— Elle a jailli d'une relation faite entre deux termes de votre propos. Peu après avoir rappelé les circonstances étranges des apparitions au Grand Commun, et vous être interrogé sur la nature de l'odeur qui les accompagnait, vous avez affirmé que celle de la cuisine de votre vieux chantre la rappelait, à peu de chose près celle de l'ail.

— Je ne vois pas le rapport...

Semacgus engloutit deux rondelles d'andouillette et un verre de vin.

— Avez-vous jamais entendu parler de la *pierre de Boulogne* ?

— Il me semble que notre ami Noblecourt y a fait allusion dans une de ces historiettes dont il nous régale parfois. Il s'agissait de faux miracles, ou quelque chose d'approchant. Tout cela est bien vague dans ma mémoire.

— J'étais présent, remarqua Bourdeau. Nous dévidions des histoires de revenants. Nicolas nous tympanisait avec son *ankou* breton.

— Vous y êtes, dit Semacgus. Un croc de quelque envergure et de beaucoup d'imagination trompait son monde en usant d'un crucifix qui rendait la nuit une très grande lumière. On criait au miracle. De fait, il enduisait ces objets de piété en les frottant d'une préparation. La pierre était pilée en poussière impalpable. On en faisait de petits gâteaux en la pétrissant avec de l'eau et du blanc d'œuf. On laissait évaporer le liquide puis on calcine le tout.

— C'est toute une recette ! Mais où nous mène-t-elle ?

— Si vous me laissiez aller mon train, vous le sauriez !

» Cette particularité de rendre la lumière n'appartient pas seulement à certains minéraux. Elle peut provenir de la fermentation d'autres matières. Ainsi les foins mouillés, la farine, les flammes des vapeurs spiritueuses ou putrides, comme celles des latrines ou les feux follets des cimetières. Cependant notre siècle éclairé a découvert que le génie humain était capable de se substituer à la nature pour produire les mêmes étonnants effets. La chimie a découvert le phosphore, matière artificielle produite par l'union d'un acide et d'une substance inflammable. Son premier inventeur fut Brandt en Allemagne. Et, messieurs, avalez ce que vous mangez de peur que la surprise ne vous étouffe, c'est du résidu de l'évaporation de l'urine qu'on tire ce phosphore !

— Vous ne voulez pas dire, murmura Nicolas, que...

— Je l'affirme ! Avec une quantité donnée d'urine bien putréfiée soumise à évaporation, réduite dans un creuset et conduite à cristallisation, par quelques autres savantes manipulations vous obtenez un très beau phosphore jaune et transparent. Il se moule et se coupe comme de la cire. Exposé à l'air, il brûle et se consume et produit une odeur d'ail. Oui, Nicolas, une odeur prononcée d'ail. Ce *feu froid* rayonne dans l'obscurité comme les vers luisants. Et il en est de même appliqué sur une personne ou un objet. On peut même tracer sur un carton, du papier ou un mur, des caractères ou des figures qui demeurent lumineuses dans l'obscurité. Voilà, je crois, une explication convaincante qui correspond exactement à votre problème.

— Mais, dit Nicolas stupéfait, un particulier peut-il parvenir sans trop de difficultés à en produire, de ce phosphore ?

— Il suffit de suivre la recette et de posséder les instruments nécessaires. Nombre de riches particuliers possèdent des cabinets de chimie parfaitement équipés pour cette transmutation.

L'hôte les interrompit en leur apportant une planchette de bois couverte de fines tranches de lard fumé largement poivrées. Nicolas, les yeux fermés, paraissait en proie à une profonde réflexion.

— Ainsi donc, peut-on imaginer que le mystérieux visiteur nocturne du Grand Commun venait y dérober la matière indispensable à cette transformation ? De même s'expliquent les références aux spectres et aux *lumières froides* recueillies chez tous les témoins. Le visiteur devait s'être enduit le visage ou portait un masque au phosphore. Cependant, je ne puis croire qu'on se soit attaché à cette entreprise difficile et périlleuse uniquement pour produire le moyen de la faciliter !

— Je suis convaincu, dit Bourdeau, que l'idée a dû surgir au moment où notre homme a été mis en mesure de l'utiliser.

— Ce qui m'atterre, c'est que tout nous conduit autour des castrats de la Chapelle royale, indices, partitions, étrangeté d'un des chantres. Mais il possède des alibis évidents. Et d'ailleurs, pourquoi tout cela ?

À nouveau, une idée vague le tourmentait qu'il ne parvenait pas à formuler.

— Notez, mon cher Nicolas, que la transformation en question n'est point aisée, qu'elle exige des connaissances et une pratique que vous ne rencontrerez certes pas chez un chantre, fût-il *chaponné* !

— Rappelons-nous également, remarqua Bourdeau, que le meurtrier du Grand Canal, de la pompe de la *Samaritaine* et du Grand Commun a tenu à provoquer ceux qui le poursuivent. Chaque meurtre a été illustré d'une sentence tirée du *Jeu des puissances*. Il y a donc un fil directeur dans ce labyrinthe. Le vol du passe-partout de la reine engage l'action. Chacun s'agite et manœuvre autour de ce bijou. Mais au fur et à mesure que les drames succèdent aux drames, le vide se fait. Chartres dès l'abord compromis s'éloigne aussitôt son homme de main tué, Renard et son *merle* disparaissent. Enfin, tu nous as expliqué comment Provence tire en délicatesse princière épingle du jeu ! Nous voici devant un mur duquel, Semacgus m'ayant précédé, je vais desceller quelques moellons…

— Que nous annonces-tu là, Pierre ?

— Te souviens-tu de l'affaire d'un certain Jacques Simon, qui correspondait avec l'Angleterre ? Par ordre de M. de Vergennes, j'avais procédé à son arrestation. Chargé de son interrogatoire à la Bastille, il m'avait révélé être un des maillons d'un trafic de livres illicites.

— Cela ne nous avance guère, ce trafic n'était qu'une couverture…

— Si ! Dès lors que je t'apprends que ce Simon qui avait été éloigné avec la promesse de sortir de France et de ne plus y rentrer…

— Eh bien !

— Et qui devait être étroitement suivi et surveillé…

— Je n'ose entendre la suite…

— S'est immédiatement soustrait à ce contrôle, a disparu. Nous en sommes avertis plus que tardivement, les suiveurs s'étant consacrés à une recherche vaine au lieu d'avertir aussitôt leurs chefs.

— Des gens de Le Noir ?

— Point. D'autres qu'il vaut mieux ne pas nommer.

— Je vois ! Ainsi donc, le Simon est dans la nature et peut-être est-il revenu à Paris et à Versailles.

— J'ai lancé toutes nos forces dans la bataille pour le retrouver. Nous sommes le 11 août. Il y a déjà cinq à six jours qu'il a quitté Paris, soit tout le loisir d'y revenir.

— Et celui aussi de s'être trouvé à Versailles…

— Tu songes…

— Diable ! Il ne nous reste pas beaucoup de suspects. J'imagine un voleur, celui du passe-partout. J'entrevois de sombres négociations avec ceux que l'objet intéresse pour déshonorer la reine. En dehors de Chartres et de Provence, plus fanfarons qu'autre chose dans cette tentative, je ne vois que les Anglais et leurs services. Simon d'évidence est abouché avec eux et lui seul, si nous le retrouvons, peut nous conduire au détenteur du bijou.

— C'est en effet, commenta Semacgus, l'aimant qui peut attirer ceux qui ambitionnent d'en tirer mauvais parti.

Bourdeau et Semacgus se jetèrent sur un plat de rillons chauds et s'étonnèrent du peu d'appétit de Nicolas.

— C'est que, plaida celui-ci, outre toutes ces nouvelles, j'ai sur l'estomac le jambon de Tribord et un dîner italien !

— À y bien réfléchir, dit Bourdeau, c'est à Versailles que le nœud de l'affaire se resserre. Chercher Simon à Paris, quelque efficaces que soient nos moyens, autant retrouver une aiguille dans une botte de foin ! Le bonhomme a de surcroît un physique des plus communs que le moindre artifice déguisera. Plus utile serait de consacrer nos efforts à le traquer dans Versailles où je suis persuadé qu'il devrait paraître sous peu. Et peut-être nous conduira-t-il à celui qui se trouve à l'origine de toute l'affaire ?

Bourdeau fut chargé d'organiser un transport de mouches à Versailles. Il s'agirait de patrouiller, en repérant les étrangers, et de contrôler dans les auberges et garnis les nouveaux arrivants. Leur point de rencontre, le commissaire s'y rendrait dès que possible, serait l'hôtel d'Arranet où serait adressé tout message urgent. Épuisé, Nicolas demanda la route à ses amis et rejoignit la rue Montmartre. Il y trouva Pluton paisiblement endormi au flanc de la vieille monture, Catherine assoupie dans l'office. Elle ne se couchait jamais que fort tard et, même quand il ne séjournait pas à Paris, paraissait l'attendre à des heures indues. Il la réveilla, l'embrassa et lui intima d'aller dormir. Dans sa chambre, à peine était-il allongé que Mouchette surgit qui, après de longs détours indifférents, se mit en devoir de le renifler d'un air suspicieux. L'examen ayant dû être concluant, elle s'allongea, serpentine, sur son maître et lui donna de petits coups de tête sous le menton. Ce fut la dernière impression qu'éprouva Nicolas ; il leva la main pour la caresser mais celle-ci retomba.

Mercredi 12 août 1778

M. de Noblecourt tournait, pensif, sa cuillère dans sa tasse de sauge tandis que Nicolas gloutissait avec volupté une tranche de brioche couverte à déborder de confiture de cerises framboisées que lui avait adressée Mme Sanson.

— Ce qui m'intrigue au plus haut point, c'est la manie érigée en système de votre assassin de laisser un message dont on peut penser qu'il dissimule un sens caché.

— Il est à observer, dit Nicolas qui manquait s'étrangler, que le premier meurtre, celui du Grand Canal, est un peu différent à cet égard. On a certes trouvé des documents sur le corps du faux noyé, mais aucune provocation comme dans les deux autres.

— C'est sans doute que vous n'étiez pas encore entré en scène.

— C'est surtout que ce premier meurtre avait nécessité le recours à un complice, Renard sans aucun doute.

— Notez, mon cher Nicolas, reprit Noblecourt en lorgnant le pot de confiture avec une telle intensité que le commissaire l'éloigna, que nous avons à faire avec un assassin qui, non seulement a des notions de botaniste, le recours à votre datura, mais des compétences poussées en alchimie ou plutôt en chimie. Cela restreint le champ des conjectures.

— Encore faut-il qu'un élément nouveau fasse repartir la machine de l'enquête. On ne peut s'appuyer sur le vide.

— Peuh ! Le vide n'existe pas, il n'y a que son apparence. Rassemblez les éléments épars de ce vide. Vous paraissez assuré que le voleur du passe-partout ne fait qu'un avec un personnage grimé que vous aviez remarqué interpeller la reine au bal de l'Opéra. Pourquoi a-t-il dérobé ce bijou ? La commande lui en a-t-elle été faite ou l'a-t-il décidé de sa propre initiative ? Quel besoin d'argent et pour quel objet ? Le jeu ? Les femmes ? Quelque autre raison inavouable ? Pourquoi a-t-il tué Lamaure ? Sans doute parce que vous le soupçonniez et que l'inspecteur Renard l'en a averti. Pourquoi le petit d'Assy a-t-il été massacré ? Parce que Restif a mangé le morceau à Renard, toujours lui, et qu'il fallait faire disparaître un témoin gênant de ce qui s'était passé avant le meurtre du Grand Canal. Enfin pourquoi Renard ? Querelle de complices dans laquelle l'un veut conserver la totalité du bénéfice ? Là-dessus est intervenue votre enquête sur les vols étranges du Grand Commun. Je suis assuré qu'il sent la meute approcher et que la pression exercée sur lui l'incitera à des erreurs et à des fautes qui le mèneront à sa perte. Il y a apparence cependant que vous devrez affronter un être, certains faits sont éloquents, dont la raison est compromise et défaillante. Ce qui signifie aussi que son orgueil le perdra. C'est dans son assurance, dont vous avez recueilli les signes, que réside la certitude de sa chute. Sur ce, taïaut ! mon ami, comme criait le feu roi.

Nicolas allait se retirer quand Noblecourt le rappela.

— Puis-je en grâce vous demander un service ?

— Monsieur, dit Nicolas, le tout ou son contraire, pour vous je ferai l'impossible.

— Rien de cet ordre-là. Je vous connais amateur. M'accompagneriez-vous chez un de mes vieux amis ? C'est un peintre et un dessinateur extraordinaire, toujours le crayon à la main. Je le visite à intervalle régulier pour admirer les derniers relevés de ses carnets. Poitevin nous y conduira demain matin à la fraîche, vers neuf heures. Nous serons ainsi sûrs de le trouver au logis.

— Avec joie, et comment se nomme l'artiste ?

— C'est vrai ! J'avais omis de vous le préciser. Il s'agit de M. Gabriel de Saint-Aubin qui gîte rue de Beauvais, près la place du Louvre, la maison du menuisier. Hélas au second étage, fort raide, et c'est là que j'aurai besoin de votre bras.

Ragaillardi par les mâles propos du vieux magistrat, Nicolas gagna d'un pas allégé le Grand Châtelet. Il ne ressentait plus aucune gêne de ses blessures désormais cicatrisées. Il avait repris espoir de découvrir les éléments qui manquaient encore pour relier entre elles les parties éparses et énigmatiques de son enquête. Une petite voix intérieure lui disait que c'était toujours au moment où l'horizon semblait totalement bouché que la trouée surgissait au milieu des nuées. Sous le porche de la vieille forteresse, un vas-y-dire lui tendit un billet de Bourdeau. Avant l'aube, il avait quitté Paris pour gagner Versailles et organiser les recherches en vue de retrouver Simon. Nicolas se fit aussitôt conduire à la cellule où Mme Renard était maintenue au secret. Il la trouva assise sur sa paillasse. L'épreuve ne lui avait pas fait perdre son arrogance. À sa vue elle croisa les bras, en relevant la tête.

— Monsieur, vous êtes venu narguer votre victime. Je vous en préviens, dès que Sa Majesté connaîtra le sort que vous m'avez réservé, elle me rendra justice. Je ne plaindrai pas alors votre disgrâce...

— Il suffit, madame. Inutile de jeter votre poudre aux moineaux, au secret nul ne sait où vous êtes. Si toutefois Sa Majesté venait à avoir connaissance de votre situation, nul doute qu'informée de vos forfaits, elle exigerait de la justice une punition prompte et sévère.

Elle eut un mouvement brusque, les deux mains appuyées sur la planche comme prête à bondir.

— De quoi ? De quoi ? s'esclaffa-t-elle, l'œil pétillant de colère. On prétend me perdre ? Et d'abord, que me reproche-t-on ?

— Oh ! Madame, n'affectez pas cette attitude détournée. Les preuves sont accablantes contre vous pour vol et recel du linge et des hardes de la reine. Vous en aviez établi négoce clandestin dans votre chambre, ou plutôt dans celle de votre greluchon, serdeau au château. Vous voilà mise à blanc et convaincue de crimes qui frôlent la lèse-majesté. Je vous invite donc à y réfléchir et à mettre un terme à des dénégations qui n'abuseront personne.

— Je m'élève, monsieur, oui je...

— C'est peine perdue. Nieriez-vous par exemple avoir pour amant Jacques Gosset ? Refuseriez-vous de reconnaître avoir rompu avec lui au profit d'un autre ? Les témoignages abondent, éloquents.

— Oh ! je vois... La petite salope !

— Je constate que vous n'ignorez rien des circonstances qui plaident en votre défaveur. Inutile de discuter plus longtemps avec vous ; il ne me reste qu'à vous présenter quelque chose.

Le geôlier entra détacher la Renard. Fermement maintenue, car elle se débattait, elle fut entraînée dans les détours de la prison et conduite à la basse-geôle. Le commissaire souhaitait la mettre en présence du cadavre de son mari et examiner ses réactions. Il estimait l'expérience cruelle, mais nécessaire. À peine entrée de plain-pied dans le caveau humide où étaient conservés les corps destinés à être morgués par le public au travers d'une grille, Mme Renard, frissonnante, posa son regard non sur l'alignement des cadavres, mais sur les sangles et les bidons posés aux pieds d'un des corps. Elle porta les mains à son visage, poussa un cri déchirant et se mit à pleurer. Nicolas, qui avait sorti sa tabatière et prisait à son habitude tant le travail de décomposition, en dépit du sel répandu, avait empuanti l'air, décida de ne pas dévoiler aussitôt le corps et d'attendre quels avantages il était en mesure de tirer de l'étonnement de Mme Renard que tout laissait ressortir d'une méprise.

— Ainsi c'était lui ? fit-il froidement.

Elle le regarda hébétée et, soudain, par un mouvement si violent qu'elle échappa à celui qui la tenait, elle se jeta sur le cadavre et tira la couverture qui le recouvrait. À la vue de la face exsangue du mort, une fugitive impression, faite tout à la fois de triomphe et de soulagement, transfigura Mme Renard. Le trépas de son mari l'inondait d'une joie sauvage d'autant plus violente qu'elle succédait à la terreur précédemment éprouvée d'avoir à découvrir le cadavre d'un autre. Il n'en tirerait désormais plus rien, mais tenta pour la forme de l'interroger.

— Madame, reconnaissez-vous l'inspecteur Renard, votre mari ?

— À quoi bon me le demander ? C'est l'évidence.

— Il a été assassiné dans votre galetas du Grand Commun. Je ne vous accuse pas de ce meurtre, vous étiez ici, mais avez-vous la moindre idée sur ce qu'il y pouvait faire ?

— Je l'ignore et ce n'est pas à moi d'en tirer des conjectures.

— Vous ne manifestez guère d'émotion ?... La chose vous est-elle indifférente ?

— Croyez-vous, répliqua-t-elle sur un ton de défi, qu'il puisse en être autrement ?

— J'ai observé quand nous sommes entrés ici votre émotion à la vue de ces bidons et de ces sangles. Imaginiez-vous qu'il s'agissait d'une autre personne ?

— Voyez le beau lecteur de mes émotions ! Seules l'odeur et la vue de ces restes alignés ont éprouvé ma sensibilité.

— Je vois, madame, que vous vous obstinez et refusez d'aider la police du roi. Dans ces conditions, je vous laisse jusqu'à... disons dimanche, pour réfléchir à votre sort. Ce délai écoulé, vous serez conduite à Bicêtre où, selon une méthode éprouvée, on vous oubliera dans quelque *in pace*.

— Monsieur... à Bicêtre ! murmura-t-elle avec une sorte de convulsion des mains. Vous n'y songez pas !

— Furieusement, madame. Allons, éclairez ma lanterne et confiez-moi le nom de l'homme qu'il y a un moment, cruel pour vous, vous avez cru gésir sous cette couverture. Un bon mouvement... Non ? Alors qu'il en soit fait selon votre mauvais choix. Qu'on l'emmène à sa cellule et qu'on veille à ce qu'elle soit bien entravée, des pieds et des mains. Je crois que la coquine a de la ressource.

De nouveau le souvenir d'un vieux soldat de Fontenoy retrouvé pendu dans ces mêmes lieux pénétra, comme un lancinant remords, la mémoire de Nicolas. Il quitta cet antre de désolation et sortit à grands pas du Châtelet. Sa présence à Versailles était pour le moment inutile ; il avait mieux à faire. Il souhaitait visiter le logement de Renard, où, peut-être, il trouverait quelque nouvel indice. Enfin une visite à l'imprimeur découvert par Bourdeau ne serait sans doute pas inutile. Son local, dans l'île de la Cité, étant le plus proche, il décida de s'y rendre aussitôt. Il arrêta une désobligeante qui maraudait.

La voiture traversa le fleuve par le Pont-au-Change et s'engagea à main droite rue de la Vieille Draperie. L'imprimerie était située à son extrémité, près de l'église Saint-Pierre des Arcis. Il aimait ce Paris gothique avec ses hautes maisons déformées par les siècles dont les hauts penchés se touchaient presque et qui lui rappelaient les vieilles cités de sa Bretagne. Il repéra l'atelier qu'il recherchait à une petite statue de Saint-Louis l'Évangéliste, patron des imprimeurs, placée au fond d'une niche au-dessus de la porte d'une boutique. Il poussa la porte et pénétra dans l'obscurité d'un petit bureau où un roquet juché sur une chaise paillée se mit à aboyer puis poussa un long hurlement. Survint alors un petit *matagot* d'homme, ventru et poussif, qui rappelait en réduction le bonhomme Franklin. Il s'essuyait les mains souillées d'encre avec un vieux chiffon. D'un mot il calma le cerbère, releva ses besicles sur son front et considéra Nicolas avec circonspection.

— Monsieur Ratineau ?

— Lui-même, pour votre service.

— Nicolas Le Floch, commissaire de police au Châtelet. J'ai quelques questions à vous poser.

— Un de vos confrères est venu m'interroger, sur une broutille...

— Hum ! Broutille est un mot faible. Sans l'indulgence de l'inspecteur et... votre compréhension... Mesurez bien votre chance.

L'homme se mordit les lèvres, retira ses lunettes et se mit machinalement à les essuyer avec son chiffon souillé.

— Monsieur, j'aimerais évoquer vos travaux concernant l'impression de partitions. Naïvement je croyais qu'on copiait plutôt la musique.

— Certes, pour de petites pièces et en nombre réduit. C'est la quantité et la longueur qui déterminent l'impression. Ou alors celle d'une œuvre originale.

— Ce ne doit pas être fréquent.

— Hélas, non ! Les compositeurs sont rares. Et pourtant...

— Pourtant ?

— Il y a peu nous avons imprimé un opéra.

— Un opéra ! Et de quel auteur ?

— C'était une commande sans nom. Un homme est venu apporter le manuscrit, puis est revenu contrôler les épreuves. Enfin il a reçu les exemplaires et les a réglés. Peu bavard.

— Il y a longtemps ?

— Peu après le carnaval.

— Et comment le décririez-vous ?

— Silhouette étrange, assez beau visage et surtout maigreur saisissante.

— Et le titre de cette œuvre originale ?

— C'était de l'italien, il me semble... *Troa, trocado*, je ne sais plus.

— *La Caduta di Troia ?*

— Je crois bien que c'est cela.

Nicolas remercia et reprit la désobligeante qui l'avait attendu. Sans barguigner, mais en avait-il la ressource ? Ratineau avait été des plus clairs. Le personnage commanditaire de l'impression d'un opéra semblait ne faire qu'un, sa description le confirmait, avec Vicente Balbo. Il n'y avait pas matière à le lui reprocher. Simplement les allusions à un ou à des castrats de la Chapelle revenaient trop souvent dans cette affaire comme une obsédante antienne. Indices, conjectures et recoupements nourrissaient l'agitation d'une intuition habituée à relancer sans cesse les dés. Et pourtant la réflexion sur Balbo, ou même sur Barbecano, ne menait à rien sinon à constater qu'ils disposaient d'alibis inattaquables, sans la moindre trace de compromission. Oubliait-il quelque chose ? Jour après jour le tableau se compliquait ; ne dissimulait-il pas un élément évident et pourtant si ostensible que rien ne permettait de le distinguer ?

Il fut transporté en peu de temps rue du Paon. Soudain une idée le traversa. Aucune clé n'avait été découverte sur le corps de Renard en dépit de la fouille de son vêtement. Quand il arriva devant la demeure de l'inspecteur, cette constatation ne cessait de le turlupiner. Il descendit et contempla la porte cochère évoquée par Restif. Il s'approcha et constata qu'elle était dotée d'un rond de bois dissimulé dans la moulure qu'il suffisait de presser pour l'ouvrir. Le bâtiment était en retrait d'une petite cour pavée ; la porte du vestibule était ouverte. Il entra et se dirigea vers l'escalier. Une voix aiguë l'arrêta aussitôt :

— Ousque c'est-y que vous prétendez aller comme ça ?

Une vieille femme, le balai à la main, avait surgi, menaçante.

— Je monte chez M. Renard.

— M. Renard n'est point là. Et d'abord qui que vous êtes ?

— Je suis commissaire de police.

— Allons donc ! Encore un… On a déjà donné, mon joli.

L'inquiétude le gagna.

— Un de mes confrères ?

— Oui, un grand, vêtu exactement comme vous. Vot'frère peut-être ben ?

— Vous a-t-il présenté des papiers justifiant son identité et sa charge ?

— Point ! Et vous, ça serait-y un effet de vot' bonté de me prouver qui que vous êtes ?

Il sortit une lettre de cachet. Elle se pencha, méfiante, le nez sur le papier. Elle ne savait pas lire, mais la chose ne laissa pas de l'impressionner.

Elle marmonna quelque chose et s'écarta, l'œil mauvais. Parvenu au second étage, Nicolas sortit de sa poche son rossignol habituel pour crocheter la serrure. Elle céda aussitôt à ses efforts et la porte s'ouvrit révélant un spectacle de désolation. L'inconnu décrit par la portière l'avait pris de vitesse. Il avait ravagé les lieux, mettant le logis à sac et les pièces sens dessus dessous. Les meubles avaient été ouverts, leur contenu répandu, les tapis retournés, les lits éventrés. Même les livres d'une petite bibliothèque étaient éparpillés sur le sol, leurs reliures arrachées. Des papiers avaient été brûlés dans la cheminée. On avait fait place nette. Comble d'ironie, il découvrit, planté dans le bois d'une porte, un poignard identique à ceux trouvés à la *Samaritaine* et au Grand Commun, ce même modèle italien identifié par Bourdeau. La lame traversait un papier dont il se saisit. Rageur, il déchiffra les sentences qu'il reconnut tirées du *Jeu des puissances* :

J'ai des atouts de reste et je les ménagerai cette fois-ci pour la fin.

Je n'ai ni roi ni atout, mais seulement une dame mal gardée. Ainsi passe.

Nicolas frémit. L'adversaire derechef le provoquait, sûr de lui. Le sens caché de ces deux phrases et la menace qu'elle impliquait l'inquiétaient. Quelle autre dame sinon la reine pouvait-elle être visée ? Comme une marée, l'angoisse montait en lui. Il devenait urgent d'agir et d'aboutir ; mais sur quelles bases ?

XI

LES CARNETS DE SAINT-AUBIN

Qui démêlera cet embrouillement ?

Pascal

Jeudi 13 août 1778

La fin de la journée, consacrée à une longue errance dans Paris, s'acheva par un médianoche dans une taverne de la rue Saint-André-des-*Arcs*. Il s'y régala en solitaire d'amourettes panées et d'une salade de chicorée aux croûtons et aux œufs mollets. Il entendait faire table rase de tout le fatras de l'enquête. Il la rebâtissait pierre à pierre, ne maçonnant l'une qu'après s'être assuré que la suivante s'adaptait en perfection à l'ensemble de la reconstruction. La logique et la raison présidaient à cet effort nécessaire sans que, pour autant, il eût à rejeter ces poussées de suppositions et le mystérieux travail de l'intuition qui jusqu'alors s'étaient révélés si féconds. Sa réflexion butait toujours sur un point : tout, il le sentait bien, tournait autour des chantres de la Chapelle royale et cependant l'hypothèse que le coupable pût être l'un d'eux ne reposait sur aucun fondement tangible. Il retourna dans sa tête ce dilemme sans en trouver la réponse et se coucha sur cette interrogation.

S'étant éveillé à l'aube il retrouva pour le déjeuner M. de Noblecourt qui avait coutume de se lever de bon matin. Il lui fit le récit des événements de la veille, tout en lui exposant son souci et le peu de résultats de ses réflexions.

— À bien pour penser votre affaire, il m'apparaît judicieux de pousser les choses au-delà du rationnel. Car si vous suspectez un acteur du drame, autour duquel tout semble s'ordonner et que cependant il bénéficie d'un alibi, que pouvez-vous être conduit à en déduire ?

— Je crains à ma grande confusion ne rien penser du tout !

— Allons, ne faites pas l'enfant ! Exercez votre judiciaire comme je vous l'ai enseigné jadis. À votre retour d'Ouessant vous avez été jeté dans cette affaire. Je retire de tout ce que vous m'avez conté depuis qu'un de vos suspects pourrait être le coupable. Or pour l'un des meurtres, il possède un alibi. Je dirais que peut-être cet alibi est l'alibi de trop, l'alibi d'un alibi. L'un énoncé, mais non prouvé, il repose sur le seul témoignage de votre Barbecano. Vous en déduisez qu'il garantit ceux des autres meurtres. Or si cet alibi est faux ou simulé, ou si plusieurs assassins existent, tout votre édifice s'écroule comme un château de cartes !

— Hélas ! Je ne possède pour le moment aucun élément pour justifier une telle perspective.

— Rappelez-vous vos enquêtes passées. Cette histoire de vengeance contre le duc de Ruissec. N'avez-vous pas découvert que Mlle de Langremont ne faisait qu'une avec la Bichelière ? Hein ! Cela fait penser, non ?

Dans la voiture qui les conduisait rue de Beauvais, Nicolas demeurait taciturne, remâchant les considérations du vieux magistrat sans qu'elles le conduisent pour autant à quelque conclusion que ce soit. Dans ce vieux quartier du Louvre, les maisons anciennes ne disposaient que d'escaliers étroits aux marches hautes et usées et il dut soutenir et aider Noblecourt qui parvint essoufflé au deuxième étage. Nicolas s'étonna qu'un artiste connu occupât un logis aussi modeste. Noblecourt, qui se rendit compte de sa surprise, le prévint de n'être point choqué par l'apparence du peintre, d'une malpropreté légendaire, avant de frapper à la porte. Une sorte de glissement se fit entendre, l'huis s'entrouvrit et un homme de taille moyenne, dans la soixantaine, les accueillit. Le visage blême aux traits massifs, un peu bovins, le menton remonté vers le nez, s'éclaira d'un bon sourire à la vue du vieux magistrat. Nicolas fut présenté en cérémonie. Saint-Aubin parut le fixer sans le voir.

— Je n'y vois guère, dit-il, en cherchant des lunettes dans sa poche. Je suis myope et de surcroît édenté.

Il rit, offrant une vue effrayante de sa ganache démeublée.

— Sophie Arnould, notre grande cantatrice, a dit un jour à mon frère Charles *que je faisais plus de croûtes que je n'en mangeais.*

Il était en chemise et culotte tachées et de vieilles savates éculées lui tenaient à peine aux pieds. Dans la rue on l'eût pris pour un mendiant. Le logis comportait une pièce unique, servant apparemment à la fois d'atelier et d'appartement. Un lit, une armoire, une petite vitrine, une commode, une encoignure, une table, des chaises dépareillées et deux poêles constituaient un pauvre mobilier. La poussière et la crasse recouvraient tout et des déchets traînaient sur le plancher. À cela s'ajoutaient des chevalets, des tableaux de toutes tailles, des moulages, des portefeuilles de dessins, des livres en vrac, un clavecin, un petit orgue, des violons et une vielle. Saint-Aubin se fraya un chemin dans ce capharnaüm pour leur trouver deux chaises utilisables, lui-même s'asseyant sur la table après leur avoir versé du vin dans deux verres ébréchés.

— Comment se porte mon vieil ami ? dit Noble-court, faisant la grimace à la première gorgée.

— Oh ! Chaque jour davantage fatigué que le précédent. Ma santé vacille.

— Mais vous travaillez ?

— Oh cela ! Je ne cesserai jamais. Je suis né le crayon à la main.

— Il faut vous dire, reprit le vieux magistrat en s'adressant à Nicolas, que notre ami dessine en tous temps et tout lieu avec une passion qui n'a point d'exemple. Dans cent ans, c'est par lui et ses milliers de dessins qu'on connaîtra ce que fut notre Paris. Et c'est un grand peintre.

— Il n'y a que vous pour le dire, hélas !

Il fourrageait dans son désordre pour en tirer de petits carnets chargés de croquis.

— Je sais, Aimé, que vous raffolez de ces scènes prises à l'improviste que m'inspire la vie quotidienne.

— Ce que j'apprécie chez vous, c'est votre œil attentif à l'instant. C'est la vie que vous immobilisez. Et considérez, Nicolas : à la ligne pure, au trait unique si prisé aujourd'hui, lui en revanche préfère multiplier les coups de crayon, les traits de plume et c'est encore une fois la vie qu'il nous restitue.

Nicolas admirait des feuilles volantes ramassées sur le sol. Soudain son attention fut attirée par un plein format détaché d'un grand carnet représentant une foule de promeneurs dans un jardin.

— C'est un intrépide dessinateur, poursuivait Noblecourt. Il ne cesse point de croquer. Partout, sur les marges des catalogues, sur le moindre carré de papier. À la promenade son crayon met à contribution les passants, au sermon il fait une esquisse du prédicateur[1]. Voilà qui...

— Monsieur ! s'écria Nicolas fort ému, Puis-je vous demander un service ?

— Pour un ami de Noblecourt, je consens à tout.

— Il s'agit d'un emprunt tout provisoire.

— Ah ! s'il s'agit d'argent ce n'est point le bon bureau.

— Non ! Vous vous méprenez. Ce croquis m'intéresse au plus haut point dans le cadre d'une enquête que je mène au service de Sa Majesté.

— Dans ce cas il est à vous. Vous l'avez relevé sur un tas d'esquisses que je comptais brûler.

— Mon Dieu, pourquoi ?

— Parce que c'était une redite. J'ai déjà croqué les promeneurs des Tuileries en 1760. On en fit une eau-forte aquarellée, relevée à la plume et à l'encre noire. J'avais l'impression d'un bis pour une œuvre moins bonne. Faites-moi l'amitié de l'accepter, si toutefois elle peut vous être utile.

— Vous n'imaginez pas à quel point ! Mais encore une question. Ajoutez-vous parfois des détails ou des personnages imaginaires à vos croquis ?

Saint-Aubin sourit avec finesse.

— Je vois tout à fait à quoi vous faites allusion... Vous êtes très observateur, monsieur. Je vous rassure, c'est le strict pendant de la réalité. Je suis le spectateur affamé de la vie et ne la modifie en aucun cas.

— Maître, je vous remercie.

— C'est ainsi, dit Noblecourt pincé, on cause et on m'oublie !

La visite se poursuivit. Nicolas s'émerveilla de la multitude et de la variété des scènes de la vie parisienne ainsi que du nombre d'études d'architecture et de projets de tableaux. Noblecourt fit l'acquisition d'une petite eau-forte représentant un groupe de Lepautre au Jardin des Tuileries. Nicolas connaissant la générosité de son ami le soupçonna de laisser une somme beaucoup plus considérable que celle, médiocre, que Saint-Aubin lui avait timidement annoncée. Souhaitant faire un présent à Louis et remercier leur hôte de son obligeance, il acheta le lavis gris et brun d'une pierre noire intitulé *Apollon jouant aux échecs avec Mars*.

Dans la voiture qui les reconduisait rue Montmartre Nicolas, tassé contre la glace pour profiter de la lumière, examinait l'esquisse offerte par Gabriel de Saint-Aubin. Il n'y avait pas à s'y tromper et son cœur battait de sa découverte. Encore fallait-il que le dessinateur ait dit vrai au sujet de ses croquis, garantis reflets authentiques de la réalité. Noblecourt le considérait avec amusement et curiosité.

— Et dire qu'il détruit de pareils chefs-d'œuvre ! Vous l'avez obtenu à bon compte.

— Vous n'imaginez pas la valeur qu'il représente pour moi. Mon enquête rebondit.

— Que dites-vous là ? Ah ! vous me cachez quelque chose.

Nicolas lui tendit le dessin. Nobblecourt sortit ses besicles et s'attacha à parcourir le sujet.

— Ma foi, je ne distingue rien de particulier... Des promeneurs, des élégants, un petit chien. Oh ! il ressemble à Cyrus. Des enfants... Un groupe de Lepautre encore, sans doute *Énée portant son père Anchise*... C'est donc aux Tuileries. Ma foi, je n'y entends rien ! Éclairez ma lanterne.

— Considérez ces deux promeneurs, dit Nicolas en pointant du doigt le détail intéressant, oui, là sous le marronnier. Rien ne laisse de vous frapper dans leur apparence ?

— Bon, ils ont un air de ressemblance.

— Que vous faut-il ? L'un est la copie conforme de l'autre à quelques détails près que j'éclaircirai.

— Et qui sont-ils ?

— Avant de vous répondre, je les veux examiner à la lentille grossissante.

Aussitôt arrivés rue Montmartre ils se hâtèrent de gagner la bibliothèque de Noblecourt où Nicolas put distinguer à travers le cristal les traits des deux personnages de l'esquisse.

— L'extraordinaire, dit-il, c'est que la manière de Saint-Aubin, cette multiplication à l'infini de traits et de touches de plume ou de crayon, autorise la vision la plus approchée de la réalité. Et de surcroît il s'attache à la précision des visages. Considérez maintenant ce que je veux dire.

Noblecourt s'assit commodément devant un bureau à cylindre dont il tira la planchette pour mieux s'accouder et éviter d'être gêné par aucun tremblement.

— Vous avez raison, les deux personnages sous le marronnier se ressemblent comme deux gouttes d'eau. Cependant l'un est sensiblement plus gros que l'autre et porte des lunettes. Cette constatation qui paraît vous exciter prodigieusement me laisse pourtant sur ma faim. Qu'en tirez-vous de nouveau pour votre enquête ?

— C'est que, dit Nicolas jubilant, ce personnage que nous avons sur l'esquisse de Saint-Aubin en double exemplaire, parmi ces personnages dont il nous assure qu'ils sont les reflets authentiques de la réalité, n'est rien d'autre que Vicente Balbo, chantre contraltiste à la Chapelle royale.

— Ah ! Mille pardons, excusez-moi du peu. Que ne me l'avez-vous chanté plutôt ? Ainsi aurions-nous affaire à des frères, des jumeaux peut-être ? Voilà qui est du dernier piquant. Réfléchissons, voulez-vous ? Reprenons l'ensemble des événements et tâchons d'approcher au plus près le véridique du suspect.

— Vous sentez bien que cette découverte bouscule toutes mes incertitudes et renforce mes présomptions. Il n'y a désormais plus d'alibis qui tiennent.

— Ne prenez pas le mors aux dents. Nous voilà jetés en brutalité sur une nouvelle voie qui me paraît bien sablée, et trop peut-être…

— Que voulez-vous dire ?

— Écoutez mon conseil et procédons comme je l'ai proposé. Prenez une plume, l'encrier est là. Tentons de cerner la personnalité, les habitudes de votre suspect. Rassemblons pour cela les indices.

— Ce qui m'apparaît comme le plus criant, c'est la cruauté des actes commis, sauf pour le premier meurtre où vraisemblablement le coupable agissait avec un complice.

— Cruauté donc !

— L'usage du poison. Utilisation du datura.

— Par conséquent, connaissance des simples. Un botaniste ?

— Présence sur les lieux des deux meurtres de poignards d'origine italienne.

— Vicente Balbo et Barbecano sont tous deux originaires de la ville de Norcia en Ombrie.

— Et encore ?

— Capacité d'entrer dans les jardins royaux en disposant du jeton nécessaire.

— Complicité donc à l'intérieur du château.

— Au vu des craintes exprimées par Mme Renard devant le mort masqué de la basse-geôle, relation supposée avec le suspect.

— Cela écarte-t-il un castrat ?

— Il paraît que non, leur seule impuissance résiderait dans l'impossibilité de procréer.

— Convergences, reprit Noblecourt entre des partitions, des pamphlets et le *Jeu des Puissances*, le tout émanant du même imprimeur et retrouvé sur les lieux du crime.

— Imprimeur d'un opéra inédit de Balbo.

— Il y a peine à résister à tant de coïncidences. Une question cependant. S'il existe un frère et qu'il sache l'utiliser comme alibi, pourquoi se promener ensemble aux Tuileries au risque de se faire reconnaître ?

Nicolas reprit le dessin de Saint-Aubin.

— Le marronnier nous donne la réponse : les feuilles commencent à peine à s'ouvrir. Donc il ne peut s'agir que des mois de mars ou d'avril, bien avant le premier meurtre et sa préméditation.

— Qu'avons-nous oublié ?

— Le recours au phosphore, ce qui sous-entend quelques lumières en chimie. Est-ce le propre d'un chanteur ? Je vais faire écumer les fournisseurs susceptibles de vendre les ustensiles nécessaires à sa distillation.

Noblecourt quitta son pourpoint tant la chaleur du jour montait. Il prit place dans une bergère et demeura songeur un long moment.

— Pour en revenir à la cruauté, d'évidence elle va de concert avec la provocation orgueilleuse que notre homme ne marchande pas. Le *modus operandi* de la mort du *petit merle* est une horreur. Cette boucherie atroce a sans doute une signification dans l'esprit du coupable. Ce n'est pas un être normal que nous traquons, mais une bête fauve, habile, dangereuse et insensée, persuadée d'être intouchable. Dans ces conditions, vous devez prendre les plus grandes précautions et ne frapper qu'à coup sûr, si tant est que nous soyons dans le vrai. Fasse que rien ne se mette en travers de votre route !

— Je vais de ce pas, dit Nicolas en se levant, rendre compte à M. Le Noir, puis je partirai à Versailles pour conférer avec le ministre de la Marine avant d'engager la bataille.

Nicolas eut la chance de trouver le lieutenant général de police à son hôtel de la rue Neuve-Saint-Augustin. Il le trouva agité, tout en eau, triant les rapports et les papiers qu'on ne cessait de lui apporter et qu'aussitôt lus et apostillés, il laissait choir sur le sol. Sa figure s'éclaira à la vue de Nicolas.

— Se peut-il que vous veniez distraire mon labeur par quelque heureuse nouvelle ?

— Je ne puis, monseigneur, vous l'affirmer encore. Mais vous-même paraissez ennuyé et soucieux ?

— C'est que les affaires ne vont pas comme je le souhaiterais, quoi qu'en disent les papiers publics, les lettres particulières et les nouvelles rapportées par les capitaines des navires qui arrivent dans nos ports, Sartine ignore encore ce qu'est devenu l'amiral d'Estaing. Cette incertitude embarrasse nos stratèges et renforce leur indécision sur l'emploi de nos forces de mer et de terre. Le mouvement de nos vaisseaux n'a pas empêché une flotte anglaise de dix navires marchands en provenance de Chine, du Bengale et de Coromandel de parvenir sans dommage en Angleterre.

— Et le roi ?

— Sa Majesté est à Choisy avec la cour et chacun s'efforce de dissiper et d'amuser la reine de toutes les manières. Son état restreint le choix. Le roi a joué pour la première fois au pharaon. Chacun a considéré la chose comme la plus grande marque de complaisance qu'il pouvait donner à sa femme. Il est à souhaiter que cela ne tourne pas en habitude, parce que Sa Majesté n'est pas beau joueur. Ses impatiences risqueraient d'entraîner de fâcheux éclats.

Il tient les cartes et ce qu'elles produisent en horreur.

» Autre chose, j'y songe. Pour votre gouverne, le conseil de guerre tenu à Brest n'a pas eu les effets qu'on en présumait. Les charges examinées et les défenses entendues, les officiers cités ont été reconnus innocents et le conseil a publié qu'on ne pouvait s'en prendre ni à leur capacité ni à leur fidélité pour les erreurs ou les torts relevés lors du combat d'Ouessant. M. le duc de Chartres leur a offert un grand repas pour fêter l'événement. J'ajouterai qu'en rendant toute la justice due à la valeur et même à l'intelligence du prince, s'il ne se fût pas trouvé à ce combat, l'amiral d'Orvilliers, et la France avec lui, en eût été sans aucun doute mieux servi ! Cela dit, condamner lesdits officiers équivalait à blâmer indirectement le duc de Chartres. Imaginez les conséquences...

— J'écoute, monseigneur.

— Dans l'une ou l'autre conjoncture, cela signifie qu'il ne demeurera pas longtemps en service et qu'on le verra de suite revenir à la cour. On lui fera la belle mine compassée comme on sait le faire dans ce *pays-ci*. On le noiera sous de bonnes paroles et des faveurs simulées. Il en sera marri, son amour-propre piqué et mille fois plus opposant qu'il nous avait quittés. Alors, il réglera ses comptes. Dans ces conditions, tenez-vous sur vos gardes, mon ami.

Après Provence, Chartres et naguère d'Aiguillon, Nicolas songea que cela faisait beaucoup pour un seul homme en animosité de princes. Il expliqua en bref l'état de son enquête. Le Noir alla de surprise en surprise. Il réfléchit un moment, parut gêné et se décida à parler :

— Je suis bien au courant pour cette affaire Simon. Il me plaît de constater que vous avez fait la paix avec Sartine. Cependant, vous connaissant tous les deux, je crains quelque incompréhension nouvelle à ce sujet...

Le bon Le Noir paraissait sur les pointes et cherchait ses mots.

— Il faut vous dire… Au moment de décider l'éloignement de Simon du royaume, le ministre a donné ordre…

— Monseigneur, je le connais de trop longue main pour n'avoir point deviné ce qu'il a pu en être. Ce sont des hommes à lui qui ont été chargés d'escorter le susdit, mais avec ordre exprès de lui laisser prendre à la première occasion la poudre d'escampette.

— Mais comment avez-vous… ?

— Simple déduction, dit Nicolas souriant. N'ayez crainte, j'en fais mon deuil et ne gâcherai pas, pour une broutille si habituelle au ministre, une si belle amitié.

— Vous savez ses marottes outre les perruques. Il ne veut point connaître le détail des choses, s'emporte cependant quand on ne l'informe point et maintient toujours plusieurs fers au feu !

Nicolas remercia le lieutenant général de police de ses utiles recommandations et en vue de son opération à Versailles réclama des renforts en hommes qu'il obtint aussitôt. Le Noir, qui savait ce qu'agir signifiait, y ajouta une lettre pour la trésorerie qui permettrait au commissaire des affaires extraordinaires de répondre *espèces sonnantes* à toutes les éventualités. Après quelques ultimes conseils, Nicolas gagna les écuries où il réclama *Sémillante*. Elle l'accueillit avec son enthousiasme habituel, martelant sa litière de ses sabots. Avant tout il lui caressa les yeux avec tendresse alors qu'elle lui soufflait dans le cou. Ce rituel accompli, il sauta en selle et piqua des deux.

La Seine franchie, il se mit au galop sur le chemin sablé menant à Versailles. Il respirait à longs traits, tout à ce moment de d'oubli. Cette trêve fut de courte durée et de nouveau l'assaillirent les éléments nouveaux de l'enquête. Que Vicente Balbo eût un frère offrait des réponses à bien des questions jusque-là demeurées énigmatiques, mais ne résolvait pas tout. Il percevait dans ce dénouement trop de facilité. Il ne rendait pas entièrement compte de la complexité de l'affaire et, à beaucoup d'égards, de son atrocité.

Il fit halte comme à l'accoutumée à l'hôtel d'Arranet à Fausses-Reposes. Tribord, ravi de le revoir si vite, lui demanda aussitôt des nouvelles de Pluton. L'amiral était toujours absent ; une lettre le disait à Brest où il avait dû participer au conseil de guerre.

— Et mademoiselle ? demanda Nicolas.

— Hé ! Hé ! fit Tribord, clignant de l'œil. Mademoiselle est au logis. Sauf qu'elle a bien chaud et qu'elle a décidé de se rafraîchir. Sauf vot' respect, elle a gagné un petit étang au-delà du parc où elle doit barboter comme la jolie carpe qu'elle est en vérité !

Nicolas réfléchit un moment. Le soleil était à son zénith. C'était l'heure du dîner. Il pouvait disposer de quelques heures à lui avant de se relancer dans l'action. Sous le regard complice du vieux matelot, il s'enfonça dans le parc après avoir donné les ordres concernant le bien-être de sa monture. Ayant franchi la haie qui fermait le fond du parc, il trouva une clairière qui descendait doucement vers un petit lac ombragé de grands arbres. Il avança sans bruit dans un petit bosquet de noisetiers. Aimée chantait doucement, battant des mains et s'éclaboussant dans une tenue de naïade. Le spectacle charmant inspira Nicolas. Il se sentait sale, fleurant le cuir et le cheval. Il se dévêtit et en silence pénétra dans l'onde qu'il n'eût pas crue si chaude. Il se laissa filer entre deux eaux. Il s'approcha d'Aimée qui, soudain, se retourna, poussa un cri. Il la prit dans ses bras, ils glissèrent lentement dans l'eau. Elle s'écrasait contre sa poitrine. Tout ce que ce monde cruel signifiait, le mal, les meurtres, les cadavres et les complots de la cour et de la ville, disparut en un instant. Le souffle précipité de Nicolas libéra sous les caresses d'Aimée toute l'angoisse accumulée depuis le combat d'Ouessant. La vie triomphait en cet instant rare de bonheur et s'imposait sans qu'aucune autre pensée ne vînt troubler la tendresse de leur ardeur.

C'est vous qu'il va baisant, quand lassé de sa chasse
Dégouttant de sueur et d'une honneste crasse
Couché sur votre bord tout plat il va lavant
Ses lèvres et sa soif en vostre eau l'abreuvant[2].

Ils s'assoupirent un moment allongés côte à côte sur l'herbe du rivage. Nicolas s'éveilla et, sans déranger Aimée, s'habilla et rejoignit la demeure. Il fit toilette et se changea. Tribord, goguenard, lui amena *Sémillante*. Il l'informa que si on le cherchait il serait chez le ministre de la Marine. Il reprit le chemin de Versailles. Dans la cour du Château, une fois sa monture confiée à la Grande Écurie, il constata avec surprise que les aiguilles de l'horloge pointaient cinq heures de relevée. Le temps du rêve à l'étang avait passé si vite. Il se hâta vers l'aile des ministres et fut presque aussitôt introduit dans le cabinet du ministre de la Marine.

Sartine ne présentait pas son visage des bons jours. Il paraissait, lui aussi, absorbé par de volumineux dossiers dont il extrayait parfois des liasses pour les mettre de côté. Il leva sa plume et considéra Nicolas, l'air perplexe.

— Alors, monsieur, dit-il, railleur à l'excès, toujours semeur de cadavres ! Après avoir souillé le Grand Canal, ensanglanté d'horrible manière la *Samaritaine*, voilà que vous vous en prenez au Grand Commun. Et pour couronner, si j'ose dire, le tableau, vous arrêtez une lingère des plus appréciées de Sa Majesté. Au moins, rassurez-moi, vous êtes sur le point d'aboutir, les coupables vont m'être présentés pieds et mains liés ?

— Je ne peux guère vous le promettre, ce serait présomptueux. Cependant, j'affirme que les brisées sont fraîches et que nous sommes sur des traces encourageantes.

Il lui présenta en brièveté l'état de l'enquête, car Sartine ne goûtait guère les à-côtés. Enfin il évoqua sans commentaires excessifs la disparition de Simon et les mesures qu'il avait ordonnées pour parer à toute disparition de l'espion présumé devoir reprendre contact à Versailles avec un correspondant au sujet du passe-partout de la reine. Le ministre de la Marine jeta sa plume, éclaboussant d'encre un dossier, se leva et commença à déambuler comme un furieux.

— C'est ainsi ! Toujours se mettre dans les voies et compromettre des opérations conduites avec la plus grande précision. Sachez, monsieur, que si le sieur Simon a pu s'échapper, ce n'est point, car vous connaissant avec votre insupportable prétention à tout méjuger, du fait de l'impéritie de mes gens, mais parce que j'en avais donné l'ordre. Imaginez pourquoi ?

— Monsieur, dit Nicolas d'un ton piqué, m'en auriez-vous parlé que pour le coup l'opération ordonnée eût été remise. Elle n'a d'ailleurs pas encore donné les résultats attendus et rien n'est compromis.

Sartine ne répondit pas. Un commis entra et lui tendit un pli cacheté. Il l'ouvrit, regagna son fauteuil et parut méditer, la tête entre les mains.

— Asseyez-vous, Nicolas, je crois que j'ai eu tort de m'emporter. Les fautes justifient vos craintes... On porte à ma connaissance que le sieur Simon, ayant traversé l'étroite surveillance de mes gens, a tenté de s'y soustraire. Ils n'ont eu d'autre alternative – les maladroits ! – que de le serrer au plus près. Il s'ensuivit un échange de coups de feu. Il est mort.

Nicolas qui avait été à deux doigts de prendre la mouche constata avec satisfaction que, pour une fois, et sans doute la chose était malaisée pour Sartine, des regrets avaient été énoncés. Restait que le fil était désormais rompu de ce côté-là.

— Votre piste me semble bien incertaine. Que vient faire un castrat de la Chapelle dans cette histoire ? Nous n'avons guère le choix.

— La difficulté réside dans une constatation d'évidence : celui qui a dérobé le passe-partout de la reine n'a plus d'amateurs. Chartres et Provence, dont on ne peut douter qu'ils furent à un moment intéressés, se sont retirés et Simon pour le compte des Anglais...

— Oui, oublions l'incident, l'interrompit Sartine, et faites au mieux. Comme toujours.

Et en guise de congé, il replongea dans ses papiers, comme le faisait M. de Saint-Florentin. Rien ne retenait plus Nicolas au Château. Il n'y rencontrerait personne en l'absence de la cour, pour l'heure à Choisy. Il décida donc de regagner Fausses-Reposes où, espérait-il, Bourdeau aurait l'idée de venir le trouver comme ils en étaient convenus. Il quitta la Grande Écurie au petit trot. À mi-chemin, il eut la surprise de voir la voiture de l'amiral d'Arranet qui filait grand train en direction de Versailles. Il fit cabrer *Sémillante* pour attirer l'attention du cocher qui, ramassant ses rênes, réussit à immobiliser l'attelage de ses chevaux. De la caisse sortirent en hâte Bourdeau et Tribord, l'air bouleversé. Nicolas sauta à terre, passa son bras dans la bride et se dirigea vers eux suivi de *Sémillante*.

— Que se passe-t-il, mes amis ? lança-t-il, alarmé de leurs mines qui laissaient présager de graves événements.

— Nicolas, nous te cherchions. Mlle d'Arranet a disparu...

— Crédié, quel malheur ! ajouta Tribord. On a laissé nos gens fouiller l'étang avec des perches. On craint en effet... Pourtant elle nage comme une *guernouille* !

Nicolas s'appuya contre l'encolure de son cheval. Une chape de glace l'avait envahi comme le jour où il avait appris que Louis était introuvable à Juilly. *Sémillante* se mit à hennir. Il semblait qu'elle participât de l'angoisse de son maître.

À l'hôtel d'Arranet il traversa au galop le chemin qui menait à la maison, foula le jardin, sauta pardessus la haie pour parvenir, sa monture écumante, au bord du petit étang. La scène qui s'y déroulait redoubla son émotion. Une vingtaine d'hommes, des jardiniers, des paysans, des voisins, Rabouine et ses mouches entouraient la pièce d'eau, munis de perches, et sondaient ses sombres profondeurs. On commençait à allumer des torches car le crépuscule tombait peu à peu. Il descendit de cheval et commençait à déboutonner son pourpoint quand Bourdeau survint à bout de souffle et comprit ce qu'il entendait faire.

— Nicolas, c'est folie ! Cette eau est glauque, sombre, remuée depuis des heures tant que la vase est remontée. Tu n'y verras rien. Et si par malheur... Il n'y a plus rien à tenter, sinon... Laisse ces braves gens s'y efforcer.

Soudain une idée bouleversa Nicolas. Il revit les petits souliers blancs à rubans que l'herbe avait verdis et la fine robe de linon à fleurettes sur laquelle elle s'était étendue.

— Où sont ses vêtements ? Les a-t-on trouvés ? Qui me répondra ? Et son chapeau de paille ?

— Aucune trace, dit Rabouine dont la lèvre inférieure tremblait de voir l'état de son chef. Peut-être les avait-elle sur elle quand...

— Il faut garder tête froide, reprit Bourdeau. Tu as quitté Fausses-Reposes vers la demie de quatre heures pour rencontrer Sartine à Versailles. Que faisait-elle au moment où tu l'as quittée ?

— Nous nous étions baignés, murmura Nicolas gêné de la signification de ses paroles. Nous nous sommes assoupis un moment au bord de l'eau, sur l'herbe. Je n'ai point voulu la réveiller... Pourquoi ? Pourquoi ?

— Allons ! Les choses ne sont peut-être pas aussi graves qu'elles le paraissent à première vue. Était-elle vêtue quand tu es parti ?

Nicolas lui jeta un regard farouche.

— Non !

— Alors, si elle s'est... Ne devrait-on pas retrouver ses vêtements ?

— Elle n'est point à la maison par hasard ? Endormie...

— Tu penses bien que ce fut la première idée de Tribord.

— Elle n'est point sortie non plus, ça je puis vous l'assurer, dit l'intéressé qui s'était approché.

» Pourrions pas jeter un œil dans les bois au-delà de l'étang ? J'pensions point qu'elle pût s'y perdre. Elle les parcourt en tous sens depuis qu'elle est enfant. Mais va savoir ? Une chute, des vapeurs... Avec les dames, tout se peut !

— Voilà une bonne idée à ne pas négliger, dit Bourdeau, entraînant Nicolas qu'obsédait soudain le souvenir de Julie de Lastérieux assassinée.

Ils s'enfoncèrent dans ce qui était davantage une garenne qu'un petit bois. Ce fut Rabouine qui, le premier, aperçut la chose qui se balançait au bout d'une branche basse que dans l'obscurité ils ne distinguèrent plus nettement qu'en s'approchant. Plein d'effroi, Nicolas reconnut l'un des souliers de toile de sa maîtresse, souillé de terre et de sang. Bourdeau le tint serré contre lui tandis que Rabouine détachait le ruban.

— Nicolas, dit celui-ci intrigué, il y a quelque chose à l'intérieur.

Il dégagea un petit rouleau de papier et le tendit au commissaire qui le déroula et le lut à haute voix.

— « *J'ai des atouts de reste et je les ménagerai cette fois-cy pour la fin.* » Oh, mon Dieu !

— Encore le *Jeu des Puissances*, dit Bourdeau. Enfer !

— J'y songe, dit Nicolas à voix basse, comme se parlant à lui-même, la *dame mal gardée* ce n'était peut-être pas la reine, mais Aimée ?

— Comment l'aurait-il connue ?

— Enfin, Pierre, tout se sait à la cour et il l'approchait. Outre cela, oublies-tu que notre adversaire a sans doute été le complice de Renard qui, lui, devait ne rien ignorer de moi ?

— Nicolas, remarqua Rabouine qui furetait dans les buissons, m'est avis que tu peux pour l'instant être rassuré. Il y a bien sûr un peu de sang sur le soulier et quelques gouttes de-ci de-là. Mais aucun épanchement de grande quantité. Il y a apparence que Mademoiselle a été assommée ou qu'une ronce l'a égratignée. D'ailleurs le pire eût été commis qu'il ne se serait point chargé d'un cad… d'un corps.

— Rabouine a raison, s'exclama Bourdeau, elle a été enlevée !

Nicolas soupira et parut empli d'une détermination nouvelle.

— Mes amis, battons les fourrés pour trouver des indices. Peut-être nous mettront-ils sur une piste ?

La nuit tombait. Tribord courut appeler les hommes qui sondaient l'étang. Rameutés, ils surgirent, des flambeaux à la main. Longtemps les recherches se poursuivirent. Ils parvinrent à une petite descente qui aboutissait à un chemin forestier. Rabouine s'agenouilla et examina avec attention le sol desséché par la canicule.

— Vois-tu quelque chose ? demanda Bourdeau qui l'éclairait.

— Ma foi, oui ! Des traces d'un cheval portant double charge. Sans doute le ravisseur avec sa proie.

— Conseil de guerre ! cria Nicolas qui voyait l'espoir renaître.

Ils se retrouvèrent dans le salon de l'hôtel d'Arranet. Tribord leur servit de généreuses rasades de rhum.

— Un premier élément me soucie : que veut le ravisseur ? Il aurait pu poser des conditions ou exiger, que sais-je ? Une rançon ? Un sauf-conduit ? Au lieu de cela, cette phrase énigmatique et, à bien des égards, menaçante.

— M'est avis, dit Bourdeau, que notre homme est à bout de course et d'autant plus dangereux. Mlle d'Arranet peut lui servir de monnaie d'échange…

— Certes ! Mais contre quoi ?

— Hélas ! Le choix est ouvert.

Nicolas s'assombrit de nouveau. L'angoisse le submergeait par vagues, lui étreignant le cœur dans un étau.

— Craignons d'affronter un être de déraison au sujet duquel tout discours sensé porte à faux. La logique aurait voulu que le détenteur d'un objet dérobé à la reine agisse dans le secret le plus absolu et veille sans relâche à ne point offrir de prétextes aux recherches et soupçons qui s'attachent à lui. Or, que voyons-nous ? Crimes atroces toujours signés de la même spectaculaire manière. S'agit-il d'un jeu pervers qui mêle la provocation et une sorte de volonté de se détruire ? Ou d'un orgueil maladif persuadé de son impunité ? Nous tournons comme chevaux de manège…

— Il faut agir, et vite, reprit Bourdeau. Plusieurs indices resserrent les présomptions autour des castrats de la Chapelle royale. Forçons les choses dans cette direction. Où loge-t-il, ton chapon ?

— Nous l'ignorons. Son nom et sa possible implication sont apparus en toute dernière main dans l'enquête.

Je crois que le plus sage serait de s'adresser à son ami Barbecano, et cela, sans désemparer.

— Prenons ma voiture, dit Bourdeau, et partons sur-le-champ. Où habite-t-il ?

— Place du Marché. Tribord nous fera avertir de tout nouvel événement.

— Je reste de quart, monsieur. À vos ordres.

Dans la voiture qui les conduisait à Versailles, Nicolas tentait sans succès de retrouver un semblant de sérénité. Les images confondues de Julie de Lastérieux et d'Aimée d'Arranet l'obsédaient. Il sentait près de lui Bourdeau tendu qui se retenait de parler, ne trouvant sans doute aucune parole susceptible d'apporter du réconfort à son ami. Place du Marché, il fallut de longs moments avant que Barbecano ne vienne ouvrir. En chemise et bonnet de nuit, ahuri de cette tardive incursion, il s'excusa d'avoir tardé, étant dans son premier sommeil.

— Monsieur, dit Nicolas, je vous dois la vérité. Je suis commissaire de police au Châtelet et chargé par le roi d'une enquête dans laquelle est apparu le nom de votre confrère et ami Vicente Balbo.

Le pauvre homme allait de surprise en surprise.

— Vous êtes vous-même, monsieur, dans la situation particulière d'un témoin qui aurait fourni à un criminel un alibi inexact ou forgé.

— Ma, monsou, s'étrangla Barbecano dont l'émotion accentuait l'accent, rien ne vous autorise à douter de ma parole. Tout ce que j'ai pu vous dire est pure vérité. Quant à Vicente, je ne vous ai pas dissimulé les sentiments mêlés qu'au-delà de mon admiration pour son art et ses dons de composition son caractère m'inspirait.

— Je vous en donne acte. Cependant, monsieur, une question. Vous m'avez indiqué que, lors d'un souper chez vous, Balbo n'avait point parlé, ayant beaucoup bu. Me confirmez-vous ce fait ?

— Sur mon honneur, monsieur, je vous l'affirme.

— Bien. Jusqu'à preuve du contraire, je vous crois. Pourriez-vous m'assurer de la même manière et avec autant de sincérité que c'est bien Balbo qui était présent et non un autre à sa place ?

— Un autre ?

— Oui, un autre avec une ressemblance si exacte qu'elle vous aurait trompée ?

— Eh ! Comment voulez-vous que je réponde à cette question ? S'il était le sosie absolu de mon confrère, vous avez donné la réponse ! Alors j'aurais été abusé. La seule chose que je puis vous répéter, c'est qu'il n'était pas dans son état normal, je dirais en quelque sorte privé de son arrogance naturelle et de sa faconde. J'avais mis cela sur son état.

— Je vous entends. Une autre question : Vous m'avez confié être originaire de la même ville que Balbo. Norcia, je crois ?

Barbecano opina du chef.

— Connaissiez-vous sa famille ? Savez-vous s'il avait un frère ?

— Je suis beaucoup plus âgé que lui, ayant quitté ma province bien des années avant qu'il ne paraisse en France. Toutefois, il me revient qu'un apothicaire portant son nom tenait officine à l'époque de mon enfance... Hélas ! je ne puis vous éclairer davantage.

— Votre propos, relié à d'autres constatations, m'éclaire à un point inimaginable. Il plaide, je ne vous le dissimule pas, en faveur de votre honnêteté.

— Ma, je suis heureux de l'entendre dire de la bouche d'un ami de M. de La Borde que j'ai eu l'honneur de recevoir à ma table.

— Monsieur, dit Nicolas ému de la dignité de Barbecano, je vous en suis reconnaissant et vous prie de croire que je déplore que les impératifs du service du roi nous contraignent trop souvent à de tels détours insincères. Maintenant, monsieur, où habite Vicente Balbo ?

— Une petite maison au lieu dit La Hornais, à la sortie de Versailles sur la route de Satory.

— Y êtes-vous déjà allé ?

— Une fois, il y a bien longtemps.

— Nous rendriez-vous le grand service de nous y accompagner ?

— Monsieur, je ne suis qu'un vieil homme, mais si mon aide peut s'avérer précieuse et utile au roi, je ne la marchanderai pas. Je m'apprête, donnez-moi un instant.

À grandes rênes la voiture de Bourdeau les emporta dans la nuit. Nicolas constata qu'à peine assis Barbecano s'était endormi, ce qui paraissait le fait d'une âme sereine et véridique. Quant à lui, il essaya de chasser toutes les pensées funestes qui ne cessaient de le traverser. Certes Aimée pouvait être encore vivante, mais pour combien de temps dans les mains d'un meurtrier capable de tant d'atrocités ? Il repassait dans sa tête les plus minces événements des derniers jours. À plusieurs reprises il prit des notes dans son petit carnet noir ; elles étaient toutes suivies d'un point d'interrogation. Retrouver la demeure de Balbo fut ardu tant l'obscurité était profonde.

Il fallut descendre, allumer des lanternes sourdes, sonder les ténèbres, s'égarer plusieurs fois, repartir et, enfin, découvrir derrière un rideau d'arbres une vieille maison qui tenait davantage d'une ferme que d'une habitation. La grille poussée, la lumière des lanternes éclaira un petit jardin ordonné, mi-verger mi-potager. Tout semblait endormi dans le bâtiment. Pour ne pas donner l'éveil, Nicolas eut à nouveau recours à son rossignol. La porte docile s'ouvrit sans un bruit.

Une salle basse apparut en manière de salon avec une grande cheminée de pierre, des fauteuils, une table. Un clavecin, des instruments de musique et des livres amoncelés un peu partout. Au-delà ils trouvèrent un office avec son potager et un seau empli de sable fin qui intrigua Nicolas. Sur une table en bois, deux couverts semblaient abandonnés. Il passa son doigt sur des restes de nourriture desséchés. La maison paraissait désertée. Ils visitèrent les trois chambres austères du premier étage, ouvrirent des armoires et y trouvèrent des vêtements en abondance qui furent, l'un après l'autre, fouillés. Bourdeau finit par découvrir dans la poche intérieure d'un pourpoint un petit bout de papier chiffonné qu'il approcha de sa lanterne pour l'examiner.

— Nicolas, viens voir ce que j'ai trouvé au fond d'une poche.

Il lui tendit le papier que celui-ci défroissa.

— Je lis : *Hôtel Meunier, rue des Récollets, pour une nuit. 3 Livres, 6 sols. Payé ce jour. 20 avril 1778*. Il s'agit d'une note d'auberge. Hôtel Meunier ? Hôtel Meunier... C'est à Versailles. Un endroit tranquille et discret. Enfin un élément à nous mettre sous la dent.

Nicolas paraissait en proie à une intense réflexion.

— Pierre, dis-moi ? Dans quelle harde as-tu trouvé ce poulet ? Réfléchis-y bien, c'est important.

Bourdeau replongea la tête dans une armoire. Il en ressortit un manteau de couleur brune tirant sur le prune.

— Le voici !

Nicolas prit le vêtement, l'examina, en tâta le tissu. Il demanda alors à Bourdeau de l'enfiler, le lui fit retirer, en prit un autre dans l'armoire que derechef l'inspecteur essaya ; il faillit en faire éclater les coutures.

— Ah !

— Me diras-tu à la parfin, Nicolas, à quoi rime ton manège ? Te prendrais-tu par hasard pour ton ami Vachon, maître tailleur des Grands ?

— Sache que nous sommes en présence de deux frères présumés. Ils se ressemblent, mais l'un est plus gros que l'autre. Lequel ?

— C'est une devinette ?

— Presque. Barbecano, lors du dîner chez lui, nous a indiqué que Vicente Balbo avait brusquement épaissi à la suite de soucis d'argent, pertes au jeu et espérances déçues d'un héritage convoité. Sur le croquis de Saint-Aubin, nous observons deux hommes aux visages identiques, encore que l'un porte besicles et paraît plus gros que l'autre.

— D'où l'importance que tu attaches à savoir la taille du manteau dans lequel j'ai trouvé la facture de l'hôtel Meunier ?

— Tu as tout compris. Ce manteau appartient-il à Vicente alors que ses soucis ne l'avaient pas encore touché, ou à quelqu'un d'autre lui ressemblant ?

— Tu me précèdes à grandes enjambées dans des détours compliqués, dit Bourdeau goguenardant. Mais je crois deviner les arrière-pensées qui arment ton raisonnement. Ce manteau peut appartenir à l'inconnu et ce quidam-là a sans doute séjourné dans le susdit hôtel. En connaissant le nom et l'adresse, il suffit de nous y rendre. Pour peu qu'il soit bien tenu, nous apprendrons au plus bref l'identité du voyageur.

Nicolas qui fourrageait dans le tiroir d'une commode en tira un masque noir et or qu'il considéra un long moment avant de le renifler. Il hocha la tête, satisfait.

— La chance décidément change de main ! Voilà, si je ne me trompe pas, un masque identique à celui naguère clairement lorgné au bal de l'Opéra, le soir du vol du passe-partout de la reine. Cet étrange loqueteux si insolent avec la reine portait le même !

— Encore un indice de plus. Mais pourquoi le humais-tu comme s'il fleurait l'*Eau de la Reine de Hongrie* ?

— Pour savoir, mon ami, si par aventure il ne sentait pas l'ail ou le… phosphore !

Ils retrouvèrent Barbecano sagement rendormi. Il n'y avait pas de temps à perdre. Le chantre fut reconduit place du Marché, incité à la discrétion la plus absolue et dûment remercié. Ils gagnèrent aussitôt la discrète rue des Récollets dont ils réveillèrent bruyamment les échos. Une poignée au bout d'une chaîne, destinée sans doute aux pensionnaires attardés, dut être tirée à de nombreuses reprises avant que des volets ne s'ouvrent au premier étage de l'hôtel Meunier et qu'une voix dolente de femme leur demande ce qu'ils désiraient à pareille heure. Nicolas excipa de leurs fonctions pour presser la maîtresse des lieux de leur ouvrir incontinent. Elle parut un temps brandiller[3], puis finit par se laisser convaincre. Il y eut encore un temps d'attente, des pas traînants se firent entendre, les verrous furent ouverts et les loquets tirés. Une petite femme en bonnet et pet-en-l'air de droguet, les yeux bouffis, les considéra avec circonspection. Une fois les présentations faites, elle les laissa à regret pénétrer.

— Madame, madame Meunier, je suppose ?

— Oui, monsieur, Mme veuve Meunier. Mon pauvre mari est mort d'une goutte remontée, il y a trois ans. Depuis, voyez-vous…

Nicolas n'entendait pas perdre des minutes précieuses avec l'histoire de la famille Meunier.

— Madame, je vous crois fidèle sujet du roi ?

— Monsieur, s'exclama-t-elle effrayée de l'énormité de la question. Peut-on dire ! Cela va de soi, de soi…

— Je n'en doutais pas. Aussi ne manquez-vous pas de respecter à la lettre les instructions de la police ?

— Je n'y manquerais pour rien au monde.

— Par conséquent, vous tenez avec le plus impara-ble soin le registre quotidien des voyageurs qui descendent dans votre établissement ? Et alors que la guerre est à nos portes, vous signalez à l'inspecteur chargé de cette mission, sans aucune exception ou omission, tout étranger qui dort chez vous ?

Elle continuait à secouer la tête, hébétée par toutes ces questions dont elle ne voyait pas à quoi elles pouvaient aboutir.

— Vous disposez évidemment du registre prévu à cet effet ? Je souhaiterais le consulter.

Elle fourragea un moment sous le comptoir servant de bureau et en sortit un grand livre relié en tissu à fleurs. Nicolas s'en saisit aussitôt au grand déplaisir de la bonne dame. Il considéra les dates, le feuilleta et trouva la page correspondant aux indications fournies par le document découvert dans le manteau de Balbo. À la date du mardi 21 avril 1778, son attention fut attirée par une tache d'encre qui couvrait le nom de l'un des voyageurs. Seule la mention de *négociant* demeurait visible. Il retourna le registre, pointa du doigt la ligne incriminée et toisa avec sévérité l'hôtelière.

— Auriez-vous l'extrême obligeance de m'expliquer ce gâchis ?

— Monsieur, monsieur, je vous en prie ! Prenez en considération le trouble d'une pauvre femme confrontée à une situation qu'évidemment je n'avais point manqué de remarquer... Il me souvient que du temps de mon défunt Meunier, la même chose s'était produite. Oh ! en 1760 ou... non, 1763. Un particulier...

— Madame, au fait, je vous prie, le temps presse.

— Voilà. Ce monsieur... oh ! fort aimable. Bel homme de haute taille. Chapeau baissé... de forme inhabituelle en vérité... je n'ai pu entrevoir son visage.

Bavard à l'excès... Étranger, je crois. Avec un accent un peu chantant. Il m'a tympanisé avec le lierre de la façade. Oh, oui ! toute une histoire. Voyez-vous, il nommait la plante de son nom latin... *Hétrice ? Hedrica ?...* Que sais-je, moi ? Au fait, j'ai oublié. Il est vrai que cette plante grimpante est une vraie engeance. Une mienne cousine m'a conseillée. Elle n'est pas heureuse en mariage. Elle...

— Au fait, madame, au fait !

— Ah ! Où en étais-je ? Oui, étourdie de son verbiage, je n'ai point vérifié ce qu'il écrivait. Comme il avait réglé sa dépense le soir même de son arrivée et qu'il a quitté l'hôtel tôt le matin, je n'ai point d'autre information sur l'homme qui vous intéresse. J'en fus longtemps contrariée, croyez-le bien ! C'est bien pour cela que l'affaire m'est restée en tête !

Elle les accompagna jusqu'à leur voiture, les assommant de remarques sans suite et leur montrant le lierre qui grimpait le long de la façade. Ordre fut donné de regagner l'hôtel d'Arranet.

— Il faudra demander à Semacgus le nom latin du lierre, dit Bourdeau. Tout détail, tu me l'as appris, a son importance.

— Pierre, tu es bien aimable. C'est plutôt toi qui me l'as jadis enseigné quand j'apprenais le métier chez le pauvre Lardin.

— Voilà une tache d'encre faite bien à propos. On aurait souhaité dissimuler un nom qu'on ne s'y serait pas pris autrement !

— Mme Meunier ?

— Non ! Mais celui qui a profité de son inattention de linotte !

— Si tu songes à la même personne que j'envisage, il s'agit de déterminer si la chose a été volontaire et, dans ce cas, si c'était de son propre fait ou sur les recommandations d'un tiers ?

— Si ton chapon voulait utiliser son frère, le mot doit être lâché. Il avait tout intérêt à celer sa venue et à l'environner, comme dirait Sartine...

— ... de ténèbres ! C'est lire dans ma pensée comme dans un livre ouvert ! Maintenant nous pouvons travailler sur quelques bases solides. Vicente Balbo a un frère qu'il a fait venir de Norcia. Il l'utilise comme alibi pour ses sombres desseins. Il est probable que l'homme est apothicaire, botaniste en tout cas. Possède-t-il les talents requis pour transformer l'urine en phosphore ? C'est probable. Il est aussi possible que l'homme ne soit que l'involontaire complice de son frère. Lors du souper chez Barbecano, le projet d'un grand opéra fut évoqué. J'entends encore les mots prononcés, des *spectres flamboyants*...

— Imagines-tu qu'il a fait accroire à son frère que ce phosphore serait utilisé pour des masques de théâtre ?

— Oui ! Mais l'usage en a été tout autre.

Bourdeau soupira.

— Qu'allons-nous faire maintenant ?

— Celui que nous poursuivons en sait d'évidence davantage sur nous que nous sur lui, et il détient Aimée. Mettons d'abord sa demeure sous la plus étroite surveillance.

— Il n'aura pas l'audace d'y revenir !

— Sans doute, mais il ne faut rien négliger.

— Que peut-il espérer désormais ?

— Je l'ignore. Il détient un atout qui peut lui permettre de négocier...

— Un chantage ?

— Peut-être... Je crains pourtant les suites d'une situation qui n'entre pas dans les cadres de notre logique. Tout démontre que nous luttons contre un monstre qui déraisonne. Dans ces conditions, parier sur la nature de ses motifs serait des plus vain.

Tribord les attendait. Une chambre avait été préparée pour Bourdeau. Nicolas, épuisé, rejoignit sa chambre et se jeta sur son lit. Son oreiller fleurait encore le jasmin… Il le serra contre lui en réprimant un sanglot. Longtemps il demeura les yeux ouverts, rien ne lui paraissait plus désespérant que de ne pas trouver une seule raison d'espérer.

XII

LE CRIME DES MÉNECHMES

> Or ces malheurs ne sont pas conçus d'une
> âme raisonnable et humaine [...], mais ils
> sortent de la pire malice.
>
> *Hermès Trismégiste*

Vendredi 14 août 1778

Aucun mouvement n'avait été décelé autour de la maison de Balbo durant la nuit. Nicolas se fit conduire à Versailles où il put s'entretenir avec Sartine entre deux portes. Atterré, le ministre se fit expliquer les mesures prises et proposa de faire avertir l'amiral d'Arranet à Brest par un pli porté par un chevaucheur. Il n'était pas possible de laisser le père d'Aimée ignorer ce qui était advenu.

L'inaction rongeait Nicolas qui marcha longtemps dans les jardins déserts. Il s'assit dans le bosquet de la Girandole et se laissa envahir de l'odeur pénétrante des buis. Bien des éléments lui paraissaient incompréhensibles ; il se mit en mesure de les rassembler. Certes, il distinguait bien le pourquoi des premiers meurtres. Le soupçon qui s'était d'abord porté sur Lamaure avait aussitôt alerté Renard et l'inconnu. Ils couraient le risque de voir l'enquête remonter facilement jusqu'à eux. Pour le petit d'Assy, si atrocement traité, même cause : sa liaison d'affaires ou autre avec l'inspecteur Renard constituait un péril auquel il avait été urgent de remédier. Sa réflexion butait pourtant sur le cas du policier. Dans toutes les hypothèses, les deux survivants du complot tramé à partir du vol du passe-partout paraissaient utiles et indispensables l'un à l'autre. Une querelle fondée sur une cause inconnue avait-elle conduit à l'élimination de Renard ? Sa femme, la lingère de la reine, son intuition le lui suggérait, n'était-elle pas le nœud de l'énigme ? Restait à déterminer dans quelles conditions. Il n'y avait évidemment rien à attendre du côté des Princes. Renard avait été l'intermédiaire avec Chartres et Provence, désormais prudemment à l'écart.

Il fallait s'en tenir à la routine des mesures policières classiques : s'en remettre aux innombrables mouches, être à l'écoute, multiplier les surveillances et les perquisitions des demeures isolées autour de la ville royale, rechercher l'origine des bouteilles en fer-blanc, des sangles et, enfin, ils ne devaient pas être nombreux à Paris, interroger les fabricants qui vendaient des instruments nécessaires aux opérations de transformation chimique de l'urine en phosphore. Si rien n'advenait dans la journée, il quitterait Versailles le lendemain pour Paris afin d'y poursuivre le détail de son enquête. Il ressentait d'ailleurs comme nécessaire cette plongée dans la *distraction* d'un travail policier habituel. Il supportait mal l'attente et l'action lui ferait sans doute oublier par instants les images affreuses qui se formaient sans cesse dans son esprit et qu'il ne parvenait pas à chasser.

Samedi 15 août 1778

Après avoir donné ses dernières instructions à Bourdeau et organisé le relais des mouches pour une rapide transmission des informations, il quitta l'hôtel d'Arranet au petit matin. *Sémillante* piaffait, folâtre de se retrouver sur la grand-route dans la fraîcheur relative des premières heures du jour. Nicolas, tout à ses pensées, lui laissa le choix de l'allure.

La maisonnée de la rue Montmartre l'accueillit avec joie tant chacune de ses absences, surtout lorsqu'elles se prolongeaient outre mesure, inquiétait. L'allégresse fut de courte durée quand on apprit l'inquiétant enlèvement d'Aimée d'Arranet. Semacgus en visite s'associa à la déploration générale.

Dans le salon de Noblecourt, Nicolas constata avec surprise et contentement que Pluton avait pris ses quartiers et dormait sur le flanc aux côtés de Cyrus, Mouchette sur son dos. La chatte, tel un petit David campé sur quelque Goliath, paraissait sereine, savourant un triomphe qu'elle exprima par un petit cri aigu à l'intention de son maître. Celui-ci en conclut qu'à la suite de mystérieuses tractations la paix avait été signée. Il n'en pouvait être autrement dans une maison où régnaient sans partage le bonheur et l'aménité.

— Pauvre Aimée ! dit Noblecourt, quelle épreuve !

Nicolas développa ses quasi-certitudes sur l'existence de deux individus se ressemblant à un point tel que, sur le dessin de Saint-Aubin, on aurait juré des frères. L'un servant sans doute d'alibi à l'autre, volontairement ou non. Il exprima sa crainte que le coupable ne fût privé de raison, comme le prouvaient cet orgueil malade et ces provocations incessantes animées d'un sentiment complet d'impunité.

— Voilà bien le plus grand risque, dit Semacgus pensif.

— Qu'espère-t-il de cet acte inouï ? Il coupe les ponts derrière lui… Que peut-il fomenter ?

— Vous avez été procureur. N'avez-vous jamais rencontré de cas similaire susceptible aujourd'hui de nous fournir exemple et leçons ?

Noblecourt frappa de sa paume l'accoudoir de son fauteuil.

— Et dire qu'il y a quelques jours je lisais *Les Ménechmes* de Plaute… La meilleure illustration des malheurs suscités par la ressemblance parfaite entre deux hommes ! Quant à votre question, il me souvient d'une servante accusée d'avoir tué cinq nourrissons dont elle avait eu successivement la charge. L'affaire était d'autant plus grave qu'à cette époque on accusait la police de pratiquer des enlèvements d'enfants. Le peuple fut si irrité de ces rumeurs qu'il déclencha des émeutes durement réprimées. Enfin l'émotion retomba et on apprit que cette femme avait, vingt ans auparavant, perdu son premier-né qu'une nourrice avait laissé choir. Son esprit revivait sans cesse ce drame. Dans la vie quotidienne, elle agissait sans attirer l'attention. Seule la vue d'un nourrisson la replongeait dans son obsession et ranimait sa folie meurtrière. Et j'ai observé qu'elle laissait derrière elle des traces évidentes que d'ailleurs, Nicolas, vos prédécesseurs négligeaient. Elle avait la folie de croire qu'elle échapperait à la justice, tout en s'efforçant d'attirer son attention. De fait, on peut sudoborer qu'elle souhaitait qu'on la démasque. Quelle morale y a-t-il à tirer de cela ?

— Beaucoup, et de la meilleure eau, s'exclama Semacgus. Vous nous offrez un récit bien instructif à beaucoup d'égards. Primo, à l'origine de ces états de démence, il y a souvent un événement qui nourrit l'obsession. Secundo, les crimes perpétrés par ces meurtriers s'apparentent à la fois à une vengeance, à la détestation d'une société qui a permis la cause première d'un drame et, au bout du compte, une recherche gazée d'un châtiment.

— J'entends votre réflexion, mon cher Guillaume, qu'en déduisez-vous pour la présente affaire ?

— D'éclatantes vérités ! Tout ce que vous nous avez appris de ce Vicente Balbo se loge en perfection dans le cadre de notre raisonnement. Imaginez-vous que la castration, cette pratique sauvage, lèse le corps sans blesser l'âme ? Vous êtes en présence d'un être diminué à l'origine et qui ne peut en éprouver qu'une immense amertume.

— Vous suggérez donc que Vicente Balbo...

— Considérez votre homme. Il n'a pas atteint ce point de haute renommée qu'illustrent certains de ses confrères célébrés par tous et protégés des rois. Leurs noms vous viennent en mémoire. Haute-contre à la Chapelle du roi est certes une position des plus honorables, mais...

— Mais ?

— Mais, pour un homme blessé ! Vous le décrivez agité, arrogant, assuré en son art et en ses perfections. Convaincu d'avoir composé un chef-d'œuvre qu'il souhaite voir jouer dans des conditions inédites, il va, dépassant sans vergogne les règles de la pudeur et de la bienséance, jusqu'à évoquer les capacités d'une virilité amputée : la déraison bâtit en maîtresse sur ces décombres-là ! Aussi peut-on tout attendre d'un homme qui rassemble sur lui-même tant de funestes charges !

— Hélas ! Ma pauvre Aimée.

Le temps s'écoulait, songeait-il, insoucieux des malheurs des humains. Pourquoi fallait-il que succédât à tant de bonheur cet événement aussi imprévisible ? Devait-on payer comptant les joies si rares de l'existence ? Antoinette, la Satin, engagée à Londres dans un combat secret et périlleux, Julie de Lastérieux assassinée et maintenant Aimée enlevée...

— Souhaitez-vous que je vous accompagne ?

— Votre présence m'aidera, dit Nicolas ému de la proposition de Semacgus. Nul doute que j'aurai besoin de votre entregent et de vos lumières dans les démarches que j'entends entreprendre.

Il précisa celles qui lui paraissaient susceptibles d'apporter des indications sur le lieu où pouvait se terrer Balbo avec sa victime. Les détails les plus insignifiants se révélaient souvent à l'usage plein de sens.

— Les parties dispersées, murmura Noblecourt inspiré, se rassemblent un jour en un ensemble cohérent. L'unique est dans le multiple.

Le chirurgien de marine lança un coup d'œil indulgent à Nicolas.

— Notre grand talapoin a rendu sa sentence.

— Riez et ricanez comme si je ne vous voyais pas et mesurez le poids de mes paroles. Vous en avez naguère vérifié la justesse ! Et vous, Nicolas, sachez que rien ne s'obtient, comme dirait *Babet la bouquetière*[1], qui ne soit fortement voulu.

Poitevin conduisit *Sémillante* à l'écurie. Nicolas nourrissait l'espoir de l'acquérir. Il s'en ouvrirait à Le Noir. Il monta dans la confortable voiture de Semacgus. Celui-ci prit la direction des opérations, donnant l'ordre à son cocher de rallier le Jardin du roi. Il le fréquentait assidûment, continuant à s'adonner à la passion de la botanique. Parvenus à destination, ils se séparèrent un moment ; pendant que le chirurgien serait en quête d'informations sans effaroucher ses correspondants par une présence policière, Nicolas l'attendrait dans le vaste enclos, le plus pittoresque et le plus champêtre de la ville. Proche de la rue du Jardin du roi, *Le Labyrinthe*, petite butte surmontée d'un banc circulaire, l'attira. De ce point de vue, le regard portait sur nombre d'arbres exotiques que M. de Buffon avait fait disposer au fur et à mesure que les boutures rapportées par les voyageurs s'étaient acclimatées. Au loin, sous la brume de chaleur, la ville s'étendait, belle et dangereuse à la fois. Le spectacle dissipa un moment ses inquiétudes. Semacgus revint bientôt, l'air satisfait.

— J'ai frappé à la bonne porte. J'ai vu les gens de M. Cuvier. Pour tous les ustensiles utilisés en chimie, le fournisseur est unique, vu le nombre limité d'amateurs. Seule la manufacture de verrerie de Sèvres, dans le bas Meudon, reçoit et exécute les commandes de cette nature.

— Dans ces conditions, prenons le boulevard du Midi et nous reviendrons par la Seine. Le charbon de terre nécessaire au creuset des chimistes est vendu devant le quai des Quatre Nations ou à la porte Saint-Bernard devant la grève.

— À Dieu vat !

Semacgus entreprit de distraire Nicolas en lui décrivant les merveilles des collections du cabinet du roi où se pouvaient admirer les dépouilles des animaux qui peuplent les quatre éléments. En sortant du Jardin du roi, ils prirent à main droite le boulevard du Midi qui commence au levant de la ville en face de l'Arsenal et qui se termine au couchant au quinconce des Invalides. Peu fréquentée, l'artère permettait de passer rapidement de l'est à l'ouest.

— N'évoque-t-on pas la perspective d'édifier un nouveau pont qui servirait à joindre les boulevards du nord et du midi ?

Il souhaitait que Nicolas s'étourdît de paroles et ne s'abandonnât pas à la rumination de pensées morbides.

— M. Le Noir ne cesse d'en entretenir ses bureaux. Ce pont ferait communiquer les faubourgs Saint-Honoré, du Roule et de Chaillot au faubourg Saint-Germain, au Palais Bourbon et aux Invalides. L'accroissement de la ville le rend indispensable.

Le chirurgien ayant épuisé ce sujet, le silence retomba. Il choisit d'en revenir au cabinet du roi, sujet inépuisable.

— Le plus extraordinaire, c'est la manière découverte par une certaine Mme de Montreuil pour à la fois conserver et donner la pose aux oiseaux en plumes. Des insectes destructeurs ravageaient jusque-là les exemplaires des cabinets. Ceux qu'elle traite brillent de leurs plus belles couleurs et son génie a su imprimer à leurs attitudes une vie telle qu'on les croit encore animés par le feu et la grâce de la nature !

— Ne dit-on pas, reprit Nicolas, mordant à l'hameçon qui lui était tendu, que M. Fragonard, anatomiste de son état, a naguère pratiqué sur des cadavres des expériences qui les transformaient en momies ? Sanson m'en a souvent parlé pour avoir fourni les corps nécessaires au praticien.

— Cela est vrai et il pousse le réalisme jusqu'à mettre en scène ses écorchés. Ainsi ai-je eu le privilège, il y a une vingtaine d'années, d'admirer à Maisons-Alfort son *cavalier de l'Apocalypse* où non seulement le cavalier est écorché et conservé, mais également sa monture. L'impression est effroyable et justifie le nom !

Semacgus se mordit les lèvres, mesurant dans les circonstances présentes l'incongruité de leur propos. Heureusement la sombre et ondoyante fumée de la verrerie de Sèvres signala son approche. Les deux amis, orientés par un concierge acrimonieux comme tous les gens de son espèce, finirent par découvrir le bureau des commandes où se vendaient aussi des exemplaires de porcelaines. Un employé méfiant, au profil de musaraigne, commença par éluder toute réponse aux demandes d'informations sollicitées par Nicolas. Son attitude finit par rompre la patience pourtant grande du commissaire qui, à la grande surprise de Semacgus, prit le malotru au collet et lui intima, sur un ton sans réplique, d'avoir à produire les registres des commandes pour l'année 1778. Ayant perdu sa superbe, l'homme se précipita et revint haletant avec un grand livre relié en peau. Nicolas le lui arracha des mains et se mit à le feuilleter fébrilement. Une exclamation indiqua qu'il avait trouvé ce qu'il cherchait. Il poussa le volume sur le comptoir à la vue de Semacgus qui chaussa ses besicles et lut à haute voix la mention indiquée par le doigt de Nicolas.

— « *Lundi 30 avril 1778. M. Thomas, quatre grands ballons de verre soufflé à ouverture. Délai de livraison 3 mois. Coût estimatif : 450 livres, la moitié payable à la commande.* » Tiens ! il y a une mention d'une autre main « *le susdit ayant indiqué ne pas disposer des espèces nécessaires, indique devoir revenir le lendemain* ». Et une dernière indication : « *Sans nouvelle du commanditaire, le travail ne sera pas effectué.* » Voilà qui est étrange !

Le commis, adouci et désormais soucieux de réparer les conséquences de son mauvais accueil, s'approcha et se pencha par-dessus l'épaule de Semacgus.

— Si ces messieurs veulent bien m'écouter, je leur préciserai que nos productions sont de très grande qualité et leurs prix élevés. Sans doute ont-ils effrayé ce client qui n'a point reparu et est allé ailleurs acquérir ce qu'il ne pouvait acheter dans notre établissement.

— Que voulez-vous dire ? demanda Nicolas. Trouve-t-on des ustensiles de cette nature ailleurs qu'à Sèvres ?

— Je vois que vous ne semblez pas au fait des diversités de ce négoce. Il s'est multiplié par le nombre d'apprentis chimistes qui se divertissent dans leur intérieur...

Il devenait loquace, tout à son propos.

— ... Ce sont des amateurs qui n'ont pas acquis par une expérience consommée l'art de décomposer et tirer la quintessence de toutes sortes de minéraux et de végétaux.

Il se fit mystérieux et baissa la voix.

— Plusieurs, et des plus huppés, estiment d'autant plus cette science occulte qu'ils s'y entendent moins. Ils s'y livrent sans méthode et sans principe et ruinent ceux qui sont assez dupes pour les écouter, les croire et leur prêter du crédit. Vous devez donc, messieurs, chercher en la ville ?

— Il y a d'autres lieux donc… ?

— Si vous ne visez pas la perfection, la chose est des plus aisées !

— Comment cela ?

— Des objets de qualité médiocre, il faut aller les chercher chez les *fournalistes*.

— *Les fournalistes* ?

— Oui, monsieur. Ce sont des sortes de potiers de terre qui ont la spécialité des fourneaux, creusets et cornues à l'usage des chimistes, des affineurs, des fondeurs et des distillateurs.

— Et où diable les trouve-t-on ?

— Place de l'hôtel de Conty, rue Mazarine et aussi au faubourg Saint-Jacques.

Nicolas fit à grand prix l'acquisition d'une tasse gobelet et de sa soucoupe à décor floral destinées à Aimée. Le commis les raccompagna, le chapeau à la main, ébloui par cet achat et sensible à l'écu double que Nicolas, toujours généreux et regrettant un peu son geste violent, lui avait glissé dans la main.

La voiture reprit le chemin de Paris.

— Vous vous ruinez, mon ami !

— C'est croyance de Breton dans l'espérance de la revoir…

— Allons… Que vous semble de tout ceci ?

— Guillaume, je tire de cette visite plusieurs informations utiles. Je constate qu'un certain M. Thomas, quelques jours après l'arrivée d'un inconnu à Versailles, se présente à Sèvres pour y commander des ustensiles de chimie. Que pour une raison inconnue il a renoncé à sa commande…

— Le coût élevé ?

— Cela paraît probable.

— Il y a autre chose de fort curieux, dit Semacgus, la mine éclairée par ce qu'il allait révéler à Nicolas.

— Qu'allez-vous me suggérer ?

— Ah ! Je ne reconnais pas l'élève des Jésuites de Vannes. Qu'un détail si capital vous échappât ! Pourquoi M. Thomas ?

— Il eût été trop beau qu'il se présente sous sa vraie identité. Il s'inspire de ce qu'il a fait avec la veuve Meunier : là un pâté et ici un faux nom !

— Vrai, mais il y a plus. Lorsqu'on use d'un nom forgé, il arrive souvent que, sans qu'on y prenne garde, on laisse échapper un indice de la vérité dissimulée.

— Je ne vous suis guère. Vous arrive-t-il parfois de *noblecouriser* ?

— Point du tout ! Et quand cela serait, notre vieil ami a souvent double vue ! Songez que ce nom est peut-être un prénom et celui réel de l'inconnu ? Thomas possède une origine fort ancienne. Il est directement issu de l'hébreu *Theoma* qui lui-même provient d'une langue plus ancienne encore. Et que signifie-t-il, car tous nos prénoms ont un sens ? Nicolas, par exemple, évoque la victoire et le peuple, Guillaume la volonté et le casque.

— Nous voilà équipés pour la guerre ! Et Thomas donc ?

— Thomas ? Écoutez bien, il signifie « *jumeau* ».

— C'est évidemment à prendre en compte, mais n'est-ce point là simple coïncidence ?

— Il n'y a point de coïncidence, sinon elle serait par trop extraordinaire par rapport à ce que nous savons par ailleurs. Quel risque y avait-il qu'on le reconnût ainsi ? Je vous trouve froid à cette suggestion, luttant contre vous-même.

— C'est, dit Nicolas d'un ton lamentable, que je ne veux point me donner de fausses espérances.

Le chirurgien ne répondit pas. Il lui parut que l'action demeurait le seul remède capable de faire oublier à Nicolas son souci. Il donna ordre à son cocher d'accélérer et, autant que le permettaient les embarras habituels de la ville, à un train d'enfer ils rejoignirent les bords du fleuve. Sur le quai des Quatre Nations, après plusieurs tentatives infructueuses auprès des marchands de charbon de terre, ils finirent par en découvrir un sur la grève qui se souvenait d'une commande importante qu'il plaçait au début du mois de mai. Il ne conservait trace d'aucune de ses livraisons, mais celle-ci l'avait frappé : il faisait déjà très chaud et son négoce s'en ressentait. Le volume de la demande l'avait surpris. Quant au transport des sacs, il revoyait un charroi sans doute loué pour l'occasion. Il leur désigna un homme qui fumait sa pipe, assis sur une borne. Celui-ci consentit à rechercher dans sa mémoire et se souvint d'avoir conduit à Versailles un chargement en compagnie d'un homme de haute taille. Son manteau couleur violette l'avait frappé. Pressé de fournir des précisions sur le lieu exact de la destination, il évoqua une maison isolée, ou plutôt une grange, proche de Versailles. En fait l'homme l'avait promené par tant de détours qu'il en avait eu la tête perdue tout au souci de tenir son lourd charroi. Il ne put rien leur apporter de plus conséquent. À deux pas, la rue Mazarine étendit leur enquête chez les *fournalistes*. Un des potiers qui, par chance, tenait registre de ses pratiques retrouva à la date du mardi 1er mai 1778 une vente de récipients, creusets et cornues *nécessaires à l'exercice de l'art chimyque*. Un détail l'avait frappé. Les objets emballés avaient été portés dans une charrette qui contenait une prodigieuse quantité de charbon de terre. Ils repartirent sur le quai des Quatre Nations pour derechef interroger le maître du charroi qui convint avoir omis de préciser que l'expédition avait fait halte rue Mazarine où la pratique avait des achats à faire.

L'heure avançant, Semacgus, qui s'inquiétait de l'état de son ami, mélange d'accablement et d'excitation, décida qu'une pause serait la bienvenue et qu'un dîner *confortatif* s'imposait. Il décida de l'entraîner malgré ses réticences chez la mère Morel, leur vieille complice gourmande, qui tenait auberge dans le quartier tout proche des boucheries Saint-Germain. La vue de la vieille salle enfumée et bruyante aux tables usées et tailladées sembla rasséréner Nicolas. La tenancière résistait aux ans et les étreignit sur sa vaste poitrine avec un enthousiasme non feint. Un pot de cidre et deux gobelets furent aussitôt apportés avec des bâtonnets de lard grillé dégouttant de saine graisse.

— La mère, dit Semacgus avec une œillade éloquente, veille à requinquer notre ami Nicolas qui en a bien besoin. Que nous proposes-tu ?

Elle se campa au bord de la table, les mains sur les hanches.

— Dans ce cas, mes gamins, il faut d'abord caresser et ensuite exciter. Que diriez-vous d'un jarret de veau *à la boiteuse*, cuit et fondu dans un bouillon triple ? Vous l'aurez servi avec ses deux jambes inégales : un ragoût d'épinards *à la Chirac*, c'est-à-dire fondus au beurre fin et des choux-fleurs à la sauce aux câpres.

— Et quel coup de fouet après cette suavité ?

— Pour vous remonter les sangs ! Ah ! mes gaillards, quoi d'autre que des langues de cochon fourrées ? Échaudées et assaisonnées, elles reposent gentiment couchées et pressées les unes sur les autres dans un pot bien bouché. Elles languissent durant une semaine. Après, les petites garces je les égoutte. Je pile grains de genièvre, laurier, thym, basilic, fines herbes, romarin, sauge et ciboule. Le tout est mêlé de sel et de salpêtre. Je brasse mes petites salopes et, foutre, encore une semaine au pot. Après je les lange dans de la chemise de cochon...

— ... de la chemise ? demanda Nicolas chez qui l'intérêt croissait.

— Oui, de la toilette, de la crépine, comme tu veux ! A-t-on idée d'interrompre une aussi jolie chanson ! Je les suspends dans l'âtre une ou deux semaines, quoiqu'elles se puissent garder pendant un an. Avec les condiments variés, cela vous réjouira le cœur et l'âme. Et avec tout cela un pot d'eau rougie...

Et elle renvoya son clin d'œil à Semacgus.

— Que veut-elle dire par là ? demanda Nicolas à qui rien de leur manège n'avait échappé.

— Sans doute que pour la première fois depuis que nous la connaissons, elle va te servir du vin ! Tu sais qu'elle n'en a point licence. Elle te sait dolent, prend des risques et t'en fait courir. C'est une bonne mère !

La conversation rebondit au sujet des dernières informations recueillies. Elles n'étaient pas suffisamment précises pour avoir de claires perspectives.

— Primo, dit Nicolas, lequel des frères présumés s'est chargé des achats en question ? Supposant que l'un vient d'arriver en France, il me semble peu approprié de le lâcher à Paris.

— Dans ces conditions, il ne peut s'agir de votre chantre, encore que le manteau marron rappelle la couleur prune signalée par la veuve Meunier.

— Encore une manière de fausser les pistes. Et les cornues, qu'en pense le savant ?

— Le savant estime que l'opération du phosphore peut se conduire dans des ustensiles de terre aussi bien que dans ceux de verre.

— Nous perdons notre temps ici, reprit Nicolas tout à sa hantise. Que ne sommes-nous à Versailles à battre la campagne ?

La mère Morel revenait avec le jarret fumant entouré de sa garniture et un pot de terre qu'elle posa sur la table avec un hochement complice à l'égard du chirurgien de marine. Silencieux, ils se consacrèrent à déguster une viande presque confite dans son jus et qui cédait à la cuillère.

— Pour répondre à votre question, poursuivit Semacgus, vos hommes, et Bourdeau qui en vaut dix, sont à Versailles. Les indications que nous avons recueillies n'apportent aucune lumière susceptible de nous conduire au domicile de l'inconnu, là où, sans doute, le matériel et le charbon ont été portés. Les relais de mouches sont en place. Soyez assuré qu'on sait même que vous êtes ici ! Pensez donc, *la première police de l'Europe* !

Il avait pris l'intonation de Sartine et réussit à faire sourire Nicolas.

— Vous avez sans doute raison. Remarquez comme l'homme a trompé le charretier en empruntant tant et tant de détours qu'il n'y avait plus moyen de s'y reconnaître !

— À n'en pas douter, cela signifie deux choses : soit qu'il s'agissait d'un homme connaissant parfaitement son chemin, soit d'un autre, hésitant sur la chose et se perdant dans le détail. Dans le premier cas, c'est votre Balbo, dans l'autre... *Si ce n'est lui, c'est donc son frère* !

— Je parierais sur la première hypothèse : il est plus aisé de feindre de se perdre, que de se perdre vraiment et de se retrouver.

La langue de cochon fourrée fit son entrée avec tout un cortège de moutardes, cornichons, petits oignons et cerises au vinaigre. Les tranches de l'abat, d'un rose veiné étaient entourées d'une fine couche de gras croustillant et fumé. Par ce temps de canicule ce plat rustique apportait réconfort par sa simplicité que relevaient tous les condiments en théorie. Semacgus observa combien les mets pouvaient avoir d'influence sur les tempéraments de l'esprit, ce que dans sa naïveté avait exprimé la mère Morel. Il amusa Nicolas de propos piquants et d'aperçus originaux. Celui-ci n'était pas dupe des efforts de son ami ; il s'y prêtait, tout en dissimulant ce qui le poignait sans relâche.

— Du temps où la dissipation occupait mes instants, je me souviens de crises de conscience qui me ramenaient devant les tristes échéances de ma vie d'alors. Pourtant, il n'y avait point de dérangements du corps ou de l'esprit qui ne cédassent à certains mets. Ainsi le maquereau, frais, tendre et bien digeste, avec ses tranches de limon et de bigarade, faisait mes délices et mon contentement. Il apaisait mes remords. Plus que l'effet de ce poisson, c'était sans doute sa marinade qui était le principal agent de la satisfaction procurée. De même pour cette langue, prétexte à ces accompagnements.

Nicolas donna la main à ce divertissement en remarquant qu'enfant rien ne le consolait davantage que des galettes avec un peu de beurre salé. Il y trouvait le réconfort de sa mélancolie d'orphelin. Semacgus le sentait cependant sur un pied d'impatience et régla la dépense.

Son ami souhaitait rejoindre le Grand Châtelet, entendant poursuivre l'interrogatoire de Mme Renard. Il espérait que les impressions et la solitude de l'emprisonnement avaient réduit sa résistance et amené l'effondrement de ses défenses. Sans illusions sur ce nouvel entretien, il était déterminé à dire le faux pour obtenir le vrai. Il expliqua à son ami l'attitude pleine d'enseignements de la dame devant le cadavre de la basse-geôle. Elle avait d'évidence craint de devoir découvrir quelque autre personne et son *soulas* crevait les yeux au vu du corps de son mari. Lui faire accroire que celui auquel elle songeait avait péri pouvait conduire à d'utiles révélations. Oh, certes ! Il n'était pas très fier d'user d'une telle méthode, mais la vie d'Aimée en balance autorisait tous les moyens, même les plus détournés. Semacgus lui conseilla cependant, s'il obtenait ce qu'il souhaitait, de ne point laisser au bout du compte la dame dans l'impression de cette révélation et de lui dire alors la vérité. Nicolas devait savoir que le désespoir était mauvais conseiller, que la surveillance des prisonniers était sujette à caution et qu'on ne pouvait parfois éviter que des prisonniers n'en vinssent à des pensées funestes et ne s'homicidassent. Nicolas affirma être plus que d'autres sensible à cet aspect des choses et tiendrait bon avis des conseils de Semacgus.

Dès leur arrivée, et vérifié qu'aucun message n'avait été apporté de Versailles, ils descendirent dans la cellule de Mme Renard. Assise sur sa paillasse, les mains crispées sur le fichu croisé sur sa poitrine, elle les accueillit lèvres serrées et les yeux fixes. Nicolas la considéra un long moment et mesura aussitôt les conséquences de l'emprisonnement. La jolie femme, dont le charme naguère soutenu par les artifices des onguents et des poudres faisait illusion, avait laissé la place à un être vieilli et pitoyable. Il revit d'autres femmes arrêtées au cours de ses enquêtes ; toutes lui avaient laissé la même impression.

— Madame, j'ose espérer que cette retraite forcée vous a incitée à rentrer en vous-même. Dans le cas contraire, vous savez ce qui vous attend.

— Monsieur, ce n'est point encore dimanche, le jour imparti à vos menaces ! J'ai bon espoir que la reine…

— N'y comptez d'aucune façon. La reine ignore votre sort et, en aurait-elle été avisée, qu'elle s'en désintéresserait. D'ailleurs elle n'est point à Versailles. Et dimanche c'est demain.

— Qu'espérez-vous, monsieur ?

— Que la raison l'emporte sur votre obstination. Vous avez le choix entre le crime de vol et détournement d'effets royaux et la complicité dans trois meurtres qui vous conduiront imparablement à l'échafaud. Je n'évoque que pour mémoire les diverses *questions* auxquelles vous serez soumise. Alors, madame ?

— Et suis-je une girouette tournant à tous vents ? Pourquoi voulez-vous que j'acquiesce aujourd'hui à ce que je vous ai refusé hier ? Et quand je dis refusé, cela signifie que je n'ai rien à vous dire.

— Comme il vous plaira. Mais je dois vous signaler que la situation a changé et que des faits nouveaux aggravent encore les suspicions portées contre vous.

Nicolas n'aimait pas le rôle qu'il jouait devant cette femme déchue. Il en éprouvait la fausseté et la cruauté, que chassait aussitôt le visage d'Aimée d'Arranet dont le sort dépendait peut-être de ce que la dame Renard pouvait ou voudrait bien révéler. Semacgus se rapprocha du commissaire, leurs bras se touchèrent et il toussa. Cette présence physique, que Nicolas éprouva comme un encouragement, le confirma dans sa volonté de poursuivre.

— Madame, il faut donc vous dire que nous savons tout.

— Tout ?

Elle ricana.

— Cela vous fait rire ? Vous estimez donc qu'il y a bien des choses à connaître et vous doutez que nous les ayons découvertes ?

— Ah ! Vous interprétez mes paroles. Ce sont là propos de comédie et autant de filets troués, monsieur.

— Il y a donc du poisson à prendre ?

Elle ne répondit pas. L'inquiétude crispait son visage blême.

— Quelqu'un qui vous est proche et je présume cher a parlé.

Elle ne disait toujours rien, de plus en plus voûtée et comme rapetissée sur sa paillasse.

— Il n'a rien dissimulé, souhaitant décharger sa conscience à ce moment solennel pour lui.

— Quel moment ?

Il semblait que la panique la gagnât.

— Certes, c'est toujours ainsi quand on va paraître devant son souverain juge.

— Souverain… juge, balbutia-t-elle. Que signifie ?

— Hélas, madame ! Une si belle voix… Mais, pardieu ! un fieffé coquin.

Elle se dressa à demi, la bouche ouverte.

— Enfin, que de morts pour un bijou enfin restitué ! Sa Majesté sera ravie de revoir ce joyau offert par le roi. Au passage, madame, Vicente Balbo a avoué que c'est par votre truchement qu'il a connu l'existence de cet objet et le goût manifeste de la reine de s'en parer à toute occasion. Aussi…

Elle s'était levée dans le bruit des chaînes qui lui entravaient les pieds et poussa un hurlement qui rappela à Nicolas les loups qui hantaient la forêt autour de l'abbaye de Saint-Gildas. En écho des cris lointains résonnèrent dans la vieille prison.

— Madame, j'entends bien que la mort de votre amant vous émeut. Qu'avez-vous à perdre désormais ? La sagesse serait de tout révéler de ce que vous savez.

Soudain elle s'effondra. Semacgus se précipita et la recueillit dans ses bras. Il la déposa sur la paillasse, saisit le cruchon posé à terre et lui lança le contenu au visage. Nicolas hurlait qu'on appelât le père Marie avec son cordial. Celui-ci arriva aussi vite que le lui permettaient ses vieilles jambes. Le chirurgien entrouvrit les lèvres de la prisonnière et fit pénétrer quelques gouttes du *contrecoup*. Il lui tapota les joues en fermeté. Elle finit par revenir à elle et se mit à sangloter. Elle ne cessait de prononcer « *Vicente* » sur le ton d'une berceuse.

Nicolas, maîtrisant le mouvement naturel de compassion que cette scène lui inspirait, décida pourtant de pousser l'interrogatoire.

— Madame, puisqu'il est désormais établi que Vicente Balbo était votre amant, il vous tiendra à cœur d'aider notre enquête sur sa disparition.

Le mot dans son double sens le fit sourire amèrement.

— Comment et où l'avez-vous rencontré ?

Elle paraissait désormais sans résistance.

— À la chapelle, la première fois. Et lors de concerts au château.

— Est-ce de votre fait qu'il a été mis au courant de l'existence du passe-partout de la reine ?

— Il m'interrogeait avec curiosité sur les journées de Sa Majesté. C'est moi qui ai remarqué qu'elle aimait beaucoup ce bijou... C'est ainsi que l'idée a germé de lui enlever. Il m'avait convaincu que la chose serait des plus simples. Les diamants seraient démontés et négociés un par un. Munis de ce riche viatique nous partirions ensemble pour Vienne. Il comptait y faire recevoir son opéra. Ayant accès à la cassette de Sa Majesté, j'ai, le jour d'une visite prévue au bal de l'Opéra, desserré l'agrafe du passe-partout pour permettre à Vicente de s'en emparer plus aisément.

— Où vous retrouviez-vous ?

— Au Grand Commun. Il m'avait expliqué les raisons de ses incursions nocturnes. Le vol avait pour but de rassembler la matière en vue de son grand œuvre.

Elle parlait d'une voix monocorde, les yeux fixes.

— Son grand œuvre ?

— Cet opéra. Il voulait y faire paraître des spectres avec des masques qui luisaient dans le noir.

— Et le serdeau dans tout cela ?

— Il me servait de couverture. Vicente pouvait se dissimuler dans mon galetas. Ce petit Jacques était un niais qui croyait à mes promesses.

— Mais vous étiez sa maîtresse ? Qu'en disait Vicente Balbo ?

— C'était une grande âme ! Le croyiez-vous sensible à d'aussi misérables détails ? Il fallait bien en passer par là...

Elle se remit à pleurer.

— Madame, connaissez-vous un certain Lamaure ?

— Non.

— Êtes-vous de près ou de loin impliquée dans le meurtre de votre mari, l'inspecteur Renard ?

— Je l'ai, il y a bien longtemps, secondé dans ses affaires, mais je ne l'aimais point, enfin pas au point de souhaiter sa mort. Et d'ailleurs, monsieur, c'est vous qui me l'avez apprise.

Nicolas jeta un coup d'œil à Semacgus, pensif, et lui fit un signe l'engageant à parler.

— Madame, dit-il à voix basse, un détail me trouble. Vous vous dites la maîtresse de Vicente Balbo. Mesurez notre étonnement, l'homme est un castrat, de ceux qu'un vain peuple moque et tourne à la dérision.

Elle redressa la tête comme insultée.

— Il m'aimait, monsieur, et cette particularité que vous me jetez au visage ne l'empêchait point de fournir à une femme ce qu'elle est en droit d'attendre d'un homme et qu'elle n'avait jamais reçu de son époux. Oh ! Mon Vicente, si doux, si tendre, si ardent...

Elle se mit à gémir, balançant la tête.

— Je crains, constata Semacgus, ne rien avoir de plus à en tirer.

— Doit-on le lui dire ? demanda Nicolas à voix basse.

— J'ai changé d'avis. Ce n'est pas nécessaire. Il la faut faire étroitement surveiller. L'homme sera pris mort ou vif. Et dans le second cas, de toute manière promis au gibet.

Sous le coup des révélations de la Renard, ils sortirent du Grand Châtelet. Alors qu'il montait dans la voiture, Nicolas fut hélé par Tirepot qui avait installé ses seaux et *sa tente de discrétion* à l'ombre de la forteresse.

— Nicolas, on a point voulu me laisser entrer, grognat-il d'un ton chagrin. J'ai un message pour toi ; la ligne en relais a frémi et on te presse de rentrer à Versailles au plus tôt.

Il lui donna une pièce en guise de consolation.

— Merci ! Voyez, Guillaume, je le pressentais. Il se passe quelque chose. Et grave sans doute, car dans tout cela je ne vois rien qui prétende me rassurer.

Semacgus tenta en vain de le raisonner. L'imagination de Nicolas envisageait toutes les possibilités sans en exclure aucune. Les encombrements à la Porte de la Conférence poussèrent au paroxysme son exaltation. Il sauta du carrosse, arracha le fouet des mains du cocher pétrifié et en dépit des protestations fustigea plusieurs attelages pour dégager la voie. Jamais Semacgus ne l'avait vu ainsi. Il n'osa rien lui dire, sachant par expérience que de pareils états ne se satisfont pas de paroles. De son côté Nicolas regrettait n'avoir point eu recours à *Sémillante* qui d'une traite l'aurait porté au galop à Versailles. Soudain frappé au milieu de sa réflexion par son impolitesse à l'égard de son ami, il lui pressa le bras et le soupir qu'exhala Semacgus lui signifia que ce geste avait été compris. Bientôt apparut le bois de Chaville, Fausses-Reposes et l'hôtel d'Arranet au milieu des arbres de son parc. Le cœur battait si fort à Nicolas qu'il en éprouvait de la gêne à respirer. Il sauta à terre, la voiture encore en marche. Il se précipita vers la porte. Il allait la joindre quand une frêle silhouette s'encadra dans l'entrée de la demeure. Ses jambes cédèrent sous lui d'émotion et c'est à genoux qu'il reçut Aimée dans ses bras. Les cheveux de sa maîtresse enveloppaient sa tête. Ses bras serrèrent avec ferveur un corps qu'il avait craint ne jamais revoir. Il sanglota un court instant sous le regard ému de Semacgus qui se détourna. S'étant dégagé, Nicolas contemplait ébloui Aimée, sale et les traits tirés, mais souriante. Soudain, il aperçut derrière elle une ombre qui s'approchait. Il ne pouvait en croire ses yeux. Il repoussa Aimée, surprise de son mouvement, la fit passer derrière lui et tira son épée, tout à la fureur froide qui s'était emparée de lui. Dans cet état un reste de raison surnageait et il éprouvait une gêne d'avoir à attaquer un homme désarmé. Il entendit Aimée qui criait.

— Nicolas ! Que prétendez-vous faire ? Cet homme m'a sauvée.

— Comment ! Sauvée ? Cet homme-là ? Il y a là un mystère que je ne comprends pas.

L'homme s'était approché et saluait avec une timidité inattendue.

— Que faites-vous ici, Vicente Balbo ? hurla Nicolas que la fureur reprenait.

— Allons, Nicolas, tout beau ! dit une voix amie venant des profondeurs du vestibule. Vous n'entendez pas, je présume, trucider sous mon toit un homme désarmé et qui de surcroît a sauvé la vie à notre Aimée ?

L'amiral d'Arranet surgit, suivi de Tribord hilare.

— Je suis roué et courbatu d'avoir rejoint Versailles, en chevauchant depuis Brest de relais en relais comme un lieutenant. Dieu me damne si par instants je n'ai pas dormi en selle ! Encore heureux que les montures connaissent le chemin ! Je suis arrivé mourant et aussitôt ressuscité quand ce monsieur nous a ramené Aimée. Et pour dissiper tout malentendu, apprenez, Nicolas, que notre sauveur n'est point ce Vicente Balbo dont on m'a conté les méfaits, mais son frère jumeau Tomaso Balbo.

Nicolas repoussa la poignée de son épée et se précipita sur le nouveau venu qu'il serra avec effusion dans ses bras.

Il se recula et considéra le double parfait du chantre qu'il avait croisé chez Barbecano. Tout était semblable, sauf l'éclat absent des yeux, ceux-là étaient doux et bénins. Le personnage dégageait une impression de timidité et de réserve très opposée aux aspects flamboyants du caractère de son frère. De haute taille, il était doté d'un embonpoint, celui que Vicente Balbo simulait depuis des mois.

L'amiral fit rentrer tout son monde dans le salon et consulta sa montre.

— Le temps nous presse. Quelques explications et nous partons pour Versailles... M. de Sartine souhaite un récit détaillé de toute cette affaire et...

— Monsieur, je suis désolé de vous interrompre, mais dans cette affaire trois meurtres ont été commis et un enlèvement perpétré. Je connais le coupable. Il faut aviser sur-le-champ.

— Hélas ! Monsieur, dit Tomaso Balbo, mon frère est mort à l'heure qu'il est.

— Je crois, monsieur, que nous devrions reprendre le récit au moment où Mlle d'Arranet a été enlevée.

— J'allais, commença Aimée d'une voix blanche, quitter l'étang quand je fus agressée et traînée à travers les fourrés vers le chemin forestier. Bâillonnée, entravée et jetée au travers d'un cheval, je perdis un temps conscience. Je me réveillai allongée dans une cave obscure, une âcre fumée s'y accumulait. Je pensai étouffer quand monsieur a paru, m'a libérée et m'a sauvée en me tirant à l'extérieur. Nous avons marché, marché, perdus dans des forêts et, enfin, une troupe de gens de M. Bourdeau nous a découverts sur une petite route près du village de...

— Rocquencourt, dit l'inspecteur que personne n'avait vu entrer. Nous étions désespérés de revenir bredouilles quand un heureux hasard nous a favorisés. Les ordres ont été donnés pour retrouver le lieu où mademoiselle était retenue.

— Que de grâces nous vous avons, monsieur, dit Nicolas en s'adressant à Tomaso Balbo. Mais que de questions aussi. Ainsi…

— Ainsi, Nicolas, interrompit la voix rocailleuse de l'amiral. Nos voitures nous attendent et le ministre est par nature impatient.

Chacun se leva pour les rejoindre. L'amiral, Aimée et Tomaso dans l'une, Semacgus, Bourdeau et Nicolas dans l'autre. Avant d'y prendre place, Nicolas envisagea Rabouine, toujours habile à surgir dès qu'on avait besoin de lui. Sous le regard intrigué de Semacgus et celui, blasé, de l'inspecteur, il parut donner de longues instructions à la mouche qui les approuvait de hochements de tête. Les cris des cochers et les claquements des fouets ponctuèrent le départ du cortège pour Versailles. À la grande surprise de ses deux amis, Nicolas demeura silencieux tout au long du chemin. Semacgus murmura à l'oreille de Bourdeau que c'était la joie d'avoir retrouvé Aimée sauve.

Ils furent tous introduits chez le ministre qu'ils trouvèrent affairé autour d'un coffre en bois précieux, s'ouvrant par son flanc et contenant dans de petits compartiments tapissés de satin des perruques enveloppées dans du papier de soie. Agenouillé devant ce trésor, Sartine déballait une par une les coiffures de laine, de crin et de cheveux naturels avec des petits cris d'émerveillement. Il jeta un regard critique sur l'assemblée, se releva, quittant à regret son occupation. Il donna ordre à un commis de disposer des fauteuils et passa derrière son bureau. Le commissaire y vit une manière de tribunal.

— Voyez Nicolas, au lieu de m'apporter des cadavres comme certains… l'amiral d'Arranet a la délicatesse de me faire tenir un coffre de perruques précieuses saisi par un de nos gentilshommes corsaires sur un bateau de Sa Majesté britannique. Qu'il en soit remercié ! Alors, messieurs, où est le passe-partout de la reine ?

— Nous ne l'avons point. Sans doute Monsieur nous apportera-t-il à ce sujet des éclaircissements bienvenus.

Il désigna Tomaso Balbo.

— Quelle que soit la reconnaissance qui vous est acquise pour la sauvegarde de Mlle d'Arranet, vous comprendrez, monsieur, que nous sommes impatients de vous entendre.

L'homme se leva et salua, courbé plus qu'il ne convenait.

— Monseigneur, je remercie Votre Excellence de me donner l'occasion d'exposer une bien triste histoire. Je suis natif de Norcia, dans la province d'Ombrie. Mon père était apothicaire et savant éclairé dans beaucoup de domaines. Il fut calomnié par des médecins et subit une ruine totale. La famille était nombreuse, riche en fils et filles. Pour le salut commun, il décida, la mort dans l'âme, de sacrifier l'un de ses fils au *Bel Canto*. Nous étions des jumeaux. Le choix se porta sur moi ; cela allait de soi, je m'en explique.

— Et qu'arriva-t-il ?

— Eh ! Nous avions coutume, nous ressemblant à un point incroyable, d'échanger les tenues qui permettaient de nous distinguer. Même nos parents ne nous reconnaissaient pas. Le matin fatal, mon frère Vicente portait mon vêtement...

Tomaso Balbo ne précisait rien, avait-il sciemment favorisé cette méprise ?

— C'est lui qui subit ce traitement inhumain destiné à préserver, avant la mue, la pureté d'une voix, la mienne, distinguée dans la *scuola di canzone* de notre paroisse. La désolation fut générale quand on découvrit trop tard ce malheur. Son talent était médiocre ; sa carrière ne fut pas brillante…

— Cependant, remarqua Nicolas, je l'ai entendu chanter *a capella* et…

— Il a tant et tant travaillé qu'aujourd'hui il a atteint un degré de perfection notable, mais trop tard pour en avoir jamais tiré les glorieux bénéfices. Dès cet instant, il m'a voué une haine effrayante. Je n'ai jamais perçu le moindre signe que celle-ci eût cédé au temps. Au début de cette année, quel ne fut pas mon étonnement de recevoir une lettre. Il affirmait m'avoir pardonné, se disait proche d'un grand destin et souhaitait que j'en bénéficiasse. J'étais alors au bord du désespoir. Poursuivi par les mêmes haines qui avaient détruit mon père, j'avais comme lui compromis mon négoce.

— Qui était de quelle nature ? demanda Nicolas, attentif et qui prenait des notes.

— Je vendais des simples et soignais les maux courants. Après y avoir longuement réfléchi, car on doit finement démêler dans ces occurrences, je décidai de répondre aux sollicitations de mon frère, trop heureux de cette réconciliation et du salut inespéré qu'elle m'offrait. J'arrivai en France et constatai la sincérité de son retour à l'amour fraternel. Il me fit part de ses projets, non sans en dissimuler les aspects obscurs. Chacun des actes qui m'étaient imposés possédait sa sombre contrepartie ; je l'ignorais alors.

— À un moment ou à un autre, votre frère vous-a-t-il demandé du poison ?

Tomaso Balbo hésita un moment.

— À vrai dire, il s'est plaint devant moi de l'invasion de sa maison par des rats et de l'inefficacité des remèdes employés. Il voulait que je lui prépare un imparable moyen de l'en débarrasser. Je profitai de l'abondance de pommes épineuses dans son jardin pour lui apprêter ce qu'il demandait.

— Cette plante redoutable a-t-elle un autre nom ?

— C'est le seul sous lequel je la connais. Aussi…

— Encore une chose, dit Nicolas, ignorant les mouvements impatients que ses interruptions répétées suscitaient chez Sartine. À quelle époque fixez-vous la fourniture de ce produit à votre frère ?

— Ma mémoire défaille sur ce point… Au début de juin, mais j'avais observé qu'il ne s'en était pas servi aussitôt. Il me demandait aussi, sous forme de jeu, de le remplacer dans certaines circonstances. J'en éprouvais un grand malaise et me réfugiais le plus souvent dans le mutisme d'une intempérance supposée, dans la terreur de me couper.

— Venons-en, je vous prie, à cette fabrication de phosphore, matière qui a servi aux méfaits de votre frère.

— Pour moi, la chose n'avait qu'un but : sa volonté tendue vers un opéra qu'il écrivait et dont il imaginait sans cesse les effets extraordinaires. Il rêvait y faire paraître des spectres sur scène dans l'obscurité totale et alors que s'élèverait un chant somptueux, le sien. Il mettait une telle conviction dans la splendeur décrite, dans le saisissement du public qu'on se serait cru transporté à la représentation !

— Vous en parlez avec une fièvre…

— C'est que sa passion était contagieuse et repoussait toutes les objections !

— Vous êtes-vous rendu à Paris depuis votre arrivée ?

— Une fois, à ma demande pressante tant j'avais envie de voir cette grande ville. Nous avons visité Notre-Dame, les galeries du Louvre et les Tuileries.

— Nous reviendrons plus tard sur les conditions de votre vie clandestine. Comment avez-vous appris que Mlle d'Arranet avait été enlevée par votre frère ?

— Avant-hier soir, il est arrivé à cheval dans la *fattoria*, la ferme où j'habite et où est installé le laboratoire qui sert à la distillation du phosphore. Il a conduit mademoiselle, inanimée, dans l'une des caves du bâtiment et l'a enfermée à double tour. Je lui ai demandé une explication. Il a refusé, prétendant que des intérêts qui me dépassaient étaient en cause et que le mieux que j'avais à faire était de ne m'en point mêler. Je lui ai dit que j'étais à bout, que je ne supportais plus ces mystères et l'ai sommé de tout m'expliquer. Cela a plongé Vicente dans une de ses colères qui effrayaient tant mes parents lorsqu'il était enfant. Il hurlait que je n'étais qu'un médiocre, que je me trompais si j'avais cru qu'il me pardonnait, qu'il s'était servi de moi comme d'un instrument et que…

— Que ?

— Il m'a menacé. Nous en sommes venus aux mains. Il avait presque réussi à m'étrangler quand j'ai pu le repousser. Il est tombé en arrière sur l'angle d'une table. Hélas ! mort sur le coup. La table a heurté des cornues qui se sont fendues sous le choc, bousculant un creuset rempli de charbons ardents. Le feu a pris en un instant. J'étais comme fou. Il n'y avait pas une seconde à perdre. Je me suis précipité après avoir récupéré la clé vers la cave où j'ai découvert mademoiselle.

— Et cette clé ? demanda Nicolas.

— Dans la hâte, je l'ai sans doute jetée ou égarée.

Un commis entra qui parla à l'oreille de Sartine.

— Qu'il entre et qu'il fasse court.

Rabouine entra, saluant bien bas l'assemblée. Il chercha Nicolas du regard et, l'ayant trouvé, lui tint à voix basse un long discours qui ne manqua pas d'irriter le ministre dans son impatience d'en avoir achevé. Rabouine s'inclina de nouveau et disparut.

— Bon ! dit Sartine, Pouvons-nous entendre l'épilogue de tout ceci ?

— Monsieur, je vous informe que la ferme en question a été retrouvée grâce à la fumée de l'incendie qui la consumait. Un cadavre méconnaissable a été retiré d'un amas de cendres. Aucune trace de l'objet que vous savez.

— Que l'on continue à chercher. Il reste que ces nouveaux éléments confirment les affirmations du témoin. Il me semble que la clarté de la raison illumine soudain de ses feux une affaire qui n'a que trop traîné.

— Durant peu de jours en vérité... Monseigneur, puis-je poursuivre ?

— J'évoquais son origine première... Faites, faites, monsieur le commissaire, mais en redoublant le pas.

À la grande surprise des assistants, Nicolas frappa dans ses mains. Une dame vêtue en bourgeoise, courte et replète, fit son entrée, portant à la main un rameau de plante. Elle envisagea l'assemblée avec effroi, considéra chacun des assistants avec insistance, aperçut le commissaire à qui elle sourit et abaissa la tête en signe d'approbation.

— Monsieur Balbo, avant qu'elle ne sorte, connaissez-vous cette dame ? Regardez-la bien.

— Point du tout, monsieur. C'est la première fois que...

— Bien, bien, n'insistons pas...

— Oui c'est cela, en effet ! N'insistons pas. On ne se complaît que trop parfois dans des expériences étranges qui ne mènent à rien.

— C'est souvent vrai, monseigneur. Toutefois, une question pour finir.

Il marcha vers l'inconnue, lui prit la plante des mains et la balança sous le nez de Tomaso Balbo.

— Connaissez-vous cette plante ?

— Certes, à bien y regarder c'est du lierre.

Nicolas s'approcha du bureau de Sartine, prit une feuille de papier, y écrivit un mot en pattes de mouches et revint sur Balbo.

— Connaissez-vous le nom latin du lierre ?

— Hélas, non !

— Nous allons vous l'apprendre.

Il lui tendit la feuille de papier. Balbo la prit et la lut.

— Le nom latin du lierre est *HEDERA*. Me voilà plus savant grâce à vous, monsieur. Je vous en rends grâce, mais je ne comprends pas le sens de tout cela.

— Ma foi, monsieur, nous voilà nous aussi plus savants et je vais vous le prouver.

Quand ils se remémoraient la scène qui suivit, les témoins ne parvenaient pas à s'en expliquer la rapidité. Nicolas courut vers une panoplie[2] qui décorait l'un des murs, lui emprunta une dague de guerre, bondit sur Balbo et, le maintenant par le col, le dressa de son fauteuil et lui plongea l'arme dans le ventre. Plusieurs assistants crièrent, Sartine se leva, pâle, agitant les mains. Ce qui suivit redoubla la stupeur générale. De la blessure de Balbo ne jaillissait pas un flot sanglant mais un large ruisseau de sable qui, peu à peu, formait un petit monticule sur le parquet. Pour finir, un objet entraîné par cette cascade jaillit du ventre ouvert et tomba, jetant des éclats resplendissants à la lueur des flambeaux et du soleil couchant, le passe-partout de la reine.

L'homme fit un pas de côté et telle une bête aux abois tourna la tête, cherchant une issue.

— Qu'on se saisisse de Tomaso Balbo, cria Sartine. Qu'on le surveille étroitement.

Bourdeau avait précédé les ordres du ministre et avec l'aide de Rabouine, discrètement réapparu, il s'employait à entraver Balbo. Un coup de pied asséné derrière les jambes obligea l'homme à s'agenouiller et c'est dans cette position qu'il fut maintenu immobile.

— Ainsi, dit Sartine radieux, soufflant à perdre haleine sur le bijou, prestement ramassé, pour en disperser les derniers grains de sable, le vrai coupable est donc le frère venu d'Italie ?

— Point du tout, monseigneur, vous vous méprenez. Vous avez devant vous Vicente Balbo, chantre contraltiste à la Chapelle du roi. Je l'accuse des assassinats de Lamaure, serviteur du duc de Chartres, du petit Sansnom dit d'Assy, prostitué, de l'inspecteur Renard et, pour terminer, je le tiens coupable du meurtre de son frère jumeau Tomaso Balbo dont le corps, désormais indéchiffrable, a été retrouvé dans la ferme incendiée près de Rocquencourt.

— Comment ! Mais, enfin ! Expliquez-nous, monsieur, les raisons qui vous ont conduit sur cette voie si… si… incroyable ?

— Monseigneur, je demande justice ! Je suis en vérité Tomaso Balbo. Mon seul tort a été de vouloir emporter ce bijou qui m'aurait aidé à commencer une nouvelle vie. J'en ignorais tout à fait l'origine.

Sa force de conviction était telle que Sartine hésitait.

— Monsieur le commissaire, êtes-vous assuré en votre certitude ?

— Me laisserait-on dévider mes raisons que tout aussitôt le vrai s'imposera.

— Nous vous écoutons. Et d'abord justifiez ce geste effarant, vous êtes, je l'espère, conscient du risque qu'il impliquait ?

— C'est que, monseigneur, j'étais sûr de mon fait et cela pour plusieurs raisons. Ainsi, à mon arrivée à l'hôtel d'Arranet, si heureux du dénouement et tant reconnaissant à cet homme d'avoir sauvé Mlle d'Arranet, je me suis précipité pour l'étreindre et le remercier. Notez que nous portons tous des vêtements légers, la canicule qui perdure nous l'impose. J'ai alors bien senti cette masse au contact inattendu, semblable à celle d'un sac de sable. Me revint alors en mémoire le récipient empli de sable dans la demeure de Vicente Balbo. Je revoyais aussi ce sable crissant sous mes bottes au Grand Commun, la nuit où nous avons failli arrêter l'homme aux bouteilles d'urine. Je l'avais cru blessé par Pluton, de fait le *sac* avait dû être percé à cette occasion.

— Qui est ce Pluton dont je découvre le nom ? demanda Sartine piqué de son ignorance.

— Il s'agit plutôt d'un cerbère, monseigneur, de ce chien qui veillait aux portes des Enfers ! De fait, un mâtin de la louveterie du roi !

Sartine leva les yeux au ciel.

— Le deuxième point concernait cette dame que j'ai fait comparaître. La veuve Meunier, qui tient un hôtel tranquille et apprécié. Elle a reçu à la fin du mois d'avril, précisément la nuit du 21 avril 1778, un voyageur étranger qui se présentait comme un négociant, parlait parfaitement en français avec un léger accent, mais...

— Mais ?

— ... a fait sur le registre une tache d'encre sur son nom, ou sur *l'absence de son nom*. De plus, il traitait des choses botaniques avec l'aisance d'un savant et appelait, par exemple, le lierre qui tapisse la façade de l'hôtel de la veuve Meunier de son nom latin HEDERA. Ce terme, vous l'avez sans doute noté, a été déchiffré sans difficulté par cet homme alors que l'écriture était minuscule. Or Tomaso Balbo porte des besicles pour lire.

— Comment pouvez-vous affirmer cela ?

— Par un extraordinaire hasard, lors de son unique promenade à Paris, il avait été croqué, lisant avec son frère, dans une allée des Tuileries par M. de Saint-Aubin ! J'ajouterai, au passage, que le prétendu Tomaso Balbo reconnaît avoir préparé un poison pour les rats, lequel fut, monseigneur, administré au malheureux Lamaure avant qu'on ne tente de faire accroire la thèse de sa noyade dans le Grand Canal. L'ouverture a...

— Épargnez-nous l'ouverture, de grâce !

— Soit. Pourtant, il se garde bien, lui le botaniste éminent, de le nommer par son nom savant DATURA. Enfin, la veuve Meunier, elle peut en témoigner, a bien reconnu ce Balbo-là comme son pensionnaire inconnu du mois d'avril. Quant à lui il a nié l'avoir jamais connue. Et pour cause ! Si c'était Tomaso, il n'y avait aucun inconvénient à ce qu'il la reconnût, dans l'autre cas, feindre d'identifier une personne dont on ignore le rôle qu'elle a joué, c'est un pari dangereux. Toutes ces raisons rassemblées ont forgé ma conviction.

— Mais j'insiste, sur l'assassinat de Lamaure, serrez-vous désormais la vérité de plus près ?

— Les indices et des présomptions équivalent à des preuves. Lamaure s'est rendu à Versailles, sans doute chez Balbo. Nous présumons que Renard l'y avait précédé, inquiet des soupçons qui pesaient sur le valet de Chartres. On décide de le supprimer comme constituant un péril pour l'association. Le piège s'organise. Il arrive, les trois compères discutent devant un café et des croquignoles. Lors de l'ouverture, des débris…

— … oui, oui, poursuivez !

— Le datura ingéré fait son effet. Avec deux montures, Renard et Balbo se rendent au Grand Canal et organisent la mise en scène en immergeant le cadavre. Renard jouera le rôle que l'on sait avec le gardien des grilles de la Petite Venise.

— Je suis Tomaso Balbo, hurla l'homme agenouillé. Et si je ne l'étais pas, pourquoi aurais-je épargné Mlle d'Arranet ?

Nicolas se pencha vers lui.

— Que voilà une question curieusement énoncée ! Pourquoi auriez-vous ? C'est parler beaucoup plus comme pourrait le faire Vicente, ne le sentez-vous pas ? Oh, certes ! Vous l'avez épargnée, grâce à Dieu, car elle était pour vous une manière de garantie, un sauf-conduit, un billet à l'ordre de notre reconnaissance sur lequel vous comptiez pour éviter de trop gênantes questions, bref la certitude de disparaître sans encombre et d'aller négocier, dans des conditions que...

— ... que, mon cher Nicolas, nous laisserons, interrompit Sartine, environnées de ténèbres.

— ... L'objet précieux niché dans votre panse de sable. Vous affirmez n'être point Vicente Balbo ? Soit. Le docteur Semacgus, chirurgien de marine, va vous examiner dans un arrière-cabinet et nous verrons bien si vous êtes ce que vous prétendez.

L'homme se tordit dans ses liens et se mit à hurler. Sartine ordonna qu'on l'emmène. L'assistance demeura un temps silencieuse, puis tout le monde se mit à parler en même temps. Aimée pleurait dans les bras de Nicolas sous le regard ému de l'amiral. Sartine entraîna le commissaire près de la croisée.

— Mon bon ami, le temps presse. Nous allons tous deux à Choisy rassurer le roi et remettre l'objet à la reine. Décidément, vous êtes victorieux dans tous les combats... Sans vous... Mais éclairez-moi, certains points me paraissent encore obscurs. J'envisage les raisons qui ont conduit à tuer Lamaure, mais pour le petit d'Assy ?

— Notre ami Semacgus et Noblecourt ont sur cet aspect de l'affaire d'étranges présomptions. Ils s'interrogent sur le degré de déraison du coupable. Dans le meurtre atroce que vous évoquez, s'est-il acharné sur sa victime ou sur lui-même ?

— Comment cela ?

— Il tue et massacre avec orgueil et provocation, avec la certitude de n'être point démasqué... tout en souhaitant peut-être le contraire. Il abandonne partout sur son passage des textes du *Quadrille des puissances* comme autant de défis. Et il détruit avec sauvagerie le corps du malheureux, supprimant ainsi ce qui fait de lui un homme et le rendant semblable à lui-même.

— Quelle fantasmagorie ! Je crains que nos amis ne battent la campagne, ne les suivez pas dans ces détours-là ! Encore une précision, pourquoi Renard a-t-il été assassiné au Grand Commun ?

— Sans doute appelé par un message de Balbo. Ce dernier n'a pas dû le retrouver sur le corps. Je suis arrivé trop tard rue du Paon. Se faisant passer pour un policier, il y était passé avant moi et l'avait détruit. J'en ai retrouvé les traces dans les cendres de la cheminée. Il a dû aussi récupérer les manuscrits des libelles proposés par Renard à Lenoir et à Madame Adélaïde, toujours précieux aux mains de quelqu'un aux abois. Dans l'immédiat le péril est éteint avec la mort de l'inspecteur et l'arrestation de Balbo, mais vous savez que le danger dans ce domaine est un phénix qui renaît toujours de ses cendres !

— Mais pourquoi a-t-il tué son complice ?

— La question contient la réponse. La raison ne gouverne pas cet esprit-là. Les amateurs du passe-partout se raréfiaient et seule subsistait la valeur intrinsèque du bijou. Une querelle à ce sujet ou l'honneur d'un mari bafoué ? Je crois malaisé d'éclaircir les raisons d'un acte qui conclut cette sanglante tragédie. Il fallait que chacun disparût. Le vol au bal de l'Opéra engageait un enchaînement fatal dans lequel la vengeance, l'amour, l'orgueil et la folie ont joué leurs registres.

Sartine s'approcha et murmura à l'oreille de Nicolas.

— Et... les princes ?

— La grossesse de la reine agite ces eaux-là. Ils ont cru pouvoir tenter quelque chose, leurs officines concoctent d'ignobles pamphlets, mais vous savez assez, monseigneur, que les comploteurs de cet acabit ne se mouillent jamais et s'effacent en retrait au moindre risque. L'un a regagné son bord et l'autre est resté sur la rive, aux aguets...

— Que de conséquences en cascade ! murmura Sartine qui paraissait se parler à lui-même. La maison de la reine... Chartres... Provence ! Nous baignons dans les trahisons... Tels sont les risques des charges qu'on ambitionne et qu'on ne possède souvent qu'aux dépens de sa tranquillité, quand ce n'est pas de son honneur et de sa probité. Il est encore plus difficile de se soutenir dans sa place que d'y parvenir... Tout est contre-miné et chaque pas peut ouvrir un abîme.

ÉPILOGUE

Tout est piège au milieu de nous, tout est embûche, tout est désordre.

Caraccioli

Samedi 19 décembre 1778

La reine venait d'éprouver les premières douleurs de l'enfantement. Dans la perspective de l'événement, Nicolas logeait depuis plusieurs jours dans l'appartement de M. Thierry, premier valet de chambre du roi. C'est ce dernier qui vint le réveiller : il fallait se rendre sans désemparer dans les grands appartements. Tout en s'habillant, Nicolas se remémorait les paroles de Sartine le jour où Vicente Balbo avait été confondu. Pressentait-il alors les événements qui s'étaient succédé au point de le menacer dans ses fonctions ?

Le duc de Chartres ayant quitté la flotte s'était vu maltraité par une opinion trop encline à fustiger celui qu'elle avait trop encensé. Il est vrai que le ministre de la Marine avait enhardi le roi à refuser, la reine y ayant prêté la main, la charge de grand amiral au duc de Chartres. Celle de colonel général des hussards et de la cavalerie légère, offerte en compensation, ne faisait pas l'affaire du prince. L'amertume ressentie de ce camouflet l'avait jeté dans le camp hostile à la reine et à Sartine. Le prince et ses entours avaient accusé le ministre d'être responsable de cette défaveur et n'avaient cessé de l'abreuver de sarcasmes et de mauvaises façons. L'hostilité de Necker, directeur des Finances, à laquelle s'ajoutait la haine de certaines factions de la cour, avait enflé la cabale à un point jamais observé jusqu'alors. À bout de ressources, le ministre s'était jeté aux pieds du roi qui l'avait confirmé dans sa fonction, choisissant pour public de son arbitrage le duc d'Orléans, père de Chartres.

Nicolas consulta sa montre : elle sonnait quatre heures. À la suite de M. Thierry, il gagna l'appartement de la reine. Dans l'antichambre, les princes et princesses de la famille somnolaient, vautrés dans les fauteuils. Thierry entrouvrit la porte de la chambre de parade. Il parla à une femme dont Nicolas reconnut la voix, puis referma.

— Mme Campan m'indique que la reine a été portée sur son lit de travail. Le roi est là. Nous ferons entrer la famille, la cour et la foule dès que M. de Vermond, médecin de Sa Majesté, nous en donnera le signal.

— La foule ?

— Comment, mon cher, ignorez-vous donc la coutume ? L'accouchement de nos reines est toujours public pour que nul un jour n'en vienne à contester la légitimité du nouveau-né. L'étiquette prescrit de laisser entrer indistinctement. D'ailleurs, écoutez... ce piétinement sourd. La nouvelle a fait son chemin et le peuple approche.

Nicolas éprouva comme une angoisse dans ce bruit lointain qui grossissait, ponctué de cris et de rires. Depuis des semaines, le royaume attendait dans l'anxiété l'issue des couches de la reine. On affluait de partout ; à Versailles le prix des logements et des vivres avait presque triplé. La naissance d'un dauphin était le vœu unanime de la nation[1].

Vers six heures, M. de Vermond ouvrit la porte et s'écria à haute voix « la reine va accoucher ». La famille royale se dressa et, poussée par le flux du peuple, pénétra dans la chambre dans un martèlement de talons sur les parquets. Nicolas fut entraîné et comme porté par ce courant. En un instant, la chambre fut emplie de cent visages curieux. Nicolas aperçut deux petits savoyards noirs de suie qui escaladaient une commode pour y lorgner la scène à leur aise. Le roi était au chevet de la reine et la regardait, rouge et suant, un mouchoir sur la bouche. La chaleur montait dans la pièce où de nouveaux curieux s'empressaient. L'odeur devenait insupportable, remugle de corps mal lavés, de parfums trop puissants, du suif des bougies et de sang.

— La reine étouffe ! s'écria soudain l'accoucheur. De l'air ! de l'eau chaude... Il faut une saignée.

La haute silhouette du roi se redressa, éperdu. Il aperçut Nicolas qui était parvenu à se rapprocher et son visage s'éclaira.

— À moi, Ranreuil ! La fenêtre, la fenêtre !

Il repoussait de ses deux bras l'assistance pour s'y ouvrir un passage dans lequel Nicolas le suivit. En ce temps d'hiver la croisée, calfeutrée avec d'épaisses bandes de papier collé, résista un temps à leurs efforts conjugués pour la forcer. Enfin ils y parvinrent et un courant d'air glacé entra dans la chambre. La congestion s'était entre-temps portée à la tête et la bouche de la reine se tournait. L'eau demandée n'arrivait pas et le premier chirurgien dut piquer à sec. Avec force le sang jaillit dont il tira cinq palettes. Marie-Antoinette revint de son étourdissement. Le travail se poursuivit longtemps. Chaque fois que les cris de son épouse retentissaient, le roi serrait avec une force terrible l'épaule de Nicolas, demeuré près de lui. À bout de nerfs, la princesse de Lamballe perdit connaissance et dut être emportée. Peu avant midi, l'enfant naquit. À ses premiers vagissements répondirent des battements frénétiques de mains dont l'écho se répandit dans tout le château. Alors que la reine paraissait de nouveau défaillir, on constata le sexe de l'enfant. La consternation figea l'assistance alors que dans le lointain les applaudissements continuaient. La reine, tout épuisée qu'elle fût, surprise de ce soudain silence, leva les bras, s'écria d'une voix mourante « *C'est une fille* » et s'évanouit.

Thierry, Nicolas et les gardes repoussèrent la foule qui reflua en désordre dans les grands appartements, bousculant au passage deux grands paravents de tapisserie qui environnaient le lit, mais qu'une prévoyante précaution du roi avait fait attacher par de solides liens. Les huissiers surgirent qui prirent au collet les derniers curieux. Au sortir des appartements Nicolas aperçut Provence et Chartres, devisant dans une embrasure. La mine composée, ils paraissaient évoquer des sujets indifférents. Il avait l'oreille fine et entendit le frère du roi prononcer une phrase inquiétante « *Ce n'est que partie remise, il faudra aviser* ». Chartres le remarqua et marcha vers lui.

— Monsieur le marquis, commença-t-il, on me dit que vous avez failli croiser le fer pour défendre mon honneur. C'est une action louable dont je vous sais gré.

Les yeux démentaient la suavité du propos. Nicolas ne répondit pas et salua les princes en cérémonie. Il savait bien que de sourdes menées continueraient et que les bons serviteurs du roi, tel Sartine, seraient menacés. On s'en prendrait encore à la reine qui fournissait trop de sujets de critiques à ses ennemis. On venait encore de jeter dans *l'Œil-de-bœuf* un volume entier de calomnies scandaleuses sur la souveraine et les femmes de la cour les plus remarquables par leur rang. La mort côtoyait cette naissance tant attendue. La veille, Vicente Balbo, après avoir refusé de faire amende honorable, avait été conduit par les rues en Place de Grève. S'éleva alors de la charrette du condamné un chant si beau et si prenant que la foule émue s'était *poignée* de pitié pour le condamné. Il avait été pendu dans un grand désordre, ayant enfin trouvé son public. Le même jour, la dame Renard était transférée du Châtelet à la prison de Bicêtre où elle demeurerait enfermée pour un temps indéterminé.

Nicolas gagna le parc pour y marcher. Comme tous il souffrait de l'attente déçue d'un petit dauphin. Au beau milieu du jour, la nuit semblait prête à tomber comme un voile de deuil. Les nuages couraient au travers d'un ciel bas qui révélait parfois le cercle blême d'un soleil indifférent. Tout était mort, figé, silencieux. Le froid lui glaçait l'âme. Il marcha vers le Grand Canal aux confins brouillés. L'année s'achevait, faisant resurgir, comme la marée qui reflue, écueils, débris et épaves. Le hantaient les combats, l'odeur de la guerre, l'épouvante, les victimes suppliciées de Balbo et la confiance ébranlée dans la nature humaine. Signe d'espoir fugitif et fragile, un rayon de soleil éclaira un bosquet.

Il respira profondément. À l'avenir incertain, il continuerait d'opposer sa foi, son honneur et sa

fidélité au roi, sans parler de l'amour et de l'amitié…
Le Grand Canal s'étendait devant lui comme la mer.
Il entendit le ressac, le cri des mouettes et respira
l'odeur des algues. Quel qu'en fût le prix, il fallait
servir.

Bissao, La Bretesche
octobre 2007 – novembre 2008

NOTES

PROLOGUE

1. *Cf. Le Cadavre anglais.*
2. *Passe-partout :* clé qui sert à plusieurs portes et dont le panneton est ouvert pour que toutes les garnitures de serrures que l'on veut qu'il ouvre puissent passer sans se déranger.
3. Il était garni de 531 diamants.

I.

1. Cf. *Le Cadavre anglais.*
2. *Empyrée :* la partie la plus haute du ciel où résident les dieux.
3. *Mlle Denis :* nièce de Voltaire qui vivait avec lui à Ferney.
4. *Strangurie :* difficulté à uriner.
5. *L'empereur :* Joseph II, frère de Marie-Antoinette et qui avait confessé son beau-frère lors de son voyage en 1777.
6. Ce portrait existe toujours. On peut y lire « Donné par le roi à M. Lenoir, Conseiller d'État, lieutenant général de police, 1778 ».
7. *Dubois :* cardinal et conseiller du régent d'Orléans.
8. *Cf. L'Énigme des Blancs-Manteaux.*

9. Des bribes incomplètes de La Fontaine surnagent dans la mémoire de Sartine…

10. *Duc de Chartres* (1747-1793) : Philippe d'Orléans, futur Philippe-Égalité.

11. *Duc de Penthièvre* (1725-1793) : fils du comte de Toulouse, bâtard légitimé de Louis XIV et de Mme de Montespan.

12. *Cyprine* : de Vénus, un aphrodisiaque.

13. *S'homicider* : se suicider.

14. *Cf. L'Énigme des Blancs-Manteaux.*

15. *Carmontelle* (1717-1806) : portraitiste, ingénieur, écrivain, chargé par le prince de ce chantier.

16. *Palais-Royal* : ce lieu fut finalement édifié de 1781 à 1784.

17. Découverte dont les lecteurs se réjouiront comme l'auteur !

II.

1. *La Belle Poule* fut arraisonnée à deux reprises. La première en janvier, la seconde quand elle livra combat contre *L'Aréthuse* le 17 juin 1778 face à la baie de Goulven.

2. *Emmanuel de Rivoux* : personnage du roman *Le Cadavre anglais.*

3. *Jean Noël Sané* (1754-1831) : ingénieur naval.

4. *Carènes* : parties immergées de la coque d'un navire.

5. *Désaffourcher* : lever l'ancre.

6. *Bouteille* : terme de marine. Lieu d'aisances des officiers.

7. *Bayeux* : curieux, de bayer.

8. *Jeune roi* : le lecteur se rappellera que le roi n'a que vingt-quatre ans en 1778.

9. *M. de Kerguelen* (1734-1797) : Yves de Kerguelen de Trémarec, marin et explorateur français.

10. *M. Crozet* (1725-1782) : Julien Crozet, marin et explorateur français.

11. *Patraque* : se dit d'une voiture, ou d'une montre, mal faite et d'allure irrégulière.

12. *Feu essentiel* : pointes de feu.

1. *Pet-en-l'air :* robe de chambre.

2. Insultée par le comte d'Artois au bal de l'Opéra, la duchesse fut défendue en duel par son mari. Chartres avait pris fait et cause pour Artois.

3. *Cf. Le Cadavre anglais.*

4. *Cf. L'Affaire Nicolas Le Floch.*

5. *Tour de souplesse :* stratagème.

6. *Gagner plus avant :* s'avancer.

7. *Croquignoles :* coups de pouce.

8. *Lardons :* cartes insérées frauduleusement dans un jeu.

9. *Jacques Amyot* (1513-1593) : humaniste français.

10. *Nochers :* boucles.

11. Le 5 mai 1778.

12. *Garcettes :* terme de marine, cordages, liens, courroies.

13. *Compassé :* mesuré au compas.

1. *Cf. Le Sang des Farines.*

2. Histoire de Dom B***, Portier des Chartreux. Écrit pornographique le plus célèbre de l'époque.

3. *Sacrée Majesté :* titre que donnait Mercy à Marie-Thérèse.

4. *Cf. L'Homme au ventre de plomb.*

1. Cette définition est du marquis d'Argenson.

2. L'auteur rappelle que l'affaire des livres et du libelle en 1778 librement traitée dans ce roman a un fondement historique. Le vrai Renard de l'histoire s'appelait l'inspecteur Goupil.

3. *Écumer :* deviner.

4. *Ciment romain* : espère de mortier qui séchait aussi-tôt, d'une solidité à toute épreuve.

5. *Ribon ribaine* : coûte que coûte.

6. *Garder le mulet* : attendre.

VI.

1. *Serrer* : mettre de côté.

2. *Cf. L'Énigme des Blancs-Manteaux.*

3. *Cf.* chapitre V, note 2. Rappelons au lecteur que ces faits survenus à l'inspecteur Goupil et à sa femme sont authentiques. La réalité dépasse la fiction.

4. Mathieu François Pidansat de Mairobert (1708-1779).

5. *Cf. L'Affaire Nicolas le Floch.*

6. *Marie Tussaud* (1761-1850) : créatrice du Musée de cire de Londres installé à Baker Street en 1835.

7. *Philippe Curtius* (1741-1794) tint cabinet de cires à Paris, collection qu'il légua à Marie Tussaud.

8. *Frétiller* : donner du plaisir.

9. *Cf. Le Cadavre anglais.*

10. *Derne* : étourdie (patois champenois).

11. *Malot* : grosse mouche, bourdon (patois champenois).

VII.

1. *Éclanche* : gigot.

2. « De l'influence des planètes sur le corps humain » (1766).

3. *Sigaud de Lafond* (1730-1810) : physicien et chirurgien.

4. *Cf. L'Énigme des Blancs-Manteaux.*

5. *Cf. Le Fantôme de la rue Royale.*

6. *Championne* : femme de moyenne vertu.

7. *Chancir* : moisir.

8. *Cf. Le Cadavre anglais.*

9. *Tours de souplesse* : stratagème.

1. *Ligne :* un pied vaut 12 pouces qui valent 12 lignes.
2. Le siècle des Lumières abonde en inventions plus étranges les unes que les autres et la plupart vouées à l'échec. Celle-ci est authentique, mais n'eut pas de suite.
3. *Faire sa main :* faire des profits illicites.
4. *Vautrait du roi :* équipage pour la chasse au sanglier dit « la bête noire ».
5. *Ragoût :* de nature à réveiller l'appétit.
6. *Étalier :* garçon boucher.

IX.

1. *Garçon serdeau :* qui transporte et sert l'eau.
2. *Galopin de service :* ainsi nommait-on les aides subalternes du service du roi et de la reine.
3. *Garçon hâteur :* qui surveille la cuisson des viandes rôties dans les cuisines royales.
4. *Accoussir :* rendre muet.
5. *Cf.* l'ouvrage remarquable du professeur Patrick Barbier, *La Maison des Italiens*, Éd. Grasset (1998).

XI.

1. Je renvoie le lecteur à l'admirable catalogue de l'exposition du Louvre consacrée à Gabriel de Saint-Aubin (1724-1780) en 2008.
2. *Robert Garnier* (1545-1590) : poète français.
3. *Brandiller :* balancer entre deux attitudes.

1. *Babet la bouquetière :* ainsi nommait-on plaisamment l'abbé de Bernis (1715-1794), ministre de Louis XV, futur cardinal.et ambassadeur à Rome.

2. *Panoplie :* armure.

ÉPILOGUE

1. *Nation :* le terme est déjà couramment utilisé.

REMERCIEMENTS

Mon affectueuse gratitude va tout d'abord à Isabelle Tujague qui, avec un soin exceptionnel et prenant sur ses loisirs, continue à procéder à la mise au point de mon texte.

À Monique Constant, conservateur général du patrimoine, pour son amitié et ses conseils avisés.

À Maurice Roisse, impitoyable œil typographique.

À mon ami Fayçal El Ghoul, professeur à l'Université de Tunis, auteur d'une thèse magistrale sur la police de Paris à l'époque des Lumières.

À mon éditeur et à ses collaborateurs pour leur confiance, leur amitié et leur soutien.

À mes lecteurs si fidèles avec lesquels tant de liens se sont noués au cours des années.

À tous merci !

TABLE

Impression réalisée par

BRODARD & TAUPIN

La Flèche (Sarthe), 71333
Dépôt légal : septembre 2010
Suite du premier tirage : décembre 2012
X05080/05

Imprimé en France